重装突围

周闻道 ◎ 著

SPM 南方出版传媒 广东人民出版社
· 广州 ·

图书在版编目（CIP）数据

重装突围 / 周闻道著． — 广州：广东人民出版社，2020.2
ISBN 978-7-218-13888-6

Ⅰ．①重… Ⅱ．①周… Ⅲ．①纪实文学－中国－当代 Ⅳ．①I25

中国版本图书馆CIP数据核字(2019)第222099号

ZHONGZHUANGTUWEI
重 装 突 围
周闻道 著

版权所有 翻印必究

出 版 人：肖风华

策　　划：肖风华　李　敏
责任编辑：李　敏　罗　丹
装帧设计：集力書裝　彭　力　刘焕文
责任技编：周　杰　吴彦斌

出版发行：广东人民出版社
地　　址：广州市海珠区新港西路204号2号楼（邮政编码：510300）
电　　话：（020）85716809（总编室）
传　　真：（020）83780199
网　　址：http://www.gdpph.com
印　　刷：广州市浩诚印刷有限公司
开　　本：787mm×1092mm　1/16
印　　张：22　　　　　字　　数：323千
版　　次：2020年2月第1版
印　　次：2020年2月第1次印刷
定　　价：68.00 元

如发现印装质量问题，影响阅读，请与出版社（020-85716849）联系调换。

一部蕴含时代中国的大书

——代序

李炳银

中国机械工业集团有限公司（简称"国机"）与中国第二重型机械集团公司（简称"二重"）联合重组，是近年来国家持续推进改革，由中央部署、国家层面实施的一个关注度最高、影响最大、最具代表性的央企重组案例，是中国特色社会主义新时代背景下，应对纷繁复杂的国际、国内形势，推动供给侧结构性改革以及产业转型升级的伟大实践。以报告文学的形式，完整、形象地呈现这场气势磅礴、波澜壮阔的改革，既是报告文学的神圣使命，也是报告文学的莫大荣幸。这是中国改革迈出的坚定步伐，也是鲜活的中国故事。因此，当周闻道先生把《重装突围》书稿送到我面前时，我很高兴，也乐意为此说几句话。

一部蕴含时代中国的大书。这是《重装突围》给人的强烈印象。

这里的大，不仅包括题材——它书写的是改革，世界第二大经济体在经济大转型背景下的国企改革。它涉及的内容非常广泛，也带有很强的变革性、专业性。对许多人来说，一些也许陌生晦涩的宏观经济学概念，比如中产阶级危机、中等收入陷阱、供给侧、需求侧、源创新、流创新、鱼骨图、产融结合、产服结合、微笑曲线等，作者周闻道却都能以鲜活而个性化的人物故事和经验解读给予生动清晰的诠释。

国机和二重，两家央企重组，每一个触角都牵动着"国家神经"。我曾说，二重搞好了，没有搞不好的企业。的确，二重是一个难得的国企蓝本，几乎包括了国企的全部故事：政治经济、历史现实、政府企业、体制机制、宏观微观、企业职工、辉煌、困难等等。文学面对如此内容丰富和关系复杂的对象，缺少鸟瞰全局的视角和很好的把控能力是难以表达的。

周闻道在进行这次阅读时代的大书写时，或许会有多种渠道和选择，可以从多个角度切入。可他却在这里化繁为简，从国企改革和国企叙事两个角度，或者说是国企改革和国企改革包含的文学元素两个维度，与大家一道分享《重装突围》承载的时代意义和文学精神。这样既使国企改革过程中的文学元素得到很好的传达，也使文学的个性叙述具备了宏大的时代背景与坚实的言说基础。

中国改革开放已经进行了整整40周年。其中，现代大规模的国企改革，大体经历了33年，分为两个阶段。改革方向上没有大的失误，就是坚持市场化改革的大方向，并始终保持了政策的连续性。这是国企改革取得成功的重要因素之一。其间，虽艰险处处，却步步为进，并逐步由浅水区步入深水区。这个渐进深入的过程，表现了国家坚决和稳妥的思想态度，也使得改革在突破与开拓中不断行进，很好地成就了中国经验。

第一轮国企改革，主要在面上进行，涉及200万家国有和集体企业，职工人数1.1亿。这么多企业、这么多职工,要从计划经济转到市场经济、从计划运行转到市场运行,难度和风险都非常之大。改革解决的突出问题是体制、机制和人(干部能上能下、职工能进能出、工资能升能降)。没有前车可鉴,其间不乏艰难曲折:利润留成、利改税、厂长负责制、承包制、抓大放小、扩大企业自主权、"两降一集中"(国有经济在国民经济中的比重下降、国有企业数量下降,国有资本不断向大型企业集中),以及股份制和现代企业制度等。特别是20世纪末强力实施的以兼并、破产、债转股为重点的"三年脱困建制",涉及问题之多、矛盾之尖锐、面之广前所未有,可谓一场没有硝烟的改革大战。其间的纷扰、纠结和决断,非常多样和丰富。

中共中央、国务院于2015年8月24日出台《关于深化国有企业改革的指导意见》,标志着新一轮国企改革的全面启动和深入推进。

如果说,第一轮国企改革主要解决了地方中小型国企的"三大问题",实现了在一般竞争性行业的国退民进;那么这新一轮改革面对的问题,显然要更为复杂:除了对省及以上大型国企深层次痼疾的攻坚克难,实现真正的市场化,还涉及如何应对世界性中产阶级危机及中国的"中等收入陷阱",让国家战略性生产力的布局更加合理、结构性效应持续提高等。在美国《财富》杂志公布的2018年世界500强企业中,中国有115家企业榜上有名,其中10家首次上榜,这正是中国企业快速发展的佐证。这或许也是深化经济改革的一种成果显示,是中国经济坚持自主健康发展的表现。

实体经济,始终是一个国家经济的基本面。

二重的问题不是孤立的，固有其自身决策和经营管理方面的原因，但资源的"先天不足"是根本原因。因此，二重的问题，实际上是中国实体经济、特别是制造业面临的共同问题：发展方式粗放、产品结构不合理、低水平重复产能过剩、经营管理模式落后等。作为一个制造业大国，这些问题令人担忧。要有效地解决这些问题，归根结底还是要靠改革，系统性地深化改革。二重和国机联合重组，是我国装备制造行业调整转型的重大实践，中央装备制造企业的布局结构调整持续推动和深化，也是中央企业布局结构调整的一件大事。重组目标不只是扭亏脱困，更在改革振兴，要把联合重组后的国机集团，建设成具有世界水平的一流装备制造企业，承担起大国重器的使命。

习近平总书记高度重视推动供给侧结构性改革，对这一重大举措多次进行深刻阐述。新一轮国企改革，必须围绕中央确定的正确方向进行。

火热的时代，始终是文学鲜活的源泉。改革开放40年来，报告文学以在场的姿态，积极介入现实，关注当下，与时代激情互动，涌现出了一大批华章丽著。不少优秀的报告文学，着眼于国家民族的改革复兴，落笔于新时代火热的生活，摒弃建立在虚构和浅表抒情立场上，与现实脱节，过度关心个人内心世界，缺少担当精神的贵族化、颓废化的文学倾向，成为时代的黄钟大吕。

《重装突围》真实记述了国机、二重联合重组的创新实践，深入透析，剥茧整合，以事显人，人在事先，起伏跌宕，玄机重重，百折不回，如大河奔流，给人的启示是多方面的。比如，庞大的央企团队如何更有效地进行结构调整和资源整合，形成强有力的"国家拳头"，以适应国际竞争的需要；中国制造业如何应对世界及中国的产业转型升级,做好自身的转型升级;产业资本如何更好地与金融资金联姻,实现产融结合,增强参与市场竞争的能力;中国制造业如何与服务业有效结合,跨越"世界工厂"模式,以提供综合解决方案赢得更多市场订单和利润空间;如何以源创新占领创新的制高点?在这里,企业在复杂的现实面前,大胆面对各种矛盾,其中不乏戏剧化的解决方法。同时,在这个过程中,从中央到各级企业中的许多领导干部表现出的无畏、智慧和进取精神,以及饱含国家使命、敢于承担的坚定性格、无私大义的付出等等,都让人非常感动和备受感染。

不能说国机和二重联合重组把这些问题全部解决了,但至少给我们提供了一种较好的解决方法和可资借鉴的现实经验蓝本。从这个重组个案中,我们不仅看到了国企改革的艰难、复杂、曲折,还看到了表象背后的国家意志和现代国企精神。可以说,该联合重组中的主动退市、司法重整、债务重组、减员增效、增加造血功能、争取重返资本市场的过程,都是国企调整转型的成功实践。

国企改革是一个永恒的课题。只要国企在,改革就不会停止,文学就不应缺席。在2016年7月4日召开的国有企业改革座谈会上,习近平总书记强调,国有企业是壮大国家综合实力、保障人民共同利益的重要力量,必须理直气壮做强做优做大,不断增强活力、影响力、抗风险能力,实现国有资产保值增值。这既坚定了我们搞好国企的决心,也坚定了我们坚持改革求进,创新发展的信心。新的一轮国企改革才刚刚开始,还有许多关口要过。国机倡扬的

"丹棱精神"——不畏艰难，务实行动，争取胜利，不能不说增强了我们的改革自信。

40年来，报告文学创作一直伴随和助力中国的改革开放，是在改革开放的道路上激情呐喊和表达最为努力、最富有成果的文学体裁。可是，在众多涉及改革题材的作品中，似乎很少有像周闻道的《重装突围》这样面对国家企业重大改革，深入观察研究并文学地呈现其艰难曲折、突围发展历程的作品。这样的书写，深入涉及改革的前沿和深层，对传统经济学、现代经济学、西方经济学理论在中国经济改革中的实践，及关于改革的文学写作实践，都很有参照借鉴意义。同时，这样紧密地结合着国家经济体制改革进程的书写，是一种很好的"史志"性真实记录，其无疑极具历史文献价值，对于社会经济变革史和文学史，也是一种很好的丰富与增补。因此，周闻道和他的《重装突围》，是颇富个性价值的报告文学，十分令人看重。

李炳银 中国报告文学学会常务副会长、《中国报告文学》杂志主编，著名文学评论家。

目 录

001　引子

005　第一章　国家任务
　　　　　第一节　大任谁担 /005
　　　　　第二节　沉舟病树 /012
　　　　　第三节　中产危机 /017
　　　　　第四节　陷阱当前 /021
　　　　　第五节　危机与拯救 /027

031　第二章　"脊梁"之殇
　　　　　第一节　横空出世 /031
　　　　　第二节　国之"脊梁" /036
　　　　　第三节　爱与哀愁 /041
　　　　　第四节　橘生央企 /046
　　　　　第五节　沉舟投资 /051
　　　　　第六节　钢铁与白菜 /054

059　第三章　中国式问题
　　　　　第一节　一石击起千层浪 /059
　　　　　第二节　问题一箩筐 /064
　　　　　第三节　问题中的问题 /067
　　　　　第四节　纠缠不清 /071
　　　　　第五节　究竟要什么 /075

080　第四章　路在何方

第一节　一张鱼骨图 /080

第二节　叩问卡耐基 /087

第三节　不得不临阵易帅 /092

第四节　不脱困，厂子都是银行的 /098

第五节　布局是一个局 /102

第六节　所谓公司 /106

112　第五章　沉重的*ST

第一节　重装告急 /112

第二节　拯救的拯救 /115

第三节　闯不过的"科斯红灯" /120

第四节　陷入了一个难解的局 /124

第五节　上交所又找上门 /128

第六节　证监会把话说得很死 /132

第七节　退而结网 /136

142　第六章　挥泪削冗

第一节　悲情"5·11" /142

第二节　情违初衷 /146

第三节　别无选择 /151

第四节　冰冻三尺 /156

第五节　一网情怒 /159

目录

162 第七章 沉没成本
- 第一节 也许你已成为我的负担 /162
- 第二节 二重没钱，国机应该有 /166
- 第三节 诚通的教训知道吗 /171
- 第四节 你懂不懂经济 /175
- 第五节 国务院知道了怎么办 /179
- 第六节 更像是个催债方案 /185
- 第七节 银行不太着急了 /188

195 第八章 大单谁埋
- 第一节 无底之渊 /195
- 第二节 只能围困银行 /199
- 第三节 再找国资委 /203
- 第四节 重返司法重整 /208
- 第五节 看不见的战线 /214
- 第六节 男子汉说到要做到 /217

223 第九章 擦亮的名片
- 第一节 比质量问题更可怕 /223
- 第二节 腰折的"脊梁" /228
- 第三节 有多少个"非"就有多少个谜 /231
- 第四节 无关体制 /236
- 第五节 心散了，质量怎能保证？/241
- 第六节 重拳出击 /246
- 第七节 拭去尘埃 /249

255　第十章　扭亏攻坚

第一节　黑洞吞噬的…… /255

第二节　尴尬的微笑曲线 /259

第三节　滞而生疾 /263

第四节　扭亏分歧浮出水面 /268

第五节　二重"史瓦西度规" /273

279　第十一章　要素魔方

第一节　两篇提前发布的新闻稿 /279

第二节　炼丹的故事 /283

第三节　国机秘籍 /287

第四节　神器出手 /293

第五节　剑指重装 /299

305　第十二章　浴火重生

第一节　鱼跃龙门 /305

第二节　重装出击 /311

第三节　中国拳头 /318

第四节　国家经验 /323

第五节　未来不是梦 /330

335　后记

引子

2018年3月2日。北京，人民大会堂。

全国政协十三届一次会议新闻发布会，正在两会新闻中心举行。面对中央人民广播电台、央广网记者关于"近年来国企尤其是央企兼并重组效果如何"的提问，会议新闻发言人王国庆泰然自若地回答：

"关于（央企）重组整合的具体效益是不是'1+1＞2'，我想举个例子。据统计，重组后的国机集团从2013年到2017年的营业收入比重组前的五年增长了59%，利润同比增长了42%。我想这是可以说明问题的。"

在如此威严的人民大会堂，如此庄重的国是议政场合，在全世界媒体的镁光灯之下，"重组后的国机集团"被信手拈来，作为国企、央企改革成效的一个经典"例子"，足见这场成功重组的巨大影响。这里说的重组，主要指经中央批准，刚刚完成不久的中国机械工业集团有限公司，与中国第二重型机械集团公司的联合重组。事实上，国机2018年实现营业收入3017.50亿元，利润100.30亿元，成绩再迈新台阶。

王国庆看似平实，实则内藏惊雷的话，再次把我引向了羊年。

事情缘起于羊年春节期间我在网上的一个不经意的搜索。据凤凰新闻报道，中央正在酝酿出台新一轮国企改革意见。2015年8月24日，中共中央、国务院出台的《关于深化国有企业改革的指导意见》，证实了当初的消息。该意见全面提出了新时期国企改革的指导思想、基本原则、主要目标和若干政策措施。

长期形成的职业敏感，使我立即打开搜索引擎，输入关键词：国企改革。

一条醒目的消息即刻跳了出来：国机、二重联合重组。

也许是因为二重早就是自己心中存储已久的一个响当当的名字，也许是联想起了上世纪末本世纪初自己直接参与的那场国企改革，我心里倏地一个激灵。赶紧点开链接，一一细看：是国企改革，且是高处不胜寒的两大央企旗舰。按照中央批准的联合重组计划，国机、二重的这次战略重组，计划3年基本见效。

这是高端国企深化改革的一场大仗、硬仗、难仗，没有现成的蓝本可供参考，也没有成功的先例可资借鉴，一切都需要在探索实践中完成。

我强烈地意识到，又一轮的国企改革号角已经吹响。

几十年的国企情怀，我的神经再一次被激活。第一轮国企改革，从1985年到2015年，30年，多少风风雨雨，多少攻坚破难，多少机遇挑战。一切还历历在目，宛若昨天。改革没有终点站，这无疑又是一次新的伟大出发。

必须主动介入，在场，不能缺席。

这是我的第一反应。不仅基于在场写作理念，还基于感情与责任。作为中国城市经济体制改革核心的国企改革，是一个占世界人口五分之一、经济总量居第二位的庞大经济体，由计划经济向市场经济转型的伟大标本。

第一轮国企改革，主要是在农村改革成功经验引入城市经济体制改革后，实施的地方大、中、小型国企改革的冰山一角，其中的内容与经验，也难免是地域化、微观化和管中窥豹的。而对作为"社会主义公有制基石"的央企的改革，显然不可同日而语。如果能够在场介入，把国机、二重重组的整个情况，包括背景、决策、思路、政策、重点、难点等，以文学形式，客观真实地记录下来，无疑是一笔宝贵财富；而能将第一轮国企改革风云，与即将进行的大型国企改革相连接，无疑构成了一部鲜活的中国国企改革史，甚至城市经济改革转型史。

仿佛有一个庄严的声音响彻耳际：你不是倡导在场写作吗？不是强调介入现实、关注当下吗？这样的改革大举，你有什么理由回避、有什么理由缺席？一位在场写作者，面对这样紧贴时代大潮的题材，如果不勇敢承接，紧紧抓住，倾情投入，认真写好，还有什么存在价值？

是的，存在价值。

存在先于本质，是存在主义的"第一原理"。企业家的存在价值，作家的存在价值，都有自己坚守的底线。一连串的拷问，似鞭笞，不断抽打着我，让我有一种莫名的冲动。心被责任俘虏，自己仿佛不是去争取，而是去投诚。

在场，在场，仍是在场，直指时代担当。

因此我很在意，甚至有一种迫不及待的焦急，怕与一次重大的机遇擦肩而过，失去这个难得的在场写作机会，失去一个作家重大的价值皈依。

于是，国机、二重成为我关注中国国企改革的一个焦点和风向标。两个企业的官方网站、国内外纸媒和多媒体、各种文件资料，一切相关的信息渠道，都成了我了解这场国家级改革重组的宝贵资源。从2013年、2014年，一直跟踪到2018年。我通过各种渠道搜集到了国机、二重重组的几乎全部信息，然后分析、消化、梳理、构思，将这场伟大的央企重组经典个案缀字成文……

2015年3月20日，春节刚过，承蒙国机的支持，我就利用去北京出差的机会，争取到采访时任国机董事长任洪斌的难得机会。

大智若愚，坦率真诚，务实精进。

这是任洪斌给我的第一印象，强烈而深刻。他没有豪言壮语，甚至"企业家"的称谓，也是我加的。任洪斌只称自己为"一个搞企业的"。他对重组动机及原则、思路的独特阐释，更让我有一种知己难逢，相见恨晚的介入感动。

这更坚定了我跟踪采写这个题材的决心。

尽管，当时从媒体上获得的有限信息，对二重似乎有点不利，这次重组也前景未卜。但这丝毫没有动摇我的写作决心。我坚信，二重的问题，包括过去的辉煌、曲折的经历、今天的窘境，以及走到这一步的复杂原因，几乎囊括了中国国企问题的所有症候：思想观念、产业布局、产品结构、市场定位、经营理念、创新发展、管理技术、体制、机制和人等等。重组有着重大的指导意义，能走近它，解剖它，发现它不同寻常的丰富内涵，本身就是一个天赐良机。

我被深深地触动了，只感觉满身热血在奔涌。

就这样，基于一种存在价值，一种热爱与坚守，一种责任，我终于走进了国机，走进了二重，走进了中国央企改革的一个前沿阵地……

困难重重，这注定是一次富有挑战的在场叙事。

我只是位记录者，不是叙事主体。

第一章 国家任务

第一节 大任谁担

国机、二重重组,由一个节点引入,便注定了永远的介入。

北京的早春,清澈澄明。已不多见的少霾天气,难得光临。任洪斌风尘仆仆,马不停蹄,率领集团几个职能部门领导,到几家下属公司调研刚刚归来。案头上的文件堆了一摞摞,他顾不上细看。他的心思不在文山会海里,而在企业,在市场,在他的国机梦里。他迫不及待地在文件堆里翻找,找他最牵挂、最关心的东西——国机上一年度的业绩统计报表。这些年,市场变化越来越复杂,竞争越来越激烈,一年辛苦的成绩怎么样,到了报年终结果的时候,他怎能不牵挂。

哦,找到了。他用目光急速地扫了扫年终考核表上的几行汇总数字,脸上露出了欣然的微笑。不管怎样,这都是一个令人鼓舞的结果:2012年,国机营业收入2142.1亿元,利润86.30亿元,实现连续多年的高速增长,继续保持国资委央企业绩考核A级地位,稳居中国机械工业企业百强榜首。

他轻轻地舒了一口气,油然而生一种少有的释然。

2011年,国机首次进入世界企业500强。在全体员工欢欣鼓舞的时候,任洪斌却多次提醒大家"心要热,头要冷,坚持有质量的发展"。按照正常思维,就这样发展下去,踏踏实实,稳扎稳打,也不负这几年来的付出了。

可国机梦远未实现,任洪斌也天生是个不满足的人。他正在思考的是,自从自己入主国机以来，从集团宏观层面的调整整合、产业定位、市场布局、重组拓展、体制机制创新，到具体企业微观层面的法人治理结构构建、劳动人事改革、经营管理、技术创新、市场开拓、产品培育等等。拿他自己的话说，能用的"武功"都用上了。但目标仍在前头，挑战没有减弱，可谓高处不胜寒。

怀揣国机大梦，任洪斌一直在寻找突破。

这些"武功"，在支撑国机连续十多年高速发展的同时，也在不断给自己制造挑战与极限。搞企业，谋发展，没有零和游戏，也没有一劳永逸。这注定了是一场只有开头、没有终点的马拉松竞赛。越往前走，难度越大，挑战越大，风险越大。任洪斌已明显感到，在长期持续高速发展后，国机现有的资源潜力，已逐渐被挖掘，发展速度在明显放缓，利润空间被市场不断压缩。要实现持续快速发展，就必须增强发展的后续之力，寻找新的战略性突破。

在任洪斌煞费苦心，谋求国机发展新突破的时候，作为央企出资人和监管部门——国务院国有资产监督管理委员会（简称"国资委"）的案头，正面临着一个大大的难题：二重的沦陷与解困突围。

同样是2012年的业绩。二重的年报数字，令人顿生沉甸甸的压力：实现营业收入46亿元、利润负27.83亿元，二重集团（德阳）重型装备股份有限公司（简称"二重重装"）占了亏损的99%。

两个企业，两组数字，对比鲜明，代表的不只是经营业绩，更是一种内在素质和发展现状的综合呈现。市场不相信过去，不相信地位和曾经的辉煌。再好的企业，再光辉的历史，没有不断地创新突破，都难免被淘汰出局。

二重的扭亏脱困，已不能再拖。

任洪斌永远记得那个日子：2012年11月8日。

这一天，中共十八大召开，中国迎来了一个重要的发展里程。当然，这一天对国机、对任洪斌、对中国机械工业发展而言，还有另一层重要意义。

国资委其时的一位分管领导（副主任），奉命找任洪斌谈国机与二重重组的事。而且，是在一个庄严而神圣的时间点：中共十八大会议期间。该副主任的话非常明确：这件事是国资委找国机承担，要作为一项战略任务去完成。

该副主任和任洪斌，都是中共十八大代表，平时经常有工作联系。他却选择这样的场合，这样的时机，谈这样的事情，是巧合，似乎又不是。

这不是件普通的事，而是一项严肃的国家任务。

这么重要的任务，为什么要交给国机，交给任洪斌，而不是别人？这不仅仅是二重扭亏脱困的权宜之计，主要还是从国家培育高端重型装备研发与制造板块的战略考虑。谁能担此大任？国资委当然非常清楚。

国机与二重，行业相同，甚至原本就同属于原国家机械工业部。但现状和实力，却是南辕北辙。在作为共和国"脊梁""长子"的二重"明日黄花蝶也愁"之时，原来的丑小鸭国机，却乘改革东风，早已修炼得羽毛丰满待添翼。

不是河东河西式的风水轮回，而是艰难困苦玉汝于成。

成立于1997年1月的国机，虽然比二重晚生近40年，但却有幸搭上国企改革转制、快速发展的正点班车。特别是2001年国机新班子组建以来，历经10多年励精图治，已是后来居上，独树一帜。国机所拥有的一系列令人眼花缭乱的头衔，不是自我推销的溢美之词，而是综合实力和核心竞争力的在场证词：

国机已成为中国机械工业规模最大、覆盖面广泛、业务链完善、综合研发能力强，集科、工、贸、金等一体化发展的央管国有独资大型企业集团。

根据美国《工程新闻纪录》（*Engineering News Record*，简称ENR）公布的2013年"全球250家最大国际工程承包商"和"国际工程设计企业225强"名单，国机位列前者第25位，后者第75位。截至2012年底，国机拥有全资及控股子公司43家，其中，上市公司9家，科研院所20多个，全球员工总数近10万人；企业资产总额1952.10亿元，所有者权益512.10亿元。国机因此而成为中国机械行业（不含汽车制造业）唯一进入《财富》世界500强的企业。

国资委领导没有停留于表面的数字，而是看到了数字背后国机强劲的资源整合和战略管控能力。任洪斌清楚地记得，国资委领导在谈起这事时，还以诚恳的口气对他说，目前，国机的经济实力和发展势头，是央企机械行业中最好的；二重属于央企53家（即国资委53家副部级央企），在政府的地位比较高。所以如果你们不介意的话，就不叫兼并重组，叫联合重组。任洪斌当即回答："没关系，没关系，不在形式，重在搞好。"

实际上，事情的缘起还要更深更早。

随着国家主导的4万亿元投资大潮的落幕，国内许多企业积累的问题再次暴露出来。2010年开始，一些央企出现的困难，呈一发不可收拾之势。

为深入了解情况，制定对策，国资委于2012年组织巡视组，对所属困难央企开展了为期半年的内部巡视。国资委第一巡视组组长师金泉在巡视国机后，于当年10月9日又巡视了二重。他直言，开始并不愿去，因为了解二重的困难，又考虑到它属于央企53家，巡视的结果要报国务院，他怕把握不准。后来组织还是安排他去了。在了解国机、二重的情况后，他觉得将两家企业整合最好，可以优势互补，避免同业重复，恶性竞争。他征求二重意见，二重觉得很好。为留有余地，经商量，由二重以"一位关心二重发展的老职工"的名义给巡视组提供资料，师金泉以此信为基础，以个人而非巡视组名义，给时任国资委主任写了一封信。

二重是真诚的，显得很迫切。国资委很重视，也很认真、慎重，先邀请专家进行了专门研究，觉得师金泉建议很好，又委托国资委领导先征求两家企业意见。

事情太突然，突然得有点让人措手不及。任洪斌深知此事的分量，容不得他多想，更容不得他含含糊糊，甚至犹豫、推诿、拒绝。他立即表示：第一，坚决服从；第二，此事事关重大，需进一步了解情况，并与董事会商量决定。

作为国家专门管理央企的机构，国资委领导心里当然更有数。船载万吨，掌舵一人。谁不知道任洪斌和他的团队，还有他们创造的"国机奇迹"。

是的，国资委了解任洪斌。讲政治，他是中共中央候补委员，中共十六大、十七大、十八大代表，第十一届全国政协委员。讲职务，他是国机董事长。讲资历，他既没有"空降"背景，也没坐过"直升机"。他从北京农业工程大学团委副书记起步，一路从容走来，历任国字号总公司部门经理、总经理助理、党委副书记、纪委书记、副总经理、总经理兼党委书记。讲经验，他从外贸到内贸，从贸易到制造业，从企业专业部门到综合领导岗位，几乎每一个台阶，都留下了坚实的足迹。讲学业职称，他拥有博士和教授级高级工程师头衔。讲年龄，他38岁担任央企掌门人，如今15年过去，也不过50岁出头，可谓名副其实的"少帅"。讲业绩，国机这些年的发展，早已让业内刮目相看，啧啧叹服……

占齐了，任洪斌把教科书上关于现代企业家应有的指标都占齐了。这难免令人心生妒忌：老天太偏心，把所有的厚爱都给予一个人。

可任洪斌却不这样认为。他常常憨憨一笑说，那些名头都是虚的。他的理想是再干几年，到一个大学教书，把自己几十年来积累的宝贵经验，成功的、曲折的，甚至失败的，传授给更多的年轻人，培养出更多的未来企业家。至于业绩，他更反复强调，那都是中央政策好，上级关心支持，他和他的团队共同努力创造的。谈到他的团队，他会饱含感情地如数家珍，从刚参加工作时的领导、公司同事，到国机班子成员、子公司领导、普通员工，甚至临时工。

造就国机奇迹的，是与众不同的历史。

还是在第一轮国企改革的攻坚阶段，国资委成立前，中央于1998年7月设立了大型企业工作委员会。国家第一次以出资人身份介入资本市场，组建国企"国家队"。2001年8月底，任洪斌以新任总裁身份赴任国机。那时的国机与现在相比，不可同日而语。当时的国机总部，还设在北京西城区三里河的一栋不起眼的6层小楼里，机构、人员和运行方式，都带着浓厚的机关单位的影子：管理骨干和业务人员，大都是从原机械工业部划转过来的，缺乏企业经营管理经验，思想僵化、管理松散、人心涣散。集团拥有的近60家子公司，业务分散、规模参差、竞争力悬殊。所谓集团，实际上形式大于内容，沿袭的仍是过去那套行政管理模式；没有经营，没有收入，没有明确的主业，靠收取子公司管理费过日子。

没有生气，缺少人气。

这是当时的国机给任洪斌的第一印象。

国家实施的第一轮国企改革，正进入攻坚阶段，三年"脱困建制"硬任务已进入倒计时，市场大潮步步逼近。任洪斌深感任务艰巨，不可有丝毫懈怠。压力与朴素的自信交织在一起，"无论是国有企业、民营企业，还是外资企业，其根本都是企业，我不相信国有企业就搞不好"。任洪斌的话掷地有声。

突围只有一条路：市场。突围的关键是观念、制度和人。

学界认为，中国国企的调整转型升级，分为主动型与被动型两类。前者往往对宏观经济发展走势有清晰的研判，未雨绸缪，面向市场去寻找产业产品的定位和出路。后者往往埋头于企业自身发展，甚至为过去的辉煌，当下的状态，未来的形势而踌躇满志，沾沾自喜。当企业出现严重问题，一切皆晚矣。

显然，任洪斌属于前者。

从入主国机的第一天起，任洪斌就怀揣了一个国机大梦，并一直在寻找它的实现途径。国机是搞机械的，面对信息化、高科技和竞争日益激烈的市场，既不具有先天基础，也不具备行业优势。唯一的资源是面对市场，改革创新。刚刚走马上任，在国机总部召开的员工第一次见面会上，任洪斌就要求每一位员工围绕市场竞争和创新管理，认真思考两个问题：一是我们的公司，在市场中是不是不能被取代；二是我们的每一位员工，在公司中的工作，是否不能被取代？

这一思考，许多人坐不住了。

国机总部的铁饭碗、铁椅子、铁工资率先被打破。取而代之是"三能"，即干部能上能下，员工能进能出，工资能升能降。

这些"流创新"的东西，在现在的企业改革中也许已不足为奇，而在当时，却是一个开先河的冒险之举。一开始，议论和传言四起，阻力很大。但认准的事，任洪斌很坚持："企业非这么做不行。不换思想就换人。"

堡垒被一个个攻破，一个个新制度诞生。随着现代企业制度的逐步建立，并与市场的一步步接轨，企业如鱼得水。"国机奇迹"由此开始。

国机趁势而进，开始产业调整转型。公司果断地把没有竞争力、没有发展前景、低利润的产业减掉，并逐步发展形成高端装备研发与制造、工程承包、贸易与服务"三大主业"板块，服务领域覆盖了机械、能源、交通、汽车、轻工、船舶、冶金、电子、环保、航空航天等，使国机逐步向集系统设计、系统集成、工程总承包和全程服务于一体，整体竞争实力突出的大型综合企业集团迈进。

任洪斌感慨地说："虽然当时很痛苦，却赢得了今天的主动。"

这并不能简单地理解为"梅花香自苦寒来"。朴实的话语，展现出一位企业家的理念自信、眼光自信、操控自信和责任意识。

数字里的"国机奇迹"，是另一种精彩。

自本世纪初任洪斌掌门国机以来，企业主营业务收入，连续保持每年30%以上的增速，2013年达到2104.70亿元（不含二重），利润79.70亿元（不含二重）。

这些，都是不可忽视的价值创造，是有形的。还有一种无形的价值积累，虽难以用数字呈现，但同样不可忽视，或者说更为重要。那就是在长期的市场摔打中，探索培育起来的企业软实力，包括独具特色的企业文化、法人治理机制、高素质的管理团队，新锐的源创新理念，强大的技术研发、创新和转化能力等。这一切，让国机拥有了强大引擎，也为央企深化改革提供了又一个鲜活蓝本。

无疑，国机是第一轮国企改革中，脱颖而出的佼佼者。

市场就是选择。市场在，选择就在。无论是国家任务选择了国机和任洪斌，还是国机和任洪斌选择了国家任务，似乎都包含着某种必然。

也许，这是对国机人执着追求，创新发展的回报。

第二节 沉舟病树

是不是必然，时间是最好的裁判。

中国国企改革，已进行了30年，几乎与任洪斌的职业生涯并肩而行。

三十而立。这个来自《论语·为政》中的语汇，演变为中国民间的一种价值符号。于人于事，三十都是一个当立、该立、可立的年龄。但并不是每一位并肩而行者，都与"奇迹"有缘。"奇迹"只眷顾改革创新者。

在一次企业改革会上，任洪斌曾引用刘禹锡《酬乐天扬州初逢席上见赠》中的句子，评价国企改革的历史："沉舟侧畔千帆过，病树前头万木春。"世界不可能永远都是一江春水、一个色调，而往往是沉舟和千帆、病树和万木交织。三十年河东，三十年河西，阳光仍在，春色依然，变换的只是色调和角色。当年的"国家队"，无论是112家，还是53家，央企的温室，也许可确定企业的行政级别、政策优惠、信贷支持、干部职工待遇等，却不能确定企业的产品质量、市场竞争、经济效益和生死存亡。我们更明显地看到的是，温室效应和优越感带来的慵懒依赖、缺少危机感、免疫力下降，形成央企阵营的淮南淮北。千帆竞发、万木葱郁的世界，固然令人赏心悦目，但沉舟和病树，似乎更值得关注。

再次走进二重，简直令人震惊。

2015年早春。我应陈兴祥处长之邀，就这本书的写作进行初次见面沟通，顺便到了二重德阳基地。当时气温显示为5摄氏度，由于成都平原湿度大，实际给人的感觉要更冷。一种带着潮湿的阴冷，仿佛要映衬我此刻的心情。

二重德阳基地我是到过的，且不止一次，印象很深。这种深，除了大和好，还有一种崇高感、使命感和神圣感。反差是由记忆和现实的对比形成的。

第一次到二重，大概是在2003年5月。

当时，我还在四川省眉山市经贸委主任任上，参加省政府组织的工业流动现场会。第一轮国企改革的三年"脱困建制"已接近尾声，各级政府抓工业的重心，正由"盘活存量"转向"增加增量"。建设工业强省、工业强市的工作正开展得如火如荼，省政府几乎每年都要开两次这样的现场会，交流经验，促进工作。二重因为规划于第三代核电、大水电国产化、风电增速箱产业化、重容和国家工程实验室等重大项目，鼓舞了四川的省市领导，成为会议参观点和重点经验介绍单位。

  大会车队缓缓驶入二重，就给人一种大气万千、不同凡响的感觉。

  厂门口横贯的标语，一边是"欢迎各级领导光临"，一边是"中国二重装备中国"。气派好大！中国二重？我有些诧异。平时，四川工业界同仁，不都叫德阳二重吗？问省经贸委的一位会议工作人员，他回答的语气同样有点诧异："二重哪里是德阳的啊，是中央直属企业，级别比德阳市委、市政府还要高哩。"这话不仅在规范的会议文件里得到佐证，更在灵活的会议程序上得到旁证。

  车间里的气象，更令我等叹为观止。整齐美观的环境，目不斜视的工人，头顶穿梭往来的大型行车，吭吭哐哐，富有节奏的工件锻击声，无不标榜着这里的兴旺与气势。在见到万吨水压机时，我简直有些激动了。我还记得，这样的万吨水压机，当时全世界也不过20台，历史上除美国和苏联外，只有捷克和东德有，曾成为社会主义强过资本主义的重要标志。说到它的神奇与魔力，二重陪同人员最形象生动的描述是，它可以把上百吨的钢铁锻件，像揉面团一样随意加工。它，一度是我们书本上的传奇，电视里的骄傲，报刊上的头条，民族工业的翘楚。当它出现在我的面前时，我仿佛就拥有了囊中暗器、制胜法宝，也令我怀揣上了几分底气。

  参观后是经验交流，我带着强烈的期盼与激动参与其中。

  会议由分管工业的副省长主持，发言者按行业次序上台交流。组织者在主席台专门设置了"发言席"，标牌摆在主席台的左侧。

  这时，我注意到一个细节，会议主持人在请其他市、州和企业领导上台交流经验时，用的是"请×××同志发言"，而在成都市和二重领导上台时，用的是"请×××同志讲话"。我开始还没有注意这细微的区别，当主持人在交流者中间穿插的点评、结束后的点睛，都重复着这种区别时，我才似乎略有所悟。我顿生敬意，为主持人政治上的老练与临场巧妙的分寸把握。这也进一步表明了二重的地位。其实，讲规模、实力和盈利水平，当时在四川比二重强的企业多的是。

我不得不承认，二重就是二重，国家队就是国家队。

时隔3年后的秋天，我第二次到二重。

这次不是参加流动现场会，而是四川省重装领导小组的论证会，为中国二重新上的8万吨大型模锻压机项目通关。说是项目可行性论证，我发现，实际上是一个协调统一认识的程序，专家的声音并不强大，并不能左右局面。

会议由领导小组组长沈国俊主持。按照事先安排好的程序，首先，由二重领导代表投资业主，介绍项目情况。介绍者底气十足，声音洪亮，标准的普通话，言语间无不透出自信："中国二重在实施'十一五'规划中，坚持以邓小平中国特色社会主义理论、'三个代表'重要思想、科学发展观为指导……"

谈到具体项目，再一次展现了大型央企做事的规范严谨。

项目介绍者思维缜密，逻辑性强，短短十几分钟，就把项目的历史现实，来龙去脉，必要性、重要性、紧迫性，说得一清二楚。

从介绍中我才逐渐弄明白，二重现有一台老的1.2万吨水压机，就是我们这一代人还在读小学时，就如雷贯耳、为之振奋的那台，是1961年从捷克进口的；还有一台新的1.6万吨水压机，是企业自己设计建造的。但是，随着中国社会主义现代化建设事业的发展，特别是军事工业的发展，它们已显得严重落伍。因此，肩负"装备中国"大任的二重，站在振兴国家民族工业，特别是重型装备工业的角度，经过认真审慎研究，决定投资20亿元上这个项目。

说到这里，介绍者加重了语调，以近似激昂的语气继续说："它的建成，将使中国拥有当今世界上最大规模的模锻压机，我们大型军舰、大型飞机、大型炼轧钢厂的大型机件锻压制造，就有了可靠的工作平台。这使中国制造业水平整体迈上了一个大台阶，并毫不费力地接近世界先进水平……"

不知是受到会场气氛的感染，还是对设计单位来说，这确实是一次难得的机会和挑战，投资业主介绍完后，设计单位领导的补充汇报，更是充满浪漫的激情："这就是大国的发展潜力，远非拥有其他优势的小国可以比拟的。只有气冲霄汉，有着丰富的资源、众多的人口，立志自立于世界民族之林的国家，才有这样的气魄。我们中国就有这样的气魄，二重就有这样的气魄。而建设这样的项目，只有中国二重才有这样的实力和能力，责无旁贷啊……"

听了以上发言我已经激动万分，不仅是我，莅会的许多见过大世面的大领导大专家，也为之振奋，心里也热乎乎的。

接下来的发言内容，几乎全是机不可失，时不我待，势在必行，不负使命之类。只有一位专家，坐在会场的右后角，一直默默地倾听。临到会议进入总结阶段时，他才小心翼翼地举起手，提出了一些"建议"。核心是，这个项目肯定是好项目，国家需要的大项目。只是既然是可行性论证，除了国家需要的政治可行、设计的技术可行、国家作为坚强后盾的投资来源可行外，作为市场经济条件下的企业，这么大的投资，还要介绍一下市场的可行性。比如，我国大军舰、大飞机、大型机件的锻压制造，每年究竟有多少订单，能否让产能充分发挥，保证设备有较高的负荷运转，实现最佳经济效益，有效收回投资……

会场静默了几秒后，有人开始窃窃议论。看得出，对市场的研判并非本次项目可行性研究的重点，讨论的多是宏观的、方向性的定性阐释，而没有深入细致的量化分析，没有可靠的数据支撑。这也许基于大型央企长期形成的"大"意识。

领导小组组长曾长期任职机电企业，既是这方面专家，也具有很强的协调能力，三言两语，就稳住了局面。他先肯定发言专家的建议很好，然后耐心地解释道，根据专家预测，中国发展早已进入重化工时期，但重化工的现状，还远远落后于要求。特别是大军舰、大飞机、大型机械，与世界的差距更是明显。

讲到这里，主持人提高了声音：难道还担心市场吗？再说，二重是什么企业，国家重装基地呀。国家保留央企，保留二重的目的，不就是解决有和无的问题，维护国家安全吗？站在国家层面，也不能完全以赚钱考虑问题啊！

大家似乎才明白这个论证的定位：站在国家层面。没有人再发表不同意见，项目顺利过关。说实话，我内心是赞同的，央企不以国家使命为第一，以什么为第一呢？这次会议，让我看到了央企的国家担当，淡化了市场。

没想到，时隔10年，一切已恍若隔世。这是我再次走进二重德阳基地的感受。

因为有二重的朋友带路，车辆从大门缓缓而进，并无阻拦，也没有盘问登记之类的烦琐手续。当然，也无门卫精神的微笑和敬礼。一道寂静的大门，把我引向一片更大的寂静。在厂区穿行，七拐八弯，曲径通幽，目的地是令国人骄傲的8万吨模锻压机所在的车间。

德阳市原来只是个小县城，据说因在德水之阳而名。这里当年建市，也因为二重。城在厂中，厂在城中，城冷清，厂喧嚣，曾是这里最大的特点。如今，刚好来了个颠倒，城的喧嚣，已把厂甩得很远。没有车辆，没有行人，没有机器吭哐作响，树上偶尔的鸟语，把静推到极致。一个车间，又一个车间，门紧闭着，粗犷的铁锁，锁住了搏风击浪的手脚。一位忠于职守的清洁女工，手执残破的长扫帚，在埋头清扫路上的落叶，并不理会我们的到来或离去。寒风习习，刚刚清扫干净，人还没离开，她背后又有枯叶飘落，在迷蒙的天空里显得有精无神。

很快到了目的地。车间大门是刚才打开的，为迎接我们的到来。开门师傅手拿一长串钥匙，站在门口，面带微笑，一脸真诚，向我们点头致意。我捕捉到，那真诚的微笑背后，有一丝隐隐的尴尬与茫然。我们没有进去，按照规定，进车间须戴上安全帽，车间停工，进去与戴安全帽似乎都没有必要。冷清消弭了所有激情，站在比当年大得多的模锻压机面前，我却再也没有了当年的激动。

我的心在痛。亲爱的二重，您究竟怎么了？

第三节 中产危机

怎么了，二重？现实已给出回答。

当然不只二重。二重只是个缩影，它折射出的是中国部分国企面对市场的窘境。即便在央企阵营，像二重这样的企业，也并非只此一家。

所有陷入困境的企业，都是资本的失败。这是资本的悲剧，摔伤的却是资本的所有者。换句话说，资本的价值和成功，就是获利；获利水平，是判断资本是否成功的最重要标准。我们的"国家队"究竟怎么样呢？

这是国资委公布的2013年117家央企的经营业绩。

这些央企当年度共实现营业收入24.2万亿元，同比增长8.4%；上交税费总额2万亿元，增长5.2%；实现利润总额1.3万亿元，增长3.8%。其中42家企业进入了世界500强，可谓国家家底。从利润看，大致是好、中、差三分天下。这令人想起朱镕基总理当年领导打第一轮国企改革攻坚战时的情景。斗转星移，难道绕了一圈，央企要再次为经济转型升级埋单？

仔细分析，事情并不那么简单。如果时光倒退30年，回望这些"国家队"的前世，再对比今生，你就会发现确实变了，一切的一切。

变的实质，是严重分化；分化的背后，是更加深刻的危机。

在第一轮国企改革中，沦陷的大都是体制僵化、管理落后、产品与市场脱节的老旧企业。它们从计划经济中走来，市场转型的失败，成为它们经营的死穴。因此，那几乎是制造业内部的一次大洗牌；"洗牌手"既是市场，但主要的还是政府。这次却明显不一样了。2013年央企盈利三甲，都是银行，其中：中国工商银行2385.32亿元，中国建设银行1931.79亿元，中国农业银行1450.94亿元。亏损三甲是远洋运输和制造业企业。其中，中国远洋控股股份有限公司亏损95.59亿元，中国铝业集团有限公司亏损82.34亿元，中国冶金科工集团有限公司亏损69.52亿元。中国上榜世界500强的公司，有47家亏损，央企包揽了亏损前三。有的企业的"利润"，显然是"做"出来的。

这就是结论：不是制造业的内部裂变，而是整体沦陷。

各种各样的光环，往往容易让成功者锦上添花，而忽略了沦陷者更需要雪中送炭。二重不是孤例，它只是失败者的代表。关键是，无论成功还是失败，是否真正认清了面临的形势，审时度势，坚定改革，深化改革，正确改革，谋求突围。否则，再过30年，或者20年、10年，牌局又可能重来。

中国社会结构和经济环境都变了，改革也应配套。

经济学家、美国耶鲁大学金融学终身教授陈志武，这样看待中国的宏观经济面临的问题。这些宏观经济学理论，同样适合于当前的国企。国企问题的根源，在于与时代脱节的制度设计。环境是市场的，制度还停留或半停留于计划经济时代，包括对企业和人的管理；而"管"企业，既管不了活，也管不住死，却往往管住了在市场中搏风击浪的手脚。在我们还纠结于制度怎样突围时，大转型的世界已倒逼了过来，中国的产业转型也在紧逼，穷追不舍，无法逃避。

现实是残酷的：我们的企业，特别是国企和制造业，正面临着世界和中国经济大转型、大重构的双重挑战，或曰双重夹击。可在谈到转型升级，谈到深化改革，谈到创新发展，谈到新常态，谈到经济下行压力时，有多少人真正注意到了它深刻的内在原因——因快速发展带来的需求侧升级和市场改变？

进入21世纪以来，世界经济可谓狼烟四起。先是亚洲金融危机，继而是美国次贷危机、欧洲债务违约风险、日本经济长期持续滞涨，然后是中国制造业转型和经济下行，再穿插ISIS（伊斯兰和大叙利亚伊斯兰国）搅局、美国南海招摇、朝核危机……

危机，危机。这世界究竟怎么了？

老话不老。世界性的产业转型升级，资本主义后现代化带来的种种矛盾，难以克服的中产阶级危机就在眼前。当这一连串的问题堆积在一起、剪不断理还乱的时候，我们重新审视中国"四化"（工业化、城镇化、信息化、农业现代化）交织的矛盾。面对市场化对央企阵营的分化，以及二重出现的困境，不得不把目光放得更远一些，投向影响近代发展和当今世界走向的资本主义。

时光隧道并不漫长，轻轻一个抬头，我们就看见了资本主义从萌芽到辉煌的波澜壮阔的历程。奇迹，危机，复苏，不断重复，不断演进，既推动了社会，也发展了自己，诡异而惊奇。创新转型，无一例外地充当了化险为夷的介质。

第二次世界大战后的"黄金时期"，世界体系经历了两个最大的积累：经济发展和地缘政治，也因此创造了最大的奇迹，自资本主义诞生以来。大发展必然积累大矛盾、大挑战，这不是危言耸听，而是发展的规律使然。特别是起始于20世纪四五十年代，现在仍在进行的第三次工业革命，以信息技术、大数据和全球化为主要内容，也许，就是为资本主义送终的安魂曲[①]。它不仅促进了生产力的迅猛发展，而且推动着社会经济大转型，从工业经济转向知识经济，国家垄断资本主义转向国际垄断资本主义，并因此而造就了它自身的宿敌——中产阶级。这些"既不是富人也不是穷人，而是经济状况处于中间程度的人"，形成一个庞大的社会群体。他们从20世纪70年代开始入不敷出，为维持生活水准又举债消费。到了2008年，在资本主义经济危机导致的"大衰退"来临后，"上层阶级"的财富不降反升，而"中产阶级"则大量破产，许多人再次沦为穷人。

经济学家克雷格·卡尔霍恩和兰德尔·柯林斯等，同时发现了"中产阶级危机"的存在。可是，他们关于危机应对的看法却大相径庭。前者认为可以通过不断改良舒缓矛盾。比如19世纪末20世纪初，一些资本主义国家采取的政策性增加中产阶级职位的措施。但后者并不以为然，认为改良根本不能治本。

事实更愿意为后者佐证。

21世纪一开始，世界就好像在刻意与资本主义作对。在信息化和高科技冲击下，人为增加的中产阶级工种，很快变得多余，"高不成，低不就"成了他们的尴尬处境。而且，眺望未来，一片黯然。他们过去长期可是资本主义的基石啊，怎堪此景！价值解构，意义消解，砥柱不再，大厦焉能不倾。

想起了伊曼纽尔·沃勒斯坦的发现与警告。沃勒斯坦甚至推断：资本主

---

① 见伊曼纽尔·沃勒斯坦等著，徐曦白译：《资本主义还有未来吗？》，社会科学文献出版社，2014年4月。

义很可能在2030—2045年，爆发世界体系性的危机，并最终导致旧体系的终结、新体系的诞生。

不管资本主义怎样灭亡，何时终结，取代它的是中国特色社会主义，还是北欧式的民主社会主义，或曰其他，这都是不争的事实：转型升级，创新突围，这就是我们现在所面临的世界发展大格局。

这些对世界发展结构性的预测，类似于土木工程中的"负荷测试"，不仅是关系到企业和经济体，而且涉及既有的整个世界制度体系。

信息化和高科技时期的转型：在高度物质文明及信息化条件下，新的需求侧在哪里，供给体系如何适应；创新发展的指向和源创新，如何与享受型、个性化、新价值等新需求相对接；中产阶级如何在放弃既有工种和富足自得的生活方式，面对新的岗位选择和失业中，重新寻找发展空间，找到自己的价值定位。

不要以为，克雷格·卡尔霍恩和兰德尔·柯林斯的预测离我们很远，与二重重组无关。两组数字足以说明，洛伦兹的蝴蝶效应并非虚妄之忧。

一是中国经济的外贸依存度。它反映我们与世界的关系。中国2015年GDP将达到687380亿元（约11万亿美元），进出口总额为28万亿元，外贸依存度达40.74%。再加上中国累计高达3.97万亿元（约6463亿美元）的非金融类对外直接投资，及其每年近20%的增长；更庞大的金融类对外投资、购买国外债券和巨额外汇储备，中国经济的对外依存度超过50%。也就是说，中国经济的发展业绩，超过一半需要在参与国际经济大循环中实现。

这意味着，面对世界经济大转型，我们不可能置若罔闻。事实上，中国经济所面临的情况还要更复杂、更严峻、更紧迫得多。我们的工业化还没有完成，与世界资本主义发达经济体还有很大差距，却又不得不面对更高层级的现代化、后现代化市场需求的挑战。经济和社会转型，解构旧体系，重构新体系和价值链，不仅关系到我们现有经济结构、产业体系、产能出路及产业转型方向和定位；更关系到企业未来的订单和中产阶级出路，关系到转型的成败得失。

我们不需要躺在功劳簿上沾沾自喜，不需要"老大"，更反对夜郎自大。但一直的"老大"却没有忘记警惕你，防备你，千方百计扼杀你……

而新上任的美国总统特朗普，一直认为中国的制造业抢走了美国的100万个就业岗位。他还没有就位，就一次又一次对华出言不逊。在他的独断独行下，新的经济霸权主义、单边主义和贸易保护主义大行其道。《日经亚洲评论》也传出，美国苹果公司在中国最大的代工合作方富士康，已经开始研究将iPhone生产转移到美国的可能性。在美国国内，对中资企业如华为、中兴、阿里巴巴的打压已经开始。这些变数，无疑给中国企业参与国际市场竞争大大增加了难度。

二是中国"四化"面临的压力。

第四节 陷阱当前

中国的"四化"进程及消费升级，为经济转型升级铸就了现实背景。

研究能源、经济、地理政治风险等领域的HIS公司最新公布的报告显示，在未来10年，中国国民生产总值（GNP），将从2014年的10兆亿美元，增加到2025年的28.3兆亿美元。而此期间，美国经济总量预计将从17.4兆亿美元，增加为27.4兆亿美元。这就意味着，过去一百多年来美国经济世界第一的历史，将彻底改变。同时改变的还有消费模式。中国的消费总额，将从3.5兆亿美元，增加两倍到10.5兆亿美元；经济发展中的投资主导、外贸拉动，将转型为消费主导、内需拉动模式，并因此改变需求侧和供给侧，即内需本身也将由温饱小康，转向全面小康，进而转变为以享受型和个性化需求为主导。

事实上，这种转变已悄悄逼近。

根据官方公布的数据，中国2017年的人均GDP已跨越8820美元，第三产业增加值早已超过第二产业，城镇化率已达到60%，农业就业比例下降至28%，农业现代化程度还很低。城乡居民收入比扩大到3.36，恩格尔系数：城镇居民为35%，农村居民仍达41%。工业化进入后期，城乡二元结构非常明显……

这些情况表明，中国已具备了中等收入国家的所有特征，有些不利性特征还更突出明显，比如环境容量不足、城乡收入差距大等。

这预示着中国的消费结构，不仅正快速转型升级，而且需求侧必然呈现出多元性、复杂性和不确定性特征。这才是问题的源头和根本。

人往高处走，水往低处流。由人的欲望和收入驱动的市场需求，是推动社会发展的原动力；需求侧转型，必然要求供给侧相适应。

美国哈佛大学教授、世界银行顾问霍利斯·钱纳里，早已揭示了这种消费升级对发展的影响。他认为："随人均收入增加而来的需求结构变化，影响基本要素（土地、劳动和资本）投入和中间产品投入的变化。"生产力水平每发展到一定阶段，社会消费水平就要上档升级，或者说结构转型；上档升级的消费，必然要求上档升级的有效供给。但生产力布局、结构、产能等一旦形成，又具有相对稳定性。在市场需求旺盛时期建的工厂，还没有收回投资，市场需求已经升级转型。沉没，是难逃的劫数。

转型期的市场，难免充满变数和不确定性。一方面，大量低水平重复的产业产品供大于求，卖不出去，企业被迫停产半停产，甚至倒闭，债务纠纷四起；另一方面，转型升级后的需求侧，又得不到及时有效的满足，形成通货萎缩。

这正是中国制造业目前的遭遇。

中国改革开放40年来，已发生的几次经济大转型，产业大洗牌，企业大危机，无不与供给侧状况与消费侧需求转型升级脱节有关。

比如，20世纪90年代初期，中国人均GDP跨越400美元，经济出现第一次大转型，由温饱型转向小康型，一大批诞生于短缺经济时代的乡镇企业被淘汰。90年代后期，中国人均GDP跨越1500美元，经济出现第二次大转型，由初级小康型转向中级小康型，让一大批诞生于计划经济时代的企业，特别是国有企业和城镇集体企业陷入困境，进而催生了第一轮国企改革的大潮。进入21世纪，随着发展速度的加快，经济转型周期变得短促而频仍。2007

年，中国人均GDP跨越3000美元，经济出现第三次大转型，由中级小康型转向全面小康型，一大批诞生于市场经济早期、以满足一般性小康需求的供给侧企业被淘汰。

相隔仅仅5年（2012年），中国人均GDP即再次翻番，达到6100美元，且在后来的几年，中国经济发展虽出现下行压力，人均GDP增长势头仍旺盛……

前面有陷阱。经济学家们不断提醒。

自世界银行在《东亚经济发展报告（2006）》中，提出"中等收入（人均GNP12700美元）陷阱"概念以来，世界经济学界就充满争论。不是怀疑，而是关于它的成因、表现与拯救；也不只是理论推演，还有经验实证。经济学家们发现，当一个国家的人均国民收入达到中等水平后，如果不能顺利实现经济发展的转型升级，培养创新推动机制，难免导致经济增长动力不足，最终出现持续停滞。美国教授艾肯格林，将陷入"中等收入陷阱"的现象，视为经济增长的失速。

在中国，情况要复杂得多。

从经济发展状况看，中国的人均GDP，正处于跨越8000美元、指向10000美元、2022年可望达到12000美元以上的阶段，正好处于典型的由低收入向"中等收入"转型的阶段。其中，2013年，首度实现第三产业增加值超第二产业。"经济学人智库"的报告称，到2020年中国的中产阶层将达到4亿人；在2030年前将迈入中等收入阶段，届时3/4的中国人将成为中产阶级。这表明，中国全国性的工业化、城镇化已进入后期冲刺阶段；而农业现代化和信息化则显得滞后。随着经济快速发展，增长模式成为越来越无法回避的问题：走速度型还是效率型路子？在中共中央提出的"九五"规划建议中，就明确提出了"经济增长方式转变"的议题。可是，经过20多年的努力，问题不仅没有解决，反而更突出了。

原因何在？一追溯，追到了凯恩斯和哈罗德—多马模型。

经济发展的动力，由需求决定。这是凯恩斯主义和哈罗德—多马模型发现的秘密。可是，他们创造的经济学经典，在中国却遭遇了尴尬。

在凯恩斯那里，需求取决于消费、投资、净出口和财政赤字，即所谓"四轮驱动"。哈罗德—多马模型则认为，推动增长的需求主要是新增劳动力和投资。

两个经济增长模型表明，经济衰退是因为需求不足。救治也应围绕需求侧来展开。凯恩斯的财政赤字论，与我们"留有余地"的理财理念相悖，"四轮驱动"在实际操作中演变成了"三驾马车"；消费和出口，政府事实上难以掌控，"三驾马车"最终成了"投资拉动"一枝独秀。哈罗德—多马模型彰显的投资率越高、增长率越高，更合政府发展心意。再加上财政分灶吃饭、政绩工程、长期形成的"先治坡、后治窝"意识等等，"投资拉动"便成了中国各级政府抓增长的最强音。投资率步步攀升，由30%左右上升到50%，甚至80%。一浪高过一浪的投资狂欢，没有谁能阻止。极端刺激激化的结构性矛盾与持久的抑制相结合，往往让危机来得更猛烈、更凶险。世界经济学经典，就这样被扭曲。

是的，我们在津津乐道凯恩斯主义的时候，却忘了他的发展模型是建立在解决短期刺激基础上的；而且，三大规律（边际消费倾向递减、资本边际效率递减和流动偏好）往往使社会的有效需求低于总供给水平。凯恩斯说，如果"从长期看我们都死了"。在谈论哈罗德—多马模型的时候，却忽视了它包括的悖论：积累和消费，本身就是一对矛盾。既定的国民收入分配，在向高投入严重倾斜时，必然严重削弱消费能力，积累成更大的问题——购买力不足。

货币使用效率不高，进一步助推了这种矛盾。

进入21世纪以来，中国的广义货币存量M2，几乎每年增加10万亿元，从2000年的13.8万亿元，上升到2015年的135万亿元；其与GDP的比值不断上升，已接近200%。钱多与钱荒并存的直接后果，就是给通胀带来压力。于是，形成中国目前的经济怪状：严重的产能过剩，与大量贫困人口同时存在。

"我们都死了"，耳畔又响起凯恩斯的警示。

较高的人均GDP、丰富的物质产品、不断降低的恩格尔系数，快速改变着人们的消费构成和工作、生活方式。这就对既有的生产力结构、产业布局、企业产能和供给侧提出了严峻拷问：你适应吗？

现实已经回答，且有点残酷。

经济学家们的研究发现：进入21世纪初，中国全要素生产率的贡献明显降低，并导致经济潜在下行因素的累积；剩余劳动力无限支持增长的情况正在发生改变，"刘易斯拐点"已经显现；在全国内需对增长的拉动中，资本形成总额的拉动力，在2009年前后达到高点；最终消费支出的拉动力，在2011年前后达到高点，之后趋势性下滑均非常明显。工业增加值、固定资产投资、社会消费品零售总额等主要指标的增速，在2009年之后，均呈下行之势。

这就是结论：既有的增长模式和消费模式，正在步入衰退期，新模式正在孕育，尚未形成；2010年左右，就是发展模式转型升级的区间拐点。

随着投资拉动增长模式的失灵，"三驾马车"中的另一驾——出口也出现了问题。自2012年以来，中国出口增速平台就出现明显下移趋势；出口潜在增速由连续10年的20%以上，衰减为连续3年的7%左右。世界经济转型带来的后坐力，让我们产能还来不及转型的部分出口系产品，在出口受阻后返回来参与国内竞争，进一步加剧了矛盾。中国制造业面临的最大问题是产业突围。

不管我们是否赞成社会或经济达尔文主义，他的进化法则都会生效。世界发达国家经历的艰难，一次又一次地向我们敲响了警钟：面前有陷阱。

什么陷阱？"中等收入陷阱"。

这似乎是个魔咒。原来，我们离世界很近。

这是多少国家血的教训，转型失败的例子可以信手拈来。如巴西、阿根廷、墨西哥、智利、马来西亚等，在20世纪70年代，就已进入中等收入国家行列，但直到2007年，仍然挣扎在人均GDP 3000至5000美元之间，找不到增长的动力和希望。拉美国家20世纪80年代的发展危机：墨西哥1994年金融危机、巴西1999年货币危机、阿根廷在1963—2008年的45年间出现的长达16年的负增长。还有，日本"失去的20年"，好像至今仍然没有触底……

经济学家们在对这些国家"中等收入陷阱"特征的分析中，发现了一些带有共性的病态指征，那就是：经济增长回落或停滞，民主乱象，贫富分化，腐败多发，过度城市化，社会公共服务短缺，就业困难，社会动荡，信仰缺乏，诚信缺失，金融体系脆弱等等。这些特征，早在亚洲金融危机之时，就已在中国赫然出现。只是，一场轰轰烈烈的国家主导的大投入，让矛盾掩盖，危机缓解；同时，也铸就了一个巨大的产业转型"重装"——结构性矛盾。

这就是中国宏观经济目前面临的尖锐问题。

首当其冲的是制造业，嚷嚷得最凶的是房地产，冲击最大的是经济外向度高的广东、福建、山东、江苏、浙江等沿海发达地区和传统制造业。

眉山华凯铝轮毂科技有限公司，是我担任眉山铝硅产业园区管委会主任时引进的，专门从事汽车、摩托车铝轮毂生产，老板是浙江永康人。该企业2014年底被迫停产，至今尚未恢复生产。可他每次从老家回来就不无欣慰地摇头说，幸好到了四川，因为他的企业还算好的。四川在内陆，冲击相对较小，虽暂时停产，也许还保得住企业；企业欠款，也大都是银行的，没有讨债的天天上门纠缠。而他老家的企业，早已一片片倒了，往日的亿万富翁们，一个个都成了债务缠身的穷光蛋，躲债、道歉与被骂，成了他们的"新常态"。资料显示，2008年至2016年的8年间，广东东莞有10多万家企业倒闭；其他地方也大同小异，且前景黯淡。

现实的残酷，是如此触目惊心。

有关研究报告显示，二战以后，全世界有106个国家和地区跨入中等收入行列，但其中只有约13%的国家，顺利跨入高收入阶段，其余都不同程度地掉入了"中等收入陷阱"。中国真的能置身事外，独善其身吗？

答案并不令人乐观，无论专家层面，还是官方层面。

北京大学经济学院国际经济与贸易系副主任陈仪认为：中国社会不可逆转的老龄化；中国资本市场出现的一系列摩擦，严重妨碍了资本配置的效率；2009年的国家大投资后遗症等，都大大增加了陷入"中等收入陷阱"的概率。时任中国财政部部长楼继伟，在清华大学"中国经济高层论坛"上直言，中国在未来的5年至10年，有50%的概率会陷入"中等收入陷阱"。

因身份特殊，我相信，楼继伟的观点，已留了很大余地。这是此次的经济转型，与我们过去经历的所有转型的不同之处。如果说过去是中小规模的转型，这次则是阶段性大转型。可以说，中国企业面临的挑战与考验，都今非昔比。

二重只是其中一员。

第五节 危机与拯救

"有危险的地方，拯救也在生长。"

荷尔德林以其富有哲理的诗句，诠释了自然社会的辩证逻辑。

以莫德尔斯基为首的经济学家提出的"霸权周期"理论认为，一个主权国家如果能够准确地认识和把握世界走向，并制定相关的应对之策，就能够更好地顺应潮流，更好地实现国家利益，并在国际舞台上巩固提高各种地位。反之，轻则可能导致国力衰退，重则从此一蹶不振，政治经济瘫痪，惟强国是瞻。

这是日本发生的事情。为了缓解国内制造业的过剩产能矛盾，日本借鉴美国"马歇尔计划"的经验，在20世纪60～70年代，启动了一场号称"第二次明治维新"的改革。他们对内强化"小政府"和"公民社会"建设，对外进行由技术携带的资本扩张。以比较优势为基础、顺贸易偏向为导向，鼓励对发展中国家和地区的投资，促进比较劣势的产业部门产能外泄，促使其制造业结构发生变化。所谓"安倍经济学"，不过是这场改革的延续。

到了21世纪，人们突然发现，在世界经济版图上，既紧密关联，又有明确区别的"两个日本"，正在悄然形成，重新发出自己的声音。一个是本土的，以技术创新与产业升级，推动着经济的再一次转型；一个是海外的，先进的技术携带着8万亿美元的资本，在世界市场左冲右突，寻求突围之路。

欧美和韩国通过调整产业结构，发展重工业，实施出口替代战略，也成功实现了由劳动密集型向技术密集型转型，实现由中等收入向高收入的跨越。

事实上，穷途末路下，整个资本主义世界，都正努力寻求自我修复与救赎。一场更大规模、更高层次的转型，包括政治、经济、文化等等，正在世界资本主义体系酝酿。核心是源创新，即针对后现代化带来的新消费主义及其对需求的改变，改革供给侧结构。中产阶级谋求集体突围，成了这次转型的主角。

如何避免"发展的陷阱"，防止重蹈日本"平成衰退"以来"失去的20年"式的覆辙？这对一个普通的企业、企业集团，甚至行业翘楚，也许是个太大的话题。但对国机、二重不是；对力求通过国机、二重重组，构建与坚守中国机械工业那一连串"最"的国机，更不是。

在过去的发展奇迹中，我们显然忽略了什么。

我们在产业链的低端环节，凭借短缺市场和原始的资源消耗、人口红利，支撑了30多年的高速发展；而在产业链高端的研发、设计、包装、物流、品牌等环节，却乏善可陈。现在，国外跨国公司仍然千方百计通过各种途径，争夺和巩固这种产业链的上位优势，以期获得更大利益和影响力，并通过资本、技术、经济等手段，甚至设置贸易壁垒，把中国企业继续捆绑在这个既成的国际产业链低端环节，以期我们已持续多年的"世界工厂"模式继续存在下去。

大道无情，大道亦有情。

中央早已洞察到了这个趋势。中共十八大后，中国与世界经济转型的对接，明显走入步步推进的新阶段。其主要特点是：开放范围和程度都在实质性扩大，进入一个更加宽广的国际化舞台；而"一带一路"倡议的实施，将形成中国经济腾飞的两大翅膀。中共十八届三中全会通过的全面深化改革决议，明确指出国企深化改革的重点，是"规范经营决策、资产保值增值、公平参与竞争、提高企业效率、增强企业活力、承担社会责任"。而中共十八届五中全会，则把核心锁定在了创新发展。国家宏观层面创新的重点，是构建中国的发展新体制，加快形成有利于创新发展的市场环境、产权制度、投融资体制、分配制度、人才培养引进使用机制；调整生产力布局，促进产业转型升级，并与新兴市场对接。

国企微观层面的创新，则是顺应"互联网+"发展趋势，以信息化与工业化的深度融合为主线，强化工业基础能力，推进智能制造、绿色制造，加快发展现代服务业。创新的目的很明确，就是释放新需求，创造新供给，培育发展新动力，推动新技术、新产业、新业态蓬勃发展。中央政府部署实施的《中国制造2025》规划，为企业创新发展指明了方向。沿着创新的路径，在党的十八届五中全会报告中，出现了这样的表达："释放新需求，创造新供给，推动新技术、新产业、新业态蓬勃发展。"

这表明，因应世界性经济转型升级要求，在未来，以新需求、新市场为导向，以重组重构新型产业体系为目标，中国产业经济将面临一场大洗牌。

国机与二重，都在局中。

任洪斌的重组愿景，不仅仅是让二重扭亏脱困，更要改革振兴，实现更快更好的发展，朝着他的国机大梦奋进。他清楚，在这场转型升级挑战中，冲击最大的，当然是传统产业，特别是传统制造业，机械工业更是首当其冲。

国机、二重重组，不只是一项国家任务，不只是二重脱困的需要，也是国机在新形势、新挑战下，自身转型和持续快速发展的需要。企业家要创建的应该是"世界公司"，而不是"世界工厂"。前者以世界为参照，以消费结构转型升级为导向，构建自己的产业、产品、服务链和供给侧，输出的是资本和技术，分享的是资源和市场，留下的是创新和利润；而后者输出的是产品和苦力，承受的是危机和被挤压，留下的是"三废"（废气、废水、废渣）和高能耗。

可是，"路漫漫其修远兮"！

当中国的工业化还没有完成，"世界工厂"地位还没有完全改变之时，世界已跨入全球化、信息化、大数据、高科技时代。世界性的产业转型升级，排山倒海般袭来，新的危机步步逼近。中国制造业面临第二次沦陷。

市场鼓励竞争，但市场的本质却不是恶性竞争。过去，中国许多制造企业，凭借人口红利等优势，在以满足国内国际低端市场为主的竞争格局下获得了竞争主动。现在，世界经济正进入深度调整，发达国家的技术优势、其他发展中国家的成本优势，形成双重挤压，让中国的制造业雪上加霜。曾经的优势正在消失，"世界工厂"模式已走到尽头。中国机械行业，特别是重型装备制造业，大量过剩的产能需要寻找出路。不仅中国一重集团有限公司（简称"一重"）、二重，国机自身也越来越明显感到，过去支撑快速发展的传统优势正在消解，新动力的培育艰难而滞缓，新旧动能转换的结构性矛盾突出。我们还有什么优势，面对转型中新的竞争挑战？产业重组，资源整合，改革供给侧结构，无疑是最好的出路。国资委多年来都在做这样的努力。

中国经济转型升级，呼唤康德拉季耶夫周期回归。

世界是圆的，就像一个果壳。哈姆雷特认为，即便把他关进果壳之中，他仍然相信自己是无限空间之王，仍然主宰着自己的世界。

任洪斌面前的局，就是一个这样的果壳。

在对世界经济转型格局、中央决策的研判中，任洪斌发现了《中国制造2025》规划的秘密。规划重点发展的十大领域，新一代信息技术、高档数控机床和机器人、航空航天装备、海洋工程装备及高技术船舶、先进轨道交通装备、节能与新能源汽车、电力装备、新材料、农业机械等，几乎个个与国机相关；加上重装就理想了。关键是怎样因势而为，把握大局，谋求改革突围。

任洪斌似乎早已成竹在胸。他和他的团队们，顺理成章地把这种世界性、未来性、战略性的思维，延伸到了对二重的重组中，进而设计好未来。任洪斌想争取再过10年、20年，回想起自己的选择，仍然能从容而自信地说："虽然当时很痛苦，但却赢得了今天的主动。"他时时提醒自己，搞企业的，怎样才能保有自己"武功"？答案早在国机"神话"里。

当年的央企少帅任洪斌对搞好高端国企的思考，对国机持续快速健康发展的思考，从来就没有停止过；而今，这个长久而复杂的思考中，不得不突然融入一个新的元素——重组二重。

我理解了任洪斌和他的团队的选择。

第二章 "脊梁"之殇

第一节 横空出世

任洪斌和他团队的选择,与二重人一样。

案前有一本书——《二重五十年》,是二重建厂50年时编写的厂史。翻开书的扉页,我就被一段激越昂扬的话深深吸引、打动了:

> 中国二重用行动证明,在国家和社会遭遇重大自然灾害和危机时,二重靠得住,信得过,拉得出,打得胜,能够发挥重工业"脊梁"的作用,不愧为共和国的长子……从无到有,从小到大,创造了许多中国第一。

这段铿锵有力的话,出自二重党委书记、总经理石柯为该书写的序。形象的比喻,恰当而深情的定位,爱意浓浓,温暖可人。深入阅读你还会发现,二重过去50年的历史,就是被几代二重人这样书写的。

我借助文字,穿越时空,走进1958年的金秋。

"碧云天,黄叶地。秋色连波,波上寒烟翠。"范仲淹笔下的秋,虽然清朗俊美,多少有几分娇柔之气。二重的那个秋,书写的却是壮怀与豪情。

建设期的辉煌,围绕一个时间节点展开:1958年10月13日。这一天,偏居一隅,沉寂多年的德阳小县城,迎来了二重的开工庆典。

视线向前，延伸到项目前期。

目光定格于一场声势浩大的创举：国家三线建设。毫无疑问，这是一项伟大的战略工程，也是中央站在国家安全的角度，做出的一次重大抉择。

推翻三座大山，人民翻身得解放，群情振奋，山河沸腾。从建立到建设，中华人民共和国面临伟大转型。第一个五年计划的实施，国民经济得到一定的恢复和发展，建设社会主义工业化强国的重任，从来没有这样急迫地摆在面前。

建立工业化，首先必须攻克最重要的瓶颈——重型装备，这是工业中的工业，或曰基础条件。而且，时不我待，迫在眉睫。按照国家发展战略，在"二五""三五"期间，在西南、西北等地区，新建一大批大型水电站和钢铁联合企业，急需大型设备和大型锻件。

落后就要挨打！这是贯穿中国近代史的血泪教训。国外敌对势力虎视眈眈，亡我之心不死，必须迅速发展中国国防和高端科研，赶超世界先进水平。而当时国内的状况是，水压机最大吨位只有6000吨，规划项目需要的大型厚板、薄板轧机、2300毫米以上连续轧板机的轧辊和齿轮、125兆瓦以上发电机轴、转子、叶片等，都无法制造。此关不破，焉能前行。

国家安全和国家发展，都提出了一个迫切而重大的要求：共和国工业化的大厦，急需一个以万吨级以上水压机为核心的重装"脊梁"支撑。

出路不外乎两条：一是进口。那不仅需要大量外汇，而且会受到国外敌对势力的刁难阻挠；今后的维护、升级等，也将受制于人，将极不利于国家安全。二是自建。这几乎是唯一安全可靠的选择。这一选，就选择了二重，也造就了二重。共和国工业化瓶颈的攻克与装备担当，落到了二重肩上。

设计，论证，选址，考察引进、消化吸收、创新发展……每一个环节，都是一次极限挑战，都需要付出难以想象的智慧、勇气和耐力。时空错位，我不知道当时的决策者的气魄与担当，是如何气冲霄汉的；不知道二重的设计专家们，是如何面对和攻克一个个技术难关的；不知道他们是如何机智地学人之长，与苏联新克拉玛托尔、乌拉尔基重机厂及莫斯科哈尔科夫设计院接触交流，不断补充丰富自己的知识营养，以及在苏联专家突然撤离后又是如何收拾残局的；也不知道国家建委联合选址小组，是如何跋山涉水，从四川成都、德阳、眉山、石板滩等地十多个备选方案中，一个个调查、比较、论证、筛选，最后选中德阳的。再真实详尽的文字，也还原不了历史的生动细节；再美丽的状写，也呈现不出无私心灵的颜色。我只知道是爱，是大爱——对共和国的爱，创造了二重奇迹。

视线向后，延伸到项目建设。

我虽然无缘目睹千军万马鏖战二重的热烈场面，但透过简略的文字、二重老职工们回忆时发光的眼神，仍然不难想象那场激动人心的会战。

来了，由第一机械工业部部长助理景晓村、行政司副司长葛守国率队的6人筹备小组。他们肩负神圣使命，将二重筹备指挥中心由北京转移到了德阳。

来了，建工部一局的1.2万多名专业施工队伍，将主战场由东北转战德阳。

来了，四川省组织的3万多名民工，从中江、绵竹、德阳、遂宁等地农村组团出发，汇聚德阳，以火一样的激情，投入这场前所未有的鏖战。

一场会战二重、为国争光、气壮山河的浩大战役，如火如荼地展开。"鼓足干劲，力争上游，多快好省地建设社会主义"，这不只是带有时代特色的口号，也是具体目标。不足万人的德阳县城，一下涌入数倍之众的建设大军，旅馆、民房、工棚、桥洞、路边，到处都是人。他们吃的是米糠、野菜，住的是陋屋，用的是原始工具；他们把简陋诠释为奢华，把艰辛理解为满足。那些长期生活于干燥北方的建设工人，艰难地熬过四川一个个漫长而潮湿阴冷的季节。

一个个奇迹，在平凡中诞生；一张张蓝图，在艰苦中书写。

人心齐，泰山移。一个产生于"跃进"时代的口号，在这里却如此平实，没有丝毫的虚妄。肩挑臂扛呀，靠着几万颗赤胆忠心，几万双粗手铁肩。挖地基、运沙石、填土方、夯基础，仅仅80来天，工人们就平整土方47万多立方米，建成宿舍1.9万平方米，10多万平方米的施工暂设工程和10千米铁路专线路基……

13年的建设期，尽管工厂名称几经改变，由最初的"西南重型机器厂"，变为后来的"德阳重型机器厂"，到1960年12月定名为"第二重型机器厂"（二重前身），但忠诚未变，激情未变，苦战未变，奇迹的创造没有停顿。

不能忘记的人和事，还有很多很多。

比如，沉重而憋气的缓建期。三年困难时期后，国家仍然极度困难，不得不实施"调整，巩固，充实，提高"的八字方针。热火朝天的工地和激情燃烧的队伍，不得不紧急刹车，暂停作业。首当其冲的是农民工，出师未捷，就要打道回府。离开的挥泪，留下的揪心。厂房盖了一半，公路铁路刚平整好路基，安装好的设备还没有调试。高亢的节奏，不得不戛然而止。

可是，沉重之中，揪心过后，二重人又很快找到自己新的定位，新的责任。他们以工程维护和设备维护为中心，组织了700多人的护厂维护队，开展"查，抓，抢，防"，发现大小质量问题900多处，并及时处理；对突然缓建中的1000多台、24000多箱（件），价值7500多万元的库存设备，进行安全妥善的存放维护，最大限度地减少了3年缓建带来的可能损失。

为了稳定职工思想，厂党委让宣传处和工会联合组织职工排练节目、演大戏，活跃职工文化生活，还请了四川省人民艺术剧院的名导演来做指导。《红岩》《霓虹灯下的哨兵》《年青一代》《夺印》，一出出反映那个时代火热生活的话剧上演了，伴随满腔热血的二重建设者度过了那段迷茫的岁月。时任厂党委副书记的吴希海（后调任为成都市委书记），观看了职工排演的《霓虹灯下的哨兵》，其中的角色、大老粗赵大大由刚从清华大学毕业、被分配到工厂的华涌欣饰演。看完演出，吴希海情不自禁地感叹道："你是清华毕业的大学生，出演当兵的农村人赵大大，不就是老细演老粗吗？！"一句简单的称赞，道出了二重困难时期鱼水般的干群关系和积极向上的职工精神面貌。

又比如，激情重燃的建厂复工期。仅仅复工几个月，就捷报频传，连续打下几场漂亮战：水压机厂房钢结构吊装、第二个30米井式炉砼井壁封底、一金工车间镗床平台安装等相继告捷。然后，又是连续几场攻坚战，工具车间、机电修车间、二号车间、平炉车间、钢清车间、冶金附具车间。再后来，还有"文革"中的护厂保卫和29项工程会战，直至60年代末顶住重压的平炉车间扫尾战。

"肩负祖国重托，建设德阳重装，我们挥洒汗水，智慧凝聚无穷力量……"

激越昂扬的歌声，驱散了停建的阴霾，让二重跨越困难，又见阳光。

奇迹的背后，当然是人。

在《二重五十年》里，我们能看见赞扬的名字并不多，且出现名字的都是普通工人。比如"王铁人"式的老木工时金根、首创样板墙的女徒工高灼香、青年节约能手俞锦祥、对质量一丝不苟的职工许小庚。更多的是不见其名，不知其事的人。他们的青春、激情、汗水、眼泪，他们全部的爱，都融入了二重牢固的基石里。在二重建设的辉煌历史中，忽视了他们中的任何一个人，都是不完整的。

这就是二重人，建厂时期的二重人。

他们为国家而生，为国家而战，为国家而爱，为国家挥洒青春豪情，流血流汗，献了青春献子孙。硝烟虽无，鏖战却酣。蹚过了一个个春夏秋冬，天灾面前没有倒下，人祸面前不言屈服，困难面前摒除畏惧，用自己的忠诚、勇敢、智慧和奉献，让中国二重横空出世，将共和国工业化的第一页书写为辉煌的篇章。

滴水之恩，报以涌泉。

面对如此身世，二重，你该怎样续写忠诚？

第二节 国之"脊梁"

显然，答案已经给出。

下文是重组前董事长孙德润在二重门户网站首页的致辞：

> 二重秉承"两个关系"(关系国家安全和国民经济命脉)，致力于重大装备制造56年，为国民经济和国防建设提供了超过200万吨的重大技术装备，为中国工业化和现代化建设发挥了不可替代的作用。

"两个关系""不可替代"，这些并非溢美之词，而是二重真实的历史。

在二重德阳基地的科技中心，有一座荣誉馆，以图文和实物，珍藏了这个企业的辉煌。记忆是鲜活的，图片或者文字，都可以还原那段无法被遗忘的历史。不管是熟悉二重的人，还是陌生人，一来到这里，从任何一个展品出发，以真诚和情感作舟，顺着时光的河流前行，便不难重返那辉煌的岁月。

建设者的目光，投向湖北丹江口。

山野起伏，江河纵横。汉江与其支流丹江，相依相偎，接迎着95000多平方公里的流域降水；然后汇流成河，势如破竹，一泻千里，横穿崇山峻岭。在两江汇合处，江流湍急，惊涛拍岸，水位落差巨大，蕴藏着丰厚的水能资源。共和国的建设者们，在刚刚吹响的工业化号角中，当然没有忘记这得天独厚的宝藏。在中华人民共和国建立初期，国家首批规划的重点开发水电站在此落户。

丹江口水电站就是其中之首。

项目定位：集多功能于一体的水电水利综合枢纽工程。

技术指标：挡水大坝全长2468米，其中混凝土坝长1141米，坝高97米。6条直径7.5米的压力钢管，引水带动坝后式厂房内6台水轮发电机组；直径5500毫米，净重114吨的水轮机转轮；单机容量150兆瓦，额定出力154兆瓦。

项目意义：将为广大的中南地区发展提供巨大的能源支持，而且对流域内防洪、发电、灌溉、航运及水产养殖等，都将提供有力保障和有利条件。同时，还将为未来的南水北调中线工程提供重要水源。

空前规模的项目，空前高的技术要求，空前巨大的挑战。

在诸多"空前"中，一项最关键的"空前"，责无旁贷地落在了二重身上——超大直径水轮机转轮制造。按照工程概算工期，在正常情况下也需要一年多，何况从技术到制造都是白手起家。但中央要求"多快好省"，必须在7个月内完成。

极限接踵而至：有限的铸造能力，决定了对这样大规格的转轮不可能进行整体浇铸，不得不一分为三，再焊接为一体；因工艺复杂，焊缝处于曲面和变断面之间，且倾斜角达21.5度，属于苏联巴顿电焊研究所提出的焊接禁区；年轻的职工队伍，从未有人进行过这样高难度的焊接训练，很多人甚至从未提过焊枪，犹如让一个小学生去进行研究生考试；电力严重不足，机器无法正常工作……

全国人民在期盼，世界在观望，二重，你行吗？

二重初试牛刀，便让世界为之侧目。无论工期、质量、极限，还是成本控制，二重都以独特而华丽的数据，写下了辉煌的第一页。群英会战，众志成城。经过近20次试验，二重解决了包括焊接部位溶宽不均和焊接不透等难题，催生出了多变丝单溶嘴电渣焊新工艺的发明；140多条革新建议，创造了一个又一个奇迹；每天12个小时以上工作，推迟婚期、带病上班、轻伤不下火线，等等，都是辉煌背后的平常故事。当然，最辉煌的注脚，还是当时中国首台最大尺寸水轮机——丹江电站150兆瓦混流式水轮机转轮热处理按时完工，工艺质量合格。

有了第一页，自然有第二页、第三页。二重的辉煌，是一部厚重的大书，每一章，每一节，每一个故事，每一个细节，都闪耀着时代的光芒，都是中国现代工业发展中不可忘记的夺目亮点，占据着国家重装出击的高地。

当我们站在新世纪的门槛，随意一个回眸，注目中国工业化的背影，每一个投向，每一个仰视，都会与二重一路从容走来的坚实步履相遇。

向前回望，是二重从上世纪70年代以来浓墨重彩的30年。

上世纪70年代。这个中国现代工业真正的奠基阶段，二重如何重装中国。数以千计的矿山、冶金、钢铁企业，数以千台的大型矿山机械，特厚板轧机、炉底辊，水轮机组不锈钢叶片、发电机转子、火炮等，由二重重装下线，伫立在共和国最早的工业基础里。如今，已是大厦巍峨，根基坚固。

上世纪80年代。这个中国国企改革探索的转型时期和社会主义市场经济的起步阶段，二重如何一边面对市场，一边续写辉煌。二重开放的步子，比改革迈得更大、更坚实。甚至可以说，整个80年代，二重是由开放重塑的。

中国改革开放的第一声春雷响起，二重就如登科后的孟郊，"春风得意马蹄疾"，欲把长安花看尽：1978年，引进西德奥姆科公司8个系列、34个规格重型锻压设备设计制造；1980年，由日本制钢所室兰制作所提供技术咨询和设计方案的热加工技术改造项目，获得国务院批准实施；1981年，利用引进技术生产的900吨棒料剪切机问世；1982年，与日本签订大型铸锻件产品专有技术转让合同；1983年，与美国国民锻造公司签订直径400毫米人造水晶高压釜设备专有技术转让合同；1984年，引进西德奥姆科公司关联技术，匹配6台机械手、4条运输链设计制造技术；1985年，引进西德马克公司技术，与该公司联合设计制造了上海宝山钢铁总厂（简称"宝钢"，后更名为"宝山钢铁集团公司"）2050毫米热连轧机粗轧区机械设备；1986年，与日本神户制钢所合作设计制造了鞍山钢铁集团有限公司（简称"鞍钢"）1550毫米板坯连铸机成套设备；1987年，与美国艾特纳标准公司合作，设计制造直径144毫米ACCU-ROLL管轧机成套设备……

通过这一系列的引进、消化、吸收，二重实现了技术武装上的转型升级，脱胎换骨，由二次创新逐步过渡到原型创新，踏上了技术腾飞之路。

似神话，又不是神话。一个个奇迹在此应运而生。

除了前面提到的重大装备，还有4200毫米特厚板轧机、600万瓦火力发电机转子、航空模锻件、4000吨热模锻压力机、95毫米×4000毫米三辊卷板机、WP1000吨—4000吨热模锻压力机系列配套设备、3300毫米四辊轴前梁锻造、3300毫米中厚板轧机、2050毫米热连轧机系列、59式152毫米加农炮、130毫米火炮等军工产品。这些也许陌生且名称拗口的重型设备，都是重装中国不可或缺的特殊要件。

上世纪90年代。对中国国企来说，这是深化改革的攻坚时期。二重没有在潮流之外，而是在不断探索、改革、创新，向着现代企业制度的目标前进，并续写着自己的辉煌。虽然已显出有些吃力，但在称之为"国之脊梁"的一些产品目录上，我们依然可以看见二重的名字。比如，宝钢1580毫米热轧带钢轧机、1550毫米冷连轧机；鞍钢1780毫米热轧带钢项目；邯钢1680毫米薄板坯连铸连轧生产线；为德国马克公司提供的大型热轧H型钢成套设备、为美国铁本公司生产的1700毫米轧机。

眼前是新世纪的地平线，清新而显眼。我的目光从这里出发，一直延伸到跟前。我看见二重这段负重图强、辉煌与艰难并行的时光。

也许是责任与使命使然，二重将发展的目光，聚集到了重装前沿：风电增速箱、第三代核电、大水电国产化、重容和国家工程实验室。神话再次出现。大吨位级加氢反应器、宝钢5米轧机、波兰2250毫米热连轧机，已经不只是"中国首台""国内第一"，还有"国际先进"。世界，再次向二重投来敬意的目光。

当然，更大的神话还是投资。

在二重陷入困境后，对其投资失误的诟病，似乎就没有停止过。事情似乎也并非那么简单。拿国机总经理徐建的话说，就是用现在的眼光来看，在那个背景那个条件下，如果他在二重，也许也会上那些项目。有人甚至说，这次投资大举，是二重真正的市场觉醒，他们想从根本上改变产品、业务单一模式。

是的，换一个角色，诟病的可能是我们自己。上8万吨模锻压机，是为了满足国家战略需要；建镇江核电设备出海口制造基地（简称"镇江公司"），是为了消除出海口瓶颈；建成都工程中心，是为了吸引高端技术人才，加强信息、研发和营销。哪个错了呢？

二重财务部长陈永林，则用数据诠释了相关背景。

二重牌子大，名气大，但产出规模一直并不大。1999年年销售收入才3亿元，按时发工资都困难，2003年以前，年销售收入没有超过10亿元的。2003年至2008年间，遇上了一个大好的发展机遇。这期间，全国出现了一个全面高速发展期。投资、房地产、工业等大发展，带动了冶金钢铁行业的大发展、大需求。2007年达到历史新高，二重实现销售收入近80亿元，利润5亿元。

现实和前景，都很迷人……

订单应接不暇，产能严重不足，产品结构不合理，投资欲望猛增。二重一直存在的问题，理想与矛盾，在这时显现得更为突出。

对当时上项目的迫切，石柯至今记忆犹新。

石柯说，他从2001年开始，就一直在分析、琢磨二重存在的主要矛盾。尤其是2004年、2005年的时候，石柯非常着急；到了2007年、2008年，他甚至有点发疯了。因为那两年的行情，实在太好了。如果产能跟上，每年起码可赚十亿甚至二十亿元。钢铁、机械等行业天天要设备，企业不敢接单，怕干不下来。每年初或年底制订第二年计划的时候都很苦恼。市场需求那么大，价格那么高，生产不出来，能不急吗？领导们不是常常讲吗，机遇是流动的资源，稍纵即逝。

此时，恰逢国家为应对亚洲金融危机，抛出投资大单。整个计划系统、政府系统和银行系统，都行动起来了。这个检查组，那个检查组，天天督导都是冲着项目而来。需要什么项目，他给你介绍，还可以直接给你项目。上上下下一股风，整个国家都在大投大上。国家政策导向方面，也要求各企业抓住机遇做大做强，企业产能必须干到国内行业前三，否则就等着被踢出央管行列。

国家实施的大投资计划，正好迎合了二重的心理。石柯说，二重当时年销售收入才四五十亿元，如果能搞到100亿元，日子就好过了，就能走上良性发展的轨道。职工的年收入，那时只有6万元，起码要10万元以上才行，这一直是二重的发展目标。现在，能够实现目标的机会终于来了。

这种情况下，不上行吗？

石柯的诘问非常有力，答案是确定无疑的。

是的，任何科学的判断，都不能离开历史语境。无论传统的冶金扩能提升，还是产品结构调整新上的"三大核心项目"工程，都是由一个个庞大的项目构成：投资57.3亿元的镇江核电设备出海口制造基地，投资20亿元的8万吨模锻压机，投资10多亿元的风力发电机增速器生产线，投资7亿元的成都工程中心；以及投资数亿元的重容车间，自建1.5万吨水压机……

投资的"百亿工程"，构成二重这一时期的主旋律。

经过80年代的期盼，90年代的饥饿，新世纪的望"单"兴叹，二重仿佛要把压抑已久的激情，一下子倾泻殆尽；要通过大力度的投入，促进企业大踏步地转型，让渐行渐远的辉煌重写。我们仿佛看见，二重名下那两个结实有力的大字——"脊梁"，正在被拭净岁月的浮尘，再次露出昔日的华姿：辉煌，苍劲！

"脊梁"，真正的共和国重型工业的"脊梁"！广厦林立，群峰巍然，在中国现代工业这片广厦里，我们掂出了二重沉甸甸的分量。

很难想象，没有二重，中国的工业化会是怎样的情景。

第三节 爱与哀愁

谁曾料到，出师的结果，竟是如此捉摸不定。

困境来得那么突然，那么猛烈，令人难有回天之力。大投入，需要的是大资金，大潮退去，再大的船，也难免搁浅于大浪推高的沙滩里。

投入超过了能力，必然是资金短缺。此时，二重想到了资本市场，启动了上市程序。可惜，晚了，已错过了最佳时间点。一步被动，步步被动。

也许是一语成谶。还是那句铿锵而富有深情的话：中国重工业的"脊梁"，共和国工业的"长子"，竟造就了二重难以预料的另一种因果。

在二重，从高层领导、中层骨干，到普通员工，每当谈到当时的困境时，大都会目光回转，试图从过去的辉煌中找回自信，从第一轮国企改革的艰难曲折中，找到真实的答案。不是事后诸葛，也许，事件的因果本来就是如此。

回首往事，二重确实有太多值得总结的东西。在过去的改革中，二重是怎么走过来的？毫无疑问，最有资格回答这个问题的人，仍是石柯。

说到这次二重重组，许多人都为石柯的顾全大局、高风亮节而感动。这位阅尽二重的企业家，对二重怀有的深厚感情，是一般人很难理解和体悟的。上世纪80年代初，石柯刚从西安建筑科技大学毕业，就踏入了二重之门。他从技术员、工段长、车间主任、生产处长，到分厂厂长、副总经理，一直做到集团党委书记、总经理、董事长。他踏着坚实的步子，一步一个脚印，从二重的最基层，走到最顶层，每一个层级的状况，他都如数家珍。他事业的脚印，与二重大半个历程重合，见证了二重的辉煌，也目睹了二重的艰难。可以说，二重30多年来的每一次成功，都伴随着他的喜悦；每一次的转折，都浸透着他的心智；每一次的艰难，都印下他的愁苦。这时，他不得不做出一个艰难的决定，把几十年来伴随自己风雨兼程的心爱企业，连同自己一起送上重组之路，谋求新生。

记忆是昨天的在场，一切恍若眼前。

中国国企的第一轮大规模改革，是在1985年拉开帷幕的，其标志是1984年10月中共十二届三中全会的召开。这次会议通过的《中共中央关于经济体制改革的决定》，不仅吹响了以国企改革为核心的城市经济改革的号角，而且明确规定了改革的方向、性质、任务和方针政策。会议强调，改革是中国形势发展的迫切需要；而改革的重点，则包括了建立充满生机的社会主义经济体制，增强企业活力，遵循价值规律，发展社会主义商品经济，建立合理的价格体系，实行政企职责分开，正确发挥政府机构管理经济的职能，积极发展多种经济形式，进一步扩大经济技术交流，造就一支社会主义经济管理干部的宏大队伍等十大方面。按照中央的改革计划，当时城市经济体制改革所涵盖的范围，包括了城市工业、建筑业、交通业、商业和服务业，涉及100多万家企业，8000多万名职工。其中的城市工业企业所提供税收利润，占当时全国财政收入的80%以上。显然，这是1978年12月中共十一届三中全会后，中国农村改革成功经验全面向城市移植。核心是国企改革。改革指向社会主义公有制经济的重要基石。

大梦谁先觉，此路有先知。

事实上，当坚冰打破，航路开通；当市场的因子在中国广大农村迅速生长蔓延的时候，不少长期受僵化计划体制束缚的国企，早已蠢蠢欲动，摩拳擦掌。早在1978年10月，几乎与农村改革同步，四川就率先开始了扩大企业自主权的试点，以减税、让利、扩权为核心的改革试点，由此在全国展开。

如果说，这些改革都还是在市、县级中小企业小心翼翼地进行，那么，1980年11月27日，天津市人民政府批准天津手表厂、天津自行车厂、天津第一毛纺厂、天津锻压机床厂4家国营大厂进行独立核算、国家征税、自负盈亏试点，这项举措则标志着势不可挡的国企改革，已不可避免地向中心城市的大中型企业，甚至特大型国企演进。根据"市场的情况""安排群众急需的短缺产品的生产"，这些在现代企业的运作中，早已是小学生都应懂得的常识，而在当时，1980年12月12日，却成了特大新闻，占据着《天津日报》的头版头条。无论常识也好，旧闻也好，别人毕竟早早起步了。不是一年，两年，而是10年，20年，甚至更长时间。

二重却不一样。

二重为什么要一样？

别忘了，在二重的词典里，有几个不同凡响的核心词，一个是"国"，一个是"重"，一个是"脊梁"，一个是"长子"。多么响亮而富有爱意！

民间有俗语："皇帝爱长子，百姓爱幺儿。"

无疑，二重这个"长子"，属于国家的宠儿。事实也是如此，从建设到运行，再到后来的市场化改革，国管39户、53户、112户、117户，这些国企中的"国家队"，二重何曾缺席过？从老一辈无产阶级革命家毛泽东、刘少奇、周恩来、邓小平、贺龙、李富春、薄一波、彭真、罗瑞卿等，到中央第二代、第三代，直至现在的领导集体，哪代哪位，对二重不是情有独钟，关爱有加！爱是温暖的，也是有力量的，浸润于二重的整个史册，永远无法抹去。

　　人存在的形式，有多式多样，只有有效地抓住当下，把握本质，依靠人，才能体现存在的价值，实现物质的和精神的最终超越。

　　企业的价值谱系，蕴含着同样的定理。

　　二重是个例外。在中国大地，早已如雨后春笋般生长的市场因子，包括市场意识、市场体制、市场行为、市场竞争，在二重，却似乎姗姗来迟。

　　是二重有负厚爱吗？不是。

　　"长子"不愁江山异，何况住行食衣。作为国企"国家队"，从长期的体制温室中走过来，在"靠得住，信得过，拉得出，打得胜"的背后，是讲政治，守纪律，懂规矩。这一切都体现在"保持高度一致"上。这不仅是政治层面上的，还有企业行为层面上的。不叫你动，你能动吗；叫你这样动，你能那样动吗。不要说什么"黄洋界上炮声隆"，也不要说什么"我自岿然不动"，就连"报道敌军宵遁"，也只是一种说法。这说法由上级制定的游戏规则衍生，哪个没有真正建立现代企业制度的国企不是这样。何况，这是一种地位、殊荣、大爱，是"政治待遇"。

　　爱是温暖的，如春风拂面，阳光照人。

　　谁能拒绝春风，拒绝阳光？

　　走近二重改革的历史，我们会发现，这种爱的春风和阳光，一直如影随形，不舍不离。如果你是搞企业的，难免会生出几分妒忌。

　　直到上世纪90年代中期，全国大规模的国企改革，已进行10多年，甚至20年，已步入"深水区"，进入体制、机制和用人制度改革的攻坚阶段，"国退民进"已呈大潮澎湃之势。二重仍荣幸地被国家列为"关系国家安全和国民经济命脉"的重要企业，稳稳地置身于央管的准计划经济暖翼之下。在全国数以百万之众的各级各类国企中，获此厚爱的不过万分之零点几。在后来的演进中，无论央管阵营怎样变化，二重的地位仍"我自岿然不动"，仍是央企中的央企。这不仅仅是一个名单，一种形式，还有许多实实在在的爱的赋予。

"长子"，"脊梁"。爱，已到极致。

这爱，太重了，太久了。当长期的"长子""脊梁"，形成一种恒定的意识，一种文化，让神圣的责任，异化为无边的优越，爱的美丽，爱的温柔，就会演变成一种难以承受之重。就像一个温柔陷阱，不管你有意还是无意，一旦陷入，都会钝化人的锐志，消弭人的危机意识，迷惑人的判断。许多人，包括施爱之人，艳羡的旁观者，甚至最爱二重的二重人，也无法意识到陷阱的存在，他们没有想到，在市场魔方下央企命运还有另一种可能。

是国家爱错了二重吗？不是。

世界上几乎所有的国家，哪怕是最悠久、最发达、最成功的市场经济体系，在顶层设计自己的市场化模式时，哪个没有"留一手"，将关系重大资源配置、国计民生和国家安全的产业，掌控在国家手里？即便在同样体制，同样国管，同样饱受国家大爱温暖的央企"国家队"中，改革成功，华丽转身，发展卓著的企业多的是。同行业的"国机奇迹"，不就在眼前？

> 爱并不会是一种罪过
> 恨也不会是一种解脱
> 爱与哀愁对我来说像杯烈酒
> 美丽却难以承受

童安格演唱的《爱与哀愁》，为我们诠释了爱的意义，爱的纠结，以及爱的悖论。从二重身上，我们不难发现其中的影子。

谁都没错，可错却发生了。无罪之罪，不是小说也不是歌。

第四节 橘生央企

也许，问题就在爱本身。

这里的"也许"，只是一个或然判断。实际情况往往很复杂，何况一个央企，从特殊历史中诞生和走来。但有一点是可以确定的，正是这种大爱，在造就二重昔日辉煌的同时，也成为二重今天深陷泥淖与困境的重要原因。

无论爱的施者，还是受者，都未必想到过大爱会造成这种结果。

是的，爱造成了一些意想不到的结果。按照身在其中的德阳东方数控科技有限公司法定代表人何虎的说法，正是这种"脊梁""长子"意识和优越感，让二重长期以来思想封闭，总认为自己了不起，开口闭口8万吨模锻压机，夜郎自大，不可一世，根本没有把周边的企业放在眼里，也不注意优势互补。由此形成一种封闭文化，市场意识淡薄，没有危机感，死抱住冶金设备这块，没有适应市场变化，不断开发新产品。职工与企业不齐心，职工总认为企业搞不好是厂领导的事，与自己无关。有活就干，没活就串（为民营企业干活），甚至把公司的工量器具拿出去干。

如果说有所谓橘生淮南淮北之分，那"淮"是什么，在哪里？

这是文字记载的二重改革史，出自《二重五十年》。让我们以时间为经，内容为纬，市场为标尺，走近二重改革的坐标点。

二重的改革，踏着时代的足音，健步走来。

先是整顿调整（1982—1987年）。随着农村改革的全面推进并日显成效，为了实现国民经济的根本好转，中共中央和国务院于1982年1月2日下发了《关于国营工业企业进行全面整顿的决定》。整顿的内容包括领导班子、职工队伍、管理制度、劳动纪律、财经纪律、党的作风和思想政治工作等。虽然，中央这个决定的出发点，主要是整顿当时普遍存在的"软懒散"，而不是真正意义上的改革。但对二重来说，这次整顿却唤醒了市场意识，从传统僵化的计划体制中，打开了一个小小的缺口。二重成立专门的经营机构，打了个体制的擦边球，既抓计划的落实，又分析市场，走访用户，调查产品。从中，不难看到市场因子的萌动。这一举措再一次证明二重的与众不同。他们凭借内在强大的制造能力和良好外在形象，在严重的短缺市场中如鱼得水。企业1982年承接的订单，比上年猛增159%；次年，又再递增62.7%。这样的好景，一直支撑了二重5年的发展。

继而是经济责任制（1983—1999年）。这个阶段仍属于前期的改革探索，主要特征是承包经营，这明显是对农村"包产到户"的自发模仿。借落实中央调整整顿政策东风，二重在1983年3月，对生产相对独立的锻压车间和三金工车间，实行了以合同完成率、品种、产量、工时完成率"四大指标"为主要内容的奖惩承包试点。应该说，在当时，大型国企施行上述措施还是大胆的，超前的，也是有效的。此后几年，这种试点不断得到推广、深化、完善。1987年1月6日，为落实国务院《关于深化企业改革增强企业活力的若干规定》的文件精神，已经下放到地方进行管理的二重，改革开始与地方接轨。其与德阳市政府签订的《经济效益承包合同》和《利润递增包干协议书》，标志着这种自发的承包制试点，进入自觉的体制范围。

承包经营，在二重一直延续了16年。

但二重毕竟是二重。管理下放了，还有许多难以下放的东西：思想观念、体制机制、产品市场。一些有形无形的线，总是千丝万缕，或明或暗，勾连着脱胎的母体。其间的改革，也几乎在"大稳定，小调整"的基调下进行，包括公司制，劳动人事、分配、住房等制度改革。直至1999年引进德国马克、日本三菱重工等先进经营模式，实行的"总挂总提"，也是承包经营的变种，并无质变。

再是现代企业制度（1999年至今）。实际上，二重建立现代企业制度的探索，早在1991年组建企业集团时就已开始。1993年，中共十四届三中全会决定，明确提出建立现代企业制度的方向、目标、重点后，这种改革有了更加明确的指向。但在接踵而至的"计划单列"、中央直管等一系列的国企改革试点中，二重再次被厚爱加身，让这种改革不得不在体制与市场的夹缝中艰难而行，步入怪圈。真正的现代企业制度，仍然是弗·柯罗连科式的灯光，看着很近，走起来很远。

调整整顿，承包经营，前者5年，后者16年。这么多年过去了。按照现在的眼光，可能用"改革"这个词，也是奢侈。还有公司制和建立现代企业制度的十多年之痒，市场波诡云谲，危机与改革结伴而行，亦步亦趋，直至在改革路上，步入绝境。这就是二重的改革，早早起步，缓缓而行，步履蹒跚，艰难曲折。而且，在沉重的体制负担、"长子"意识、"脊梁"包袱下，改革长期停留于低端浅表层次。而此期间，中国的社会主义市场经济体系已接近发育成型，且不说靠市场拼打出来的民企，就是绝大多数大中型国企，也早已浴火重生。

如果在时间的经线上，我们看见的还是二重改革滞后的步子，那么，通过企业内在的纬线，我们看见的更是令人震惊的落伍和沦陷。

仍是爱与哀愁。不是童安格的歌，而是二重的改革之路。

其实，随着外围经济的快速发展，市场的紧逼，承包制带来的企业内部潜能，早已被挖干挤尽；短缺经济的结束，买方市场的来临，在上世纪90年代初，二重就已明显感受到，股股寒流奔涌而来。尤其是人的变化。过去纯粹的"国企的人"，逐渐为"市场的人"所取代，让企业经营管理的各个环节不再单纯。

形势变了，变得扑朔迷离，今非昔比。

同样是生产经营中的压力，已不再是往日的门庭若市。为赶任务而自觉加班加点、推迟婚期、挑灯夜战、带病坚持的情景不见了，代之以市场萎缩、订单难觅、人心涣散、坐企思己、奖金争端。企业缺乏任务储备，直接原因是因治理整顿压缩基建规模，大型成套设备市场需求锐减；深层次原因，当然是结构。随着发展的推进，中国经济已经进入转型升级，打乱了原有的供求体系。

拯救的希望与重点，曾寄托在改革身上。无论中央，还是二重自身，都希望通过改革，能够力挽狂澜，创造奇迹，东山再起。

好雨知时节，当春乃发生。

那好雨不是别的，仍是爱。国家之爱。就在二重为经营压力一筹莫展之时，来自中央的爱，似久旱中的甘霖春露，再次洒向了这块近乎干涸的土地。经过一段时间的"一下了之"，中央发现了央企改革中的问题。为了保持社会主义公有制经济的坚实基础，保障国家安全，中央决定将前几年改革中下放分散的国有重点企业重新整合起来，组建企业"国家队"。最早的计划是，成立100家大型集团公司，并配套以一系列的政策支持。很快，1991年12月，国务院发布文件，批准了全国第一批55家大型企业集团改革试点方案，然后批准设立中国二重集团。二重再次成为央企"国家队"的核心成员。

特别是中共十四届三中全会后，二重的改革，开始步入建立现代企业制度的崭新轨道。在此后的二十多年里，二重几乎是在这个大目标下，在不断翻新的改革及体制与市场的夹缝中，艰难地挣扎前行，时好时差。

并非天遂人愿，人们希望的奇迹并没有出现。

回过头来，人们发现，二重漫长的改革，无论是公司制尝试，还是建立现代企业制度，无论是下放上收，还是集团、子公司、母公司、事业部制、上市公司，变来变去，大都只是形式，并没有真正解决企业最根本的问题。正如当时国资委分管该重组项目的领导指出的那样：业务结构和产品结构较为单一，缺乏研发、设计、项目总承包能力，市场开发能力相对不足，具有明显的专业化"生产工厂"色彩，属于典型的计划经济的企业模式，由此导致应对市场变化能力严重不足，调整能力较弱。换句话说，只注重了流创新，而忽略了源创新。所有改革创新的出发点，都主要是注重于增强企业内在产品、技术、管理、治理等，而忽略了市场，即通过整合资源去巩固市场、开拓市场、创造市场、赢得市场。

任洪斌一针见血地指出，流创新，"挖潜降耗"固然重要，且必须抓好。但对二重转型升级来说，更重要的突围，还应当突出源创新，即立足优势，以用户为中心创新市场。没有根本的开"源"，仅靠节"流"能支撑这个局吗？

事实上，不只二重，包括许多国际性的大集团，在改革创新中，都有过这样的成功或失败经历。经济学家们经过研究发现，1955年的世界500强企业，时隔60年后，仍然保留此列的不足10%。曾经的美国"钢城"匹兹堡，早已失去在钢铁行业的竞争力；世界手机行业的翘楚，20世纪80年代是摩托罗拉，90年代是诺基亚，现在两家都风光不再。其中最重要的原因，就是对源创新的忽略。事实上，绝大多数的专利，都没有给企业带来效益；许多新技术的发明者，却不是其真正获利者，真正的获利者，往往是善于利用这一资源创新市场的人。

二重恰恰相反，面对市场，显得软肋毕现。

谈到这个问题时，石柯直言不讳地指出，二重是计划经济的产物。工厂是按照计划经济模式设计建设的，规模大而全，产业链自成体系，一个工厂一个产品，一节一节干，就像串糖葫芦似的，才能串出来一个产品。你想把成本往后面挤，却挤不下去，往前面挤也挤不出去。国家计划就是串通各个环节的纽带。当时的机械工业部下属企业，都是这样的。举个例子，要搞宝钢那样一条生产线，硬是要把机械工业部所有的工厂都拉上来，才能干下来。按这种计划经济模式建的工厂，现在搞市场经济，又要求其参与市场竞争，怎么行？经济高涨的时候，这些矛盾都被掩盖，遇到经济退潮时，矛盾一下就显现出来。

在石柯看来，国内有的同行企业的情况，与二重也差不多。表面看，暂时还可以，如果把二重的"成本效益公式"往上一套，财务数据更加难看。

源没有开，产业链未变，市场却在变。

随着经济的快速发展，中国工业化很快跨过初期，进入中后期。市场的一次又一次转型升级，已让二重原有的制造能力和经营规模与市场严重脱轨；而国际市场的转型升级，风云变幻，又使未来变得扑朔迷离。改革创新欲成为二重维系希望的稻草，可体制的保护伞若即若离，使得改革本身不彻底、不深入、不成体系；创新只注重了流，而忽略了源，那稻草也显得那么孱弱无力。

橘生央企，淮却在自己手里。

第五节 沉舟投资

那准，就是对改革创新的把握。

面对不断萎缩的市场，二重的领导团队没有坐以待毙、束手就擒。他们一分钟也没有忘记"长子"和"脊梁"的责任。作为精明的企业家，他们对问题不能说没有看见，而是看得很清楚。所谓核心竞争力，最终要落实于产品，即企业生产的产品，能否与不断变化、不断提升的市场需求相对接。

我现在也无法判定，二重那一系列的投资大举，究竟是抢抓机遇的果敢精明、思维超前，还是对未来研判失误、一时冲动。因为我不能先知先觉，假如在那样的处境氛围下，有那样的条件，我也许也会做出同样的决策。

石柯认为，重装市场的需求，主要取决于重大基础设施投资。

二重历史发展中的几个黄金期——中华人民共和国成立初期、改革开放初期、邓小平南方谈话后、"5·12"汶川大地震及亚洲金融风暴后，以及几个困难期，莫不与此相关。一次次的兴旺，或一个个的困境，沉淀为难能可贵的个性经验，进而形成其企业文化，影响着这个企业的思维和战略。这次的判断，这次的投资大举，显然还要站得更高些，看得更远些，富有理论的深度和认识的广度。

中国发展的重化工业时代的到来！

这次市场的繁荣，让二重领导发现了一个伟大的秘密。

二重的领导深谙工业化和产业转型规律。这意味着，从现在起，到今后一个较长时期，都是投资高峰期，都是二重的天下。

他们对自己的判断，有足够的理论自信。

这是发展经济学研究的一个课题，理论和实践，都早已有答案。以华尔特·惠特曼·罗斯托为代表的西方经济学家，将经济发展阶段分为早期阶段、起飞阶段、成熟阶段、高消费阶段、质量享受阶段。经济学家们还概括出了每个阶段的增长特征：早期阶段，又叫资源驱动阶段，经济发展的主动力来自于基本生产要素，包括廉价的劳动力、土地、矿产等资源，产业特征为劳动密集型，农业比较发达。起飞阶段，又叫资本驱动阶段，经济发展的主动力来自于大规模的投资，产业特征为资本密集型，工业比较发达；重化工在完成资本原始积累后，逐渐成为新的经济增长点。成熟阶段，即进入知识经济时代，经济发展的驱动力主要来源于创新，产业特征为知识密集型，第三产业比较发达。高消费阶段，奢侈品消费向上攀升，生产者和消费者都大量利用科技成果。质量享受阶段，主要是围绕提高消费质量，增强个性化和享受性。

历史的经验表明，到了工业化后期，必然要求重化工的快速增长，以便提供足够的金属材料和重化工产品，来满足市场需求。重化工的发展，是此期不可逾越的阶段，如果抓住了这一机遇，就可获得20年左右的高速增长。

在21世纪初，中国重化工业的崛起，就已初露端倪。

1998—2005年，中国重工业产值占工业总产值的比重，由50.7%迅速提高到68.9%，7年间提高了18.2%。不少经济学家据此认为，中国的经济增长已开始进入重化工业阶段；但另一些学者对此提出了质疑。由此还引发了一场关于中国"是否应发展重化工"和"如何发展重化工"的讨论。

二重的领导们熟悉这些理论，但不关心那些无谓的争论。他们更注重实际，雪片般的订单，让他们敏锐地意识到了重化工快速发展的可能。

那个"实际"，是由亚洲金融危机和"5·12"汶川大地震激活的。投资的魔力，如此强烈、如此鲜明、如此生动地呈现在面前，给已陷入萎靡颓势的中国经济，特别是重化工，重重地注入了一支兴奋剂。冶金、建材、煤炭、水泥、化工等市场迅速升温，并带动产能的急速扩张，很快将重化工推到了顶峰。

春江水暖，河豚欲上。

傲立潮头，先人一步的二重领导，成为这场投资大餐最早的感知者、参与者、受益者。久违了，那种求供货、被催货、不计价的感觉。

二重的领导很冷静，很清醒。他们没有陶醉于眼前的投资狂欢，没有满足于魔术般的市场重振，而是从轰轰烈烈的投资大潮中，看到了未来和自己的软肋。往日似是而非、若隐若现的重化工理论，仿佛成为投入显影液里的感光胶片。

与此同时，国际学术界也出现了一些呼应。甚至一些国际学术大鳄和战略投资者，也兴奋起来，对中国重化工业在国际分工体系中的比较优势和竞争力，开始加以关注，并从不同角度予以论证，大力推波助澜。

一个期盼已久的时代——中国重化工业时代，拉开了帷幕。

当发现这个秘密的时候，二重被压抑已久的"长子"气度、"脊梁"风格和二重精神，再次显形。"好风凭借力，送我上青云"，趁势兴起的投资冲动，演变成前所未有的投资气派、投资壮举。

二重投资的"百亿工程"，气势磅礴地启动。

客走旺家门，何况是二重。

各级领导来了，无不对二重的投资壮举称赞有加。不是官场通常的应景之语，更不是信口开河，而是有足够的理由支撑。从中央到地方，各级党委和政府的红头文件、领导讲话，哪个不写得清清楚楚。正在高喊投资拉动内需的地方政府，更是求之不得。二重的项目，无论放在哪里，都是重点中的重点。各类银行、非银行金融机构，更是趋之若鹜，形成车水马龙的场面。要贷款，给贷款；要债券，发债券。一位给二重发放了巨额贷款的银行行长坦言，在放贷责任终身追究的监管制度下，贷款给二重这样的国企央企，即使出现不良债务，也要好说得多。

众人拾柴，二重的投资火焰，如此灼热。短时间内，二重的固定资产投资达到144亿元，接近于年营业收入的3倍，且资金大都来源于借款。

但这次二重确实是判断错了，错得很彻底，几无回天之力。

错在对宏观经济发展走势的误判，错在投资超出了企业自身的承受能力，违背了资本扩张规律。在当时的宏观经济及行业环境下，对企业盈利能力的过度自信和过高预期，无疑是个美丽陷阱。错误在把更高层面因对形势误判，而人为释放的一剂投资激素，当成了疗治长年痼疾、促进健身养颜的灵丹妙药，一晌贪欢。

这不知是否印证了唐代诗人罗隐《筹笔驿》里那句蕴含深邃哲理的名句："时来天地皆同力，运去英雄不自由。"确实是不自由了，二重。

以上判断，在二重职工的一些议论和中介机构的《尽职调查报告》得到印证。由于自身投入能力不足，二重过去错过了许多趟车，失去了许多发展机遇。赶上了国家大投资这趟车，却又上错了车，错上加错。

调查是由北京信永中和会计师事务所（简称"信永中和"）独立进行的，历时近半年。调查结果显示，二重近几年经营形势呈过山车式逆转，以致债务缠身，积重难返，重要原因之一就是近几年来政府主导下的过度举债性投资。

凯恩斯论证了政府干预的必要性，他是否也预测到了二重这样的结果？

第六节 钢铁与白菜

覆舟了！二重，覆舟于一场投资狂欢。

没有古典经济学家们担心的马尔萨斯陷阱，没有天灾人祸，但巍峨的二重，我们的"国之脊梁"，却深深地陷了下去，不能自拔。

沉陷需要止住，追问可以继续。

中国的重化工业发展规律是否可认知、世界的产业转型升级可不可预见、中国的重装市场究竟有多大容量、新能源革命的着力点该在哪里？这既是宏观经济学的问题，又涉及企业微观领域，复杂而又具体，要全怪二重决策者，确实有点冤枉。可一连串重大的判断失误，决策失误，不怪他们又怪谁呢？

这个问题，比问题本身，还要复杂。

"长子如父"，二重又是为国家受苦最多的孩子。这样的生死炼狱，在二重也不是第一次。二重的许多人记忆犹新，那是2000年，全世界都在为新世纪的到来欢欣鼓舞，二重却在经历着建厂以来最艰难的生死之劫。

那是一段弃儿般无助的日子，艰难、迷茫与辛酸，怎堪追忆。

在第一轮国企改革的高潮中，也就是上世纪90年代中后期，全国上下刮起了一股"国退民进"之风，国企内部，则刮起了下放风。过去国企地位高、效益好的时候，大家都想管，甚至为谁来管而争得头破血流。而转型中的国企，正值生死挣扎的艰难期，问题成堆，矛盾重重，避犹不及，各级都想甩包袱，有的把深化企业改革，就理解为卖；卖不了的就下放管理，从中央下到省，省下到市，市下到县，一级一级，下不触底。似乎国企所有的问题，都可一卖了之，一下了之。与此同时，原有的央企主管部门，则被大砍大撤。先是一个个国家工业部委被撤销，职能并入国家经贸委；后来，连国家经贸委也给撤销了。

一落千丈，无人管，成为当时许多央企的处境。

这是二重经历的第一次生死考验。

二重找到德阳市政府，政府要求与时俱进，转变观念，深化改革。具体的改革措施，则是学习地方企业做法，划小核算单位，分块突围。

在当时大环境下，这不能说不对。但对二重来说，却是个难题。作为典型的工厂模式，二重生产的重型装备，从设计、铸造、锻造、机械加工、热处理、组装、销售和售后服务，全部都在企业内部完成，生产上下游融为一体。自己买，自己卖，划小（划小核算单位）与不划小，有什么区别。企业为难了，这认识怎么提高？

好在，形势很快有了转机。

这时，中央企业工委成立，二重以其特殊地位，再次成为最早的央管成员。中央企业工委委派的厂长王计走马上任后，雄心勃勃，努力挽救这艘行将倾覆的央企旗舰。职工看到了希望的曙光，与新厂长同舟共济，渡过了难关。

终于挺过来了。二重人过去以自己的坚韧和信心，建成了这个企业；现在，再以同样的坚韧和信心，拯救了这个企业，拯救了自己的家园。

越过艰险，并非坦途。更大、更难、更复杂的危机又出现在面前。许多人在看，在想，在问，二重人，这次挺得过去吗？

的确，这次不同。这次不是和风细雨，而是暴风骤雨，它触及市场供给侧的基础——产能。投资结构失衡导致产能严重过剩的惩罚终于降临。产生危机的不只是某个企业,或重装行业,而是整个中国制造业。这对于二重,不啻是釜底抽薪。

企业经营大忌,由此而生:供大于求,恶性竞争……

这是一组令人头痛的数字:2013年,中国企业拥有的万吨级水压机,已达17台,除一重、二重各两台外,其余都是后来装备的。有了这样的装备,都可以生产大型支撑辊。过去这可是二重独家的饭碗啊。作为工业的母机制造商,二重的市场,主要在锻、冶两大行业。这两大行业订单,占到二重销售额的半壁江山以上。截至2013年,由二重提供锻、压母机的钢铁厂,已达100多条生产线,最火爆时,二重一年的冶金行业订单,就达60余亿元。

有人说,中国重装行业产能过剩在一倍以上。上海重型机器厂有限公司董事长吕亚臣则认为,把全世界的大型锻件订单都拿来,中国的重装企业也吃不饱。

市场的恶化,并没有到此为止。与二重的历程一样,在前几年的投资膨胀中,下游行业同样受市场泡沫误导,造成大量的产能过剩。

腹背受敌,双重挤压。这就是二重当时面临的残酷现实。

这样的现实,符合经济规律。欧美国家普遍认为,产能利用率在79%~83%较为合理,低于75%即为严重过剩。以此衡量,中国的制造业产能在2008年左右就总体饱和,呈过剩之势,煤化工、多晶硅、风电制造、平板玻璃、钢铁、水泥等六大行业,矛盾最为突出;电解铝、造船、大豆压榨等行业,曾被点名为产能过剩整治重点。根据中国钢铁协会公布的数据,中国钢铁行业在2007—2011年,产能利用率保持在80%左右(79.5%~81.3%),投资大潮退潮后迅速恶化。在2012—2014年的三年间,全国粗钢产能分别为10亿吨、10.4亿吨、超过11亿吨;粗钢产量分别为7.2亿吨、7.79亿吨和8.23亿吨,加上一些小钢厂和地条钢,实际产量还远远不止这些;产能利用率分别只有72%、74.9%和低于74.8%。

恶性竞争,成为必然。

钢材价格一泻千里,屡创新低。全国钢材综合价格指数,从2011年第四季度末的高点135.93，跌至2015年1月末的77.13，跌幅超过40%，吨钢材累计降价已达3100元。过去5000多元/吨的棒线材，已降至1900元/吨。

业内有人自嘲说：产钢材不如种白菜。

采访时，我对此将信将疑；写到这里的时候，心里还是不踏实，问天天到小区东门市场上买菜的夫人。她的报价是：茄子5元，豆角6元，辣椒6元，小白菜6元。都是公斤价，折算下来，就是钢材价的2～3倍了。如果菜叶上有少量虫眼，表明是生态菜蔬，没有使用过化肥农药，价格还要贵得多。

我真的无语了，艰难的钢铁企业！

正如国资委领导所言，中国二重出现的困难，"有自身决策和经营管理方面的原因，但资源结构的'先天不足'是最根本的原因"。

中国制造业存在的严重产能过剩，大家都是看到了的，中央多次实施的宏观调控，都试图缓解这个矛盾。怎奈，没有法制保障的调控，机制的动力逆向而行。法制缺位，利益驱使，企业各怀心事：国企想到的是，自己占尽天时地利，得尽量做大做强，把别人挤出局。央企则除了市场因素，还多了一个想法，按照国资委制定的相关游戏规则，如产能规模保不住或挤不进全国行业前三，就要被剔除出央管之列，身份地位、干部职级、职工待遇等都将降格，谁还去管什么产能过剩不过剩。民企更想得直白，你国企的体制那么僵化，包袱那么沉重，工艺技术不见得比我先进多少，怎堪与我竞争？市场竞争的结果，可能不是"过剩我"，而是"过剩你"。国家主导的投资狂欢，正好为这种"做大自我，过剩别人"机制创造了条件。于是，本已严重过剩的产能，被人为地推到了极致。就像一筐拥挤的螃蟹，你想钳着我，我想钳着你，最终的结果是，都被互相钳住了。

二重更惨，面临双重夹击。

按照国家"三线建设"布局，二重的水压机锻件，主要是给东方电机有限公司（简称"东电"）、东方汽轮机有限公司（简称"东汽"）、哈尔滨电气集团公司（简称"哈电集团"）三大主机厂配套。近几年来，这些下游厂的产量不断萎缩。东汽2014年电机产量3200万千瓦，已经是维系艰难；2015年又下降至2400万千瓦。

其他主体下游厂及二重新开发的产品市场，也大同小异。

对于这样的市场变化，二重的许多人表现出明显的无奈与茫然。总经理石柯说，问题是，对二重这样的机械行业，国家不可能通过调价解决问题。你既没有资源，不能吃老本；也不能像有的特殊行业，有垄断性和政策空间。二重更没有行业定价权，可以通过价格机制转移矛盾。我们的设备有谁给钱啊？二重为国家做了那么多的贡献，那些特殊行业没有；二重解决了国家"有"和"无"的问题，他们也没有。这些贡献都是咋出来的？哭出来的？抠出来的？流血流汗流出来的！

说到这里，石柯有些激动，愤愤不平，又有几分伤感。

我赶紧起身为他加水，嘴里不断地附和，就是就是。石柯淡淡一笑，继续他的话题。他说："记得有一次，生产三峡电站的叶片、叶片上冠和下环，都是依照国际顶尖水平。那不是炼钢，分明是炼心啊！咱守在车间，连续13个小时没出去。干完了以后，心脏实在受不了。是超低碳不锈钢，温度特别高，搞不好就漏了，一漏就要出大事，损失就大了。二重就是这样干出了国际一流水平。我们没做出来之前，这些产品的进口价格高得很，刚一做出来马上降了三分之一。我们的制造打破了垄断，给国家在谈判中增加了砝码。在国外，对我们这块的税赋就少。而我们国家施行统一税赋，不分行业不分产品，一个公式往下套。为这事我不知提过多少次了，没有什么用。你只有自己做大、做强，才能救自己。"

二重人压根儿也没有想到，这个自己干了一辈子的重装、占领着中国重装行业高地的共和国"脊梁"和"长子"，一下竟落得"重装"加身，沉重难行，不得不面临生死突围的炼狱之旅。因此，就二重而言，重组是被逼出来的；而与国机的重组，则既有偶然，也有必然。

国机与二重，在2012年相遇。

师金泉功不可没。

第三章 中国式问题

第一节 一石击起千层浪

国机与二重重组的消息不胫而走。

这很正常。无风不起浪,何况现在有了这个"风"。重组本身也不是什么保密工程,需要重组双方公司上下许多人的参与和支持,消息传开很正常。最初一段时间,许多人并不看好这出重组大戏,质疑与反对声,几乎占了主流:

国机发展得好好的,何必要去蹚二重这摊浑水。

二重亏损那么大,不要把国机拖进去了啊!

二重是央管53户,以小吃大,国机行吗?

任洪斌是不是疯了,想捞政治资本。他已在国机干了十多年了,会不会把二重重组了,就屁股一拍走了,把烂摊子留给国机?

……

原机械工业部健在的几位老部长,在同一个离退休老领导党支部。他们在党组织生活中最关心的,一个是国家大事,一个是国机大事,再一个就是彼此的身体健康状况。与许多关心国机的人一样,他们对国机、二重重组,几乎都经历了一个从反对、质疑、担心,到理解、支持、赞赏的过程。无论哪种情况,都源于对国机深深的爱,对任洪斌大大的信任。

何光远老部长说，二重搞成那样不是偶然的。他以前在职时曾去过二重，印象是经营管理不好，市场意识差。现在搞糟了，又叫国机接收，怎么成？！有几位老部长还联名给国资委写信，建议组织专家进行调研，把问题查清，是怎么走到重组这一步的。然后，再讨论是否重组的问题。

老部长党支部讨论的意见是：一致反对。

有位老部长仍不放心，还给任洪斌打去电话，语重心长地提醒："洪斌啊，二重对国机虽然是个机遇，但它的问题也挺严重的啊。"

何光远、陆燕荪、孙祖梅三位原部长、副部长又专门找到任洪斌。老部长们心里几乎都揣着一个共同的纠结：非常担心二重，却又非常信任任洪斌。当他们了解了重组对国机发展的战略意义后，观点开始转变，由反对重组，到积极为搞好重组出主意：二重应该先破产，丢掉债务包袱，再重组。

任洪斌耳在听，心在想，脑在谋。对一些不一致的声音，他没有生气，没有嗔怪，没有埋怨，反而有些感动、有些欣慰。特别是老部长们的关切、焦虑，那份拳拳之心，更让他感动万分。他心里非常明白，也完全相信，所有的质疑、反对之声，没有一个是出于个人目的，或是故意出难题、找岔子、不支持的。恰恰相反，他们的直言，是对自己的信任；他们的质疑与提醒，正是对企业命运的关注、关心和负责，是对企业改革最用心的支持。唯有对怀疑他要走的人，他利用恰当的场合，斩钉截铁地表明："即使因任职时间原因，组织上要安排我轮岗，我也要向组织请求，二重一天不搞好，我一天不离开国机！"

> 为什么我的眼里常含泪水？
> 因为我对这土地爱得深沉……

他想起了著名诗人艾青的诗。也许，这正是对这些领导和朋友们的情感的真实写照。这是真正的主人翁精神。他们对国机和二重都非常了解，质疑、反对的，不是改革重组，而是这个重组个案中，许多不明朗、不可靠，充满变数和未知的东西。老领导们的关心对重组工作的开展，无疑是一剂良药、一个警醒、一种鞭策。只有把工作做得更细更好，更富有成效，才能不负重任，让所有关心此事的人放心。

任洪斌是这么想的，也是踏踏实实这么做的。

这是一项国家任务，没有充分理由是不能推脱的。根据以往的经验，任洪斌在决策上十分慎重。这不仅是个民主决策的程序问题，更在于此事非同小可，对国家，对两个企业，都事关重大，做得好则彼此得益，做得差则互相损害。他必须对国家负责，对企业负责，在重组中讲求民主和程序。他深知，民主和程序里边也包含学问。担任国机主帅那么多年，他经历了无数的风风雨雨，做出过数不清的大大小小决策，他和他的团队之间，建立起了高度的信任与默契。这既让他得心应手，使企业富有凝聚力和战斗力，也让他隐隐感到某种忧虑。他需要的民主，是指真正敢讲真话，彼此既互相尊重，又敞开心扉，让思想碰撞出火花；程序是合法且科学有效的，而不是打了折扣的形式主义，更不是虚设的。不能出现碍于领导面子，揣摩领导意图，或因为盲从让真话和真实被遮蔽。然后，在事后又说"我本来是不同意的，只是考虑……"

于是，自国资委领导向他讲明意图后，他就始终如一地恪守自己对组织的承诺，既高度重视，又高度负责。他一方面安排国机总会计师骆家骕牵头，组织国机改革发展部、资产财务部、法律事务部等人员，组成工作小组，立即开展前期对接调查，向董事会提供决策参考；另一方面抓紧研究分析有限的信息，梳理出整个重组工作的思路、重点和步骤。在此基础上，再向董事会动议，正式启动与二重重组的工作；在工作小组提供进一步翔实可靠的可行性研究意见后，董事会再按议事程序认真审议，正式表决，形成决议。

2012年12月26日，是一个重要的日子。经过前期充分的沟通协调，国机、二重班子讨论，双方一致同意启动联合重组工作。

一场关系国机、二重，甚至整个中国机械工业未来格局与走向的伟大工程，从这里开始。在此后的时间里，在国资委的强有力领导、指导、支持下，任洪斌运筹帷幄，国机、二重紧密合作，工作组紧锣密鼓地开展工作。经过双方的多轮沟通、谈判、磋商，双方很快就重组的思路、原则、内容、步骤等基本达成一致。

在头一天国机高层研究的基础上，任洪斌正式召开董事会。

事情并没有预期的那么顺利。前期零星分散的分歧和质疑，在董事会集中呈现出来，那么尖锐，那么激烈，甚至令众人重组的信心受到挑战。

继续调研，继续论证，继续协调。

2013年2月26日，这是自正式启动重组工作以来，国机董事会第二次正式研究、审议头一天提交的关于重组的议题，并做出决策。

在会上，前期工作牵头人骆家骕先介绍情况，针对头天会议的讨论情况，对重组中的一些原则问题，提交董事会讨论决策。主持人任洪斌请大家先发言。

"这个议案，是我当了四年外董以来，最纠结的一个。"刘高倬毫不掩饰自己的担心。作为国资委委派到国机的董事，他对任洪斌的信任，对国机发展的关心，对国机董事会工作的支持，是人所共知的。可他这次率先的发言，并不是赞赏和支持，而是大谈担忧与纠结。

刘高倬毕业于清华大学，曾担任中共十六大代表、主席团成员，第十届全国政协委员，享受国务院特殊津贴，时任中国煤炭科工集团有限公司（简称"中国煤炭科工"）董事长，曾在航空航天系统的科研院所、多个大型企业的多个岗位任职，有着几十年历练，属于专家型领导。从中国航空工业集团有限公司（简称"中航"）、中国煤炭科工到国机，业内哪个不知，刘高倬不仅是行业专家，而且本身就是一名见多识广、经验丰富的企业家，其观点具有毋庸置疑的权威性。而且，从年龄看，刘高倬比任洪斌整整大20岁，对在场的许多人，他可以说是长辈级领导了。丰富的阅历，数不清的经验或教训，使他对问题的思考，多了一分睿智与深刻。因此，每次国机董事会研究重大问题，许多人都要刻意让刘高倬先说，聆听他的高见，然后再自己拿捏。

刘高倬的发言，给会议罩上了浓浓的疑云。

他说，我跟国机有很深厚的感情。一直很佩服任董，也佩服国机的班子和员工。我经常将国机跟中航对比，国机原来是机械工业部最不起眼的，现在搞得像模像样的，挺不容易。你们过五关斩六将的故事，虽然只是听说，但我能够想象得出来，当初是多么的不容易。可感情归感情，事情归事情。正因为有感情，更应该负责，更要对得起别人，不要一不小心搞砸了。我最近研究公司治理时发现，一个公司在起步、发展和成长阶段，那是需要冲劲、魄力和胆识的。主要领导要敢于担当，甚至允许一个人说了算。原因是，如果搞砸了，本来我就是零，最多归零；如果干成了，老子就是一个英雄好汉。但当你已经成就了一番事业，已经拥有了几百亿元、几千亿元资产的时候，就要谨慎了，不能犯大的错误了。因为你不能轻易再让自己归零。这也恰恰就是公司规范治理的要害所在。

显然是怕误会，刘高倬反复强调信任与尊重。

毕竟是经验丰富的专家型领导，刘高倬的话，从宏观的体制问题，讲到微观层面的操作难度，从现实困难讲到潜在风险，有理有据，直击问题实质。他从国机的角色，讲到国资委与央企的关系，从国机的成功、二重的问题，讲到中航成都飞机工业（集团）有限公司（简称"成飞"）、中航工业成都发动机（集团）有限公司（简称"成发"）的例子。说到底，刘高倬担心的是国机。

实际上，这样的纠结、忧虑，不止刘高倬一人有。会上多位董事，如韩锡正、张来亮、安德武、陈志等的发言，都表现出同样的担心。

更纠结更担心的是任洪斌。他要给国资委交代，要决策，还要承担所有责任。对这个问题，肯定与否决，现在显然都缺乏充分理由；而要获得充分理由，又必须开展工作，继续向前推进。这是个两难选择。任洪斌毕竟经验丰富，提出了一个有条件表决的动议。所谓条件，前提是不把国机拖垮，并据此，立即向国资委汇报，说明矛盾、危险、困难、担心，及需要上级帮助解决的问题。得到明确的理解和支持，就同意；否则，不去盲目冒险。

经举手表决，议案一致通过。

面对表决结果，任洪斌很感动。感动于班子的识大体、顾大局和对自己的信任、支持。越是这样，他越感到责任重大，压力也很大。

会议结束前，任洪斌作小结，表明自己的态度，言语间带着诚恳和某种无奈。他说，请大家放心，我们已经约好，我和石柯明天就去向国资委汇报。

重组二重过程中涉及的主要问题和原则,我一定按今天会议上大家的意见讲清楚。领导可能会理解支持,也可能不理解,有可能明天的汇报就是得罪。那也没办法,得罪就得罪吧。如果我说假话,那才是不负责任,才是更大的得罪。

散会时,大家的心情都有几分沉重。

第二节 问题一箩筐

时间回到国机、二重的初次接触。

时间是2013年1月7日,上午9时整。北京市海淀区丹棱街3号,国机大厦2506会议室。这是双方决定启动重组以来的重大步骤之一。

双方是坦率的,也富有诚意。

宾主席、座位牌、便笺、铅笔、茶杯,整齐而规范有序地摆放。虽然没有奢侈的鲜花,没有会标,但简朴中也不失精细与条理。会议充分而精致的准备,不仅显现出大企业办事严谨的特点,更彰显双方的重视。

正值深冬,窗外寒枝秃树,室内暖意融融。

双方都派出了精干得力的专业班子。二重方面,由党委副书记,二重重装副董事长、总经理孙德润率队,党委常委、二重重装副总经理曾祥东,二重重装董秘王煜,驻京办副主任黄凯参加;国机方面,则由董事、党委常委、总会计师骆家骕牵头,总经理助理刘祖晴陪同参加。双方简单介绍参加人员身份后,骆家骕直指主题:我们希望与二重合作,实现优势互补,产生协同效应。对于双方共同关心的问题,要利用双方的智慧,共同推进去解决。

为了表明平等姿态,骆家骕特别强调了这是合作,而不是重组、兼并、整合之类。实际上,要做什么事,大家都心知肚明。

对接沟通正式开始,双方先介绍各自企业情况。孙德润介绍说:我们属于国资委监管的112家央企中第一梯队的53户企业。

骆家骕当然明白，央企团队中有112户与53户的区别。53户大都属于国控七大行业，是航天军工、石油石化、民航、航运、电信、煤炭、电网电力，以及一些支柱和高新技术产业（信息技术行业为主）等行业的重要骨干企业。可以说，53户是社会主义公有制经济的基础。这些企业掌控着国家战略资源和经济命脉，也影响、引领着整个国民经济。因此，他们又被称为"央企中的央企"和"国家重器"。在政治上，112户与53户则有不同地位和行政级别。按照国资委内部的人事管理分工，后者的班子由一局管理，主要领导由中央任命；前者的班子则由二局管理，主要领导由国资委任命。任命的规格当然与任命对象的规格有关。这虽是过去企业职级行政化的遗风，但在体制内却很管用，每高一级就意味着一个巨大台阶。

二重参会的另一代表补充道，希望任董和国机领导有机会去二重看看。言语中流露出的自信、自豪和言下之意，是不言而喻的。

从介绍中，国机代表已感觉出二重的优越心理。

国机显然没有那么足的底气。讲身世，国机身处53户之外，这是客观距离。本来，重组属于企业经济行为，在商言商，体制"规格"与市场无关，与重组也关系不大，要看也主要看经济实力。孙德润只是客观陈述，可谁又能否认，在中国现行体制语境下，国企规格确实又是一个问题，甚至带有一定的敏感性。只是为了大局，二重没有刻意强调，国机代表没有刻意晒自己的实力。大家只是就事论事，平实介绍，谦和应答，国机甚至偶尔还使用"汇报"这个词。就这样，双方的第一次接触，一开始就氛围融洽，相向而行。

正式交换意见开始。

孙德润并不回避二重的担心，直截了当地提出了一连串问题："国机在重组整合方面经验丰富，也曾和两家企业谈过重组，但最终为什么没有成功？"

看得出，孙德润是富有经验的，非常懂得谈判策略。他抛出的第一个问题，并不与这次重组有直接关系，而是直指国机的文化习性。不成功的案例，可以解读的空间很大。正面理解是一种咨询，从中找到走向成功的捷径；另一方面则可包含许多——实力、能力、诚意、平等、抠门、以强凌弱等，都可成应有之义。二重显然是要以一种以攻为守的姿态，获得谈判中的主动。

对骆家骕来说，这不能不说是个考验。

哦，主要是一些客观原因，根本就没有进行实质性谈判，谈不上成与不成。显然是成竹在胸，骆家骕笑了笑，坦率自然的回答中，透射出某种机智与气定神闲。他知道孙德润提到的"其他企业"，进一步解释说，国机确实曾与两家企业谈过重组的事，双方也有诚意，但最终没有成功。一家企业是因为国资委正在推动另一个重组，并进行了有关程序，工作已到了相当的深度，国机就没有再往下推进了。另一家企业则是因为国资委对央企重组的指导思想有一定的调整，该企业领导班子也有不同的声音，根据国机企业文化，没有必要强人所难。

孙德润：国机目前在资金方面采用何种管控模式？集团财务公司对子公司是否有强制的资金集中管理的要求？

骆家骕：国机对资金主要采用战略管控模式，集团财务公司目前作为集团的内部银行，加强集团内部企业的资金调配服务。

孙德润：国机中央研究院目前的定位和设想是什么？

骆家骕：它是国机共性技术、基础技术、关键技术的综合性研究机构，工作重点是解决行业和所属企业面临的共性的、难以独立解决的一些技术问题。与二重重组后，这个模式暂时也没有考虑改变，要变，只会使资源整合得更好。

作为二重重装总经理，孙德润对企业技术资源的有效利用，似乎很关心，对国机的技术管理模式也很感兴趣。他暂时搁置了连环炮式的发问，谈起自己对这个问题的看法。他赞许道，这种定位和方式很好。二重目前在成都建立了研发中心，有很多国家级的科研课题。国机有资金、有市场、有人才，双方可以找到很多结合点。包括二重的研究机构，可以作为国机中央研究院的一个分院。

从言语中可以看出，双方的质疑在逐渐化解，距离在渐渐靠近，靠近重组本身中涉及的一些原则性、技术性、操作性的问题。

国机目前在工资总额管理方面有要求吗？

都是按照国资委的要求办的，企业没有也不可能另搞一套。如果与二重重组后，也应该是按照原来的政策执行。

但俗话说，屁股指挥脑袋，在什么山唱什么歌。无论一般性合作，还是这样涉及企业重大利益的重组，各有各的想法，各有各的利益，大家都难免有几分心照不宣。但正如《圣经·马太福音》所言："律法和先知的道理听起来很'简单'，无论什么事，我们愿意人怎样待我们，我们也要怎样待人。"换句话说，就是要真诚。初次的接触正是这样，真诚消解了距离，也展示了可能。

孙德润的话锋，已明显转变。由刚开始的进攻、质疑和追问，转为对重组的愿望与探讨。他好像察觉到了什么，对自己刚才的连连发问进行解释，坦言真诚的合作就该这样。他希望两家企业重组前，就把一些实质性的问题谈出来，包括未来的企业名称、干部安排、发展定位、资金投入和解困振兴等。孙德润强调，重组后的企业定位要高；双方的品牌要能够支撑重组后新的发展；双方的市场要共同开辟，力求更大。因为重组非常敏感，双方要本着平等、协商的原则，处理一系列具体问题，兼顾两家企业职工的思想、利益和感情，等等。

这有什么问题呢，不都是些合作的大道理？

利益是基础，平等是前提，真诚是桥梁。双方约定，向各自领导汇报后，再就重组中的一些实质性问题，进行深入洽谈，化异求同，逐一敲定。

此时，已隐约听见马年的脚步声。

第三节 问题中的问题

伴随马年的到来，重组洽谈进入深水区。

二重仍然特别强调自己的优势。不能说不对，也不能说不是事实，但现实的优势不是体制赋予的虚名，也不是曾经的辉煌。作为市场经济主体，一些与市场关联的要素似更重要，比如产业产品、经营管理、成本效益、企业文化等等。它们的总和，构成了企业核心竞争力。拿任洪斌的话说，这就是企业的"武功"。不管是国有企业，还是民营企业，都是企业，本质都是一样的，都要面对市场选择。

都是企业，优势只能从企业属性中去寻找。

这是个浅显而简单的道理。可在特定条件下，企业的本质属性可能表现得深奥而复杂。消耗资源是一回事，一些无谓的纷争，不仅会影响人的思维，甚至会扭曲人的价值判断；如果再把这种扭曲了的价值判断，带入企业未来的发展中去，将一些有违市场法则的想法，融入经营理念，就可能造成误导。

国机与二重重组谈判，就面临着这样的问题。

问题的导入，正是市场游戏规则。重组当然是好事，除了国家从央企发展全局出发，实施一些战略性的布局和考虑，客观地说，国机与二重，都有自身的内在需要和动力。从主管部门，到当事企业，一开始对重组的定义就非常明确：强强联合。所谓强，当然要落脚到优势。于是，在整个谈判过程中，展示优势，不仅是重组定位的重要基础，还成了双方讨价还价的重要筹码。这本来无可厚非。可问题不在于展示优势本身，而在于它折射出的一些不可思议的东西。

分歧越来越大，有的在预料之中，但也有意料之外的事情。比如领导班子的问题，因直接涉及决策层切身利益，在许多地方，包括在国机过去的一些重组个案中，都成了最棘手、最敏感的问题，有的重组甚至因此而搁浅。但这次却格外顺利。双方班子成员一开始就明确表示，听从国资委安排。后来的实践也表明，大家不仅这样说，也是这样做的。甚至到国机后，二重的主要领导，在很长时间内，仍坚持按原来在二重困难时的标准领取工资。这让任洪斌非常感动。他们是真正为了企业啊，哪怕是那些激烈的争论。

国机也一样。虽同为央企团队，也知道二重这些年来出现了困难，但存在的问题究竟有多大、多复杂，任洪斌并不是很清楚。国资委领导提出重组要后,从同事在前期不断反馈的信息看,他越来越感到里面的问题多。

再一次的集体把脉,是在将重组方案正式提交董事会之前。

2013年2月25日,在国机2506会议室。会议由任洪斌主持,国机要员徐念沙、徐建、陈志、骆家骕、谢彪、刘大功、丁宏祥等悉数到场。这不是一般的会议,而是在重组工作启动之后、向国资委正式报告之前,国机高层对重组中的一系列方向性、基础性、原则性问题再次进行讨论,向董事会决策提供科学依据。因关系重大,任洪斌要求工作人员,做好会议纪要,对事情和历史负责。

骆家骕先介绍了前期工作情况,刘祖晴作了补充说明。看得出,与二重的谈判已进行了整整两个月,双方虽已做了多次沟通协商,分歧仍旧很多。

首先,是重组模式。

本来是不言自明不言而喻的。企业的重组形式,不管是政府说的5种,还是教科书所说的8种,遵循的核心,都是市场原则。现实明摆着,市场讲实力,二重与国机的资产总额、营业收入、利润水平和员工数等,都不在一个量级。更重要的是,二重身陷绝境,难以自拔;国机生机勃勃,如日中天。所谓合作,不是兼并重组又是什么呢。简单而明了的问题,因体制因素而变得微妙复杂。大家都清楚,却谁也不愿去触碰那个敏感的词,处处小心翼翼。从2013年1月23日以来,双方围绕重组方案,进行了四轮磋商修改,争议的焦点都在模式。如果仅仅是名称倒也罢,任洪斌早已在国资委领导面前表过态,不重形式注重实际。可一接触到具体问题,又不得不面对形式背后双方的许多思维差距。

二重自有二重的想法。规格、级别、辉煌、"脊梁"等不好明摆着讲。于是,一开始,在回避敏感问题的同时,二重的代表就在寻找第三种可能——一种既显示优势、维护利益,又有利于事情推进的可能。最理直气壮的理由就是平等,这不是双方反复强调的重组原则吗?!最现实的例子,就是鞍钢与攀钢集团有限公司(简称"攀钢")的重组模式,最得体的做法,就是在两个重组企业上面,再戴一个共同的帽子。

国机也有国机的想法。自信存在于实力与目前状态。什么模式不模式，要不是国资委领导要求，要不是任洪斌讲政治，顾大局，谁没事找事？！这是企业，是市场经济，尺有所短，寸有所长，优势互补对大家都有利。

当然，这些都是背后的故事。台面上大家都很理智，很客气。大家都知道是怎么回事，需要的只是寻找一个恰当的表达。关于企业重组，政府文件和教科书，都早已研究过多遍，排除的做法也是一致的：兼并、收购、接管、标购、剥离、售卖、分立。大家眼前一亮，不约而同地把目标指向一个词：联合。

对！联合重组。

这真是个乖巧的词，不是我吃掉你，也不是你吃掉我。就像男女结婚，因为需要，走到了一起。再加一个定语：强强，即强强联合。怪不得，一些世界语言大师要对汉语的表形、表意、表音之奇妙艳羡不止。就这样，目标一致，得益于大家的智慧努力和伟大母语。重组模式解决了，而且解决得很完美。

然而，厘清重组模式的定义，并不意味着重组大功告成。

实际上，重组实质性的谈判才刚刚开始。情况越复杂，问题越具体，解决起来越艰巨。往往不是艰巨在问题本身，而是艰巨在问题之外。要解决问题之外的问题，也需要"武功"之外的功夫。这就需要琢磨、揣测与把握。

随着谈判的深入，国机代表发现，对方追求的不仅仅是形式，还有更实质性的东西。而有些东西又不明说，或不便说明，只是通过"模式中的模式"，即联合重组具体模式的分歧凸显出来。究竟对方心里是怎么想的，又捉摸不定。

二重强调的，显然不只形式。

只是这种强调，是虚与委蛇巧借重型装备制造来实现的。谁不知道，重型装备制造是个国宝。它不仅是二重最值得骄傲的招牌，也是一个符号，可以说是二重辉煌的代名词，甚至可以说，国机看重二重的，也主要是这一块。对价值的看重和维护，从二重反馈的意见中得到证明。

对于联合重组的具体形式和操作，二重提出了两种比选方案：

第一种是"戴帽子"两步走模式。这是二重新提出并着重强调的：第一步，以国机与二重现有资产和法人主体，设立新集团公司。第二步，整合国机和二重相关资源，形成高端装备研发与制造、工程承包、服务与贸易三大板块。其中核心的高端装备制造板块，以二重为平台，分步将国机旗下的一些骨干企业划入。二重的工程承包、服务与贸易板块，则由国机下属企业整合，仍以国机为管理平台。希望国机以二重为平台，在研发、工程承包、贸易、设计等领域，与二重相关资源整合。换句话说，就是二重负责重装和研发，国机搞贸易。

二重费了很多心思，国机确实很为难。

第二种是划入模式。也就是国机提出的方案，将二重以承债式收购的方式整体（包括资产、负债、人员、业务、管理等）划入国机。

说是两个方案比选，其实，从内容到解释，二重的意思指向，是一目了然的：希望采取"戴帽子"两步走模式，以重装为核心整合国机。

绕了一圈，事情又回到了原点。

第四节 纠缠不清

对于两个方案，二重是这样解释的：

如果采用方案二，涉及*ST（公司经营连续三年亏损，退市预警）二重申请豁免要约收购，及同业竞争等问题；而采用方案一，则可回避上述问题，也有利于重组第二步安排。

这些理由，表面上看似乎很有道理，实际并非如此。根据证监会《上市公司收购管理办法》第62、63条，两种模式都不可避免地存在向证监会申请豁免要约收购的问题，只是主体不同而已；国机与二重是否存在同业竞争，即便有，是否已达到证监会要求的必须进行调整的标准，还需专业机构认定。此外，并入式重组对上市公司的运作，并不产生实质性障碍。核心是"第二步安排"。很明显，二重的整体思维，一直都围绕确保自身的主导地位展开。这不仅与重组目标相悖，在操作中也不可行、不合理、不负责。

与此相关的，还有联合重组的发展定位、实施步骤、资产、债务、资源、市场等问题，双方都各有思想，存在明显分歧。

重组后的企业发展定位分歧，实质上是确定以谁的产业为基础，构建未来的发展平台，在形式上延续更好的企业形象和长久影响力。正是在这里，二重拥有一张王牌：重装。而国机没有。无论过去还是现在，二重人都知道这张牌的分量，每当关键时候就会打出。其背后的逻辑仍是谁吃掉谁，谁是主导者，谁是附属。

重组的步骤是先划入，还是先扭亏？

二重的思维是，围绕自己设计的两段论展开：第一阶段，先行加快推进以二重为平台的"新国机"高端重型装备研发与制造板块建设，构建起管理顺畅、资源共享、业务协同的板块内部运行机制。在此基础上，适时实施第二阶段相关业务资源的整合。具体说就是：将国机下属的7家企业（后来改为6家）划入二重，包括中国重型机械有限公司（简称"中国重机"）、中国重型机械研究院股份公司（简称"中国重型院"）、甘肃蓝科石化高新装备股份有限公司（简称"蓝科高新"）、济南铸造锻压机械研究所（简称"济南铸锻所"）、合肥院、中国机械设备工程股份有限公司（简称"CMEC"），与二重重装、中国二重万航模锻有限责任公司（简称"二重万航"）等，构建具备一体化发展能力的高端装备平台，承担关系国家安全和国民经济命脉的职能。二重反复强调，这一安排，是本次联合重组最重要的目标，也是联合重组能否取得成效的关键。考虑到划入企业涉及上市公司，为不影响重组进程，以及顾全大局，可以先在《联合重组请示》中只作原则表述，在阶段操作过程中再行具体实施。

国机的意见则相反,坚持先扭亏,后划入。

国机认为,重组是市场行为,应当遵循经济规律。在没有对二重进行全方位的深入调研、不了解情况的背景下,国机不可能盲目承诺;在二重目前严重亏损的情况下,就强行要求子公司划入,不仅不合适,也难以取得子公司的认同,企业领导和职工工作也难做;二重提出的划入企业中,涉及多家上市公司,非常敏感,也不能损害中小股东的权利;涉及相关资源的整合,整合对象、范围、时机、方式等,都需要深入调研,进一步沟通协商,形成方案,方可实施。

任洪斌觉得,道理这么简单,不应当成为难题。他直接找到石柯,坦率地交换意见:老石啊,你的企业现在亏损那么大,把我的好企业往那儿装,人家愿意吗?我们先齐心协力把它扭亏,情况好了,大家都愿意去,不是很好吗?

石柯毕竟是位见多识广的企业家,不仅深明大义,而且深谙企业之道。听了任洪斌的话,连连说,是,是啊。他二话没说,立马同意了。

难的,反倒是一些非核心的事。

比如组织架构。

这是一种管理的层级设计。于上,它基于央企体制;于下,涉及法人治理。双方的意思并不难理解,关键是如何更有利于管理。这必须弄清楚两个问题:一是这场重组的实质;二是怎样才能有效实现重组目的。因此,国机提出的方案很明确:国资委—新国机—二级公司、院所;工程承包、服务与贸易、高端装备制造三大业务板块。国机以书面形式,将意见传递给了二重。

意见很快得到了反馈。二重很客气,提出了两个比选方案:一个是新设计的,一个是国机的。二重新设计的方案为:国资委—新集团公司—国机板块(工程承包板块、服务与贸易)、二重板块(高端装备制造和研发)。并注明,高端装备制造板块中的企业,除了既有的,还包括二重方案列出的国机划入企业。

原国机方案的架构,虽未作修改,但已降格为备选。

又如相关资源的整合。

国机认为，为尽快构建"新国机"高端重型装备研发与制造板块，应当先行加快推进国机所属关联企业与二重的内部合作，业务协同，促进技术成果、产品、市场等相关资源向二重倾斜。在此基础上，以二重为平台，适时推进相关资产与业务资源整合。在"联合重组的主要步骤"中，采用了同样的表述。

二重的想法明显不同。

二重除了反复强调履行好"历史使命"，承担解决国家"有和无"的责任，还强调以二重为平台，加快构建高端重型装备制造板块，由二重统一管理；在此基础上，适时推进相关业务资源的整合，要求制定明确的整合路线图，由国资委成立相关机构监督落实，并将落实情况纳入企业领导的业绩考核中。

从双方字斟句酌的修改中不难看出，大家对重装板块的重要性的认识是高度一致的。区别仅在于，国机更关心的是整体、未来和进程的合理有效性，主张由浅入深，先进行内部合作、业务协同和科研成果转化，促进企业扭亏脱困，再进行资产、人员整合。而二重更关心的是自己的主导权和地位，希望通过对"高端重型装备研发与制造板块"的"统一管理"，及这种"统一管理"模式下的内部合作、业务协同，主导并共享国机拥有的相关资源优势，进而转化为自己的优势，以寻求自身突围。这是一种将二重扶起来了，再深入推进的合作。这种输血扶持式的合作，增加的是什么，只是合作者谈判的筹码。

这样的分歧，单靠双方协调解决，是很难的。

再如企业名称。

任洪斌开始想得很简单，名字不过是个符号。名字大些，好些，响亮些，叫起来也许更提神。但名字不要成为合作的障碍。

事实上，重组模式就留下了多种可能。既然是联合，不是你吃掉我，也不是我吃掉你。未来公司的命名，至少有三种可能，且都合乎情法之理：一是新取名，既不属于你，也不属于我，无所谓丢失或获得，双方是共同的主体。为难之处是体制。新设"国"字头集团，需国务院批准。二是以二重为基础，沿用或者作一些改变。三是以国机为基础,沿用或者作一些改变。

符号学鼻祖,瑞士语言学家索绪尔早就说过,符号的背后,是语言承载的意义。所以并不奇怪,名字成了重组谈判中争论的一个焦点。

对于沿用国机现有名称,二重明确存异,那不等于是你吃掉我?二重倾向于新取一个名字,比如"中国装备工业集团有限公司"。国机一眼就看出,那不还是为了突出重装吗?甚至背后还隐含着二重重组国机的意思。只是国机底气十足,谁重组谁,根本就是不需要考虑、不需要担心的问题。国机考虑的是事情本身,怎样选择更为合理。国机坚持认为,重组后的企业,沿用"中国机械工业集团有限公司"的名称是最合理的。大家又七嘴八舌,众口难调。

有人提出折中意见:既保留现有国机名称,又将二重的名字拿进来。立即遭到任洪斌的否定。那不等于这座大楼有两个名字、两块牌子,有什么意义?

二重不肯让步,谈判陷入僵局。

第五节 究竟要什么

反反复复,纠结于一些非原则性问题。

国机的许多人越来越明白,不是问题本身有多难多复杂,而是思维与体制,让原本简单的"中国式问题",变得如此复杂而艰难。

不难看出,二重对自身问题的认识仍然不足;关注的重点,仍停留于眼前的、表面的、形式的问题;急于救火,而忽视了长远和根本。一再坚持对等原则,强调其行业地位、过去的辉煌和历史使命,却刻意回避其严峻的现实困难和问题。这样的心态不仅很难达成共识,也将给今后的一系列工作带来难度。

国机总经理徐建先还以为,这些问题可能涉及重大原则,那么就认真摆上台面,反反复复争论。他耐心地听,没有发表意见。几经反复,情况越来越清楚了。他看不下去了，来了个一针见血。他说："咱们不要争论了，再争论多久，也是不得要领的。关键是要搞清楚，二重究竟想要什么。从一系列的争论焦点看，我觉得，二重想要的不是那些形式上的东西，而是层级。按照他们的说法，就是要体现'对等'。怎样体现？上面有一个最高层级的名字，属于联合重组的；再把国机和二重置于下面，平起平坐。他们就觉得，这才体现了那个对等。如果仅仅是把国机更个名，我觉得相当简单，难的就是他们要那个层级。这就看我们国机，特别是任董你怎么看待，怎么把握了。"

那层羞涩的纸，被一下戳穿了。大家呵呵一笑。

如果是原则问题，任洪斌一定有自己的立场。对这种非原则性问题，则大可不必较真。何况，双方都是平等的兄弟单位，谁也不能强迫谁。从重组以来反反复复无谓的纠缠中，他早已看到了问题的症结：二重最大的包袱，不是负债和市场，而是观念，那种根深蒂固的"脊梁""长子"意识，长期沉湎于过去的辉煌、行业的地位中，总认为国家不能没有二重，它死不了，总会有人来救的。一次他去二重的车间，一位年轻工人汇报情况，一开口就是骄傲的"脊梁""辉煌"，任洪斌呵呵一笑，半玩笑半认真地说，小伙子，那都是你爷爷奶奶辈的事了，说说现在吧。小伙子一下尴尬无措，不知说什么了。任洪斌苦笑着摇摇头。

带着这样的包袱，在等在靠中消弭了破釜沉舟、投入市场的决心和勇气。对于这些枝枝蔓蔓的纷争，任洪斌并不太在意。他的原则是，改名应有个前提，就是要比国机现有的名字更好，更能体现重组后发展的战略定位。

不要再争论了，把大家的意见汇总，报国资委。

国资委关注的是重组工作的推进。一个字，快。巨大的失血，二重拖不起，国家也拖不起啊。国资委表现得很自信，完全相信国机和二重有智慧和能力解决分歧；实在不行，两家提个方案来，说明各自的诉求和理由。现在的难处，就在这个"两家提个方案"中。国机、二重对这句话有不同的理解。

解铃不一定要系铃人，但需要角色、手段和权威。

春节期间，国资委分管领导又专门给任洪斌打来电话，叮嘱道，关于国机、二重重组的事，国资委正积极推进，你们要主动与二重商量，尽快搞个方案报国资委。在春节前，国资委改革局的副局长刘文炳也通过电话，传达了时任国资委主任等几位领导的重要批示，中心思想是强调两家企业的重组要快。

不能再这样争论下去了。

这是任洪斌接到国资委领导电话后的第一感觉。

再次开会。不同的是，这次不是简单的一个程序，一个过程，而是能最后定调的会议。双方签约上报前，国机内部须先统一立场，再与对方沟通协调，形成一致意见后再上报国资委，若意见不一致则上报分歧。国资委领导已做出安排，将再一次听取双方一把手的汇报，当然有协调分歧的意思。

不像第一次会议，大家都不了解情况，不知深浅，对不少问题的认知，带有一些凭感觉判断的成分。经过一段时间的深入调研，互联沟通，反复讨论，大家对许多问题都心中有了底。因此，会议很快形成一致。双方达成一致意见的自不待说，只要政策许可，国资委就会全力支持。有些问题双方谈了多个回合，仍谈不拢，一定有其中原因。手心手背都是肉，国资委当然需要慎重把握。

也许是站在更高层次，理大事如烹小鲜，国资委早已成竹在胸。

关于重组后的公司名称，国资委领导不假思索直言道："我看，什么名字，也没有国机这个名字好！"

任洪斌回答，那请领导给二重说说。

关于重组后的组织架构，国资委早已表明：在国机和二重之上，再搞个集团，没有必要。国资委领导更直截了当对任洪斌说："等沟通过后，你们直接提一个方案报来。"其意不言自明。只是，这个话是说给国机领导听的，在双方协商时，国机不愿意"挟天子以令诸侯"。他们让对方充分发表意见，只表明自己的态度，程序到了再说。绕了一大圈，程序到了，结果自然早已是应有之义。

复杂的问题，一一尘埃落定。

在国资委的主导下，双方争论的、需要的、争取的，都被明确定义：国机与二重采用联合重组模式，将二重整体（包括全部资产、人员、业务和管理等），无偿划入国机。划转以后国机共有"三大主业"板块、44家子公司，二重为国机二级子公司的一员；重组后的新国机，沿用"中国机械工业集团有限公司"名称，公司总部设在北京，就是现在的中关村丹棱街国机大厦。

根据国资委的协调意见，国机与二重于2013年3月6日正式签署《联合重组框架协议》，并于8日联合上报国资委。

我注意到一些细节：两家联合行文，用的是二重的文号；签发人依次为石柯、任洪斌。我从事文秘工作多年，并担任企业秘书刊物《厂长与秘书》主编8年，谙熟公文行文规范，包括国务院办公厅和国家质量技术监督局制发的公文规范。这一行文表明，在这个重组行为中，二重是主办者，国机是协办者。这不能简单地理解为任洪斌的谦虚大度，而是一种尊重与自信，还有大智若愚。

重组方案，进入国资委内部程序。

任洪斌、石柯等不及了，重组请示刚报上去后，就不断催问结果。其实，他们也知道，这么大的事，没三五个或是七八个回合，根本定不下来。他们的着急，是想快快推进。所谓结果，主要还是希望知道国资委的态度。就像处对象，"第一印象"往往反映出基本取向，对成败得失至关重要。

国机改革发展部显然非常理解领导的心情，请示送出后，就不断催办。3月21日，他们再次找到国资委后得知，国资委收到请示后就特事特办，按规定启动了内部工作程序，立即将重组方案提交企干一局、企干二局、规划局、综合局、收益局等7个司局征求意见；还向国资委分管领导作了专门汇报。大家对重组都很支持。该领导还组织了一次专题讨论，形成一个决策意见，然后以改革局的名义，报送至时任国资委主要领导。4月15日下午，该议题就可正式提交到国资委主任办公会讨论，并将形成的意见，按照程序向国务院上报请示。

效率是超常的，这在程序繁杂的国家机关，已非常不易。

可好事多磨，按照管理权限及办文要求，在上报国务院审批、编制《联合重组方案》时，一些已经确定的事项，又被翻了出来，再次引起争议。

此事反映到了国资委，政府办事的严肃严谨，再次显现出来。

国资委改革局明确，《联合重组方案》是经国资委主任办公会、党委常委会讨论通过了的，联合重组涉及的原则、步骤、组织架构、企业基本情况等，应与上报请示一致，不宜再变。与此同时，在2013年5月14日上午，国机与二重领导班子见面会上，任洪斌传达了国资委分管领导5月8日就国机、二重重组工作的重要指示和要求。核心内容是加强领导，加快推进。该领导强调说，国资委对两家企业重组高度重视，要求双方积极行动起来，推动工作，不能纠缠于枝节。

国资委显然不是一般性说说、提点要求，而是采取了组织措施。国资委领导宣布，为加强组织领导，国资委研究决定，成立"国机、二重重组工作领导小组"，由任洪斌任组长，石柯任副组长，并要求尽快完善有关工作机构。对下一步工作，他提出了三项要求：一是要维护好职工队伍的稳定；二是要继续抓好企业生产经营；三是要积极关注重组工作的社会影响和各利益相关方。

经国务院同意，国资委于2013年7月17日下发文件，正式批准国机与二重的重组方案。

大局终定。

第四章 路在何方

第一节 一张鱼骨图

如果说，在没有决定是否与二重重组之前，任洪斌更多地考虑的是这次重组的合理性与可行性；现在大局已定，他不得不考虑怎么做更合理。

可是，问题很快出现。虽然，在重组前上报的方案中，企业"两减一增"（减员，减债，增强造血功能）的目标是明确的，但在进入实质性实施阶段后却发现，问题远非预想的那么简单。怎么减，怎么增？不仅涉及可行不可行，还涉及责任和机会成本。其中最突出的是，二重似乎过多地把扭亏保壳的希望，寄托于国资委和国机注资支持及技术性的资本运作，而非增加企业造血功能，进而从根本上解决可持续发展的问题。这不仅有违国资委领导的谆谆告诫："结构问题解决不好，仅仅依靠自身努力和外部输血，是无法真正走出经营困境的。即使将来经济形势好转……仍然难以实现做强做优，也与重组目的相去甚远。"

重组实施一起步，就陷入纠结。

这是一条全新的路。虽然，这并不是国机经历的第一次重组，但无论从重大性、复杂性，还是关联性、影响性，过去的重组都难以与之相提并论。中国有句老话，"沧海横流方显英雄本色"。为什么？因为沧海是浩瀚的，它既可容纳一切，又可吞噬一切；因为横流是凶险的，它既可以锤炼意志，也可以摧毁梦想。

这是一场复杂的资本游戏，千头万绪，变幻莫测，未来并不确定。现在的每一个举措，都可能影响事情的走向和结果。难就难在国机此前对二重的情况并无深入了解，问题没有吃透，即便感到原来的思路有问题，却说不清问题究竟在哪里，更说不清究竟该怎么办，同时又回避不了各方压力。重组前制订并上报的扭亏脱困方案已暴露出明显问题，新方案又一时无法确定，这使得重组陷入胶着。

2014年的前几个月，就这样在纠结中度过。

任洪斌果断决定，从国机系派出一批干部进入二重，一方面协助工作，全面深入了解情况，提供更真实可靠的决策依据，形成切实可行的扭亏方案；另一方面促进两家企业管理方式和文化的逐渐融合，变"形合"为"神合"。

事实上，自接受重组任务后，任洪斌脑子里整天转悠的，主要都是这事。他反复掂量国资委领导的话："要着眼于培育具有世界水平的一流装备制造企业的高度，去开展重组整合工作，真正实现转型发展。"而且，与该国资委领导第一次找自己谈重组二重时一样，那天也是一个特殊的日子：2013年7月17日，国资委重组批文出炉的当日；特殊的地点：国资委内；特殊的方式：国资委领导当面把重组批文交到两个重组企业手里；参会人员也不同寻常：国资委及其相关司局负责人和两个企业担负重组主要责任的任洪斌、石柯、孙德润、骆家骁。

一系列的特殊，决定了这项任务的非同寻常。任洪斌还清楚地记得，国资委领导在讲这话的时候，还站在国家战略和产业转型高度，分析了中国重装行业的现状：专业化装备制造企业偏多，但综合性的装备制造企业非常缺乏。然后，他语重心长地对与会人员说："一个国家要真正实现产业升级，在装备上具有发言权太重要了。""这个局面不改变，中国将来的经济发展就会被动。"

显然，这就是国资委对这次重组的嘱托、期望和要求。

任洪斌恼火的是，原重组方案设定的宏观定位、目标没问题，也得到国资委领导的充分肯定，但实现目标的理念、思路、举措等却存在明显问题，甚至可能与目标相去甚远。现在不得不重新思考，寻找真正可行的途径。

　　一个个设想，在冥思苦想中生成，推演，肯定或者否定，周而复始，始终没有找到一个能让人眼前一亮的东西。日有所思，夜有所梦。一个夜晚，一条鱼游进了任洪斌的梦里。鲜活，灵动，顽强，逆水而上，随波逐流。

　　倏地，任洪斌醒了。

　　那条梦中的鱼还在眼前，以一张鱼骨图的方式呈现。图是死的，鱼是活的，似乎还可触摸得到它游弋的身体。他暗暗笑了，想起了鱼骨理论，该理论是日本管理大师石川馨创立的，旨在从"根本原因"入手，为管理提供一种发现和解决问题的方法，所以又叫"石川图"或"因果图"。石川馨认为，问题的特性总是受到一些因素影响。通过大脑风暴，找出这些因素，并将它们与特性值一起，按相互关联性整理形成一个层次分明、条理清楚、重点突出的特性要素图。因其形状如鱼骨，因而得名。鱼骨理论原本主要用于企业质量管理，后延伸至整个企业战略，并逐渐成为当代国际管理理论经典。任洪斌第一次得知这个理论，是20世纪90年代在国外学习时。他觉得很有道理，就记在了脑海里，常常拿它与自己的企业战略对接。

　　没想到，这家伙今天竟游进了梦里。鱼是有灵性的呀！

　　看看手机，凌晨三点刚过。但任洪斌睡不着了，全部的倦意，一下被那条鱼搅散，只剩下活跃的大脑。他开灯，起床，来到书房案头，从打印机口抽出一张A4纸。夜深人静，喧嚣的城市进入难得的安宁。平时，这样的安宁总是与美梦相伴，很少被人发现，今天却被一条鱼唤来，由任洪斌独享。

　　他没有急于动笔，而是静静地坐下。重组的事在他脑子里过电影，脑海里闪现的还有鱼骨理论：在企业内部，要把握大小事务及其成本，首先要对其构成要素不断进行分解，把所有影响成本的因素全找出来，达到像鱼的骨骼那样，具体、分明、详细。然后，对每根鱼刺进行"瘦身"，力求做到最简。

　　逃不过明茨伯格定律。优秀的战略思想，当然能够成为成功的主要原因，但并不是绝对原因。在每个伟大的胜利的背后，人们总是能够推导出一个卓越的战略以及这个战略背后卓越的战略家。可我们实际上也不难找到，战略正确，但运作糟糕，最后走向失败的事例。

　　国机、二重重组要取得成功，既要保证总体战略的正确，又不能忽视实现战略过程中运作的科学。任洪斌必须像那位日本企业管理集大成者那样，按照反传统、反教条的超常规创新思维，去寻找最合理的答案。他把深入获悉的重组中的各要素组合在一起，归结为一条石川馨式的鱼。复杂与简单，一切玄机都在鱼骨图中。

　　终于，鱼从任洪斌的梦里游出，游到他的案头。

　　目光转向案头这张纸：洁白，工整，开阔，风平浪静。不为今宵的宁静，而为那条鱼。当鱼游上纸的时候，纸变成了大海。智慧有多大多深，大海就有多大多深。当然，再大的海，也只是载体。能游多快多远，还要靠鱼自己。

　　任洪斌珠笔一点，鱼跃跃欲试。鱼头出现两个醒目的词：负债、盈利。这两个词似两只眼，紧盯住前方，引领着方向。鱼脊是一条平衡线，将鱼身分为左右两翼：左翼是平台、市场、债务减免；右翼是资产、基地、成本控制。再轻轻一个点睛，那鱼就活了，游出了纸，进入大海，以它自信而从容的姿态。

　　在2014年5月8日的董事会上，任洪斌请出了他梦中的鱼。深夜案头的纸和此刻的黑板，都是意象中的大海——为不安分的鱼设置的空间。

　　大家豁然开朗。新的扭亏脱困方案脱颖而出，引领的是一条鱼。目标和方向没有变，核心仍然是"两减一增"，却拥有了不同的含义与路径。

　　羊年，仲春，国机办公室。

　　任洪斌拿出他的鱼骨图，向我们介绍起他的二重扭亏脱困构想。连同行的国机同事也眼前一亮，惊讶称奇，哇，这！大家顿悟，原来，这次重组，早已装在任董心里。我非常庆幸，自己并非国机员工，却成为有幸亲眼观赏这条鱼的人。虽一直从事经济工作，对经济学理论也不陌生，我对这条鱼还是有不少好奇。

　　尖尖的鱼头，流线形状中显示出一种犀利。按照力学原理，这种造型正面迎力面小，侧面可以最大限度地消解阻力，还可变阻力为承载的浮力。凸镜似的鱼眼，镶嵌于鱼头两侧，正与我对视。有一种力，放大的，穿透的，突破人的想象，祛除遮蔽，本真毕现。混沌的视域，顿时变得清澈澄明。

我的目光与鱼眼靠近，从同一个视角出发，看向同样的视野。前面是空旷的大海，它让我想到了开阔和无垠，还有"海阔凭鱼跃"的诗句。鱼眼后面是鱼身。一脊为界，两翼为身，鱼鳞灰暗，乌迹点点。这鱼病了，正待救治。药方已然开出，开处方的是任洪斌领导的重组团队，隽永有力的笔迹，透露出独特的心智。

鱼脊的一侧是发展。这是二重三年脱困"双超"目标，即在2016年末，力争实现营业收入超过100亿元，利润总额超过1亿元。任洪斌强调，第一个目标是指导性的，第二个目标，即实现利润是指令性的，必须完成。

鱼脊的另一侧是减负。包括减债，资产负债率降至60%以下，力争达到50%左右；减员，适当削减企业在岗职工，达到与实际生产任务相适应的程度。

两侧渐丰，鱼逐渐健硕起来，畅游于海，游向更远的目标：改革振兴。实现目标的途径：要素重组，优化资本结构，业务协同，增强造血功能。

仍然是明茨伯格式的逆向思维。不是以一系列的重大战略为导向，而是倒过来，以问题，或解决问题的战术为突破口。这是面对艰难复杂局面时的明智之举。习近平总书记在谈到改革时，不也是这么说的吗："改革是由问题倒逼而产生，又在不断解决问题中而深化的。"在对《中共中央关于全面深化改革若干重大问题的决定》的说明中，他更一连近50次提到"问题"。二重不是一张白纸，不是一次全新的谋划，可以顺着正常的逻辑，展开理想的羽翼，绘制心中的蓝图；而是一个已然之局，是一条曾经游历大江大海，已经病体恹恹，沉疴染身的鱼。问题多多，最迫切需要的，是清醒而敏锐地发现问题，找准成因，然后去解决它。

重组需要造就的是一条健壮的鱼。它应当躯体肥硕、结实、有力、活力无限，富有畅游的动力。但它还在梦里，甚至有点朦胧，需要点化的珠笔。

珠笔在任洪斌的手里，先点落于鱼脊左翼。

三根干瘦的鱼架，骨骼横生，相互交织。鱼幻化为二重。经过任洪斌及其重组团队的手，一个清晰的意象显形：经营。鱼架变得丰满而结实。

目标定位。按国家要求和原方案确定方向,充分发挥国机与二重优势,从关系国家安全和国民经济命脉的高度,构建支撑中国高端装备制造业的平台,创建中国机械装备工业领域规模最大、实力最雄、水平最高、研发能力最强,能够与美国通用电气公司(GE)、西门子、三菱相抗衡的,具有国际竞争力的世界一流企业。仍然是中国机械工业,仍然是一系列之"最",但内涵与外延,都发生了质变。

重组功能。实现资源要素的优化融合及高端重装研发制造、工程承包、贸易与服务等高度专业化,形成集系统设计、系统集成、工程总承包和全程服务于一体,产业链完整、整体竞争实力突出的大型综合性装备工业集团。

重组分三个阶段进行:

第一阶段,实施联合重组。完成集团层面资产、人员及管理关系的划转与对接,理顺管理关系,规范治理结构,建立协调的管理机制。

第二阶段,调整发展战略。结合二重生产要素的并入,加快实施"新国机"整体发展战略调整,围绕"三大主业",理顺产权关系,加快推动管理机制、业务合作、企业文化等方面的融合,创建新国机统一的品牌。

第三阶段,推进资源整合。围绕改革振兴,全面推进新国机内主导产品、技术研发、市场布局、综合服务等相关资源的调整与整合,做强做优主业,以规范、扁平、高效的治理结构和统一的品牌、市场形象运营新国机。

珠笔点化之下,朦胧逐渐清晰,鱼的左翼变得丰满。

任洪斌略作思考,又把珠笔转向鱼的右翼。也是三根鱼架,显形为另一个意象:管理。之前还有些混沌、无序,枝蔓杂陈。

管理是一个庞大的系统工程。忽然间,现代企业管理的要素,似天降神兵涌入任洪斌的脑际,听他差遣。任洪斌手下顿时妙笔生花。

先是形而上的管理理论。各管理学派的巨头应邀而来,为任洪斌指点迷津。从政治经济学派理论开始,沿着老祖宗的管理二重性原理,进入二重的生产管理和经济核算。接着是法约尔、哈罗德、孔茨、西里尔和奥唐奈,介入二重管理的整个过程,思考研究其中的各个环节。许多发现与约翰·华生的行为主义不谋而合，因为企业行为不仅贯穿过程，而且是可以测量记录的。然后是德鲁克的经验主义，与他联手，找出过去成功或失败管理经验背后具有共性的东西。还请来了现代管理理论之父巴纳德，他带来了自己的得意之作《经理的职能》。紧随其后的，是卡斯特和罗森茨韦克，他们说，运用社会学的观点，系统地对公司中的正式组织与非正式组织、团体及个人做出全面分析，可以找到破解二重难题的钥匙。还有伍德沃德和菲德勒，他们主张在权宜应变中，根据企业环境，选择和实施不同策略；以及企业文化理论，核心是人……

眼花缭乱，扑朔迷离，博大精深。

"理论是灰色的，而生活之树常青。"歌德的《浮士德》，本来是一出诗剧，剧中魔鬼梅非斯特说的一句话，却成了现实中的哲学警句。面对这些管理大师们的经典理论，任洪斌认为，灰色的理论与常青的生活之树，都不可或缺。关键是融会贯通，联系本企业实际，找到最适合的答案。

然后是形而下的操作。经营管理，怎么经营，怎么管理。从计划、组织、人员管理、指导与领导、控制，到资产、人员、生产、成本、质量、营销、物控、研发，从企业战略、业务模式、业务流程、企业结构到制度。

鱼尾是企业文化，充当舵，也是推力。

概念一个个闪现，幻化成二重的精气神。概念背后的二重，在抽象与具体、混沌与清晰中，不断地交织沉浮。未来，充满了变数与挑战。

畅游大海，虽彼岸遥远，却让人变得睿智而清醒。

终于，无形的思想，沉淀为有形的理念。不再陌生而遥远，也不再抽象枯燥。它就在眼前，只属于二重，成为任洪斌案头鱼骨上的肌肉和鳞片。它们是盘活资产、减免债务、控制成本、业务协同、要素配置等等。在鱼骨的旁边，任洪斌又附上了一张更详细的图，将鱼骨背后潜藏的秘密，分级呈现。比如盘活资产，包括了二重新投资的"三大核心项目"资产如何盘活，特别是8万吨模锻压机如何充分发挥作用，以及国机资源如何合理注入，让资产在重组中化合。

活了，那条梦中的鱼，因智慧而活。任洪斌眼前一亮；很快又冷静下来。人呢？对，有了鱼眼、鱼身、鱼尾，鱼头在哪里，或怎么形成？

任洪斌陷入了沉思……

第二节 叩问卡耐基

又回到那条梦中的鱼。它的眼、身子和尾。

是的，不能忘了人。这是我们的目光曾经聚焦的地方，企业文化的核心。我们怎能忽略了它的头——只有眼，没有灵魂与神气，那头也近似于骷髅。

鱼活了，并不等于企业活了。

人相聚叫聚会，心相聚叫团队。只有人才能创造奇迹。这是卡耐基模式的核心要义。好在，扭亏脱困方案的修订，并不涉及劳动人事改革的设计。

此刻，扭亏脱困方案成了鱼的头。

思绪飞到了匹兹堡。不是旅游，是精神的朝圣。圣殿是一所学府——卡耐基梅隆大学。匹兹堡这座全美治安最好、最宜居的城市，因这所大学而知名。学府由美国钢铁大王安德鲁·卡耐基于1900年创办，它与G20峰会一样，成为这个城市的最耀眼名片。当然，它的知名不是靠形式翻新的广告效应，而是举世瞩目的人才和教学科研成果。被现代管理学界称颂的卡耐基模式，就是由希而特、马奇、赫伯特·西蒙等管理大伽，在这所大学提出并发展的。卡耐基学者们的研究表明，一些认同组织目标和问题优先性的管理者，会逐渐形成一个志同道合的联合团队。它可以包含直线部门的管理者、职能专家甚至外部团体。组织层次的决策，最终取决于这个联合团队。

国机和任洪斌，正需要这样的联合团队。

过去，在艰难曲折的发展历程中，他们靠这支志同道合的联合团队，创造了"国机奇迹"；现在，面对重组二重，如此复杂浩大的改革工程，不仅离不开这样的团队，而且对这个团队本身，也是一场从未有过的考验。事实上，国机和二重前期从事重组各项专责工作的同志，都发挥了重要作用。

此时，虽然国资委已下达国机、二重重组的批文，二重的人、财、物已整体上划入国机，国资委不再是二重的出资人。但新的国机领导班子还没有宣布。也就是说，出资关系明确了，领导关系却没有明确。国资委领导明确要求，在国机新班子宣布前，由任洪斌全权负责国机的工作，石柯协助。而且批文反复强调，新国机"要对中国二重现有的业务管理能力、执行能力、工作业绩进行全面评估考核，提出切实可行的扭亏脱困方案"。而作为国企，国家出资，出资人代表的委派，从权限、程序到人选，都涉及现行体制下的干部管理。二重并入后，虽然新国机列入央管，规格升了一级，但企业规格与企业领导规格是两个不同的概念，并不能因为企业规格的上升，所有企业干部的地位就"水涨船高"。问题出来了。重组工作的决策和实施，由哪个"联合团队"来承担？国机和二重原有的领导班子，都很强，也能担当，但由他们任何一方单独承担，似乎都显得不恰当。

面对重组实施，任洪斌这个角色有点尴尬。

重组工作不可能停下来。每多拖一天，二重的亏损就增加约800万元。还有数以万计的职工工作、生活需要稳定。此处还有国际国内的政治影响。自从国机、二重重组的消息披露后，世界有多少双眼睛，都在盯着这出重组大戏。

叩问卡耐基，没有答案。

体制的问题，得用体制去解决，任洪斌懂。2013年11月29日，国机决定设立"二重改革振兴领导小组"和"二重改革振兴工作小组"。两个小组都是因事而设，属于议事办事性质，有点类似于临时性的"联合团队"，无所谓行政级别，也不存在通常的干部晋级任命。这就回避了许多体制的麻烦。它们的职能和关系，在命名中却分得很清：一个是"领导"，由任洪斌挂帅，属于决策层面，成员大都是董事会成员；一个是"工作"，由徐建挂帅，属于执行层面，成员大都是经理层成员。两个小组，包含了国机和二重现有班子中已经或可能成为未来新国机管理骨干的人选。小组的实际地位和作用可因事因需而定。

时间倒流，这样的设计并非始于此时。

在重组实施开始时，2013年11月25日，徐建、骆家驌、刘祖晴3人，奉命代表国机，专程到成都拜访时任四川省委书记、分管工业的副省长，就二重改革振兴工作向省里作了沟通汇报。第二天，3人又马不停蹄赶赴德阳，就上述情况向德阳市委书记进行了沟通。省市主要领导明确表示支持。这实际上就从体制上有效解决了在重组中中央与地方、政府与企业的协同关系。

体制的弊端，转变成了体制的灵活，体制的优势。卡耐基模式没有涉及并研究解决的问题，在重组中巧妙地解决了，用一种中国特色的方式。

当然不能违背卡耐基规律。领导小组和工作小组毕竟不是长久之计。要让重组振兴工作坚实推进，持之以恒，离不开稳定的联合团队。

这时，更尖锐、更难的矛盾出现了：班子成员怎么安排？

国机、二重现有班子成员18人。重组后，两个企业合二为一，二重实际上降为国机的二级公司。中组部给国机核定的班子职数为9人，仅仅是两企业重组前的一半。干部怎么安排，人员怎么平衡，不能不说是个大难题。为了解决好这个难题，从中组部到国资委，可谓煞费苦心：比如，对年龄较大的，做好思想工作，让其提前退出领导岗位；国资委在央企系统统筹消化一些，将国机党委书记平调到保利集团任董事长兼党委书记，纪委书记平调到中国北车股份有限公司（简称"北车"）公司任纪委书记……

经过一番平衡，难题摆在了国机副总经理刘敬桢面前。

在国机现有班子中，可以调整的有"两老两小"。"两老"按政策规定退居二线，直至退休，都是自然的事，当事人也高风亮节，完全理解支持；"两小"中，一位班子成员刚从国务院机关过来，不便调整。可供调整的对象，实际上就只剩下刘敬桢一个人了。调升容易调降难，刘敬桢愿意吗？任洪斌有些纠结，这工作怎么做？谁知，任洪斌一找到刘敬桢征求意见，还没开口，他就笑呵呵地说："没什么没什么，任董别为这事儿费劲。组织上该怎么安排就怎么安排，我都实心实意地拥护，心里没有任何介蒂和不舒服，也用不着做思想工作，这事儿必须顾全大局。"

刘敬桢说到做到。他由领导变成了被领导，由负责变成了协助，协助谢彪抓业务协同，协助孙德润抓减员。工作照样兢兢业业地干，见人照样乐呵呵地招呼。任洪斌感动了，这些年的国机文化建设没有白下功夫；不少人心生敬意：你看人家刘总，不当副总仍像没那回事一样，我们还有啥说的。

2013年10月12日，国机、二重重组后的第一次干部大会，在国机北京总部召开。中组部副部长王京清、国资委领导，及任洪斌、石柯、徐建出席，国机总部中层以上干部参加。会议的主题是宣布新国机领导班子。

王京清的宣布，代表了出资人的意志：中央决定，任洪斌任国机董事长，石柯任国机党委书记，徐建任国机总经理。国资委领导宣布：国资委决定，任洪斌任国机党委副书记，石柯任国机副董事长，徐建、孙德润、曾祥东、骆家骝、谢彪、丁宏祥等，分别任国机董事、副总经理、总会计师和党委常委等职，王克伟任党委常委、纪委书记。紧接着，国机组建了二重的领导班子，并于11月1日宣布：石柯兼任党委书记，杨建辉、胡洪任党委副书记；杨建辉任总经理（法定代表人），班子成员还有刘华学、屈大伟、闫杰、李骏骋、王志伟、王平。

这标志着，重组后的国机、二重联合团队正式组建完成。

经过适时的调整完善，两家央企团队的高管，基于"认同组织目标和问题优先性"原则走到了一起，实现了一次新的志同道合的联合团队的重组。

这时，国机和二重又起风声。不是在正式场合公开讨论，而是私下议论，都是针对几位从二重到国机任职的领导的。有人甚至当面羞辱说，你们把二重搞垮了，又跑到国机来。二重几位领导压力很大。任洪斌敏锐地感到，这种情绪蔓延下去不行，他打算请原机械工业部老领导邵奇惠找石柯谈谈。邵老把任洪斌、石柯请到家里，既情意拳拳又理直气壮：二重的问题是很多原因造成的，那些人说的，能代表中央吗？也不能代表我们机械行业的声音。请转告二重干部职工，永远感谢二重在国家关键时期所做的贡献。任洪斌、石柯重重地点点头，一股暖流涌上心头。

同时，按照二重扭亏脱困方案和运营提升调整意见，对二重集团和股份公司两级实施了机构精简和干部竞聘。集团一级管理部门一下子精简了11个，中层干部减少17%，其中管理部门的中层干部编制精简46%。在此次中层干部竞聘中，二重共发布竞聘岗位265个，非中层干部报名人数占总报名人数的30%，最多的一个岗位有12人同时报名。竞聘结果，有66名领导退位，26名普通职工通过竞聘走上科级领导岗位，有效优化了干部队伍结构，拓宽了年轻人才脱颖而出、建功立业的舞台。

希望是希望，现实是现实。时间过去了一年。

国机联合四川省委组织部、四川省国资委组成的考核组，于2014年11月14日至15日进入二重，对二重领导班子和领导人员进行了综合考评。结果显示：二重领导班子整体的综合考评得分为76.67分，总体评价等级为"一般"。二重的专职和任职满一年的8位领导班子成员，综合考评得分为80.75分。按照考核评议设计的优秀、称职、基本称职、不称职四个档次，其中：6人评价等级为"称职"，2人评价等级为"基本称职"，没有优秀。

考核组对二重领导班子，是这样综合评价的：

政治素质好，工作敬业，廉洁自律，在企业改革方面做了大量工作。思想观念在逐步改变，在维护企业稳定等方面作用明显。

但是，到了改革的攻坚时期，面对承受的巨大压力和责任，领导班子出现了整体合力不强，相互支持不够，沟通不充分的情况；没有形成心往一处想、劲往一处使的合力局面。同时，工作缺乏系统性，对问题的分析和研究停留在表面，抓问题重点不突出。部分班子成员改革观念仍旧落后，存在过度依赖"外部手术"和"外部输血"的思想。在推动二重改革振兴工作中，整体决策效率较低。

称职，但不优秀。这就是结论。

对了解二重状况的人说，这个结果很客观。

任洪斌纠结了。企业领导班子，就是企业的"火车头"。一把手的主要任务，就是抓班子、带队伍、定决策。在实施二重重组中，大家花在班子建设上的精力不可谓不大，班子不可谓不努力，就班子成员的个人素质看，也不可谓不优秀。但当他们由"个体"组合成"团队"后,能力为什么反而降了?这于使命,显然是不适应的——二重改革振兴需要的"火车头",不应当只是称职,而必须是优秀、卓越。考核组对二重领导班子的不足说得比较委婉,但仍不难让人看到一些问题。任洪斌采用逆向思维,从"问题优先性"出发,一下发现了症结。

更大的问题还在后面。

第三节 不得不临阵易帅

人是最关键的,但人也是最敏感复杂的。

任洪斌越来越感到,要有效推进企业重组,必须首先搞好企业管理联合团队的重组。为此,他可谓费尽心机。除了通常所说的德才、专业、经验等,还不得不考虑许多综合因素:国机、二重不同的文化背景,经营管理基础,重组进程中不同的节点及人际关系环境等。思路是整体的,那条梦中的鱼,早已勾勒出方向、重点和目标,但举步必须谨慎,关键是择机而行。

人随事进,二重重组后的班子组建,经历了四个阶段,突出了信任与平稳。

二重首届班子的组建,于2013年11月1日完成。核心管理层9名成员,只有屈大伟是国机从中国一拖集团有限公司(简称"一拖")选派去的。这样的安排是经过精心考虑的:重组刚起步,二重的干部职工,特别是管理层,都难免以敏感的目光看待人事变动。班子的"大稳定,小调整",体现的是信任与尊重。这是最大的赏识和动力。事实证明,这个安排为确保重组后管理的平稳移交,打下了坚实的基础。

唯有在总经理人选上,颇费周折。

任洪斌打算本着稳定与嫁接相结合原则,在班子成员大多数稳定的情况下，外选一名熟悉重装行业的领导，既有利于思想的对撞生成，打破近亲繁殖形成的同质局限，又与重组思路中拟打造的未来重装平台相结合。

旗下爱将的精神面貌、性格特点、长处短项，走马灯式地在任洪斌脑际闪现。最后，他跳动的思绪一下定格在一个名字：谢东钢。

他突然眼前一亮，对，就是他。这位地处西安的中国重型机械研究院股份公司的原董事长，较好地具备上述条件。任洪斌立即通知谢火速赶到北京，谢是直接他从机场拎着行李赶到任洪斌办公室的。任洪斌说明意思，谢东钢不假思索立马答应："任董，只要您看得起，哪怕二重掉进了一个坑，我跳下去也要把它捞起来。"

任洪斌又一次感动，连连说："谢谢，谢谢担当支持，今晚我请你喝啤酒。"任洪斌心里一块石头落了地。任洪斌想与谢东钢好好聊聊，聊聊二重的情况和自己的想法。两人相约，啤酒助兴，推心置腹，聊了很久。

酒局散后，任洪斌开始思考调任程序。

可第二天一早，他就接到谢东钢的短信：任董呀，对不起，真的对不起啊，算我欠您一个人情——本着对您负责的态度，我不能接受此重任。

任洪斌感到很诧异。国机上下，哪个不了解谢东钢？他不仅是"全国五一劳动奖章"获得者，在国机系统工作这么多年来，无论在什么岗位，再苦再难，他何曾讲过价钱；在个人利益与公家利益、小集体利益与大集体利益发生冲突时，他何时没有顾全大局？在前两年公司班子换届时，他还没有到卸任年龄，可为了培养锻炼年轻人，他却主动要求提前退下来，协助新班子抓订单、催欠款……

可是，老谢这次是怎么了？

谢东钢的理由是年龄大，经验不足，难以胜任。任洪斌分析，这肯定是托词，是不是怕二重的干部不接受。他想到了石柯，石柯既是原二重老领导，德高望重，又是国机现在的领导。请石柯打电话做工作，说明二重干部讲政治、懂规矩，可对方还是不为所动。任洪斌又请徐建专飞西安，上门再做谢东钢的工作。徐建仍是无功而返，唯一的收获，是弄清楚了谢东钢不去二重的真正原因：难，太难了。他怕干不好对不起组织。原来，在与任洪斌喝啤酒的当晚，谢东钢就给在二重的几位同学朋友打电话咨询过了，朋友几乎是异口同声地告知，太难了，千万干不得。

没法，只好再找。

目光聚焦到了杨建辉和胡洪身上。两位都是二重原有班子成员，在二重工作的时间长，对二重很熟悉，有感情。要说区别，主要是成长经历：杨建辉一直从事技术和生产经营，从技术员、车间副主任、主任，分厂副厂长，集团公司生产长兼副总工程师、副总经理；胡洪则主要在党口工作，从书记秘书、组织科长、子公司书记，到集团组织部部长、副总经理。杨建辉进集团领导班子的时间更早，重组前胡洪在集团班子中的排名又在杨建辉之前。二重重组后面临的主要问题是市场、质量、生产、经营、扭亏脱困。经过反复认真权衡，天平倾向杨建辉似不难理解。

二重重组后的第二次班子大调整，突出的是对重组方案的科学校正。

历经半年，班子平稳过渡基本完成。但随着重组的实质性启动，发现原来双方联合上报的、以二重思路主导制订的扭亏脱困方案存在诸多问题。放弃保壳后，减债、减员仍步履维艰，要素重组和业务协同更谈不上。要寻求正确的方向，必须首先吃透情况。为此，2014年5月13日，国机对二重领导班子再次进行了重大调整：从总部和所属企业抽派7名管理骨干集群式进入二重，形成崭新的管理联合团队；成立二重董事会和监事会，形成有效的法人治理结构。

这个阵容，明眼人一看就明白了任洪斌的意图。

党委管好方向，可保证重组的决策实施与目标一致；董事会体现的是最高决策，监事会体现的则是决策执行和法人治理规范；董事长、总经理由杨建辉一肩挑，是为了提高决策执行的契合度和执行力。国机派遣人员的安排，显然有战略性考虑：总经理助理兼改革发展部部长刘祖晴任副董事长，应当有进一步的考虑；国机中央研究院临时党委书记、纪委书记、副院长黎晓煜任监事会主席，职责包括加强重组过程及扭亏脱困中的监督等；孙淼是国机法律部部长，赵保辉是国机所属中国福马机械集团有限公司（简称"中国福马"）副总经理、财务总监,二人被派到二重,分别担任副总经理和副总会计师,目的当然是要强化司法重整中减债减员推进;匡伟光时任国机下属中国机械对外经济技术合作有限公司(CMIC)董事长、总经理,到二重兼职副总经理,是为了面向产业转型、国际市场,进行深入要素重组和业务协同,为打造科、工、贸一体的国机重装平台埋下伏笔;而张钰、徐晓俊应对的市场协同、业务创新、改革发展和战略规划,则既为解决企业当前经营管理中的一些紧迫矛盾和问题,也为长远改革振兴的基础性工程……

二重重组后第四次班子大调整,突出的是改革振兴。

随着减债、减员任务的完成,二重已在很大程度上实现了轻装上阵。重组工作的重点,再次发生转移:由减负轻装,到优化结构、强身健体、造血发展。于是,国机于2016年4月8日,对二重班子再次做出重大调整:国机下属中国重型机械总公司董事长兼总经理陆文俊,调任二重总经理;孙德润不再兼任该职,而是集中精力抓好国机重装平台搭建。国机财务部部长全华强调任二重总会计师,是为确保当年底的扭亏把好关。任洪斌反复强调,二重的扭亏脱困必须没有水分,且可持续。因此,用人方向,直指企业改革振兴,包括当前的增强造血功能和长远的能够担当未来国家重装平台——"国机重装"使命的企业联合团队。

本来,第四次班子大调整,在第三次就该完成。可实际并不遂人愿。比如,作为重组主要内容的减债、减员和增强造血功能,理应由一套班子承担完成。但在实施中大出意料,甚至让任洪斌措手不及,不得不临阵易帅。

这就出现了重组后第三次班子调整的过渡性和迫不得已。

二重第二次班子调整,虽从国机选派了强大的管理团队,介入二重决策层和核心管理层,但这个调整并没有达到预期目的。随着司法重整的被否决,减债、减员陷入胶着;对二重设计院的调整、成都工程中心的处置和运行模式改革遭到非议,各种传言和矛盾四起。二重班子的工作已陷入明显的迷惘错乱。

问题比预想的还要复杂。像二重这样的老企业,说是工作关系也好,志同道合也罢,甚至生活习惯业余爱好等,每个领导周围都难免聚集了一批人,都有一个圈子。每次重大人事调整，都难免牵动一大群人。也许有的人认为，凭条件讲资历，集团总经理本来就该是人家的，而非你杨某（杨建辉）的。讲规矩能包容还好说，如果别人抱着不服气、看笑话、出难题的心理，不是齐心协力，而是隔岸观火，就难办了。于是，开会成了较劲和斗气的场所。不知是真的英雄所见不同，还是故意唱反调，总之，你说南，他说北，你说行，他说不行，互相猜疑，谁也不服谁。

时任国机党委工作部部长苏维柯到所属德阳中国机械工业建设集团有限公司开会间隙，抽空到了一趟二重，想顺便了解了解重组中的思想情况。杨建辉和胡洪与他相约茶叙。他发现，两人见面的时候都客客气气，点了个头，一脸僵硬地微笑。然后就旁若无人，再无言语了。在二重发展思路上，两人根本就是南辕北辙。杨建辉更是少言寡语，忧郁重重，甚至表现出一种心不在焉、答非所问的恍惚。

如此精神状态，怎堪重组大任？

尤其不能坐视的是，修订后的《二重三年扭亏脱困方案》，在2014年9月23日就已确定，并报经国务院领导和国资委认可，进入实施阶段。其中涉及重组的整盘布局和三年扭亏脱困攻坚，时间已非常紧迫，必须雷厉风行，强力推进，既容不得半点拖延懈怠，也不容许班子内部扯皮消耗，贻误战机。

军中无戏言。无论当前还是未来，都需要一个对方案有高度认知感、责任感、紧迫感，且有足够才略和魄力的联合团队来抓实施，班长的角色尤其重要。

国资委和国机都明确要求：二重班子必须对三年扭亏做出承诺。而此时，杨建辉似乎已被重组中错综复杂的矛盾压得喘不过气：*ST二重保壳前途未卜、减债减员矛盾重重、产品质量勉勉强强、订单无突破。特别是事业部制改革广受诟病：过分集中的管理，明显束缚了下面的手足，矛盾越来越集中，被有些人斥之为改革的倒退。甚至到此视察工作的省、市领导，也因此弄得不愉快。不得不对重组的具体方案再作调整，实际上是回归到原来的模式，只是不叫事业部，叫子公司。

时间一天天过去，焦急和矛盾都在积累。

第四章 路在何方

很快出现的情况，更令任洪斌大吃一惊……

国资委和二重两个渠道都传来信息，杨建辉在公开的组织渠道和朋友私下聊天中，都多次流露出自己无力担当二重总经理，精神快崩溃了，吃不好饭睡不好觉的状态，有时一谈到二重的问题，谈着谈着就情不自禁地流泪。男儿有泪不轻弹。任洪斌对传言有点怀疑，又不敢大意，虽然接触时间不长，自己对老杨还是了解的。在组织征求老杨意见及自己亲自找其谈话时，他都态度积极，精神状态很好。他还信心百倍地对任洪斌说，任董，请相信，二重一定能搞好，也一定会搞好的。

上任才刚刚一年啊，这老杨究竟怎么了？

任洪斌将信将疑，决定直接找杨建辉谈谈。

那天，杨建辉应约来到任洪斌办公室。为了营造一个轻松随意的氛围，任洪斌没有先入主题，而是客气寒暄。杨建辉也随兴应和，有问有答，并无特别。可一入主题，杨建辉突然像变了一个人。他声音哽咽，满脸愧疚地说："任董，咱对……对不起您啊。我没想到二重这么难……"

然后他说说停停，几度哽咽，说不下去。

任洪斌先是劝慰，可越劝，杨建辉越难过，泪流得越厉害。不知是对爱将的心痛关爱，还是惺惺相惜，劝着劝着，任洪斌自己的泪也禁不住流了出来，且一发而不可收。两位铮铮铁骨的男人，叱咤风云的企业家，平时从不在自己亲人面前掉泪，更不在同事、朋友和员工面前掉泪；在重组艰难曲折的进程中，他们经常在干部职工面前铿锵有力地打气鼓劲，鼓励大家要不畏艰难，奋勇而为，争取胜利。可此刻，在这间北京丹棱街旁的高楼斗室里，为了国机、二重重组的事，他们的泪却流在了一起。这眼泪的背后，包含了多少鲜为人知的艰难！

可是，他们擦干眼泪，又以微笑面对现实……

任洪斌相信了。不，是震撼了。一位铁骨铮铮的男子汉啊！杨建辉的失控呜咽，诠释了重组的难。任洪斌甚至有点懊悔，平时，自己对部下总是交代任务多，而了解关心却不够；对二重工作的难度也估计不足。

显然，杨建辉是尽了力的，对扭亏脱困方案是认可的，也有决心。但明显有点力不从心。回二重后，他还因病住进了医院。再这样下去，杨建辉可能真要被压垮的；这种状态，也不利于艰难复杂的重组工作的推进。

不得不临阵易帅，立即换人。

国机于2015年1月5日对二重班子做出届中调整：石柯不再兼任党委书记，由刘祖晴接任；孙德润临难受命，重返二重兼任董事长、党委副书记、总经理；中国重型机械研究院股份公司副总经理、纪委书记王社昌调任二重纪委书记。

杨建辉、胡洪退出二重班子。

第四节 不脱困，厂子都是银行的

既是壮行，也是为了追求更完美的"认同组织目标和问题优先性"。二重班子调整，主要领导赴任前，任洪斌都要集体或单独谈谈话。2014年5月13日，国机在2307会议室，举行了即将赴二重工作的7位同志座谈会。

会上，任洪斌语重心长，句句铿锵："同志们，大家此行，责任重大、使命光荣啊。大家都是组织上经过慎重考虑，精心挑选的，董事会信任你们，经理层给予你们重托。但这毕竟是一项富有挑战的工作，从宏观经济环境，到二重的实际，都有许多尖锐的矛盾和问题，需要你们去面对和解决。国机是你们坚强的后盾，我们永远与你们站在一起。"

讲到这里，任洪斌停了停，满腔深情地看了看大家，提高了嗓门。他继续说："正因为问题多矛盾尖锐，才派大家去，才考验一个人打硬仗的武功啊，大家说是不是？男子汉大丈夫，对于要做的事，就要有勇往直前、攻坚克难、不做好绝不回府的决心。因此，多的我也不讲了，只希望大家做到'三要'：一要有强烈的群众意识。认真依靠二重，融入二重，吸取二重优秀的企业文化。二要紧紧围绕'三个有利于'开展工作。即，有利于二重广大职工的根本利益、长远利益；有利于二重走出困境、改革振兴；有利于国机的整体发展。三要有接受挑战的准备。把赴二重的工作，当作一次特殊的在岗锻炼，严格要求自己，为国机形象加分；同时，在帮助二重发展的同时，实现自我更好更全面的发展。"

都是国机人，长期共事，彼此都比较了解。任洪斌的话，讲得很随和，就像聊家常，没有事前刻意的准备。因为都是心里的话，大家听起来很亲切，同时也能明显感觉到，他的话中有一种无形的压力和动力。

相对而言，几个月前，他在宣布二重新班子大会上的讲话，准备就要精心得多了。毕竟刚刚重组，彼此的了解还有个过程，如果有任何表达不准确，都可能带来误会。因此他特别小心谨慎。但该说的话也一定要说到。这是任洪斌的脾气，也是工作所需，重大事情上含糊不得。当时，任洪斌正在参加中组部安排的集中学习，按规定不能请假。因此，那个讲话原来是给徐建准备的。可大家反复说，这是个大事，任董得亲自去啊，不去不妥。他只好硬着头皮请了假。

就这样，他被临时赶上了架。

为了请老领导们把脉，听取他们对二重扭亏脱困的意见，任洪斌在去二重宣布新班子前，再次专门拜会了原机械工业部的几位老部长。这是任洪斌到国机后多年养成的习惯，或者说规矩。通常情况下，老部长们都会表示支持，或者说在支持的大方向下，提一些合理化的建议。这次却有点不一样了，虽多次汇报，有的老部长仍忧心忡忡，表现出了极大的担忧。老部长们的叮嘱，他都牢牢记住了。

在上飞机之前，任洪斌又赶到了何光远老部长家。因为有预约，已退休的原机械工业部副部长沈烈初、孙祖梅也在。任洪斌谦恭向几位老部长讨教治理二重的良策："我马上要到二重去，几老还有哪些嘱托？"几位老部长忧虑中不乏信任，让任洪斌很感动。何光远语重心长地说："你给我强调质量，质量要作为二重的一张名片。"任洪斌回答："好，一定。"他从何部长家里出来后急匆匆直接去了机场。

上了飞机就开始修改讲话稿，下飞机吃了碗面条，又接着改，一直改到凌晨三点多。早上匆匆洗漱完毕，草草吃了点东西，他就赶到会场。

讲话时，他眼里布满了血丝。

台下座无虚席，鸦雀无声。看得出，一张张陌生的脸上，都挂满着期待、敬重和信任，当然也有疑惑。任洪斌再一次感到肩头沉甸甸的。

会议由徐建主持，徐建宣读二重新班子任命通知后，任洪斌就开始讲话。他情真意切地说："二重的各位领导、同志们，我与石书记、徐总这次来，一是宣布二重领导班子的任职决定，二是来看望大家的，与大家交流交流。"

然后他就开始讲。不，是与大家沟通交流。

任洪斌从国机、二重重组的情况、下一步计划，讲到国机的发展历程和业务转型；从二重领导班子的考核调整，讲到下一步改革脱困的总体思路。最后，他提出了几点希望和要求。治企与管人一样，重在心。他心里明白，一个规范科学的公司法人治理结构，一个心性相通的新联合团队，仅仅靠任命是不能产生的。他有许多话要说，不满足于既定程序。他不时地离开稿子，即兴发挥。

会场很安静，自始至终。人们似乎发现，这位新国机及二重未来的掌门人，从思维理念，到行为作风，甚至说话的语气，都有许多与众不同。

如用人问题。

这是大家所关心的。任洪斌介绍了国机"能上能下、能者居之"的用人机制。这与马丁和帕克的超产权理论不谋而合。两位英国经济学家经过无数实证研究后发现，在企业治理中，有一种超产权的东西，与所有制无关。这不仅是企业产权理论演绎的逻辑，更是20世纪90年代以来，企业改革发展的结论。其内在的秘密，就是人才、竞争。任洪斌因此坚信，国企仍然可以搞好。

实际上，为适应市场竞争要求，国机从2002年起，就按照"择优上岗、业绩衡量"的原则，率先在央企中对总部中层以下干部，实行了全员竞聘上岗，三年一次，形成惯例；并向社会公开选聘下属企业经营管理者。

任洪斌不仅仅讲用人理念和制度，还用事实说话。

讲到这里，任洪斌抬起了头，目光指向台下第一排的右侧，那里坐着国机副总经理谢彪。他说："我们这次一起来的谢彪同志，就是通过公开招聘，到中国机械设备工程股份有限公司（简称"CMEC"）担任总经理，然后逐步提任到集团任职的。在此，我可以负责任地告诉大家，在用人问题上，找谁都没用，一切看自己，靠德才和业绩说话。"

会场响起热烈的掌声。

又如投资管理。

任洪斌介绍，国机经过不断探索，建立形成了覆盖投资前期审查、过程管理、后续评价等环节的全程监管机制，健全了投资审查和分类授权制度，既强化了风控，也赋予所属企业一定自主权，提高了效率。并明确，二重也要适应集团的投资决策程序。与会者心里暗忖，今后的投资管理不能再像过去了。

再如内部协同与产品质量。

任洪斌明确，国机所属企业使用的产品，能在二重生产，且质量好、价格合理的，必须用二重的，否则，要追究分管领导和部门责任人的责任。同时，如果二重的产品质量有问题，价格高，则要追究二重责任人的责任。

会场氛围轻松、融洽、亲切，大家的心里热乎乎的。讲话稿子虽然是精心准备的，但任洪斌常常脱稿，与大家谈观点，说体会，讲看法。令大家震撼最大、印象最深的，还是在讲到二重面临的困难时，任洪斌讲的一席话。

这时，任洪斌又一次放下了稿子。

只见他抬起头，两眼平视，看向窗外。

窗外是宁静优雅的厂区，绿荫婆娑的道路，错落有致的车间。德阳人都知道这里，知道的背后，还带着一些崇敬，甚至曾经的向往。二重人更熟悉这里，就像熟悉自己的掌纹。以二号楼为中心，鳞次栉比的技术中心楼、行政楼，规范有序地排列成阵，构成二重的研发、决策、管理、监督体系。横直竖端、规范方正、纵横交错的厂区道路，将厂区分割成不同功能区。每一块区域，都是一个主体车间和核心生产区，都珍藏着二重的辉煌和骄傲。楼前路边，是绿茵茵的草坪，布局讲究，层次分明。得天府之国的温暖湿润，这里的植物，无论是地地道道的本土品种，还是远道而来的亚热带物种，如棕榈、藏刺榛、方枝柏、三角梅、杜鹃花、细枝绣线菊，还有低处的富贵竹、观音竹、凤尾竹，大都常绿不败，四季宜人。若不是偶尔吭吭的锻压声，还以为这里是个度假村。

这里的美是由外到内，里外兼容的。独尊的地位、历史的辉煌、响亮的名字，与这种优雅的环境相融合，令这里拥有了一种无与伦比的高贵气质。在德阳，无论物质还是精神，这里都是一块耀眼的高地。这令长期生活在北京丹棱街中关村高楼里的任洪斌也艳羡不已。他的目光不忍收回，却又不得不收回。

收回了目光，就关闭了一道美丽的窗。

任洪斌的目光，与会场上一双双期待的眼睛再次对接。心，在对接中交融，许多信息在对接中传递。同乘一条船，共渡一片海，只有同舟共济，没有隔岸观火。他语重心长地说："同志们，二重是我们美丽的家园。我很羡慕大家，有这么一个美丽舒适的地方，供大家工作和生活。可是，大家想过没有，如果我们不能尽快让企业扭亏脱困，这些就都不是我们的了——是银行的。"

安静的会场，顿然窃窃私语。很快又静了，静得令人窒息。

任洪斌的话，一直在大家心里回响……

第五节 布局是一个局

任洪斌的话，源于他的自信。

二重，顶天立地的二重，难道就躺倒在这个严酷的"如果"面前，让家园丢失，让辉煌永远成为记忆，让几代二重人的强国大梦破灭？

出发了，这支负重的新联合团队。

首先是布局，就是对整个二重扭亏脱困、改革振兴的战略规划、安排和铺陈。这是一局大棋，能否扭亏脱困就是楚河汉界，关系着企业生死，不是一般的马踩斜角，炮打翻山，或车走直线就可以解决的。大棋需大布局、大思维。这是棋谱常识，在棋局一开始，就必须抢占要点，布置阵势，机智进入中盘。

二重现实的要点就是造血功能衰竭、债务负担过重、冗员太多。问题是布局的最好导向。要通过改革，扭亏脱困振兴，就必须"两减一增"。从问题，到布局，次序刚好来了个颠倒。这不是"要点"的颠倒，而是思想在解决问题中的深化与合理化，先易后难——真正的难，在于增强造血功能。

自介入二重扭亏脱困之日起，国机领导班子对这个布局的探索，战略层面的或者战术层面的，从来就没有停止过。这探索开始是质朴的、直观的，甚至是片面的。所谓"手术"说，就是一种形象的表述。最清楚的是二重人，他们最知道二重问题的严重性。二重得的肯定不是一般的伤风感冒，吃点药，打下针，就可药到病除。二重必须刮骨疗伤，内外科手术齐上。二重开始布的局，体现在一个个解困方案中。

所谓"外科手术"，就是通过减员、减债、盘活资产等措施，解决企业外在的负担问题。包括大幅度裁减企业冗员，降低人工成本；盘活以"三大核心项目"为重点的多项重大资产，提高投资效益；争取政府和金融机构支持，妥善化解债务风险，降低债务负担等，实现企业经营性"止血"。

所谓"内科手术"，就是通过要素重组、业务协同、结构调整、流程再造和创新发展等，解决企业内在机能问题。包括二次创新与原型创新结合、流创新与源创新结合，改善企业素质，恢复企业机能；强化市场开拓、提高综合服务和边际贡献等，实现增收增效，增强企业造血功能和核心竞争力。

通过上述两方面手术的交叉使用，相得益彰，实现二重转型蜕变和浴火重生：从单一的制造企业，向制造与服务并重的重大装备制造服务商的转变。

随着重组的推进，介入的深入，那条神秘的鱼骨图开始显灵。重组团队逐步明确了脱困振兴思路。2013年12月23日，任洪斌主持召开了二重改革振兴领导小组专题会议，进一步研究确定二重改革振兴的规划布局。

既然是手术，就会有风险。而且，二重的手术并不是一般的"小儿科"，而是伤筋动骨的大手术。拿深刻了解二重的孙德润的话说，二重就像一个危重病人，弄不好可能是上了手术台就下不了。这就要求手术必须科学精准，从把脉问诊，到对症施治，都万无一失，手到病除，容不得半点误判与疏漏。

作为操作执行层主将，徐建直截了当地指出存在的问题。他说，关于二重改革振兴方案的制订和实施，大家已做了很多工作，已初具较好基础。但总体上看，还远满足不了任董提出的要求和执行深度，很多内容和环节，还需要具体化。他强调，在二重改革振兴方案的制订中，有三个问题必须解决好：

首先是方案的可操作性。方案中的"外科手术"和"内科手术"虽然勾勒出了二重扭亏脱困、改革振兴的大致框架，但整盘棋究竟该怎么布局，怎样起子，应更细化。按照国资委领导的要求，国机对二重在2014年一定要有几个大动作。我们究竟要采取哪些动作，才能让二重职工和国资委看到希望？

其次是资金保障。保证二重改革振兴的资金链怎么解决？到2015年1月中旬，二重有34亿元的贷款到期。最近二重提出15亿元的资金援助请求。究竟二重的救助资金需要多少，在什么时间点上需要多少；如何应对这些资金需求，我们应有统筹考虑。争取国资委及科技部的资金支持非常重要，但应有好的项目。很多民营企业既没有技术，也不懂业务，但它就找到了一个非常好的项目。然后，就争取资金，利用产品优势来配置资源；到最后，很快就做到几十亿元，上百亿元。我们二重条件那么好，能不能找到这样的产品呢？

再就是业务协同问题。前段时间任洪斌一再提出，并亲自带队去了中国核工业集团有限公司（简称"中核集团"）谈合作。协同发展的眼界应放开些，如何与中央企业、国机所属企业及其他非央企等重要客户沟通，增加其对二重的信心，寻找合作的切入点和机会。要做好规划，扎实去做，不能流于形式。国机的科技企业，为二重产品的开发和质量提高，提供什么样的研发和技术支持；特别是包括国资委和任董提出来的，要找到支持二重发展的，有市场前景、有核心竞争力的长线产品。包括经营系统问题的解决，一定要有效，整个集团领导要全力以赴，做到随时被调遣。财务协同的问题，资产财务部要研究，如何利用国机的融资平台，为二重融资降低成本。

对于这些复杂而艰难的问题，任洪斌有自己的原则。

比如，二重重装保壳问题。他明确表示，保得住保不住，保与不保，关键取决于对二重是否整体有利。如整体有利，即便有点瑕疵，只要没有起诉，不引起大的法律责任和大的处罚，受点批评，哪怕给个警告都无所谓。一点瑕疵都没有，是不可能的。所谓瑕疵，就是"不大受伤"（任洪斌语），这是国机的目标。是国机担责，还是二重担责，都无所谓。二重担责，也痛在国机，不要推来推去。

又如，二重到期债务问题。银行提出的条件是，给国机放一笔钱，二重还银行一笔贷款，就是国机贷来替二重还债。任洪斌直言，二重在银行的贷款有139亿元，我拿139亿元去还旧债，这是搞活吗？还不如破产。

规划布局，这本身就是一个局，复杂、艰难而迷离。但它逃不过供给侧改革和产业转型升级规律。在临时联合团队的精心谋划下，二重新的扭亏脱困和改革振兴思路逐步形成。形象的鱼骨图，变得结实、丰富而鲜活：

——标本兼治。着眼于从根本上解决问题，先治标，后治本，统筹推进。

——减员增效。人工成本降低60%。

——减债降负。通过多种形式降低资产负债率。

——造血功能。这是扭亏脱困，改革振兴的长久和根本。矛盾众多，困难重重，重组必然分轻重缓急进行，但时刻不能丢了这个根本。

以下的举措，都是以上总体思路的重要实现路径：

调整产品结构。充分调动国机内外部资源，积极组织国机、二重所属科研院所、企业开展合作，发挥产品研发、技术支撑、生产制造与市场分享的协同作用，助推二重长线产品的培育、开发，加快产品结构优化调整。

优化资本配置。为尽快盘活二重现有资产，发挥存量效益，国机从2014年起，就积极推动实施此战略，并制定了一系列措施。同时，国机协助二重开展固定资产、应收账款和存货的清查，制定分类清理的计划、措施和目标，形成总体方案，督促二重按照总体方案落实，加快低效无效资产的清理处置。此外，制定和完善《投资管理办法》等制度，促进投资决策、实施、监管的科学性。

提升基础管理。加强流创新，争取更佳的流程效益。优化管理流程，完善经济责任考核，努力通过管理降成本、提质量、出效益、保安全。推进干部、人事、劳动用工和分配制度改革，降低人工成本和用工总量。

开辟发展空间。突出源创新，深入研究世界及中国经济转型升级走向，从新的需求侧对供给侧的要求中，把握和创造市场欲望，并从自身优势出发，通过新的理念整合市场资源，不断满足这种欲望，开辟发展空间。

布局的线条很粗，心却很细，渗透到了经济转型和创新发展的前沿。它经纬交织，丰富了那条鱼。那条鱼变得既鲜活，又结实。怕什么龙门，所谓重组，不过是一次桃花水发。逆流而上，便是龙潭，是大海，成龙可期。

2015年1月27日，国机总经理办公会正式讨论通过修订的《二重改革振兴实施方案》，并经国机董事会批准，上报国资委。

大局既定，从扭亏脱困，到改革振兴，在重组中无缝对接。

第六节　所谓公司

绿灯高挂于十字路口，二重前进的方向不再困惑。

但这只能表明，顺利通过了一个关口。即便航路已定，方向已明，车况良好，加足了油，也并不意味着已经成功。未来的征程还很遥远，充满了坡坡坎坎，甚至艰难险阻。要到达胜利的彼岸，还有两个不可或缺的条件——遵守规则和正确驾驶。就像"五月花号"大船，经历了长途的漂泊和无数的惊涛骇浪，普利茅斯就在眼前。人们即将登陆理想的泊岸，上岸前必须签订好行为公约。

对公司而言，那公约，就是规范的法人治理机制。

定义简单而明了，所谓公司，是以股东投资行为为基础设立，以盈利为目的，从事商业经营活动或某些目的的市场经济主体，而不仅仅是制造主体。对二重这样旗舰级的大型企业集团来说，这种治理机制，不仅包括了一般意义上的公司法人治理结构，还包括了企业的发展模式和管理模式。

在国机总部25楼一间简洁的办公室，我拜访了石柯。

石柯很随和，也很谦逊。对二重在公司治理机制上存在的问题，石柯比谁都清楚，也毫不回避。他说，一个企业应该由三块组成，市场、制造、研发，缺少任何一块的话就有缺陷。国际上那么多公司，都是这么运行的。比如说一个轧钢机，首先是设计，设计好了再制造，材料、加工、装配后，还要销售、安装、运行、管理。设计出一个东西，要符合那么多的参数，能不能做出来是一回事，能不能卖得出去又是另一回事。这是更高层次的产业配套要求。产业配套不仅是内部纵向的深度配套，也包括外部横向的市场配套。

二重存在的突出问题，就是发展模式不合理。

谈完了公司的一般规律，石柯把话转向了二重。他说，二重的制造能力非常强，也有研发，尤其是制造技术的研发，在国内还是一流的。但二重的设计技术，特别是发展模式和国外相比，是有明显差距的，至少相差10~15年。因为二重是工厂，典型的工厂，也可以说，是一个工厂色彩十分浓厚的公司或企业。现在做得好的国际性公司，是市场、研发和制造并重的，特别是市场和研发更重要。二重缺的就是这个。虽然造成这种状况的原因是复杂的，我们却没有理由让它合理化下去。发展模式的缺陷，不仅影响核心竞争力，更影响效益。

石柯将二重和国机进行对比。

在国外接订单，二重负责的是中间的那段，即制造这块。而国机是把整个项目都拿回来。比方说发电厂，从设计、制造、安装、维修，到厂房和厂区建设、售后服务，全包下来；自己干不了的，再搞资源整合分包。当中的订单质量和综合效益，是大不一样的。长处和短处，一下就看出来了。

当然，国机也有自己的短处，并为之烦恼。

国机规模很大，能跻身世界500强，主要靠销售收入。它在制造、贸易和科研里面有一些"点"，比如一拖，就是中国农业机械的龙头，林业机械也有这样的"点"。国机虽在行业中也有一定地位，但在国家层面上，举足轻重的、"有"和"无"的东西，比如重型装备方面等，却没有。一重、二重有。要涉及军工，涉及重型装备的相关工业，不然国外就要卡着你。世界上真正的工业强国，莫不是重装制造强国。石柯说，国资委管理的三个大型钢铁公司：鞍钢、宝钢、武钢，都跟他谈起过，他们说，我们的钢厂掉下去就掉下去了。但二重不能掉，一掉下去国家就找你。国机要有这样的企业，就是名副其实的中国机械行业老大，国家才知道你的作用，才离不开你，才高看你一眼——当然，企业自然也离不开国家。

大家都为自己的长处高兴，为自己的短处烦恼。国机和二重重组，将国机的市场、研发优势，与二重的制造优势结合起来，是真正国家层面的战略性结构调整和优势互补。对于这步棋，大家能看明白的话，就好走了。这是二重找到了一个好的合作单位。石柯强调，重组的企业发展模式怎么设计，必须符合国家发展战略。否则，改来改去还得改回来。这是经验之谈，也是他的难言之隐。

对二重过去为此走过的弯路，石柯至今仍心存惋惜。

从石柯的介绍中不难发现，对二重发展模式的弊端，二重的领导早已是看到了的。二重的领导班子，曾把这个问题敞开来说：二重的出路究竟在哪里？他们算来算去，可供选择的路不过有几条：一是嫁到国外去。这个路子可能二重走得最快，但国家不可能允许。二是与银行组合。银行也不愿意，而且二重也不只是缺钱。三是在国内行业里找合作。就只有和一重合作了。因此，二重在10年前，就撇开独立性、地位等世俗观念，想和一重合并。这也是国资委当年大重组中的四个方案之一。石柯说，为了这个方案，他和二重其他人还主动上门，专程去过一重，但基于种种原因未能如愿。他非常感慨，如果那个时候实施了，现在会是什么情况？现在看来，这个设想最后还得通过其他方式完成。

正是在这里，任董的考虑，具有国家战略的眼光。

看得出，石柯对任洪斌和国机、二重重组之举，发自内心地赞叹不已。他说，这个重组，应该说给国家做了实验，验证了国家的思路是对的，不像外界不理解的人说的那样，认为是心血来潮。重组必将推动整个国家大机械行业的战略性调整。何况，国机和二重，原来都是归机械工业部管的，现在都是国家央企团队。同根同族，文化都一样，容易捏到一起。这场重组大戏才刚刚开始，可以预料，围绕这次重组，在未来几年，中国机械行业还有重组大戏上场。

把国家核心技术埋在骨干企业里，可能是市场经济深度发展的选择。这是石柯强调的又一个重要观点。我理解，这一观点的提出是希望引起国家对国机、二重重组战略意义的重视。这是一位央企企业家，在经历几十年风雨后，对在市场经济条件下，国家核心技术安全存放和有效利用的理解。

我深以为然。

事实上，包括美国、日本、德国等发达国家，最后都把核心技术预埋在大企业里了，国家技术优势在企业里面体现。这是作为生产力载体的企业，与作为最重要的生产要素的技术，最直接有效的对接方式。比如大的兵工厂根本不可能倒。国家安全出现问题的时候，一声令下，动员兵工厂。国家层面需要这样的公司。国家原来设想，这样的公司搞20~30家，经济安全才有保障。但这一措施推行起来似乎特别难，到现在才真正实施。实施起来也很困难，一条路走着走着就不行了，又换另一条路。国家大的战略，也是一步一步在摸索中前进的。

石柯的话，引起我的深思。

把国家核心技术预埋在大企业里，是多么好的战略思路啊，这显然比我们强调的什么关系国计民生、国家安全、资源保障，把企业呵护于国家温暖的襁褓里，更接近市场，更接地气。自己研究了几十年的宏观经济，怎么就没有跳出所谓"安全"的圈子。怎样才算安全，怎样才能获得安全保证？只有高人一等，先人一步，强人一头，才是真正的安全。难道放在中国自己的科研院所，与放在自己的企业，不是一个道理？这不仅仅是个存放地点的差异，而且关系技术本身的利用、生存、发展环境。再美的花，只有植根土壤才能开放；再先进、再重要、再核心的技术，只有通过企业才能转化为生产力。

面对二重的现实，石柯似乎显出一丝无奈。

根据石柯的经验，一次认准的事很少，转圈的是多数。"记得第一次到高速公路，我就想，这路咋这么直呢，司机开着车也能睡着。我就一直琢磨，太直的路怎么能走呢？"石柯开玩笑地说。

又回到路，路的艰难，路的选择。是的，太直了的路不能走。人间正道是沧桑，早已是至理名言。正道之劫，岂能是轻易可以逃过的。

二重推行的事业部制，就有这样的曲折经历。

事业部制最早起源于美国的通用汽车公司，流行于欧美和日本，是现代大型企业较普遍采用的组织模式。在总公司下面，按产品、地区、业务范围，划分事业部分公司，自主经营，独立核算。其特征是：统分结合的决策机制。决策权并不完全集中于公司最高管理层，而是分权给事业部。因此，事业部制的最大好处，正在于它的分权管理。公司大了，最高管理层面临的重大决策很多，需要集中精力处理。管理分权，为他们摆脱日常事务、集中精力提供了可能。而分区经营，则可调动更多层面的积极性。问题也由此而生：管理层次多，管理费用高，各事业部协调较难，容易导致各自为政、本位主义。

二重是开放的、开明的，时刻盯住世界前沿的管理。

二重在大型央企中，较早地引进和采用了事业部制。在集团内部，以核心业务为主体，先后设置了铸锻钢、重装、核电石化三个事业部，并尝试运行了几年。但问题也出在这里。在二重，事业部制的优势，没有得到充分发挥，而弊端倒都显现出来了。特别是在资金使用和成本控制方面。对此，二重班子内外早有议论，但人们关注的焦点，似乎过多地集中于制度本身的合理性，而不是问题的解决；在关注制度本身中，也侧重于流创新的探索，而忽视了根本方向性的源创新突破。信永中和的尽职调查，从旁观者的角度，做出了较客观的评价。

事实上，任何探索创新，都可能有风险。大型央企的管理体制机制，究竟该怎么构建？这是二重改革振兴中，一个难以回避的问题。

重组后国机的组织结构蓝图，也是探索的结果：最顶层，是出资人国资委；二层是国机；集团下面，在"三大主业"板块基础上，新增国机资本，形成"四轮驱动"；再下面，是九大业务板块，及其29个四级子公司。

自国务院批准国机、二重重组方案后，相关的组织结构调整，就紧张而有序地拉开帷幕。为协调复杂的关系，国机还成立了调整理顺运行体制领导小组和专责工作组。从2013年底开始，以杨建辉为首的二重新班子的改革大举，直指管理模式创新：集团领导班子调整、废钢管理职能调整、重诚公司解散、锻压车间拆除并撤销建制、设立二重重装工程设计院分公司；强化集团公司管控能力，落实主导产品在市场营销、生产组织、质量管理等方面的集中统一；撤销三个事业部，其原直属公司分列为集团直属单位，职能分别并入集团相关职能部门……

撤销、取消、调整、并入、解散。不是和风细雨，而是暴风骤雨。这是真正意义上的重组重构，其深刻意义，尽在这张蓝图中。

是的，在这张蓝图中，无论是国机，还是二重，原有的组织结构谱系，都被彻底打乱，它们重组、融合，成为新国机的组织结构元素。此后的实践，却印证了一个科学真理：结构可以改变性质。

回到这张鱼骨蓝图，一切都更加清楚。

原国机与二重的组织结构，被解构以后又被重构。二重原有的事业部、子公司，已然全部打乱，按照资源优化、整体布局的原则，分别融入了新国机。因为二重的融入，国机原有的机械制造部分，已然以"高端装备研发与制造"板块的昂扬姿态，屹立于耀眼的新国机阵营。进一步分析，我们还发现，这个因二重进入而脱胎换骨的强大"国机重装"主业板块，有几个关键要素，排列于板块之首——高端之势，研发在前，制造在后，全流程配套服务。

再往深处，将这个强大的主业板块，与新国机另外两大主业板块连接起来，珠联璧合，你就会发现，这出重组大戏，原来如此精彩。

领略了结实的鱼骨图，拜见安泰与盖亚，无须回到古希腊。

第五章 沉重的*ST

第一节 重装告急

告急，告急。二重的希望，正受到威胁。

国机几乎是在接到重组二重任务的同时，就接到了救援告急。二重重装因为已连续两年巨额亏损，要保上市公司之壳，情况已是十万火急。

日近冬月寒将至，遥望远春在梦里。

怎么不急呢，二重重装作为二重唯一的主板上市公司，涵盖了企业的主要业务资产、核心竞争力和家底，也是二重通过资本市场魔方，实现未来发展大梦，重振"脊梁"雄风的唯一资本平台，是二重的生死成败之关键。现在，它却因为连续两年亏损，正面临被冠以ST和*ST的厄运，甚至可能被强行退市。

这是上市公司的游戏规则，由法律规定，当然，其中也不乏国际惯例。1998年4月22日，上交所和深交所同时宣布，对财务状况或其他状况出现异常的上市公司股票交易，进行"特别处理（Special Treatment）"，在公司简称前冠以"ST"，这类股票称为ST股。上市公司经营连续两年亏损，在股票名称前面冠以"ST"；连续三年亏损，就会作"退市预警"，在股票名称前面冠以"*ST"，表明已病入膏肓，离死亡（退市）已经不远了；在"退市预警"后一年内还不能有效扭亏，就会被"终止上市"。为防控交易风险，ST和*ST股票价格涨跌幅，都被限制为正负5%。

对于上市公司来说，这无疑是最严厉的处罚，意味着失去许多企业梦寐以求的在资本市场上融资的机会，还会使企业品牌、形象、市场等严重受创，并面临向股民交代、维持社会稳定、债务化解等一系列敏感而复杂的问题。

企业命运攸关，严重的问题当然要严肃对待。自中国股票市场建立以来，上市公司对于暂停上市和终止上市，都如临大敌。许多出现亏损的公司，往往都会千方百计，不遗余力，拯救危难于千钧一发。最终，大都化险为夷。2013年中国股市风险警示板上的上市公司有29家，其中，有近10家经营艰难，难以为继，债务包袱压身，扭亏为盈无望，濒临退市。

尽管如此，大部分公司仍在做着保壳努力。这也难怪，只要上市注册制未推行，"壳"资源就具有稀缺性。只要保住了壳，就可以通过壳资源的长袖之舞，实现企业凤凰涅槃。可想法是想法，事情并没有那么简单。

那一刻并不遥远，监管机构、券商和股民等不少人都还历历在目：2010年2月2日，二重重装以央企重装龙头企业姿态，在上交所闪亮登场。

但事情的演变，与许多人的美好愿景并不一致。上市后的二重重装，并没有发生资本奇迹，业绩就像遭遇滑铁卢。上市当年，公司净利润便下降至2.7亿元，2011年出现亏损，2012年的亏损一下飙升至28.89亿元。举目未来，前景黯淡。在二重，如果二重重装倒下去，还有什么力量可以撑起这个王国？

危情那么突然，那么猛烈，令人全无招架之力。只是，这并不是虚构的美式丧尸片情节，而是二重重装上市不久就面对的严峻现实。

"确保股份公司不亏损，实现经营订货100亿元，外贸订货1.2亿美元。"这是在二重2013年年会上，石柯提出的二重重装当年经营目标。紧接着，孙德润提出了实现这一目标的具体思路和措施，主要集中在创新，包括"四降六增"：降低采购成本增效1.6亿元，降低外协成本增效0.9亿元，降低运行费用增效0.8亿元，降低单位能耗增效0.8亿元；强化营销提高毛利率增效5.6亿元，加强成都工程中心出租营销增效0.15亿元。此外，通过资本运作，资产增值9亿元，争取政府性补贴3亿元。为此，二重还出台了《二重重装2013年扭亏资本运作方案》，作为《中国二重改革脱困方案》的重要组成部分。可以说，寻求重组，也是重装突围的一种努力，贯穿于重组过程。

对二重来说，这无疑是一场艰难的生死战。好在，天助人愿，"四降六增"没有回天，他们却迎来了一支强大的同盟军，同舟共济。

国机、二重重组，根本不可能回避二重重装的问题。从某种意义上来说，二重重装的问题解决好了，整个重组也就成功了。因此，不管国机是否愿意，也不得不被拽上这辆战车。重装保壳，就是这场大战首当其冲的突出主题。

选项有两个：一是治标，就是至少先从形式上使二重重装扭亏，迈过退市这个坎，再考虑长远之策；二是治本，就是针对亏损原因，从根本上止住出血点，增强企业造血功能。但要从机能上解决二重重装扭亏问题，并不是一件容易的事。它涉及公司的市场定位、产品结构、创新能力、核心竞争力等一系列复杂问题，需要认真研究，找准方向，对症施治。二重本来就是藏龙卧虎之地，管理团队中，拥有多少精英，经历了多少历练。如果问题能够轻易解决，还可能拖成今天这个样子吗？有效的办法，可能是两者结合：先治标，后治本。治标的最好捷径当然是利益输入。输入就需要钱。根据二重预计，2013年二重重装的亏损18亿元左右。但从国机人员初步了解的情况看，肯定不止。

短期内治本无望，保壳的焦点毕现：钱。

随着重组的深入推进，二重重装保壳，钱的矛盾变得更加尖锐突出。在一次研究ST二重保壳的会上，骆家驌把钱的问题挑明：二重资金链条快断了，二重重装又面临保壳，今年再亏就变成*ST了，面临退市危险。这两个问题交织在一起。二重作为中央企业，影响那么大，如果退市，确实很难办啊。这次重组方案如果提好了，国资委有足够的政策资金支持去解决这个问题，就可避免退市。

大家似乎看见一线希望的曙光：国资委。

任洪斌静静地听着大家发表意见。其实，他又何尝不希望国资委多支持些钱，保住二重上市的壳。这既可减轻重组压力，也对未来发展有利。但国资委给钱与否是国机、二重能决定的吗？！盲目保壳，缓一口气，问题没有真正解决，也不是重组的目的。再说，国资委也有难处。他提到一次在谈到这个问题时，国资委领导曾说，国家资本金的注入，给个一二十亿元是有可能的，多了也不现实。

骆家骕脱口而出："一二十亿元解决起来可能有难度哦！"

"尽量多争取吧，二重的问题国资委是知道的。骆总今年的重点工作，就是给国资委领导多做汇报，争取国家更多的资金支持。"

任洪斌把向国资委争取二重扭亏资金的事交给了骆家骕。然后，对争论进行了定调小结。他说："现在二重重装面临退市预警。大家都怕它退市，焦急于保壳。这我理解。特别是在国机重组后，退市多难看，多没面子。但我们要弄清楚，是要面子呢，还是要里子？保壳应当有个前提，就是真正对国家负责，对重组有利，拿出真实的业绩来。在这个前提下，国资委给足够的钱，我们也量力，不至于被拖垮。只知要钱而不量力，这不行；不给足够的钱，我量力了也不行。国资委帮一把，我们也使劲，能继续保壳，不退市，当然是最好的。如大家都尽力了，实在不行，退就退吧。不能它没有退市，反而把我们弄退市了。这个问题要向国资委汇报清楚，有科学的态度，能保则保，不能为保而保。"

二重重装的保壳之战，前途难卜。

第二节 拯救的拯救

其实，二重寻求重装突围需要钱，何止于今天。

资本大戏从来精彩，目的也非常明确。从二重重装当初的上市，到现在的保壳，实际上是同一个目标的延续，让身陷困境的二重走出资本泥淖。

但是俗话说，船小好掉头；反之就是，船大难掉头。二重显然不是小船，而是一艘巨型旗舰。二重的掉头，不仅需要拖带着沉重之躯，还要找准方向，选好路子，正确把舵，找到动力。这就不是一件简单的事情了。谁曾想到，当年被"拯救"上市的二重，此刻又沦陷为迫切需要拯救的对象，一个虚妄的壳。

想当年，二重重装的上市，可谓轰轰烈烈。

这并不奇怪。许多普通上市公司的身份、行业、地位、影响、前景，可能都需要"包装"，寻找最吸引眼球的"概念"，还需要编织好令人动心的"故事"。二重重装与它们不同，它不需要。央企中的央企，中国制造业的"脊梁"，共和国"长子"，无论历史还是现实，这些本身就是最好的概念，包含了上市公司需要的一切，且独一无二，别人望尘莫及。这些当然逃不过投资者的慧眼。因此，二重重装一上市，就以高达40.48倍的市盈率，近200倍超额认购，受到市场热捧。市场对这一中国重型装备重点企业充满信心。

狂欢背后，冷暖自知。

没有不散的戏，也没有冷不下来的狂欢。何况，那群狂欢的背后，本来就是一些莫名的虚妄。只是，相对于热与欢的程度，二重重装似乎冷得早了点，快了点，动静大了点。这看似偶然，甚至可以说有点不可理解。但存在皆合理。

合理的背后，是内在的逻辑。

《二重重装（601268）招股说明书》一直挂在上交所的官方门户网站上。发布时间：2010年2月1日；保荐机构（主承销商）：宏源证券股份有限公司；招股人：二重集团（德阳）重型装备股份有限公司，简称"二重重装"；股票代码：601268；股票类型：人民币普通股（A股）；发行股数30000万股，每股面值人民币1.00元；发行价：8.50元/股；发行日期：2010年1月22日；拟上市证交所：上交所；本次发行股票后总股本169000万股。

同时，公司大股东还做出持股承诺。公司控股股东二重和第二大股东中国华融资产管理公司均承诺：所持本公司股票，在证券交易所上市之日起的36个月内，不转让或者委托他人管理；36个月后，每年通过证券交易系统的转让股份比例不超过总股本的3%，如协议转让，二重享有优先受让权。

从上述格式化文本中，我们已不难解读出许多玄机。

上市有许多刚性条件，二重重装也不能置于规则之外。于是，招股方常常把自己的十八般武艺，都在说明书中尽情展现。于二重，那些与"脊梁""长子"相关的内容，就不重复了。就看数字。说明书显示，二重重装上市前3年，多数经济指标都显衰退之势。评估期末时间基点为2009年6月30日，倒溯3年，可比的两个时间节点为：2006年至2008年。归属二重重装的营业收入，从41.6亿元，增加到74.97亿元，增长了80.22%；营业利润从1.52亿元，增加到4.35亿元，增长了186%。但资产负债率，却由80.61%，上升至83.61%；应收账款周转率，由年6.6次，下降至年4.94次。

总体上看，这还是一个不错的经营状态。可是否注意到利润曲线"龙点头"，高点之后是拐点。我们不难窥见步步逼近二重的严重危机。

对这种危机，招股说明书是这样提示的：受2008年前三季度钢材、有色金属等原材料价格上涨和全球金融危机影响，公司2008年下半年至2009年上半年产品综合毛利率有所下降；2009年1月至6月，尽管公司营业收入达35.63亿元，较上年同期增长25.06%，但因上述原因影响，尚需消化部分高价原材料，计提3732.95万元资产减值损失；财务费用较同期增加4262.37万元，扣除税收因素，归属于母公司股东的净利润只有5691.73万元。

此间，仍处于那场投资高潮的尾期，其拉动惯性仍然在发挥作用。但二重重装的一些深层次问题，如资产负债率攀升、产品结构不合理、销售价格下降、财务费用增加、市场萎缩、货款回收难等，已明显显现出来。

再进一步看二重重装上市绩效的政策背景。

说明书披露，截至2009年6月30日，二重重装长期应付款中的2.5亿元，系二重收到的财政部灾后重建国有资本金注入；938万元，系国家工业炉窑全面节能改造资金；专项应付款余额3.3亿元中的1.7亿元，系国家补助二重的核电和风电装备国产化建设投资专项资金；1.6亿元，系国家疏通发展高端瓶颈，提升等级，打造重装国产化基地项目专项补助。

上述政策支持资金合计5.89亿元，根据财政部《关于企业取得国家直接投资和投资补助财务处理问题的意见》（财办企〔2009〕121号），都转增资为上市公司资本金。它们虽不能直接转换为企业利润，却应该改变企业资产质量，降低负债率，提高企业的盈利能力。可事实是，企业的绩效却在逆向而行。

　　智慧的二重领导，已看到自身危机，力图通过上市，打通资本市场的哈得斯（古希腊神话中的财富之神）之门。二重打算上一批项目，实现公司产业结构、产品结构和业务结构调整，进而实现整个企业的脱困振兴和转型升级。

　　这从公司上市披露的战略方针、战略定位等，也得到证实。

　　也许是长久的夙愿，长期的积压，早已需要好好释放。二重人的投资发展野心，从来没有像今天这样宏大。投资百亿工程中的八大项目，是他们抛向股民们的橄榄枝。项目总投资达27.95亿元，若募资不足，则由公司自筹解决。这些项目，被统称为"两中心一基地"，目标是再造一个二重，实现几代二重人的重装强国大梦。有人感慨地说，二重人恨不得一口吃成个胖娃娃。

　　启动了，上市融资；出发了，浩大的投资壮举。

　　事实上，二重重装上市融资尚在摇篮中的时候，投资的冲动就已时不我待。他们于2008年10月20日，通过公开发行企业债券，募集8亿元，其中6.4亿元用于"疏通发展高端'瓶颈'，提升等级，打造重装国产化基地技改项目"；1.6亿元用于补充流动资金。相关发行费用1180.8万元。债券期限7年，采取"5+2"的形式计息。即前5年固定利率为6.3%；后2年，可选择上调利率0~100个基点（含本数），即年利率为6.3%加上上调基点。利息一年支付一次。显然，相对于发行股票，这已是一种较高成本的资金。

　　无疑，上市融资的成功，让二重如愿以偿。

　　但未来叵测，命运弄人。

　　不管是宏观形势的急速变化，还是思路和选择早已埋下隐患，总之，令人意想不到的是，事情演进的结果，很快与设定的目标发生偏离。长期积淀的问题，宏观的和企业自身的，不仅没有因为投资而化解，还似乎一下被激活。而且，其力度和破坏性，都呈现一种不可逆转之势。首发上市时募集的24.92亿元，补充流动资金4亿元，到2010年9月，募集资金已累计使用77.52%。市场形势急剧恶化，销售不断萎缩，企业财务成本和固定费用不断增加，亏损迅速上升。这种状况，几乎粉碎了二重用自筹资金补充项目投资的可能。

可剑已出鞘，覆水难收。

别无他计，最好的办法，当然还是把眼光盯住资本市场。这个无边无际的资金池，那些不计利息，没有成本的资金。无须业绩，也无关真正的前景，只需美丽的故事，多么简单，多么容易。可市场诡谲，宝贵的资金，成了一种反向力量，形成的不是有效产能，而是一根根绞索，将二重重装越缠越紧。

很快，二重重装的资金再次出现危机。

业绩乏善可陈，亏损紧缠，再增发融资已不可能。

二重重装的危机，早已引起出资人的关注。自动议国机、二重重组以来，国资委就不断穿梭于两企业之间进行协调，虽此时国机尚未接招。二重的思路和决心，都是立足于注资保壳。相应的举措随之而出，包括加强管理、拓展市场、狠抓质量、降本增效、政策支持等大而化之的举措，而资本运作，则放到了首位。

虽经多方努力，还是未能力挽狂澜。

二重重装于2013年4月23日发布公告称，由于公司在2011年、2012年连续两个财政年度亏损，根据相关规定，公司股票自4月24日起，实施"退市风险警示"特别处理：股票简称由"二重重装"变为"ST二重"。

虽经艰难挣扎，那个令多少上市公司讳莫如深的ST，还是降临到二重重装头上。从当日披露的最新季报显示，ST二重当年1—3月再次出现3.04亿元的亏损。对于能不能扭亏，什么时候能扭亏，公司也拿不出令人信服的承诺。

ST的降临，让二重重装的保壳变得更加艰难。

"忽喇喇似大厦倾，昏惨惨似灯将尽。"在核心管理层方面，ST二重也是动荡不已，几位高管相继请辞，呈现出一种多事之秋的衰势。

好梦未圆，噩梦才刚刚开始……

第三节 闯不过的"科斯红灯"

好梦苦短,乍醒于一线阳光。

国机的正式进入,无疑给岌岌可危的ST二重带来一线希望。

对这样的机遇,聪明的二重掌舵人,不仅及时而敏锐地捕捉到了,而且紧紧抓住,一刻也不放松。他们心里非常明白,公司年会上定的那些拯救措施,不过是在危城面前的自我加压,单靠二重自己要实现其实很难。于是,二重在继续力推《二重重装2013年扭亏资本运作方案》实施的同时,紧锣密鼓抓紧对该方案进行修订,并及时把球抛给了国机,竭尽全力死死盯住方案审批进展不放。

一开始,国机并没有想要否定资本运作方案。或者说,还没有吃透二重上市魔方的国机,也着实为二重重装保壳动了不少脑筋。

从重组一开始,国机就是被二重的保壳思路推着走的。可越往前走,发现的问题越多:缺少对保壳成本的量化分析,也缺少在保与不保两种情况下,企业经营能力、资金需求及对经营业绩影响等方面的对比;止血措施以定性描述为主,方向性较强,没有细化和落地,不具操作性。特别是在自身改革上,见不到过硬的措施,责任也不明确。将资源整合新增收入和利润计入目标,而相关总体方案还在研究论证,即便实施,对巨亏的二重,也不可能带来根本改变。

但就算是推着前进,也还是在前进。按照上市公司有关规定,二重重装于2013年5月24日发布公告称,公司控股股东二重,正与国机筹划联合重组事宜。

ST二重股票应声而动,连续涨停。

股市的积极响应,似乎坚定了各方的信心。

表面上前进了一步,问题并没有解决,后续的矛盾难免更加尖锐。客观地说,主张保壳的人,也不像有人所说的持有股票,他们的构想也在一定条件下自成逻辑:通过资本运作、国机进入、镇江基地剥离移交国机卸掉大包袄，再讲好新的"资本故事"，二重重装股价预计会涨到10元，二重再减持一部分股份，大的问题就解决了。然后回过头来再实施综合治理，逐步治本。因此，《二重重装后续运作方案可行性论证意见》提出的五大保壳举措，首选目标便锁定在资本运作。重组后，总体思路并无多大改变，改变的主要是资本运作重点和操作方式，即将出让资产增收减亏的受让对象，由不确定的公开市场，转向确定的国机。

任洪斌面临的挑战在不断加大：这样的资本运作，国资委的要求、在扭亏保壳上的严重分歧、二重本身在这个问题上没有底气……

这实在是个奇异的大单，按照市场原则，没有任何理由进行这样的交易。

方案中的资本运作，就在眼前。

资本运作关键是钱。钱从哪里来？有效途径之一，就是转让资产。但要达到这个目的，必须具备一个前提：资产出让增值，并将增值转化为增效，成为扭亏的资源。这不仅不违反上市公司监管规则，也不会对公司资产的品质和负债率造成实质性影响。否则，简单的变卖家当，只能是改变资产的存在方式，而不能增效。如果转让失当，还可能造成损益。满足这个前提，只有两种可能：一是资产本身优良，市场价值高于账面价值，存在增值基础。二是寻找一个"冤大头"，人为抬高资产受让价格。这已超越市场交易的本质，成为一种变相的利益输送。

二重的资本运作方案，正是要让国机充当这样的"冤大头"。

这里不得不提到美国著名经济学家罗纳德·哈里·科斯，以及他发现的产权结构和交易成本秘密，即所谓的"科斯定律"。

科斯阐释的是交易形式，而交易物本身的价值，被隐藏在背后。二重设计的这场资本运作游戏，也是一种产权交易。与国机重组后，交易由市场转向了企业内部。按理说，这正好创造了降低交易费用的可能。但恰恰相反，二重的资本运作交易，是要将国机的损失转化为二重的收益。

这样的交易，显然超越了科斯研究的范畴。

该方案开宗明义：要通过资产重组，"将二重重装运营效率较低、短期难以发挥效益的资产进行剥离;将与主业关联度不高、依托外部市场生存发展的业务进行剥离"。台面上的"故事"讲得很动听:精干主体,优化资源配置,使二重重装更加专注于重型装备研发、制造,加快构建高端装备板块。但将资本的价值与交易目标联系在一起,就有点不可思议了。在这里,目的是扭亏保壳;要实现这个目的,资本就必须在交易中增值,"取得非经营性收益"。

审视从交易中剥离的具体资产,这种质疑进一步加重。

对于ST二重,这可以说是一个典型的资产负面清单(Negative List)。方案提出的转让资产,分为两大类:一是项目资产。主要是二重在国家投资大潮中上的一些项目。如今,因资金短缺,成为半截子工程,上不了,退不出。包括:万路公司和镇江公司股权、成都工程中心大楼及技术中心股权、北京办事处和德阳基地原市场本部房屋。这些资产的账面价值为20.4亿元,方案提出的交易价为30.9亿元,溢价10.5亿元,转增ST二重净利润。二是债权资产。主要是应收账款和存货打包转让,交易规模18.3亿元。其中,ST二重应收账款和风机存货17.3亿元;国机分担重大项目研发费用1亿元。两宗交易,ST二重可获得收益28.8亿元,刚好与预亏对冲。没有中介机构客观公允的评估,也没有市场决定价格。溢价的理由和幅度并非市场,而为ST二重扭亏保壳需要。这样的扭亏并不难,有了目标和支架,关键是支点——有人买单。

一份奇特的交易要约,摆在任洪斌面前。

国资委正式批准重组后,2013年7月30日,孙德润即率ST二重总会计师刘华学、股份公司财务部副部长唐健、驻京办主任黄凯等赶到国机。说是汇报,实际上是催促落实重组方案中的ST二重扭亏保壳资本运作交易。国机总会计师骆家骕、资产财务部部长杨鸿雁、投资管理部副部长吕泽翔等,负责对接研究。

国机怎么拒绝?至少在此时。

在二重语境中,保壳的意义与声浪,早已压过了所有的合理性与交易法则,国机没有拒绝的余地。这样的语境,在重组前就已形成,并作为重组的一个重要动因,进入洽谈和制订扭亏脱困方案的过程中,伴随重组脚步声一路走来，走到今天，大棋落定。国机已被绑上了一种难以逃避的逆向语境。

根据前两次"协商"的意见，二重再次对方案进行了修订。两宗交易的规模和收益，分别调整为41.9亿~48.8亿元和15.5亿~22.3亿元。

这个烫手山芋，任洪斌不只是为难。

对这个二重唯一的上市公司，命根子，能不能见死不救？要说在洽谈过程中，还可以有一分委婉，一点推托，一些犹豫。现在却不行了。现在的ST二重，就是国机的一个子公司，一个身患重病急需救治的儿女。有父母对儿女见死不救的吗？如果重组后ST二重摘牌退市，不仅是没面子，而且还得要国机和任洪斌收拾摊子。可要救，又怎么救？这一脚踩下去，就涉及国机几十亿元的风险。如果这样能真正解决问题，不仅保了壳，还治了本，倒也罢。问题是，还有许多未知。向来办事果敢、雷厉风行的任洪斌，也不得不慎之又慎。他责成国机改革发展部高度重视，立即研究，提出决策建议。

骆家骕再次召集紧急研究。大家仍然没有跳出保壳的思维定式。围绕保壳，除了对资本运作提出些技术性补充完善措施外，已没有多少选择余地。

这个研究结果，把任洪斌逼向了死角。

真正的艰难，不是钱，而是明明知道不可行，又不得不硬着头皮继续往前走。

围绕保壳，ST二重的资本运作方案，就这样在推推搡搡中初步敲定，并于2013年8月27日，在上海证交所发布了相关公告。

ST二重的保壳运动，又被向前推了一步。

对此，证券业多位专业人士，纷纷从上市规则方面给予了积极评价，认为前景可期。专家们认为，在ST二重持续严重亏损、未来经营形势依然严峻的情况下，通过资产的高价出售，实现2013年扭亏，是可行的选择；而且，收购方是关联方，所以价格可以通过协商来确定……

专家的话语，再次反映了资本市场的诡谲和精彩。

股民狂欢，ST二重股价再次连续涨停。

可不平等的交易，闯不过神圣的科斯红灯。这宗资产交易最终泡汤。

2013年12月14日，ST二重再次发布公告。

消息一出，市场哗然。ST二重连续7日跌停。在跌停的第三天，上交所就明确要求做出说明，并质疑其中的信息披露有问题。

有网友在网上发帖：二重要把人整疯。

第四节 陷入了一个难解的局

是的，这样的折腾股民受不起。

对外公布的原因是，对于这宗交易，国有资产监督管理单位"根据国资监管的相关规定，不予同意"。而真正的理由则是：二重亏损超过预期，三年脱困方案无法实现；国资委明确要求保壳要从治本考虑；二重班子不敢就扭亏承诺，扭亏责任不落实。据此，国机高层经过反复研究，慎重决策，于2013年12月13日做出决定：不同意ST二重资本运作方案中提出的四项资产交易。

但实际情况，远非这么简单。

在银行不同意司法重整的情况下，债务重组就失去了很大的操作空间。二重班子不能提供令人信服的扭亏脱困方案，仅靠外在注资平抑眼前亏损，并不能解决根本问题，保壳举措与重组目标差距甚远，反对保壳的声音及其理由等，都在拷问着眼前的选择。时间没有换来空间，而是更加艰难的纠结。

再也纠结不下去了——按照上市公司规定，法律的红灯高悬头顶：ST二重董事会必须在12月13日就保壳方案做出最后决断，并在次日公告。

显然，ST二重已经很被动了。

被动不是在于未曾行军，先找退路，而在于走上了"绝路"，再回过头来重新选择，难免面对一系列的违规与追责。更重要的是，资本运作的输血保壳方式不行了，却没有放弃保壳，很多人也没有打算放弃。按照规定，ST二重2013年的财务报表要在2014年4月公布，资本运作保壳之举，都是为了报表的体面及过关做的铺垫。随着资本运作方案的被否决，ST二重当年扭亏无望几成定局。但从政策层面上看，这毕竟不是正式结果，交易所做出进一步处罚的依据并未成熟；即便到时条件成熟，"ST二重"变成了"*ST二重"，实行"退市预警"，壳仍在，还有一年的观察期。在观察期内如能扭亏，还可以恢复交易。条件在机会就在，不到最后一刻，怎言放弃，谁愿意放弃？

资本运作悬崖勒马，当务之急是积极应对。

这宗奇异交易，同意与不同意都是国机。不了解情况的人，还可能说国机不厚道，或者说决策太草率。这绝不是任洪斌的性格。但面对事情的演变和发展，又不得不这样做。又有谁知道，国机内部经历的这场炼狱之旅。

确实，这是国机、二重重组以来，最大、最艰难、最痛苦的决策。

背景要说到两种不同的扭亏取向和二重的担责。

在重组前，国机对二重的许多情况是不了解的，于是同意把"资本运作、输血保壳"之类条款写进了重组协议里。重组后，随着对二重了解的逐渐深入，针对具体情况及暴露的问题，国机对重组的一些思路不得不调整。

再一个重要原因，就是国资委的态度。

早在两个月前的9月16日，国资委领导到国机就重组二重事项进行专题调研时，对*ST二重保壳一事明确阐述了观点：一是资本运作要坚持市场化原则，资产买卖要市场定价；二是ST二重摘帽保壳，要考虑最优成本；三是要从治本考虑，不要输完了血，只改善了一年的盈利，之后仍然困难。

显然，国资委比重组前的国机更了解二重，深知靠简单的资本运作输血保壳根本不能解决问题，很可能是钱花了问题还在，甚至陷得更深。为此，国资委强调，资本运作保壳有个前提：国家的解困资金只能用于改革振兴，不能用来填过去的债务之坑；国机和二重领导班子，必须对二重三年扭亏脱困做出承诺，明确责任人。巨额的保壳资金投入，不能忽悠，到时屁股一拍了事。

可二重中力主保壳的人，从国资委领导的话中，解读到的却是支持。

就在国资委领导调研之后的9月27日，二重召开党政班子专题会，研究贯彻国资委领导的讲话精神，对这个问题"深入研究"后形成的共识仍是保壳，而且是坚定不移地保，先以"输血"的方式保。专题会认为这是国机对于二重重组做的重要承诺。

随着重组后二重首任班子的诞生，这个接力传递的难题，就落在了新班子，特别是"班长"杨建辉的身上。而杨本人既不是二重原班子主要领导，也未深度介入扭亏脱困和保壳方案的制订，对输血保壳，压根儿就不认同。

资本运作方案被否决后，保壳之事变得更加复杂艰难。不只任洪斌，就是二重原有班子成员，在保与不保、怎样保壳上，分歧也十分严重：9位班子成员，主张保壳的3位，反对保壳的4位，因身份不便表态或举棋观望的2位。

杨建辉一上任，就陷入了一个进退维谷的局。

因对二重的深入了解和认知，理性告诉他：这个壳不能保，保不了。但作为二重重装董事长，他又肩负着一份难以推卸的"保"责，必须"勤勉尽责"。否则，按照《证券法》相关规定，他就会受到相应的处罚，包括罚款、警告、撤销证券从业资格、证券市场禁入等，甚至牵连终生。因此，不管能不能保，他都必须保，至少在表面上不能言弃，就像战场上守卫的阵地。

自从接过二重担子，他就在这种保与弃的炼狱中挣扎：一方面，在向国资委、证监会、上交所、国机的口头汇报以及在本企业的内部研究中，他都旗帜鲜明反对保，至少不能用原重组方案中的方式保；另一方面，在"黑字落在白纸上"的各种正式文件，包括请示、汇报、讲话中，他又不得不表明保。唯一让心理平衡的是，他一定会在保的前面加上一句前缀语：根据上报的扭亏脱困方案。

杨建辉显然是两头不讨好。

对于国资委和国机而言，杨建辉这是怕担责。明明输血保壳不行，你杨建辉多次的口头汇报，也是这样强调的。可他写来的报告，却又是保，保，还不敢承诺为此担责，这叫国资委和国机怎么决策。国资委和国机的本意是逼杨建辉面对现实，实事求是地说出那个"不"字。杨建辉当然不说，一旦说出口要承担的不是一般的后果，而是涉及自己的终生从业资格。

对于二重班子内坚持保壳的人而言，杨建辉这不是不担责吗？任洪斌宣布班子时早已明确,二重和二重重装杨建辉都是第一责任人,在其位,谋其政,怎能说一套做一套。《证券法》的"勤勉尽责"条款,成为他们套在弃保董事们脖子上的紧箍咒。一些原本不赞成保壳的班子成员被他们一念紧箍咒,也选择了含糊其词。

在一次二重班子会上,大家又争论起*ST二重保不保壳的问题。杨建辉力陈保壳的不可行。胡洪立即冲着会议秘书说:做好记录,把他的话记下来!

杨建辉赶紧制止:不。这个话不能记。

杨建辉是一把手,会议记录肯定要听他的。但无疑是这个插曲更加激化了矛盾。

国机成了一个避不开的蹚浑水者。不再是前期谈判中的甲方乙方,更不是友好的旁观者。一次次的资本运作信息披露,如果国机早点明确反对,又怎会走到这一步。因此,在二重一些人看来,是国机违背了约定,甚至是二重遭了国机的算计。这样的观念传递到政府,为重组分歧积累了情绪。

可能的保壳时间已经所剩无几,二重几位坚持保壳的班子成员,出于负责和焦虑,打破常规,以个人署名电子邮件的方式,给任洪斌发了一封信。不是责任承诺,而是敦促保壳,表达忧虑。杨建辉当时不知道此事,也没有签名。

二重内部一些人积聚已久的怨,进一步转移到了杨建辉身上。

杨建辉对班子和企业大局的把控,变得越来越难了。加上上任以来没日没夜地工作,减员、减债、收款、订单、质量,银行、法院、政府、客户,每天几乎都在高度紧张下工作十五六个小时,即便休息,也是满脑子的问题。

杨建辉的生物钟彻底被打乱。

他先是顾不得睡,没时间睡;后是无法睡,难入睡,从白天到黑夜,24小时合不上一眼,一天又一天。身体恍惚,脸色蜡黄,神情憔悴。本想国庆假期好好休息一下,看能不能调整过来,结果睁大眼睛挨了几天几夜。

实在坚持不下去了。杨建辉利用周末挤时间去四川大学华西医院睡眠医学中心检查,结果大吃一惊:睡眠障碍。医生说,最有效的治疗方法就是:通过药物催眠。要连续睡个三五天,睡得昏天黑地。患者醒来后可能会神志恍惚,跌跌撞撞、擦擦碰碰难免,只要有人守护,没有大的摔伤,就不怕。

于是,为了尽快调节好身体,更好地承担大任,在2014年国庆节后,杨建辉不得不痛下决心,入住华西医院睡眠医学中心接受医学催眠治疗。

传言即起:你看,杨建辉怕担责,躲进了医院。

一个阳光明媚的午后,我在国机采访杨建辉,向他提起了这个问题。杨建辉淡然一笑:"乱说的。"稍作停顿,他又补充道,"还有人向国机报告说二重工人罢工哩,我一问,原来是两三位工人反映上班地点调整的事。"

曾经沧海,我读得懂杨建辉的心情。

第五节 上交所又找上门

国机否决ST二重资本运作方案,在资本市场掀起轩然大波。

后来经过有关领导与专业部门认真研究,重组涉及的法律关系已基本理清。根据国资委国有产权无偿划转和企业资产评估管理办法的规定,国有企业股权或产权的处置,必须经有权的国资监管机构审批备案。2013年7月17日国资委发文批准国机、二重联合重组;8月21日证监会发文,批准豁免国机收购二重重装的要约收购义务;9月24日完成产权变更登记。当这一系列的手续完成,在法律意义上,国机就是二重重装国有资产的有权监管单位,其资产处置应由国机批准,否则就违规。因此,国机否决这个交易,是最好的一个软着陆方式。

真正的解铃还须系铃人。为规避法律风险,国机以控股企业身份同意的资本运作资产交易,现在必须由国机以国有资产监管者的身份否定。

于是,法律环节出了问题。主要是批准备案的时间差。国机董事会9月26日召开,但二重的产权划转手续,在9月24日就已完成。按照正常程序,应批准在前，过户在后。虽然法律没有明确规定，但证监会和上交所如要较真，可认为程序违规。严重的话，上市公司、中介机构有可能面临处罚。首当其冲的是中介机构，包括财务顾问机构和法律顾问机构，它们本身就肩负合规性审查的责任，其工作做得是否到位，包括程序是否合规，信息披露是否完整、充分。上市公司大股东和控股人国机，能否免除其咎？

按照情节和严重程度，处罚形式有通报批评、公开谴责、勒令整改、警告罚款、市场禁入，涉及犯罪的还要追究刑事责任。一旦行政处罚成立，按照法律规定，小股东也可以依据这个处罚起诉上市公司、直接控股人和大股东。

2013年12月16日和23日，国机连续召开两次专门会议，研究危机处置。身兼数职的刘祖晴的任务，不仅是汇报问题，还要提出处置建议。

刘祖晴等汇报后，徐建和骆家骕作了补充。

徐建说，现在最着急的一件事，就是如何向证监会解释。这是一个艰难的抉择，国机直接否定，是对国机伤害最大的，二重职工、股民对国机也会有看法。可只有国机直接否定，才能够避免小股东的起诉。这又产生了新的问题，二重本身由于不合规，可能被处罚，包括中介等等。但最致命的还是小股民起诉，有什么办法呢，事情已经到这个地步，两害相权取其轻。

骆家骕表达了相同的意思，更看到了任洪斌此举的背后意义。他说，迈过这个坎，上市公司可能由此产生新的故事，创造一种新的可能。

石柯虽然没有参加前期研究，但对二重的现状和上市公司目前这盘棋，他看得非常清楚，也很清醒。换一个角度思考问题，茅塞顿开，他仍在为这次的果断刹车感到欣慰，也很支持。真正的一家人观点。

石柯语重心长地说："我们确实不敢再这样把钱往里塞了。塞来塞去，最终连个泡都不冒，就全拖死了。这不是这次重组的目的。对目前事态的处理，刚才听了大家的意见后，有几点我非常赞同：第一，大事化小，小事化了，实现软着陆。第二，在处理过程中，本着一个分责原则，就是一家人，怎样做最有利于咱们国机就怎样做。第三，从另外一个角度看，就是一个新故事的启蒙。"

认识高度一致，议题集中到了担责上。

正如前文提及的，任洪斌有他的原则，他坦然地说："只要对重组整体有利，有利于二重脱困振兴，无所谓是国机担责，还是二重担责，这个问题不要推来推去。即使所有责任全是二重的，疼的还是国机。选择合理，即便有点瑕疵，受点批评，最后没有起诉，哪怕给咱个警告什么的，都无所谓。"这是最佳状态。

有瑕疵，不受伤，这是目标。现在来说当时应该怎么做，不应该怎么做，都没有实在意义。*ST二重退市危机应对，就这样定了基调。

这就是国机否定自己的背景。

12月17日和18日，孙德润带队，国机改革部、法律部，及二重杨建辉总经理、刘华学总会计师参与，先后紧急赴证监会上市公司监管一部与监管四处、监管五处，以及国资委、上交所等汇报沟通，争取理解。

尽管如此，上交所领导和监管人员，还是找上了门。

上交所既是平台，又有监管之责，还是中国资本市场一道庄严而神圣的大门。这家坐落于上海市浦东南路528号的特殊机构，被神秘、神圣和威严的气象包围。那幢被命名为证券大厦的建筑，除了提供证券交易的平台，还入驻着上交所，承担着国家赋予的许多显赫职能。比如，制定证券交易所的业务规则，接受上市申请，安排证券上市，组织监督证券交易，对会员和上市公司进行监管、管理和公布市场信息等。因此，无论是争取上市还是已经上市的公司，对于它们来说，这里就是通天之路，财富之门。平时，这里总是门庭若市、气象森严，上门办事，也得跨过一道道复杂的程序。可是今天，这里的领导，为了一家出现风险、洪波汹涌的上市公司，走出了那幢威严的高楼。

实际上，自二重重装出现严重亏损后，上交所就一直关注着这里的一举一动，这是监管的责任。何况，这岂是一般的上市公司可比？行业地位那么高，政治影响那么广，交易盘子那么大，情况反复那么多次，又涉及那么多股民。

在重组实施之初，国机还在为*ST二重是否保壳及怎么保纠结之时，上交所似乎就洞察到了情况不妙，并引起警觉。2013年6月17日，上交所上市公司监管部副总监范志鹏、监管干部周长青就不期而至。来意很明确，就是规劝与警示。规劝*ST二重要扭亏保壳，不要退市；警示退市可能面临的风险。范志鹏直言不讳地指出，根据上交所5月刚刚召开的上市公司退市风险警示会精神及2012年出台的退市政策，上市公司暂停上市后，要想恢复上市很难。

范志鹏直指，*ST二重的现状，比2013年被强制退市的*ST长油更糟糕。如果2014年*ST二重因无法扭亏而退市，将创造中国资本市场成立以来最快退市的纪录，将会给证监会、国资委和上交所造成十分尴尬的局面。

范志鹏的话层层递进，逐渐地，显示出了另一层隐意。

他说，对于*ST二重，上交所目前关注着两个问题：一是上市公司信息披露是否有问题。董事会和股东大会，是否向股民充分披露了交易审批的不确定性风险。二是国资监管部门的审批流程是否合规。按照惯例和市场预期，上市公司召开股东大会前，应当完成国资监管审批流程。而国机在上市公司召开股东大会后，又以此为由，否决上市公司关联交易，这是否合规？上述问题，上交所至今仍不断收到投诉，没有停止调查，也没有结案……

范志鹏的规劝与警示，一下抓住了国机的软肋。

资本运作方案被否决后，上交所的"找"升级，由副总经理徐明亲自出面。不是沟通、协调、商量，而是约谈，且明确要见徐建和骆家骕。

不敢怠慢，立即应允，态度谦恭。除了上交所点名的徐建、骆家骕，国机总部负责法律、财务、资本的王强、杨鸿雁、王博、赵飞等一并参加；上交所除了徐明，还有负责上市公司监管、曾经上门对国机给予警示的范志鹏和周长青。

见面了，在国机2502贵宾接待室。

气氛有些凝重。不仅因为"约谈"和涉及的内容，还因为上交所副总经理的严肃表情。这也难怪，其位其政，职责所系，你*ST二重扭亏保壳搞成这个样子，谁还轻松愉快得起来。大家入座了，连简单的客套寒暄也是僵硬的。

徐明先声夺人，首先表明态度。

除了重复之前范志鹏等人的立场外，徐明明确告之，证监会和上交所对*ST二重面临退市非常重视。央企退市，将对蓝筹股和证券市场造成极为不良的影响，有损央企形象。因此，上交所不希望*ST二重退市。此行的目的，就是要进一步了解国机的态度，以便与国资委沟通。退市或者不退市，均须做好应对方案，要有具体的措施和时间表。如要退市，程序要保证合法合规，要有具体的维稳方案，并与证监会和交易所保持密切的沟通，做到平稳而行。

紧接着，徐明又严肃提醒了三点：第一，如果*ST二重退市，对5万多股民的情绪风险，要充分考虑好。第二，要做好对大股东问责的准备。包括股民风险、去年上市公司系列资产处置关联交易的审批、信息披露及其否决违规等，都将面临监管处罚，以及被处罚后的诉讼风险。徐明反复提醒，在这个问题上，国机并不是没有责任。第三，要救这个企业的话，时间已经不多了。

真正的坏事变好事。国机从徐明看似强硬的态度中，不仅看到了上交所不愿意*ST二重退市的倾向，更看到了以退为进，变被动为主动的可能。

不能怪上交所领导的冷峻和咄咄逼人。毕竟政治影响、股民闹事的风险，国机没有经过，二重没有经历过，可上交所和深交所经历过。

那是一种怎样的危机！

第六节 证监会把话说得很死

中国股市的历险，怎能忘掉。

1992年8月10日的深圳股灾，我是亲眼见证了的。上万股民聚集深交所，那种痛苦、愤怒与激动的表情，我至今记忆犹新。当时，我被政府外派香港办事处工作，经常往返于港深之间。那场股灾给我的感觉是众怒难犯，不寒而栗。

2008年6月12日上海股民游行静坐，海内外媒体发的许多照片、消息，至今仍在网上能找到。这一次，上交所股市市值在3天内蒸发11%，比上年10月的高峰减少52%；上海和深圳股市市值，在10个交易日内，挥发掉近2万亿美元。许多"中产阶层"的财富一夜归零，重返贫困。

如果说，过去的股民闹事，大都是因为宏观经济变化引起的，矛头所指带有一定的普遍性、不确定性和分散性，那么，今天的*ST二重退市，却是因为二重的经营管理不善，因为国机的处置失当，或者说出尔反尔。此时出事矛盾集中，指向单一，如果股民闹起来，甚至牵连到上交所，国机如何应对。

不是推脱责任，这个险，谁冒得起？

上交所领导不是危言耸听。他们太熟悉了，熟悉中国尚不成熟、波诡云谲的股市。股民们疯狂起来，一夜之间可以发疯，也可以跳楼。

你看你二重重装，自上市以来，就没有清爽过，像个行为诡异的孩子，喜怒哀乐，反复无常。一会儿吹得上天，一会儿亏损失控，一会儿资本运作，一会儿收购不成，一会儿保壳，一会儿弃壳，股价一会儿暴涨，一会儿暴跌，已经把上交所折腾得够呛。散户们早已被*ST二重的各种扑朔迷离的信息弄得晕头转向，不明所以，不知所措；而庄家和大股东们，在把股价一次次抬高又打下的操作中，赚得盆满钵满后，早已暗度陈仓。二重作为第一大股东，当然不能动，不便动，也不敢动，必须稳住基本盘。但其他大股东就不一样了。上市时的第二和第三大股东——中国华融资产管理股份有限公司和中国信达资产管理股份有限公司，从2012年开始，对公司股份就一直处于减持状态。甚至在不久后*ST二重十大股东排名里，有的大股东已销声匿迹。

确实也不能怪这些大股东。逐利是资本的本性，至少要规避风险。他们当初进入二重重装股份的资产，就是二重在第一次债务危机时，利用中央国企改革三年"脱困建制"优化资本结构试点政策，从主债银行债转股剥离出来的。好不容易获得一个逃生的机会，如不好好把握，那简直是犯罪。

徐建和骆家骕赔着笑脸，耐心解释。徐明没有正面回应国机提出的问题，显然是心里已有自己的打算。他们非常清楚，事情本身已别无选择。

别无选择的选择，面临难以预料的风险。

大家听明白了，上交所领导是话中带话的。如果这事出了问题，不只*ST二重，还涉及稳定、问责、法律后果；国机还有9家上市公司，那是什么后果？！

难道任洪斌当初的担心真要一语成谶——二重重装没退市，反而把国机弄退了市？长期以来，上交所给予了国机那么多支持，此事国机虽已尽力，但毕竟目前状况堪忧，二重退市会面临许多难以预料的问题。换位思考，上交所也有上交所的难处啊！"法制、监管、自律、规范"的八字方针，就昭示于职责之首。要营造"透明、开放、安全、高效"的市场环境，不讲规范和秩序行吗？

上交所态度强硬。骆家骕立即向任洪斌报告。

任洪斌听了汇报后，深知问题的严重性。事情怎么会弄到这一步？他想，这里边是不是有某种误会。现在的*ST二重，属于国机门下的上市公司，这没错；其扭亏保壳的效果不好，也是事实。但国机与二重重组，是2013年7月才定的；而干部宣布到位，是10月的事。国机真正参与管理，也就一两个月。在这么短的时间内，能解决好这些问题吗？这样的资本运作可行吗？

必须把这个情况，向证监会汇报清楚。

这是任洪斌的第一反应。时间紧迫，不容怠慢。他立即带领石柯、徐建、骆家骕紧急赶往证监会。证监会很重视，时任主席肖钢、副主席庄心等人亲自接待并听取汇报。汇报集中在两点：一是陈明事由，请求谅解。二是请求警示延期，也就是希望证监会网开一面，将*ST二重的警示期延长一年，给个缓冲。这样，国机就能解决保壳的问题。如果实在不行，看看有没有其他办法。

理由应当是充分的，请求也不能说没有道理。

没想到，证监会负责风控的小甘，听了情况介绍及请求后，把话说得很死。他明确表示，理解国机，也不存在谅解不谅解的问题。但延迟警示期，涉及国家的证券交易法规，这是经过全国人大通过的，不可能有特例。小甘还诚恳地再次提醒几位国机领导，"你们拯救*ST二重的时间已经不多了"。

会场的氛围陷入一种令人压抑的凝重。

证监会似乎成竹于胸。小甘问："你们还有没有其他资源可利用？实在没有，还有第二个方案，就是主动退市，不仅容易批，还可以省去很多程序。"

证监会主要领导在场，这显然不仅仅是小甘个人或者风控的意见。但任洪斌记住了那句话：主动退市。关了一道门，却开了另一道门。

任洪斌又立即带领骆家骕等赶到上交所。

当时新上任的上交所党委书记、理事长桂敏杰热情接待了任洪斌、骆家骕一行。重视与客气都是形式，说很理解国机也是客套话，延迟警示根本不可能。

对二重扭亏保壳，上交所在2013年8月就曾提出过警示。现在又过去了一年，资本运作搁浅，经营持续恶化，那个令人生畏的"*"不期而降，ST二重变成了*ST二重，且到2014年7月二重当年的累亏已达17亿元。

上交所当然明白*ST二重的处境。强制退市的要件已经具备，你同不同意，都是这个结果。换句话说，现在不是退不退市的问题，而是怎么退的问题。

按照国家现行规定，上市公司退市，有两种形式：一是强制退市，又叫被动退市，指上市公司有重大违规，或者存在严重的经营不善，导致连续亏损，因而退市。被动退市后，公司的《上市许可证》将被强制吊销。二是主动退市，即上市公司根据自身情况，主动向监管部门申请注销《上市许可证》。

因此，所谓"主动退市"，不过是监管部门现在给你一个机会，争取"宽大处理"，洗心革面，"重新做企"，变被动为主动。这样，既可以给股民一次选择，让矛盾得到缓冲，也可为将来重新上市创造更好条件，变被动为主动。

所谓"更好条件"，指的是时限。退市公司申请重新上市，与新上市公司刚性条件是相同的，即最近3个会计年度净利润均为正数，且累计超过人民币3000万元。主动退市公司，只要具备这个硬件，随时都可以申请重新上市；但强制退市公司，在退市与重新上市之间，还有刚性的时间间隔和其他硬性规定。

教训是完善规则最好的催化剂。实际上，为维护中小股民利益，化解退市冲击和社会矛盾，监管部门似乎早已是这样的思路。

*ST长油的例子，还历历在目，有力而生动。

该公司停牌前，股票收盘价1.63元/股。被强制退市，进入整理期后，股价连续6天跌停，最低时达到0.68元/股，跌幅近58%，情状惨烈。

证监会、上交所都对国机选择*ST二重主动退市表示积极支持。后来出台的中国证监会《关于改革完善并严格实施上市公司退市制度的若干意见》，也证实了监管部门早有这样的思路和立场。这个被称为"退市新规"的行政规章第四条规定，"存在强制退市可能的上市公司在触及强制退市指标前，实施主动退市，在消除可能导致强制退市的情形后，可以重新申请上市"。

主动退市，退后一步海阔天空。

第七节 退而结网

方向明确了，反而显得单纯。

现在的问题是，主动退市，怎么个退法？国机和二重都没有经历过。此时，证监会的退市新规还没有出台，内部讨论的相关文稿外面并不清楚，也没有可资借鉴参考的成功案例。好在上交所已表示，可以配合做这件事。

按照证监会和上交所的意见，国机立即组织专业人员，设计主动退市方案。总体思路是，尽量给小投资者多一个选择，避免重蹈*ST长油的覆辙。

与此同时，退市的程序也在紧锣密鼓地开展当中。

在经历2011年至2013年连续3年亏损后，*ST二重股票经过上交所一年的警示，各种拯救尝试失败后，上交所于2014年5月19日，做出二重重装股份暂停上市的决定。

就在*ST二重暂停上市不久，中国证监会以第107号令，颁布了于2014年2月7日审议通过的《关于改革完善并严格实施上市公司退市制度的若干意见》，签发人为肖钢。这个行政法规出台，有几个时间点，颇值得玩味：

通过时间：2014年2月7日。

颁布时间：2014年10月15日。

施行时间：2014年11月16日。

从中可以看出，在上交所做出*ST二重主动退市决定前，这个"退市新规"就已完成了复杂的内部立法程序；从依法通过到颁发，经历了8个多月的内部密藏。这表明什么？特殊、重要、敏感，必须谨慎而为，摸着石头过河。先内部掌握精神，尝试操作，修正完善；吃准以后再颁布施行。

二重重装，是否就是一个最好的过河"石头"？

的确，这是一个经典的退市标本。它包含了太多的时代元素：国企、央企，宏观的、微观的，最好的、最差的，辉煌的、悲壮的，历史的、现实的，体制的、市场的，客观的、主观的，经营的、管理的，都交织在一起。我们不能肯定，现在出台的这个退市新规，与当初通过的版本相比，有没有改动完善之处；*ST二重主动退市的过程中，有哪些鲜活的经验，被吸纳了进去。但有一点是可以肯定的，*ST二重的主动退市探索，已融入其血液和成功实践的历史。

原来，证监会和上交所，早已站在更高层面。

退的出路，从来路中寻找。

这不是个哲学命题，而是一种逆向思维方式。主动退市，最好的办法，就是从既有的规则中，去寻找公司上市的必要要件。然后创造条件，成就这些要件的否决性结果，使退市成为既定规则下顺理成章的自然选择。

首先想到股本总额、股权分布，及其相关的比例约束。这似乎是最容易操作，也是最不会产生自残效应的切入点。翻开《中华人民共和国证券法》，目光锁定在第五十条第三款——"公司股本总额超过人民币四亿元的，公开发行股份的比例为百分之十以上"。也就是说，只要通过回购，让公司公开发行股份的比例下降至10%以下不就行了？而且，这种退，与公司亏损无关。

对于*ST二重而言，做到这一点，似乎也并不难。

这是*ST二重当时的股份情况：经过2013年2月4日唯一一次增发，总股本为229344.9524万股。其中：流通A股116900万股，占50.97%；限售A股60344.9524万股，占26.30%。流通股中社会公众股占17.5%。因此，国机只需要收购社会公众股的7.5%以上，即收购1.72亿股以上，就具备主动退市条件。以公司停牌时的股价，需要收购资金约5亿元。

当然，还有一个更重要的隐形要件，也不能不考虑：股民接受。

在各种要件综合考虑下，一个合法有效的方式首先跃上桌面：要约收购。即经过证监会和上交所批准，国机发出收购要约，表明标的股票的名称、价格、申报应购时限。条件是公开透明平等的，对象范畴内的股民，只要应约承诺，交易就生效。当初从入市、选股到被套牢，血本大失，都是自己的选择，亏损是因为想赚钱。现在给一个脱套的机会，收购价比封盘价还要高。

对股民，国机无疑是尽责了。可难题却出来了。

难题有三：政府支持、标的控制和国资政策。如果说，这三个难题都可通过协调争取解决，还有一个问题却不可确定：股民响应。

首先要报告政府。这不仅是程序，也是必须。轰轰烈烈的二重重装股票退市，涉及数万股民，仅四川就有3815位股民，还涉及许多举足轻重的债权人。如果稍有处置不当，就可能引发难以预料的结果，这种情况怎离得开政府支持？！

按照中国证监会的要求，*ST二重退市工作通报会，于2014年12月4日上午，在四川省政府大院1号楼第3会议室举行。说是通报，实际上是一次政府内部协调动员，旨在统一思想，明确行动，各司其职，做好防范，防止出乱。

受时任四川省政府副省长甘霖委托，时任省政府副秘书长吴显奎主持会议。中国证监会上市部、四川省政府金融办、证监局、德阳市委、*ST二重及其实际控制人国机等方面负责人参会。一家上市公司的退市，从中央到地方政府各级监管部门，惊动那么多要员，足显此事的不同寻常。

会上，四川证监局的一位副局长首先通报了二重重装的退市背景、方式及面临的问题。然后，会议着重围绕退市风险防范及其职责分工，进行了认真研究，与会者站在不同角度，表达了各自的担忧与诉求。

问题落在了几个焦点之上。这也是召开这次会议的目的。

大家分析认为，从法规层面，*ST二重退市，会引起媒体和股民关注的重点主要有五方面：一是上市公司2014年12月31日前的业绩预测公告。二是公司在2015年4月30日前发布年报后，确定是否退市。三是2015年5月，上交所是否做出*ST二重退市的决定。四是做出退市决定后，将给予30天的退市整理期，直至上交所做出退市的最后决定。此间股民可交易，行情的任何波动，都可能触动股民敏感的神经。五是2015年7月20日，上市公司退市后，将转入全国中小企业股份转让系统（俗称"老三板"）交易，成为非上市公众公司，交易规则和形式都有变化，那边的衔接如何，股民是否适应。

会上，不同角色，对这些问题的认识与解决方式明显不同。

中国证监会上市部副主任沙雁，站在国家对资本市场的宏观监管角度，强调了当前改革的重点，突出在两方面：一是退市机制改革。强调上市公司退市要常态化。二是退市风险责任的承担。他明确指出，根据《国务院批转证监会关于提高上市公司质量意见的通知》（国发〔2005〕34号）的要求，地方各级人民政府，应承担起处置本地区上市公司风险的责任。政府应有效防范和化解公司退市风险。证监会、上交所将与地方政府及时沟通配合，建立常态化工作机制。

时任德阳市委常委刘烈东发表的三点意见，突出了地方党委、政府对此事的关切。他说，二重是德阳的名片，对德阳市的经济社会稳定与发展至关重要，市委、市政府对二重的发展非常重视。真诚希望二重在国机领导下扭亏脱困，市里会全力支持。在退市风险方面，确保德阳市的1800位二重股民不会围攻政府。

吴显奎的总结发言，表达了一种沉重感。

他说，二重当年红红火火，上市融资后，却走到这个地步，确实说不过去。重装制造业是国家的短板，二重是当年三线建设布局的产物，为中国制造业奠定了良好基础。但这些年来，以房地产为主的经济泡沫，对制造业造成重大伤害，二重首当其冲。地方党委、政府对二重干预太少。

吴显奎最后这句话的意思，大家当然明白。你二重红火时是央企、国管、高级别，眼界很高。现在弄不走了，又……

当然，说是说，支持是支持。最后，会议形成三项决定：成立风险化解领导小组，由四川省、德阳市政府及其金融办、国资委、经信委、新闻办、公安等相关部门领导组成。特别要加强对二重重装退市的正面引导，给股民以希望。有效整合行政资源。加强舆情引导、紧急事态处理等方面的工作。从国家安全、国计民生等战略角度，争取国务院支持；从二重对国防军工的影响角度，向中央军委、国防部汇报，寻求支持，积极应对债务风险。

在国资委和地方政府支持下，要约收购价尘埃落定。

果然，问题出在最后的不确定。

收购价在停牌价基础上上浮10%，即2.59元。不知是对重组的希望太大，还是要约收购仍割肉太多，散户对国机的好意并不买账。市场充满观望、纠结、质疑的气氛。在37个自然日（2015年2月26日至4月3日）的收购期限内，响应者只有1.13亿股，离主动退市目标还差一大截。

要约收购退市，以流产告终。

最终，在上交所指导下，国机选择了《上海证券交易所股票上市规则》（2012年修订）第四条第6款规定的方法，*ST二重以股东会决议方式退市，且很顺利：公司董事会提交的《关于以股东大会决议方式主动终止二重重装股票上市的议案》《关于非关联股东国机集团免于以要约方式增持二重重装股份的议案》，采取现场投票与网上投票两种方式行权，均以超过99%的赞成比例获得通过。

预想的股东聚集、纠缠、闹事等，均没有出现，调集应急的德阳特警和企业人员，在原地待命中度过有惊无险的一天。

根据股东大会决定，上交所于2015年5月15日，以《自律监管决定书》（〔2015〕191号），做出二重重装股票终止上市的决定。同年5月21日，二重重装股票在上交所摘牌，并于7月20日转入全国中小企业股份转让系统挂牌。

二重重装上市4年多，创造了中国股市主板市场的诸多第一：从上市到退市用时最短的公司；第一家主动成功退市的上市公司……

公司转板交易的衔接也很顺利。

一场扰攘已久的二重重装退市危机,终于平稳化解。

事情的结果,让上交所很满意。作为退市制度改革的实施主体,上交所在2015年5月21日致函二重重装:"这一市场化的退市实践,是2014年资本市场退市制度改革以来的首例尝试,为今后继续实施和完善自主退市制度,积累了宝贵的经验,起到了良好的示范作用,赢得了市场的认同和投资者的认可。"上交所还明确表示,在二重解决经营困难后,"积极支持公司重新上市"。

退,不是退却,而是退而结网。

第六章 挥泪削冗

第一节 悲情"5·11"

立夏刚过,天气晴好。嘉州小山峡,我与几位朋友凭江赏景。

闲情突然被一个网络消息打乱。

我清晨起床,呼吸着潮湿清新的空气,沿着岷江边散步,享受着这世外之境。我边走边看手机新闻,突然,一条醒目的消息跃入眼帘:二重职工闹事了。

事件由减员引起。

"闹事",这无疑是一个贬义词,在党政部门工作了那么多年,我理解它的含义。手头的写作课题,让我对此有了一种自然的敏感。赶紧往下看。显然,所谓"闹事"之说,多少带点"标题党"博眼球的意味。实际上,二重职工对企业现状不满、对企业困难的成因存疑已久,重组中的减员增效、下岗分流成为导火线。职工们聚集在企业二号楼前表达诉求,并在网上发布了大量现场照和帖子。

我立即中断行程,马上与德阳方面联系,直奔二重。

二重二号楼,坐落在企业技术中心大楼,也就是一号楼的左侧。这是一组红顶白墙的组合式多体低层建筑,是欧洲风格的建筑与中国传统四合院的糅合,它被绿树青草簇拥,显得幽雅而高贵。这里是二重董事会和经理层的办公场所,也是二重的会议中心和对外交流窗口。四周及建筑间隙,是布局精致、层次分明的草坪、花木、小叶榕和热带棕榈科植物,无论是在屋内开会办公,还是在屋外散步小憩，都显得分外怡然舒心。楼前，左右两侧的精美草坪，与中间宽敞的生态通道、前侧开阔的厂区主干道连为一体，形成了一个居中的企业内部小广场。

流年不返，二重人换了一代又一代，但雅楼犹在，相伴着这一方高贵与幽雅。在过去的辉煌岁月中，有多少骄傲在这里铸就，有多少奇迹在这里诞生，有多少喜悦与自豪在这里释放，人们已记不清了。人们却难以忘记这一天：

2015年5月11日，或曰"5·11"。

那天被二重人和海内外媒体称为"悲情的日子"。它在二重人心里，甚至在中国机械工业发展历史上留下的悲，留下的痛，留下的伤痕，不知要持续多久。从此，它可能给二重过去所有的辉煌蒙上一层拂不去的尘。

我是以旁观者的身份，进入现场的。

那天已是5月12日，现场聚集了千余人，总体比较理性平和。据说，头一天的人还要多些，情绪也更偏激。国机领导出现时有人鼓掌，而二重领导出现时，则有人起哄、辱骂和扔东西。他们有一股子压抑已久的怨气，需要宣泄。国机派来的副总经理刘敬桢、人力资源部（党委组织部）部长余小元、党委工作部部长苏维柯，与兼任二重董事长、总经理的孙德润，党委书记刘祖晴及班子成员等紧急商量，暂停实施已出台的减员政策，立即研究回答职工提出的问题，事态才得以及时稳控。从聚集、对立、偏激，到缓和、理性、对话，是个转折。暂停实施已出台的减员政策，并不是中止减员，而是在倾听职工诉求的基础上，让政策更加完善合理，更具可行性。不减掉大量冗员，二重根本无法脱困。

刘祖晴的话，与我在现场的感受相互印证。

集会组织者在扩音器里不时地呼喊叮嘱，维持秩序，理性表达诉求。联想到自己曾经处理过的类似事件，不得不承认，二重职工的与众不同。我不询问，不参与，不评论；只听，只看，然后思考，从表象中寻找真实。

场地四周，路边上，树荫下，横七竖八地停放着许多摩托车、自行车、儿童车、老人车。从这些交通工具，大致可看出参与者的身份。

聚集的员工，已把二号楼前的小广场站得满满的。楼前宽敞流畅的檐廊，原本是迎来送往的礼仪之廊，现在成了组织者的指挥舞台。扩音器里的歌曲，轮番播放红色经典歌曲：《没有共产党就没有新中国》《社会主义好》《国际歌》等。从事件、场景、氛围看，显然，这些歌曲都是精心挑选的，包括后来突然的音乐袭击。现场乱糟糟的，职工们竞相发言，但所有的声音，都被他们自己制造的噪音淹没，场面成了一锅粥。真正的问题不在这里发生，也难以在这里解决。这样的场面，第一轮国企改革时我曾经历很多。

噪音淹没不掉的是标语和大字报。各式各样，红底黄字、白底黑字、红底白字，规格各异，内容却大同小异，清晰表达了聚集的主题。"怎么能让职工流血、流汗、又流泪""贯彻中央精神，坚决维护职工正当合法权益""拯救二重，问责维权"……

言语虽然有些偏激，但无可置疑，它们确实反映了二重职工的某种真实情绪。这情绪积压已久，如今似火山喷发，燃烧就是最好的宣泄。

今天到达现场的是孙德润。

这位经验丰富的企业家，早年曾在陕西三原县当知青。高原的沟壑、黄土和风霜，练就了他性格温和中的顽强与坚毅。上世纪70年代中期，他从西安理工大学毕业后，就与二重结下了不解之缘。从职工、工艺员、车间主任、分厂副厂长、厂长，直到二重副总经理、党委常委，二重重装总经理，他几乎经历了二重所有岗位的历练，人生的步履与二重的历史切合得如此紧密。国机、二重重组后，他担任国机要职。后因特殊原因，他义无反顾临危奉命重返二重。现在，他以国机副总经理、二重改革振兴工作小组副组长、二重董事长和总经理的身份出现，是要到现场听取声音，了解情况，解决问题。二重的新旧矛盾集于一身，他无法回避，也无法脱身。他一出现就成了焦点，被职工团团围住。

这一切似乎在意料之外，也应当在预料之中。我身边一位职工的话，也许能够在一定程度上代表职工情绪，也可从侧面说明背后的一些问题。

这是位男性职工，四十来岁，脸色蜡黄，身架清瘦单薄，身上还穿着蓝色的工装。在嘈杂的人群中,他只是普通一员,关注他,不因别的,只因他离我最近。他没有参与群议,也没有高声发表自己的不满,而是愤愤地独自站在那里,脸色阴沉,两眼晶亮,喃喃自语:"嗯,过去一提意见就被威胁说,你不干有人干。再大的意见也不敢提了。现在老子不干了,想咋说就咋说。"

不是我没有委屈,只是我在忍受。

这是这位职工的话,给人的强烈感受。

现场组织者的呼吁,只是耳边风,现场又开始骚动。往日文雅守纪的二重人,已顾不得纪律与秩序,甚至顾不得往日的优雅与孤傲。每个人都想表达,都有话要说,都很激动。素质与秩序,在失控的情绪下瓦解。正常对话已不可能,甚至有人身安全之虞。组织者担心场面失控,酿成事端,无法承担责任。组织者再次拿过话筒,不停地提醒:职工们注意,职工们注意,有话依次说,或选出代表发言,不要有偏激情绪。我们只依法维权,不是闹事。大家要注意身边的人,谨防社会上别有用心的人趁机故意制造事端,扰乱秩序。我们拥护共产党,拥护总书记,也欢迎国机;我们只是要活干,求生存,反腐败,求公正,依法维权。

经过长时间的对峙,混乱的嚷嚷,企业坚持仍按头天达成的意见,由职工选出代表,到二号会议室表达诉求。最接近现场的二号会议室,成了处理这次职工群体事件的现场指挥中心。

事件从"5·11"开始一直延续了几天……

口干舌燥,身心疲惫。孙德润一行终得突围。

职工的意见再次汇集起来,和网络上说的大同小异。

第一,生存。许多员工祖祖辈辈,一家多口都靠二重生活。如今突然下岗,按照企业制定的裁员政策,无论留厂职工的工资,还是离岗待退或下岗职工的补偿,都太低,无法生存。

第二,问责。二重出现的困境,主要是决策失误和经营管理不善,特别是一百多亿元的投资失误造成的,应追责。相关责任人不能一走了之。

第三,反腐。职工认为,经营管理不善,外协失控,质量下滑,一连串的投资失误背后，一定有腐败，要追查到底，揪出蛀虫，依法惩处。

客观地说，提出这样的问题并不算新鲜尖刻，甚至不算过分，毕竟企业出了那么大问题，职工吃了那么大苦头。一些问题即使职工不提企业也该解决。孙德润承诺，对职工提出的问题，公司将高度重视，立即研究汇报，尽快答复。

这一天，在突袭、混乱、愤怒、无果、迷惘中，并夹杂着些许的希望中，过去了。各怀心事。聚集的人和化解聚集的人，都希望明天的太阳是新的。

可是……

第二节 情违初衷

靠裁员解困，不是任洪斌的理念。

本来，在市场经济中，企业裁员都是正常的。二重却不同。二重和二重职工，是共和国的"脊梁"和"长子"，长期以来，背负着太多的辉煌、自豪与优越感，从没想过自身的终结。攀得愈高，落差愈大，冲击愈强。何况二重这次是飞流直下，一落千丈；是李煜式的惆怅："流水落花春去也，天上人间。"

无论国机还是二重，关于这次重组的初衷，并没想过要大量裁员。搞企业的，就是要不断创造更多就业岗位，为政府分忧，为社会减压。国企央企，本身也有这个社会责任。更深层次原因，则缘于任洪斌骨子里日久弥坚的人文关怀和对企业职工的深厚感情，一种骨子里生成的文化天性。

任洪斌的成长史，就是一部与企业和职工的情感史。

他的父亲，就曾经是东北一家机械厂的职工。他从小在工厂长大，对工厂很熟悉，看见工人就好像看见自己的亲人。特别是困难企业职工的生计往往成了他内心纠结的痛。父母常常教育他,要帮助需要帮助的人。他受不了看到职工有能力、想干活,干好了活,却又过不了好日子。每当见到这样的事情,他就很痛苦。他很清楚,那该是领导的责任,为啥要由工人来承担?工人想靠自己勤劳的双手和能力去创造美好生活,领导却没有为职工提供这个条件。因此,上大学时他选择了学机械,毕业后到了工业战线,当领导后这份感情仍笃定未变。在与职工沟通时,他说得最多的是"我们",在内心,他与工人们就是一家子。

到国机后,实施的一次次企业改革,一次次重组,一个个企业解困工程,任洪斌首先想到的,是要把职工的事处理好,让职工感受到企业改革带来的希望,企业发展给自己生活带来的改善。

曾经,新疆职工是任洪斌一个深深的情结。

缘起于新疆中收农牧机械有限公司。该公司坐落于新疆乌鲁木齐新市区喀什东路,是国机下属的一家二级子公司,也是当时国机系里经营最困难的企业。平时,企业的事务都是由公司自己管理。但这次不一样了,任洪斌放心不下,专程前往。这是2001年任洪斌执掌国机以来,下属企业面临的最大难题。

实际情况,超过了他的想象。

职工每月一两百元的工资,还不能按时拿到;平时生病没钱看医生,危重病更是只能等死;孩子考上大学,没钱交学费,一家人愁苦纠结;快过年了,许多职工灶头还没有一块肉。看见白皑皑的积雪,压着职工昏暗的房子,就像压在自己心上。他就会想,这家人的年夜饭吃什么,孩子有没有新衣服……

越想,他就越受不了,眼睛湿润了都不自知。

一片灰暗,从景象到心情。这时,他看见一户职工门口贴着春联,色彩鲜艳,洋溢着辞旧迎新的喜庆。他心里一热。透过春联的喜庆,他看到了职工的心,那种对美好生活的追求与向往。心不死,就有希望,冰与火,一线之隔。

沉重,压抑,纠结,转换成强烈的责任感。

开职工座谈会,他的心情很复杂,交织于灰暗与希望、沉重与责任之间。一位维吾尔族职工的汇报,没有谈自己和家庭的困难,而是谈企业和工作。有些夹生的普通话,任洪斌听起来本来有点吃力,他一急,更听不清楚了。任洪斌亲切地安抚他慢慢说。在企业领导的辅助翻译下,任洪斌终于听明白了:厂里生产的联合收割机卖到河南,要厂里派技术员指导试用。厂里困难,出不起差旅费,按理他可以不去。但怕影响用户,他就自己垫钱去了。他想,只要大家努力,企业一定会好起来的。可厂里却一直没好起来。不仅工资未发,自己的钱也垫进去了。那位职工越说越激动,甚至有点愤愤然。任洪斌听后很感动,多好的职工啊!

是的,职工很纯朴,没有偏激情绪,没有过高要求,甚至没有埋怨责难。这让任洪斌感动的同时有一种揪心的痛。他给职工讲话,不知道怎么开口,也不知道说些什么——面对连饭都吃不上的职工,讲任何大道理,都是无用。他想得更多的是将人比人、将心比心,假设自己面临这样的处境,会怎么办呢?于是,他的讲话变成了谈心交流,仿佛自己并不是企业领导,而是困苦职工中的一员。

"职工朋友们,企业没搞好,让大家受苦了,对不起你们!"任洪斌说。

记忆被激活:童年的情景,工厂,父母,幻化成眼前的景象。任洪斌自认没资格在这样的场景高谈阔论,而是自责和赎过,就像一位整天在外忙活的子女,回家面对自己受苦受难的父母。说着说着,他就忍不住要掉泪,又怕在职工面前掉泪更影响大家的情绪和信心,只好诓称去洗手间方便,擦去眼泪,稳定情绪再回来继续讲。他暗暗下了决心,非把这个企业搞好不可,否则,良心上也过不去。从此,新疆那个群体,成了他永久的牵挂。

终于走出来了,新疆中收农牧机械有限公司。

任洪斌的牵挂却一直没有淡出。他每次去新疆,都会看望工人师傅,了解他们的生活,他们的老人,他们的子女。有一年春节前,他又去那里。有位维吾尔族退休职工,正在厂子里溜达,看见任洪斌,一下激动地上前,把他紧紧拥抱住,泪流满面,什么也说不出来。他到一位职工家去,主人拿着孩子写的感谢信,颤巍巍地送给他说,是企业的爱心基金资助,帮孩子圆了大学梦。

任洪斌回答，该感谢国机全体职工。原来，此前任洪斌来这个企业时，这位职工一家子，正在为考上大学的孩子无钱上学而犯愁，孩子产生了弃学的念头。他当即就定了一条规矩，在国机，不能让一个职工子女因为家庭贫穷上不了大学，不能让一个职工因为贫穷看不起病。为此，他发起设立了国机职工爱心基金，自己带头捐出了部分工资和奖金，并号召每个员工每年自愿捐出一天的工资。至2016年底，国机职工爱心基金已滚存3397万元，先后为4300多名困难职工及子女雪中送炭。

好起来的企业与维吾尔族职工，也没有忘记国机，没有忘记任洪斌。每年春节，他都会收到一些新疆职工的问候短信，很温暖。那位曾经抱住他哭的维吾尔族职工，任洪斌甚至不知道其姓名。从短信中，只知道其已经退休。但每年春节，他都会收到一顶那位职工从遥远的新疆寄来的新疆小帽……

以人为中心，以情感为纽带，以效益为目标。

这是任洪斌的企业治理理念，这个理念源于爱。爱人之人人自爱之，这是来自中国传统文化的重要思想，也是人性所遵循的道德逻辑。

这就是企业文化，也是日本战后崛起的秘密。

当经验变成制度，演变成思想，上升为文化，职工的个人情感，就可成为企业核心竞争力的重要内容；共同的价值认同，归宿感，在企业治理中，就获得了一种超越制度的力量。它击败的不只是竞争对手的商品，还有精神。

国际改革发展论坛的那一幕，任洪斌记忆犹新。

论坛由美方发起，国际上一大批知名企业家、银行家参与。任洪斌在会上介绍了中国企业的改革发展情况，老外却关心起了中国的企业冗员：你们那里企业人员多时怎么办？任洪斌反问：你们呢？对方回答：裁员。任洪斌说，中国不这样做。然后就聊到新疆的例子。聊着聊着，不知道哪根神经被触动，他情不自禁地流泪了。老外很惊讶，特别不理解为什么他会对员工付出那么多的感情。但内心服了，啧啧赞叹。老外又问任洪斌：你信仰什么？任洪斌回答：共产主义。老外两眼迷惑更不理解了。因为他们平时接触到的信息，关于中国，关于中共，关于共产主义，大都不是这样的啊。但迷惑的老外，却露出了一种肃然起敬的神情。

还有不少发生在国机机关的小故事。

对员工，特别是对底层员工的关怀，已成为任洪斌的习惯。他会问擦电梯的小女孩为什么不上学；他会严厉批评风霜中不给门卫发帽子手套的物管，即便春节期间送他的司机，他都要给一个红包；见路边有人淋雨，他会立即打开车窗扔去一把伞。事情虽小，他自有看法：钱不重要，重要的是对人的尊重。

几个手机视频，一看就是自然拍摄，而非刻意导演。

一位老人，正穿过马路。路很宽，行人也不多，可路过的车辆，一辆一辆都立即减速，停下，缓缓从老人背后通过，有的还开窗示以善意。

街上有个路障，此时并无人通过。有辆路过的轿车，立即闪灯，靠边，停下。从车上下来一个男子，将路障搬开，又上车走了。

……

任洪斌说，看了视频，他在想，那些素不相识的人，尚且能这样做，二重和新疆中收农牧机械有限公司还是自己的企业、自己的职工，是兄弟姐妹啊，能袖手旁观吗？不要去讲大道理，要尽量去解决一些实际问题。企业领导的责任，不就是让他们过上好生活吗？在人生的旅途中，每个人都难免有这样那样的坎，不可能永远一帆风顺。在遇到坎的时候，都需要大家帮一把。大家要发自内心地去帮。

这样的思维，这样的情感，他当然带入了二重重组。

国资委领导的话，不仅是期望和要求，对任洪斌而言，更是一种理念。两家企业合为一家了，就"不能再分你的人、我的人"，都是一家人。

在开始的一段时间，他与二重领导一道去国资委汇报，国资委明确要求减员增效。他私下仍叮嘱二重领导，在减员问题上要稳点，把工作做得细之又细。

可现实证明，国资委领导看得更远。任洪斌不得不情违初衷。

第三节 别无选择

无疑，对任洪斌而言，这是一次艰难的抉择。

泪流满面的新疆老人，擦电梯的小女孩，冻得跺脚的门卫，肃然起敬的老外，期望有活干的二重工人。特别是企业那些底层员工，他们的期盼、忧虑、困苦，似电影蒙太奇，一幕幕在他眼前浮现。面对二重减员，两个不同角色的任洪斌，在他内心纠结难分。作为内心柔软的自然人他在问，这是怎么了，你忍心吗？作为企业家的他又不得不说，企业是什么，是福利院吗？

这是一组不堪的数据，要认识二重，又难以回避。

全国规模以上工业企业全员劳动生产率，2013年约为25万元，其中：机械行业约为10万元；二重为-9.4万元；国机年人均创造营业额200万元，利润4万元；二重分别为42万元和-24万元。按照生产力要素构成，二重劳动生产率低，不外乎三个原因：一是冗员过多，人浮于事；二是生产任务不足，或劳动积极性不高，如"大锅饭"时期的工人，出工不出力；三是企业生产工具落后。第三条肯定不存在，不然，二重的那些骄傲、那些辉煌怎么讲。第二条肯定是有的，宏观方面主要是产能过剩，微观上则是企业竞争力不强。

最突出的原因，还是第一个。

冗员太多，在二重几乎是个不争的事实。资料显示，二重重组时的2013年有职工15589人，其中正式工12891人，临聘工2698人。而企业当年的市场订单，只需其中不足一半的员工。即便在长期严重亏损的情况下，二重员工年均工资仍超过6万元，企业年人工成本（工资和"五险一金"等）达10亿元，2012年更达13亿元（工资8.77亿元，保险和公积金3.3亿元，其他0.93亿元）。

二重的车间，以另一种形式，诠释枯燥的数字。

得天府之国的地利，这里一马平川，风调雨顺。绿意盎然的道路，典雅精致的园林，婉转啁啾的鸟鸣，成为德阳城中最值得骄傲的风景。鸟语的回归，不是因为林茂，而是因为寂静。林过去就有，鸟过去也有，只是，当时低婉清脆的鸟语,被锻机、压机的吭哐之声、人来车往的喧嚣之声所遮蔽。现在却是满庭芳冷,"谁道闲情抛掷久?每到春来,惆怅还依旧"。就连曾令世界瞩目、国人自豪的1.2万吨水压机、8万吨模锻压机,也常常形影相吊,静藏深闺人未识。你甚至会怀疑自己是否身在二重,这更像是在某个清静的园林。于企业,这样的冷清无疑是一种病。行走于这样的清静里,你仿佛在听哥特乐队一曲名为《永恒沉睡》(*Sopor Aeternus*)的作品,一只脚踩在墓穴中,另一只脚踏在疯人院里。

清静缘于市场的丢失。或者反过来说,如果企业有足够的竞争力,足够的订单,也许现有的设备还不足,企业不仅不会有冗员,而且还短缺哩。

人员结构也不合理,形成冗短并存、剩缺同在的怪状。

信永中和的尽职调查显示,二重集团、事业部、子公司和车间、工段,各级各类非生产人员占到40%。其中,集团本部就有741人(干部525人,工人216人);二重重装有干部439人,而高端专业技术人才、国际化人才(包括国际商贸、工程承包等)、资本运营人才、高技能操作工人又缺乏。特别是成都工程中心投入运营后,二重的大部分科技人员,乘坐企业专门配置的通勤车,每天从德阳城出发,到成都研究中心上班,往返130多公里,两个多小时,就耗费在路上。开始员工还有一种优越感、自豪感,为那都市气派和与众不同。逐渐地,这种感觉也被无聊、喧嚣与麻烦取代,大家开始怀念德阳那片宁静温馨的家园。

这是一位二重职工在网络上发的帖子,关于冗员的。

一个企业要发展,从人员配置到待遇,按理应该是一线工人为主,管理层和后勤是为一线服务的,闲人越少越好。二重却刚好相反,吃闲饭的多,管理层多,可以说是臃肿。在二重,经常会看到非常"壮观"的一幕:一个白帽子(工人)在那里挥汗干活,十几个黄帽子(领导)在旁边悠闲观看,指指点点,像看戏。我就不知道,那究竟有什么好看的呢?而工资和各种福利待遇,一线是最最最低的，领导却是工人的几倍甚至十几倍。工人每天被上面打着幌子加班，可加班费多少，双倍三倍工资有谁见过？难道这就是所谓的主人翁？

车间，冷清，看戏，加班，待遇。

几个并不冰凉的词，组合在一起，铸成了二重冰凉的背景和现实，一个令人震惊的企业经营"528"魔咒：年销售收入55亿元，与三项巨额费用（28亿元）相对应，即人工费13亿元、资金利息10亿元、折旧5亿元。

死穴，难逃的死穴。

你在车间看戏，看戏的人在看你。只是，冷清的车间，没有卞之琳的诗意，不是明月装点美丽的梦，而是市场击碎了二重半个世纪的"脊梁"大梦。

巨大的冗员，正是大渊边缘一个重重的推手。

二重领导曾说，如果企业销售收入达到100亿元，日子就好过了。这是按当时的市场行情、产能利用率、价位和盈利水平。事实是情况变了，这里的"如果"，成了一个阿基米德式的支点。当时一吨产品赚两三万元，现在可能是两三千元，甚至倒亏。方程依然，参数已变，结果可想而知。业内人士也有一个"如果"：如果以目前行情，不调整产品结构，二重要有300亿元的销售收入，才能支撑三大刚性费用，获得较好利润。而在三项刚性费用中，唯一具有压缩空间的就是人工费用。因此，深谙二重的国资委，在谈及二重减负时，几乎都要提到减员。

绕了一大圈，还是回到人工。

背负着宏观经济的不利背景，行走在二重冷清的厂区，面对这个难以摆脱的"528"魔咒，任洪斌在震惊的同时，感受到了前所未有的压力。

别无选择。这是国机之难。

实施的思路和步骤，都是依据正常的企业经营逻辑：按需定岗，以岗定员，竞争上岗，择优而用，实现人力资源配置的合理优化。

首先是清理。清理岗位，弄清需求。二重的多数领域、岗位的人员多，而有些岗位、领域人手还不够。到底该怎样配置，才不影响今后的发展，必须摸清家底，科学分析。这么一摸排分析，减员目标明确了：根据企业目前状况及发展需求，配置6750人足矣。也就是说，包括临聘，必须裁减8839人。

裁员幅度，仍超过了任洪斌的预想。

想起了挥泪斩马谡。任洪斌此刻的处境，比当初的诸葛亮更难。

马谡的被斩，还有失街亭之过，大错在身，连他本人也无怨无悔。如今的二重职工，有什么错？宏观经济下行、一连串的决策失误、巨额的亏损，那近似荒唐的质量问题，那么多的冗员闲岗，是职工造成的吗？难就难在职工没有错，也要削，因为冗。这是企业，需要参与残酷的市场角逐，每一个人，都是一个浓缩的竞争元素；每一个冗，都是前行中的包袱。这是唯一的理由。如果说裁员是一种发展失误赔付的代价，这种代价却不得不由没有过错的职工来承担。

这可难为了任洪斌，难为了二重改革振兴小组。

任洪斌是决策者，二重改革振兴小组的多数人，形式上是国机委派的，但他们现在就是彻头彻尾的二重人。今天要削减的，就是长期与自己风雨同舟的同事和兄弟姐妹啊。于是，从下到上，从班组、车间，到子公司、集团本部，再从上到下，一个岗位一个岗位，一个人一个人，排来排去，排去排来，好容易排出个眉目：两千多名骨干，肯定不能走，包括管理技术骨干、核心员工和重点员工。他们不仅不能走，待遇还要改善。哪怕二重有困难，国机也要支持，把他们留住。这是任洪斌给他们确定的原则，也是国机给他们的承诺和底气。

一难未解，一难又起。

对职工尽量照顾，给予更多关怀，只能说是美好的愿望，出于对职工的感情和责任。可这是国企、央企，讲感情，还必须讲政策、守规矩；对职工负责，还要对国家、对政策法律负责。何况，涉及那么多同类问题。正是在这里，任洪斌的想法遇到了明显障碍。

国机在2014年底，将二重《减员分流、补偿安置资金问题的请示》报到国资委。国资委领导一看就发现了问题，不是一点、两点，也不是一般技术层面的问题，而是涉及整体思路和政策。为慎重起见，国资委一位副主任，于2014年12月30日召开专门会议研究。国资委评价局副局长廖家生，国机领导徐建、孙德润出席，人力资源部韩晓军，资产财务部杨鸿雁等列席。针对国机减员分流补偿安置方案，该副主任一一指出其中的诸多不合规、不现实、不可行之处，并帮助研究政策，理顺思路，重新思考合规妥善之策。

比如，企业辞退职工补偿标准。这是减员中涉及面最大、职工最关心的问题。在第一轮国企改革中，原国家经贸委、劳动和社会保障部等八个部委，以联合下发的《关于国有大中型企业主辅分离辅业改制分流安置富余人员的实施办法》明确，企业改制分流职工补偿标准，按照企业平均工资计算。由于长期以来，二重工资水平在同行业和所在地区，都属于较高的。国机想，这个从旧文件堆里找出来的依据，如能参照执行，也对职工有利。

可想归想，政策是政策。

副主任明确指出，这个文件，是国家在特定情况下制定的一个特殊政策。因为当时企业职工工资普遍较低，可以按平均工资计算补偿金。现在企业工资情况已发生很大变化，该文件的适用性存在问题。他以一系列的假设，说明这种"参照"不可行的理由：如果国资委同意你们参照这个文件标准，其他央企会有比照。这不是一个企业的问题。人员安置补偿就怕不平衡。有央企之间的平衡，也有企业内部的平衡，国机、二重今后还有企业要改制，也会有一个平衡的问题。如果按照现在提出的办法补偿，政策依据不足，成本太高。如果要国家重新制定政策，这就复杂了。虽然国务院目前也在研究相关政策，国资委也提出拿出一些资产安置职工，但你们马上就要开始启动这项工作，等新政策肯定来不及了。

欲爱不能，只能回到现实。

副主任没有停留于否定，他帮忙指点迷津，说，分流人员的经济补偿标准，可按以下三个原则核定：一是国家现行法律规定，以职工个人工资为标准。二是在计算基数上，可以灵活一些，做些让步，不一定按前一年的平均工资。因为这两年企业非正常经营，职工工资在下降，可以按一个正常年份的工资基数核定。或者如果前3年工资较高，也可以按个人前36个月的平均工资计算。在符合政策的前提下，在计算方法上，也可以就高不就低。三是可以给一些奖励。对先签订解除劳动合同的职工，多给几个月奖励工资，但不能一刀切制定奖励金额。这是企业根据自身情况，制定的特殊政策，审计不会有问题。

副主任也没有局限于职工辞退补偿，而是将补偿、培训、再就业等统筹考虑，远近结合，标本兼治。他给大家出主意说，职工不参加企业就业培训，愿意参加社会培训的，经本人申请，培训费也可以发给个人。他还就分流人员相关费用来源、与企业所在地政府沟通多渠道帮助职工再就业、建立完善新的用人机制、防止辅业改制后出现企业间关联交易和利益输送，充分发挥企业党群工作的作用，做好减员中的思想引导和稳定工作等，发表了意见，提出了要求。

讲到最后，国资委领导简直是情之切切、心之拳拳了。他说，大家要多动动脑筋，可变通的变通，法律政策要遵守，问题也要解决。

阴霾骤散，阳光乍现。大家豁然开朗。

到2014年底，二重减员5300多人，占裁员计划的60%左右，没有发生大的波动。这更加坚定了二重领导实现减员增效目标的决心和信心。

谁知，裁员政策的微微调整，就引爆了积压的矛盾。

第四节 冰冻三尺

二重职工的不满，积怨已久。

近些年来，随着企业经营的每况愈下，对企业命运的担忧，对巨额亏损的质疑，对可能腐败的愤慨，对艰难生活的失望，已逐渐成为二重职工的主流情绪。有情绪就要表达。现实中的表达面临许多问题：渠道、效果、分寸、会否遭到打击报复等。于是，他们选择了网络，因为那里可以有马甲，把身份隐藏在背后。利用最多最方便的当然是QQ群和微信。"*ST二重吧"也在此时诞生。它是被逼出来的，只供本厂职工内部交流，身份不明者或陌生人无法进去，即便混进去了，一经被发现，也会被立即踢出去。这既表明了二重职工的责任感和大局观念，也显现了他们的谨慎和自我保护意识。他们有怨要诉，又不愿家丑外扬。

本来，是有个官方"中国二重吧"的，但职工们发现，贴在里边的帖子，凡是揭露二重问题，表达不满情绪，申诉权益的，很快就没有了。职工不知道什么叫舆情管控。我也曾试过，打开中国二重百度贴吧，寻找反映问题的帖子。可一点击，立即跳转到了其他莫名其妙的网页，不是婴儿洗护用品广告，就是360信用平台曲线。李冰父子创造的都江堰治水工程的伟大经验表明，面对汹涌洪流，只能疏，不能堵。"*ST二重吧"的创建，让二重职工找到了情绪的出口。

创建贴吧本意是家丑不外传，但根本问题没解决，效果往往适得其反。

2015年4月27日，一位网络认证为"四川德阳股友"的网友，就在东方财富网发了一个帖子，不知是否引起二重决策管理层的注意。帖子内容，与本次减员有关，显然已超过了单纯的个人诉求，带有明显的泄愤和煽动性。

冰冻三尺，非一日之寒。点燃职工积怨的是5月8日的职工代表会议（职代会）。以反腐为例，多年以来，传说不绝于耳，却难以求证。姑妄言之，也就姑妄听之。

有些帖子涉及公正与腐败，剑指二重领导，特别是中层干部。

腐败是一个敏感的词，不仅令人鄙夷憎恶，而且涉及违法犯罪，没有确凿证据，是不敢胡说乱指的。但正如某职工所言，作为一名普通员工，又有什么条件，到哪里去获取证据呢？何况，腐败是见不得人的勾当，具有隐蔽性，即便下功夫也未必能获得真相。因此，在绝大多数情况下，只要不直接伤害到切身利益，不到忍无可忍的地步，一般人是不愿去管那些闲事、冒那个风险的。何必自找麻烦，招灾惹祸。舆情中的种种说法，就权当是一种声音，立存此照吧，让人听见警醒，出一点冷汗；也让贪腐者明白，群众对腐败有多恨。

这次职代会，再次讨论企业减员分流政策。

一共有五个文件，分别涉及继续留厂职工、离厂离职职工和提前离岗待退职工等，可以说，几乎关系到每一个二重家庭。在此之前的4月21日，职代会就已讨论过一次，并在企业内网公开征求意见，差距与分歧就已显现。

大家发现，有时，实事求是就是个最大难题。

在"二重实际"中，本身就包含了企业实际和职工实际。按照企业实际，一要合法，二要可能。二重已连续亏损那么多年，血早已流尽，即便决策者有那个心，自身根本就没有能力支付庞大的重组成本，一切都得依赖国家和国机。任洪斌倒是很开明，多次明确表示：凡涉及职工利益的，在政策范围内，一律就高不就低。他们甚至从旧文件堆里，寻找到对职工有利的依据，可谓苦心孤诣。

职工实际，当然就要复杂得多，具体得多了。

这是职工打出的标语："360元，怎么生活？我要吃饭！"它指向的问题，就是按照现行裁员办法，部分职工面临的实际情况；每位职工的背后都可能是一家人。这个问题并不能简单下结论：企业在困难中艰行多年，职工收入低，生活困难，这些情况确实存在，但也存在职工对政策的误读。按企业制定的政策，职工生活费在扣除"五险一金"后，到手的收入不能低于法定的最低生活保障标准，而德阳市2014年的最低生活保障标准为360元。而按二重减员政策计算下来并不止这个数，只是考虑职工后期社保缴费最低基数可能发生变化，为了留有余地，保护职工社保的最后防线，企业按最低生活保障标准操作。

更主要的是不平衡，"不患寡而患不均"可是中国的传统。

职工们发现，企业这次出台的减员政策，与上年实施的政策相比有明显出入。以职工提前退养为例，上年的扣掉"五险一金"后，职工每月还可拿2200元左右。"5·11"之前制订的减员方案，规定每月领取生活费不低于

1100元，同口径减半。"5·11"之后调整出台的政策，虽然也只有1200元/月，但每年还增长8%。因这些职工普遍较年轻，很多人可能领取10年，最终成本比原退养的还高。

应该说，对职工提出的问题，凡是政策上过得去的，企业大都已采纳；不行的，也作了解释。问题是，"5·11"前实施的提前退养办法，与之后实行的离岗休养办法，政策依据和人员范围均不同。前者依据的是《国有企业富余职工安置规定》（国务院令第111号）；而后者参照的是四川省养老金计算办法；提前10年离岗退养更没有相关政策支持，完全是在特殊背景下给落聘职工的照顾。

实际上，无论前面的五个文件，还是后面的两个文件，出发点都是利用政策空间，鼓励符合条件的职工提前离岗退养，优化人力资源结构，实现减员增效。按照市场原则，这完全是企业经营自主权范围。可在国企，在二重，这就成了一个问题。职工才不管你那些政策、道理、照顾，只看简单的比较和差距。

差距就会影响心理平衡，积累成矛盾。

第五节 一网情怒

矛盾在悄悄生长，事态一触即发。

山雨欲来风满楼。从各个渠道，特别是受命潜入"*ST二重吧"里掌握职工思想动向的二重人员提供的信息表明，职工们愤怒了。对立情绪正在迅速膨胀，一场大规模的集体维权，正在地下暗暗酝酿。至于维权的方式，则说法不一。有的说到德阳市政府，有的说上街，有的说堵路，有的说就在厂内。

这次的"5·11"，网络成了重要的组织媒介。

二重领导紧张了。稳定压倒一切，尤其是央企。这不是惹麻烦、摆摊子吗？那么久的崇高，那么多的辉煌，二重怎么输得起？国机领导也紧张了。那么多年来，国机也遇到过困难，可再困难也没有出现过群体事件。虽然全世界都知道，二重的问题是过去长期积累的，重组正在艰难进行中，解决有个过程，但毕竟二重已并入国机。如果职工闹起来了，影响与损害的不只是二重，当然也含国机。维稳，不仅是企业问题，还是严肃的社会问题，是一种政治责任。

闻风而动，制订预案，研究对策。

按照任洪斌的指示，正在北京的孙德润火速赶回二重处理事态。在成都开会的德阳市委书记李向志，也立即请假赶回德阳。企业与地方政府主要领导挂帅，连续召集了多次专题会议研究，预测各种可能，深入细致的应急预案很快制订出来。5月10日晚上，孙德润甚至没有回家，在办公室坚守了个通宵。最理想的结果，当然是把这次群体危机化解在萌芽之时，不要酿成重大群体事件。

国机领导心中，同样燃烧着一团火，焦急的火。

突发群体事件的处理，是一个难题。在二重，这种难除了通常所说的发生背景和利益诉求复杂、政治敏感性强外，还有关注度高，影响很大。加上现代高度发达的通信条件，谁要完全封锁消息都是徒劳。身处白俄罗斯的任洪斌身不由己。因此，在国机党委常委会上，大家几乎一致想到刘敬桢。他刚补充进国机班子任副总，曾长期在原机械工业部第一装备司工作，过去就与二重有工作关联，对二重有一定的了解和感情；特别是刘敬桢过去曾处置过这类事情，很有经验。正被中组部安排去大连培训的刘敬桢，立即请了假，改签机票，星夜兼程，带领苏维柯、余小元赶赴二重。

通过各方力量的共同努力，二重"5·11"事件很快平息了，企业又恢复了往日的平静。聚集的职工甚至没有走出厂门，更没有上街占路。四川省领导也很感慨地说，二重的事大，难处理，结果处理得很好；同时发生在四川邻水因为修路引起的群体性事件，也是因为群众对政策的误解引发的，修路本来是好事，反而弄成了大事件。

虽困难重重，减员目标仍如期实现。

截至2016年12月31日，二重在岗职工人数减少至7610人。除由二重重装代管的万航公司、镇江公司共计734人外，公司实际在岗人数6876人。企业人工成本总额较2013年减少了50270.59万元，降幅达40%。

任洪斌特别嘱咐二重领导，对留下来同舟共济的员工，特别是困难时坚守岗位的员工、年轻的员工，更要善待。他们是二重的希望所在。

人在，怀揣希望，企业就有希望。

第七章 沉没成本

第一节 也许你已成为我的负担

也许你已经成为我的负担
日子有你过起来比较麻烦
……

听台湾歌手陈明真《甜蜜的负担》，是在夏至的深夜。季节轮回，开启的不仅是一个暖热的季节，还有一种希望摆脱乍暖还寒纠缠的心情。

陈明真的演唱是精彩的。婉转，优美，疏朗，快节奏的弦乐，将一种深爱中的痛苦、纠结、幸福，演绎得淋漓尽致。当然，这首歌引起我的兴趣的，并不是歌里表达的缠绵悱恻，爱情纠葛，而是歌词中那种欲说还休的隐喻。它把我引入近来一直思考的一个问题：二重的巨额债务负担，该怎么了结？

负担，日子，麻烦。

减债，与减员一样，自国机启动二重重组工作那天起，就是一个令人十分头痛的问题。它像幽灵般忽闪着，无法回避，难以摆脱。重组工作投足举手间，都受其羁绊，许多时候，正常的前行，也不得不因之绕道拐弯。

麻烦的制造者，是一组要命的数字和它背后隐藏的企业生命逻辑——负债，或者叫资产负债率，是总资产与总负债之比，反映企业前行的负重状况。

工业主管部门经常进行林林总总的企业考核、经营分析，早已形成了一些判断企业资产好与差、优与劣、鲜活与僵死的概念。比如，一个企业的负债水平，究竟怎样才合理？从理论上讲，当然是越低越好，但企业要获得更快更好的发展，又必须借助于金融杠杆的力量，放大资本效能。

杠杆是把双刃剑，趋利避害，关键是度的把握。

度在哪里，怎么把握，这涉及宏观经济管理。所谓标准，不过是经验的积累。人们把企业负债与效益进行加权平均，得出一条黄金切割线；再以此为参照，对企业资产负债状况做出判断。人们发现，非金融企业的资产负债率，一般以60%左右为宜。其中，工业化起步前期和趋于饱和的后期，市场消化能力较弱，一般为50%左右；而快速发展的中期，市场消化能力较强，可为70%左右。

从发达国家走过的路来看，也大致如此。美国在二十世纪五六十年代的高速增长时期，企业资产负债率在70%左右；从70年代掀起兼并收购潮起，去杠杆化呼声日盛，迫使企业提高自有资金比重，降低负债水平和财务成本，资产负债率逐渐降低至50%左右。日本企业的资产负债率，20世纪70年代在50%左右，90年代以来，基本维持在70%。法国企业也多年维持在60%以上。

然而，不同行业、不同国家和地区、不同体制机制的企业，情况千差万别，很难用一般的逻辑，建立起一个通用的数学模型。决定企业负债水平合理性的还有许多变量。比如国家或地区的产业政策、企业行业状况、产能利用率、投入产出比、产品盈利能力、银行利率、通胀率、国民经济景气程度、企业之间竞争激烈程度等等。一般而言，企业产品的盈利能力较强，或资金周转较快，可承受的资产负债率也相对较高；银行利率提高，通常迫使企业降低资产负债率，反之则会相反；同业竞争的程度，往往与企业资产负债率高低成反比。所谓的黄金分割线，可能对宏观管理有用，对具体企业的微观经营，只能作为参考。

国机、二重重组时，二重的资产负债率超过80%，加上机械工业、工业化后期、行业产能过剩，就决定了二重的减债，是一个高难度的问题。

二重是特别的。这种特别，是体制、历史因素和宏观环境造成的，它使二重的负债行为，几乎不受市场规律和宏观经济定理约束，承受负债能力的高低，或企业经营的艰难与轻松、效益优劣等，都很难按常规去研判。

比如融资来源，对光环重重的二重而言，几乎不是个问题。很长时期，二重是各家银行攀附的高枝，可以轻易获得一笔又一笔低息贷款，即便在高负债下发行的企业融资债券，利息也很低。这曾让多少民营企业羡慕不已。民营企业不仅贷款艰难，而且，历尽艰辛获得的可怜贷款，还要被银行以"回报""理财""担保"等各种形式克扣、加息或变相加息；有的被迫以高于银行标准利率三倍、四倍的利息进行民间融资，甚至借高利贷维系企业经营。不是臆测，在笔者身边，就有一大批这样的企业，他们常常在融资的炼狱中挣扎。有了这样得天独厚的优势，二重的负债水平高一些，没有什么不可以。这理由支撑着二重，也支撑着金融机构。许多金融机构对二重的融资，很大程度上就冲着二重这块牌子。

但换一个角度，这种理由很快会发生扭曲。

体制光环下的二重，是幸运的，也是不幸的。虽然，不幸的不只是二重，而是整个中国的制造业，特别是央企，但二重的冬天似乎更冷。

这是国家权威机构公布的数据：五大国有商业银行的营业收入，占中国2012年营业收入500强企业的6.2%，而利润总额却占到35.6%。与之相对，267家制造业企业的营业收入总额，占500强企业营业收入总额的41.1%，利润却仅占20.2%。2013年，入围中国服务业企业500强的39家银行，占入围企业数量的7.8%，而其利润却高达10445亿元，占入500围服务业企业利润总额15475亿元的67.5%。也就是说，在中国服务业500强中，银行业以不到一成的企业数量，贡献了近七成的利润。相对于银行业23.6%的高利润率来说，最强制造企业平均年利润率仅为2.23%，且较上年降低0.67个百分点，且盈利水平呈现出持续下滑之势。而在制造业中，机械行业盈利水平又最低，滑到盈亏边缘。

显然，我们的宏观产业政策出了问题。专家担心，这种银行业一枝独秀，制造业"空心化"的现象，实质是无源之水，最终必然伤害经济的原动力。

二重负债与经营的关系，复杂如天书，很难读懂。宏观与微观两种情况的作用似乎都有，又似乎都无，或在有和无之间相互交织，错综复杂。

这是国机、二重重组前，二重的资产负债情况。

2012年，二重总资产252亿元，总负债200亿元，所有者权益52亿元；资产负债率近80%，远高于中国机械工业65.1%的平均负债水平。在调查基准日的2013年3月底，与2010年末比，二重的资产总额虽增长了41.0%。但二重资产增长的主要来源，却是融资带动的项目投资，负债水平有增无减。

要二重为过高的资产负债率承担全部责任，似乎也没有道理。曾几何时，在举国动容的投资大潮下，银行的钱贷不出去，像二重这样的国字号老大，自然成了银行追捧的香饽饽。钱来得容易，花起来怎会心痛，还钱的事，谁考虑那么多，儿子用老子的钱，不用白不用。二重的有息负债，因投资迅速增加。

因此，二重的减债，不是通常所说的工业化后期的去杠杆化问题，而是要把扭曲的杠杆校正，找准支撑脱困振兴的支点。而扭曲的投资，就像扭曲的山路，并不是每一个路口，都可以快捷地通往目的地。岔路处处都是：投资超概算，项目难以完成，企业无力追加资金，形成半拉子工程；一些完成投运的项目，由于市场变化，效益下滑，无法形成相应的有效产能，产出与投入预期背离……

有效形成的，是计息债务。

巨额投资，没有成为拯救企业的诺亚方舟，反而成了套在二重脖子上的一根绞索。企业严重亏损，呈现在企业的资产栏内的，是不断增加的负数。短短两年，企业52亿元的账面净资产，已然沉没于一片巨亏的汪洋中。

北京信永中和的尽职调查，很快还原了真相。

调查显示，二重资产在2014年的财务性减值达43亿元。减值科目分别是：固定资产评估价值复原、应收账款计提方法和标准改变、存货可变现价值测试归真等等。中介机构的评估还原了可怕的真相：二重的资产负债率，2013年升为92%，2014年底，已达到133.7%。无形资产减值还不在此列。

不管这个结果多么令人难堪，不管我们是否愿意看到，也不管这里边有没有什么因素，残酷的现实摆在面前：二重已陷入严重的资不抵债。

这个巨型的央企旗舰，经过二重三代人58年的艰辛打造而成；而由资产的沉没到企业的沉没，由局部的沉没到整体的沉没，只花了短短3年。

问题是，沉没并没有到此为止。二重的计息负债已达150亿元；在每年32亿元的固定费用中，财务费用就占了三分之一。二重改革振兴方案已抓住了企业的命门：要在重组中实现扭亏脱困，不大幅度减债，几乎不可能。

耳边仿佛又出现陈明真的歌声，不是甜蜜，而是纠结。

> 也许你已经成为我的负担
> 日子有你过起来比较麻烦
> ……

第二节 二重没钱，国机应该有

对于二重债务的处置，任洪斌是心中有数的。

虽然，在平面直角坐标系中，两点间的直线距离最近。但二重重组不是平面，即便是未来的所谓虫洞理论，也解决不了社会学中的一些问题，何况黑洞可以扭曲视线。因此，有时弯路是不得不走的，哪怕你早就清楚。

只是，这里扭曲视线的，不是黑洞，而是利益。

国机的进入，曾让二重的许多债权人兴奋不已。二重的不少负债，特别是亏损，大都是沉没成本。谁都知道，沉没成本是一种不可挽回的过去式，经济学家往往忽略了它，企业家却不能忽略。现在，它摆在了国机面前，也摆在了各债权人的面前，眨着诡谲的眼。在许多债权人眼里，国机就是希望，就是救星。联合重组中资产的划入，本身就是一种承债式重组方式。

可是，重组却不是来分债的。

不错，这是联合重组，二重的人、财物和资产负债，已成建制划入国机。但要弄清楚，这不是通常的市场行为，而是带有行政主导的国家任务。重组目的，是要让二重扭亏脱困、改革振兴，重担国家大任，而不是找一家企业来还债。你那些债务，既然是沉没成本，而不是可变成本，不能由任何决策而改变其性质，我又何必去做无用功。这不是重组的本意。再说，不果断处置沉没成本，就像一个人患了重病，做了大型手术，可病灶并没有清除，还是会继续发生病变，让一些本来可以转为良性的肌体，也进一步恶化，变成新的病体。如果企业资产负债情况没有得到根本改善，超过其承受极限；出血点没有止住，内在造血功能没形成，那不断扩大的债务之坑，就像一个无底天坑，你填得平吗？

万事开头难，难事的开头更难。

虽然早在2014年11月22日，银监会就曾专门召开会议，明确中国农业银行、中国银行、中国光大银行作为二重金融债权人委员会的牵头方，还召集主要债权人开了一次会，但效果并不如意。为了有效协调各方立场，债权银行不得不再次推举债委会，并招标聘请工银国际控股有限公司（简称"工银国际"）作为财务顾问进行尽职调查，设计债务重组方案。

博弈的格局进一步形成，矛盾集中到了国机身上。

一边是长期友好合作，并给了国机和二重大力支持，风雨同舟几十年，建立了深厚感情，且决定着企业未来资金命脉的银行；一边是巨额债务缠身，负重难行，濒临破产，影响巨大的央企。一边是重任在身，承担着金融资产安全责任；一边是陷入困境，生存尚难，根本无力还债。这债务该怎么处理，该不该再投入注定会沉没的经营成本，完成这项沉甸甸的国家任务——实现二重改革振兴？

任洪斌心中有数，因为他的鱼骨理论。

鱼从任洪斌的鱼骨图游出，再次来到案头。大海依然，原本鲜活的鱼，却似乎神性尽失，精疲力竭，前行乏力。仔细观察，原来是鱼的左翼出了问题。一大堆沉重的债务，似大山，倾压在鱼的身上，不仅令它前行失去平衡，而且重负加身，远远超过其承受能力。前行已艰，遑论畅游。自信消解，从容失色，棋局摇晃，危在旦夕。不及时果断采取措施卸荷，就有被压倒的危险。

现实决定选择，目标决定方向。拯救二重，减债是前提；最有效的减债方式，就是债务重组，或者叫破产重组，包括破产清算和破产重整。

那条病怏怏的鱼，轻轻动了一动。面朝大海，春暖花开。

主意拿定，任洪斌感到一身轻松。在国机研究二重债务重组方案时，他毫不隐晦地表明了自己的观点，他说："二重的债务，靠二重肯定是还不起的。当然，我也不会帮他还债。国机有再多的钱，我任洪斌再傻，也不能这样做。这既是对国有资产负责，也是经济常识。何况，国机自身还要发展，也缺钱。"为了争取主债银行的理解支持，2015年1月8日，他特地邀请了国有四大银行（即中国工商银行、中国农业银行、中国银行、中国建设银行）总行领导到二重实地考察，了解二重的困难、优势和希望，目的是希望银行与国机齐心协力，在关键时候各助一臂之力，帮助二重渡过眼前的难关。

经理层紧锣密鼓跟进，一场债务重组大戏拉开帷幕。

时光回溯。2014年7月30日上午9时，国机总经理办公会在国机2307会议室举行，议题仍是二重减债。会议由徐建主持，孙德润、骆家骕、曾祥东、谢彪、丁宏祥、梁洪忠、张小红等参加。会议议题已提前一天发给与会人员，事情的背景、内容、重点和决策建议意见，大家都很清楚。特别是决策建议意见，大家的认识高度一致。刘祖晴的情况报告及会议讨论，基本上就是个程序。

会议很快形成一致意见，并要求按照讨论情况，对新的扭亏思路下的《二重债务重整方案》做进一步修改完善后，提交公司董事会审定。

根据该方案，二重债务重整的内容主要有：

重整形式，司法重整。就是通过破产重整，或者破产清算，从根本上消解企业不堪承受的巨额债务，化解债务风险，实现轻装上阵。

减债目标。让公司资产负债率降至60%以下，力争达到50%左右，让企业资产负债结构，达到良性状态。这实际上划定了债务重整的底线。

与之相对应的，还有一系列配套举措。

调整债务结构。在全面清理公司债务的基础上，进行债务分类，针对不同情况，制订不同的减债方案，实行分块突围。对于抵押债权，采取司法重整；对普通债权，特别是正常生产过程中的经营性债权，可采取本金打折、债务延期、减免利息、债转股等方式，调整债权人的权益，减轻债务负担。

调整股权结构。除债权人减免部分债务外，出资人可以采用让渡上市公司的部分股权用于偿债；或采取资本公积转增股本等方式，调整权益结构。

保障持续经营条件。司法重整启动后，公司资产负债自动冻结，债权人不得自行单独对公司财产采取强制措施，包括但不限于诉讼、查封、执行、处置等；担保债权人不能拍卖处置担保财产；债务停止计息；外部资金作为共益债权相对安全，可用于公司经营，确保企业持续经营不受大的影响。

实施经营改善计划。根据法律规定，经营改善方案，将作为司法重整计划的重要组成部分，受管理人监督，促进企业经营改善。

功能再造。结合重整方案修订完善改革振兴方案，进一步细化配套措施，恢复二重"造血能力"，全面彻底解决可持续发展问题。

统筹协调。将二重和二重重装的问题统筹考虑，一并解决。

激励机制。建立债务重整激励机制，并与整个改革振兴方案配套。

组织领导。徐建为二重债务重组工作的牵头负责人，重点抓好国机与二重之间重要事宜的协调；经理层领导和相关部门，按照既定职责分工合作。

第二天，徐建即组织召开经理办公会，审议专业人员对二重债务重整的风险评估；同一天，国机董事会审议并原则批准《二重债务重整方案》。

一切都在高效有序地运行，只待实施。

可事情远比预想的要复杂艰难。该方案一抛出，遭到反对声一片，从各级政府到债权人，特别是债权银行，态度坚决，反应强烈，没有余地。

这多少有点意外。但国机并没有动摇，想通过公关解决问题。

二重的债权人主要是银行。央企，挟着国有身份和曾经的辉煌，二重一直是金融机构争夺的重要优质客户。先后与二重合作的银行，多达17家。从五大国有商业银行，到许多股份制银行、外资银行，一些非银行金融机构，都先后与二重建立起了长期稳定的业务关系。多少年来，这些金融机构，为二重的发展做出了重要贡献；同时，他们自身也借助二重实现了更好的发展。双方实际上已是一种利益共同体，无所谓你帮助了我，还是我帮助了你，也无所谓谁欠了谁的。

现在，大家成了命运共同体，只有二重有效地扭亏脱困，债权银行才能摆脱困局；二重要有效地扭亏脱困，也离不开银行支持。从银行角度看，二重的那些债，已然沉没，无论账上是否存在不良资产，都很难偿还。既然如此，不如借机彻底核销掉。何况，这次重组是国务院批准的，银行上下都好交代。只要银行的工作做通了，政府就好说了。

然而，这纯粹是国机的单向想法，一厢情愿。其实，这就是我们过去也常出现的"政府思维"——当年银行也曾经对我们如此批评。

我们忽略了现实，大船将沉，船上所有乘客都有逃生的本能。

按照国机董事会的安排，从2014年7月中旬开始，骆家骕受命带领公司资产部的人，与中国工商银行、中国农业银行、中国银行、中国建设银行、国家开发银行、招商银行及汇丰银行等二重主债银行一家一家地谈。

骆家骕一行每到一处，都遭到强烈反对。

利益是个指挥魔杖。长期的友好合作伙伴，不得不尴尬相见，针锋相对，以债权人和债务人身份。共渡难关是桌面上的光鲜之词。面前是一个企业版的"泰坦尼克号"，危难当前，谁不想逃生得更快更好些？当然，中间还夹杂着国机。银行才不管你国机是有责还是无辜，反正你就是救生衣。

在国机面前，银行显得理直气壮，振振有词：第一，二重走到今天，不是银行的问题造成的。二重困难的时候，银行也在支持。有一家银行还说，愿赌服输。第二，破产重整，银行坚决不认可，除非上级机关批准。银行也是企业，也是上市公司，有那么多的股民，还涉及银监会和交易所；有的还涉及国际股东和规则。第三，二重没钱，国机应该有钱，把150亿元贷款还了不就得了？

最后这句话，道出了银行的真实想法。

第三节 诚通的教训知道吗

站在银行的角度，不能说这些话完全没有道理。

借钱还债天经地义。二重虽是央企，信贷出了问题，比民营企业好说些，人们一般不会过多地去猜测，巨额不良贷款的背后究竟有没有灰色成分。但银行有银行的规矩，上级单位追究起责任来，毕竟问题就是问题。首先关心的是问题本身，而不是央企背景。更深层次的原因，还涉及中国金融制度的改革完善，风险防范及责任追究制的形成，涉及国家实施的稳健货币政策。

所谓稳健，首先是安全。

这是血的教训，伴随改革开放，已付出不少国家成本。上世纪90年代初兴起的房地产和发热，积累起一系列矛盾。到了上世纪末，部分中小金融机构的风险已相当突出。如果不及时采取措施，势必导致更为严重的系统性金融风险。改革本身是一个探索完善的过程，在中央一系列宏观调控政策下，至1998年，具有中国特色的稳健货币政策逐渐形成，其核心含义是：以币值稳定为目标，正确处理防范金融风险与支持经济增长的关系，在提高贷款质量的前提下，保持货币供应量适度增长，支持国民经济持续快速健康发展。在金融风险防范上，实行贷款终身负责制，即贷款责任人对发放的每笔贷款，从发放之日起至本息全部收回，实行终身负责，不因岗位变换、工作调动或离退休而免责。

在严格的责任追究机制下，银企关系变得微妙而尴尬，常常变换着位置，往往是贷款之前企业求银行，贷款之后银行怕企业。为了防止出现不良贷款，避免被追责，银行可谓绞尽脑汁，甚至隐瞒不报，内部拆东补西，帮助企业搭桥过河，不断追加贷款以付"利息"……

就在前几天，一位银行领导，还向我谈起一件无奈之事。他们向本地一家房地产商提供贷款3亿多元。近几年房地产市场低迷，房地产商出现困难，又私下找亲戚朋友搞了7亿多元社会借资，利息相当高。这对企业来说，无异于饮鸩止渴。

问题是，此时该怎么办？

这位银行领导说，平心而论，这位房地产老板平时是很守信誉的，银企关系也一直很好。市场的变化是大家没有预料到的。陷入严重债务危机后，这位老板悔恨交集，走投无路，甚至有轻生的念头。银行知道后，一下紧张了，赶紧派人上门疏导、安慰、鼓励，劝其一定要挺住，生怕其出现意外。

意外没出，"意内"却难了。借款人天天围堵闹事，公安认为是非法集资，先要抓人，了解情况后不敢动了。那老板说，求求你们把我抓了吧，进去是身坐牢，在外是心坐牢，心坐牢比身坐牢更难受。但有人立即提醒，抓不得，千万抓不得啊。老板在外，债主找老板，总有人顶住。把老板抓了，债主只有来找政府。最好的办法，是给老板做好工作，给他信心，把他稳住。不要跑（失联），不要跳（跳楼），等待时机翻盘，或者让时间去解决一切问题。

回头再看二重的债务危机和破产重组。

二重的贷款出问题，会是小问题吗？动辄几亿元，几十亿元，甚至上百亿元。一个地方的银行分行支行，要经过多少年的努力，才能填得上这个窟窿？一旦出问题不仅要追究相关领导的责任，还直接影响职工的福利、奖金，后果是很严重的。

显然，国机对困难还是估计不足。

不管你说是"银行思维"也好，还是银行的态度也罢，总之，银行对此不仅强烈反对，而且表现出非常的敏感、警惕与对立。

骆家骕一行，把债权银行走了一圈，游说了一圈，无功而返。唯有一点，各银行还是表示出赞赏的：国机能主动与债权人商量，而不是独断独行。

农行主要领导提出，一定要直接与任洪斌谈。此时，任洪斌恰好患了重感冒，正在医院打点滴。骆家骕犹豫半天，还是硬着头皮转达了农行领导的意思。任洪斌二话没说，拔出针头就往农行赶。农行领导很感动，直接到楼下迎接。见面后，任洪斌耐心解释说："国机进入二重后，一定会给大家一个满意的答案，但这需要时间。我们的方案是整体性的，而且会在法律的框架下进行。"

听了任洪斌的话，加上对国机和任洪斌的信任，农行领导委婉地直言："我们认为二重很难搞好，但我们可以给你们一点时间。"

这正是任洪斌需要的：理解、支持和时间。

民生银行资产监控部总经理李子玉，还从反面举例提醒：诚通的教训你们知道吗？然后就开始讲故事。所谓诚通，即中国诚通控股集团有限公司，也是国资委首批直管的央企，总资产800多亿元，列2009年中国企业500强第187位，2009年中国服务业企业500强第62位，2008年中国物流、仓储、运输、配送服务业第3位。可以说，从资产总量，到行业地位，都还略胜二重一筹。

这些只是背景，并不是李子玉所要强调的。李子玉强调的是，如果不与银行配合，不管你有多大多重，出了问题都不好办。他说，在前几年的美利纸业债务重组中，诚通在没有与债权银行协商一致的情况下，就直接决定申报破产。后来所有银行就联合起来制裁它，把它的业务都停了。企业要发展，怎么离得开银行支持？大家就开始打嘴皮官司，为自己的做法辩护。公说公有理，婆说婆有理，一直打到了国务院。国务院领导说，银行也是企业，诚通这么做是不对的。你得谈，不能直接破。诚通只好去求银行，承认错了，问题才解决。事情绕了一圈，又回到原点，既影响企业又伤感情，何必呢？

仿佛已站在道德与法理的高地，李子玉讲得绘声绘色，银行的人流露出些微的得意。骆家骕是聪明人，当然明白银行举这个例子的意思。

与银行的初步接触受阻，二重债务重组陷入僵局。

需要另谋突破，任洪斌并不甘心。

2007年6月1日起施行的《中华人民共和国企业破产法》（新修订），借鉴国际先进经验，为企业破产设计了一个入口：破产；两个出口：清算和重整。

这不只是企业破产形式的丰富，而且是更深刻意义上对债权人、债务人和社会生产力的更好保护。立法意图既体现在法律实体，也体现在法律程序：企业破产一旦进入清算，破产财产变卖收入，在支付破产费用和共益债务（人民法院受理破产申请后，为了全体债权人的共同利益以及破产程序顺利进行而发生的债务）后，依次支付的是：破产人所欠职工的工资和医疗、伤残补助、抚恤费用，所欠的应当划入职工个人账户的基本养老保险、基本医疗保险费用，以及法律、行政法规规定应当支付给职工的补偿金；破产人欠缴的其他社会保险费用和税款；然后才是普通债权。破产财产不足以清偿同一顺序的清偿要求的，按照比例分配。即便抵押债权，虽然法律规定不列入破产财产，但在实际操作中，也很难干净脱身。这不仅因为企业财产往往互相交织，你中有我，我中有你，厂房抵押给了一家，土地、设备、库存等可能又抵押给了别人，很难截然分割。

在这个复杂的格局中，最终处置权是最重要的。事实上，无论管理人，还是清算小组，它们在形式上是法院设立的，实质上都是政府掌控的。当破产财产处置收入不足以解决职工安置和补缴所欠社保金时，政府往往会出面找抵押债权人协商，政府给点政策，债权人出点血，大家携手走完破产程序。

因此，只要破产一立案，主动权就在企业和政府方面，债权人往往会落得"人为刀俎，我为鱼肉"的境地，即便抵押债权，可能获得的清偿也非常有限。

除非万不得已，银行绝不会想走到企业破产这一步。

第四节 你懂不懂经济

二重不得不调整策略，联手政府，以二对一之势，共同来做银行的工作，或者说共同来逼银行让步。出发前，任洪斌信心百倍，且有充分理由。

一是对方态度。按照常规，这样高规格的公务活动，事前必须联系、衔接，做出安排。为了表示尊重和谦虚，联系前任洪斌特地嘱咐，拜会的时间地点，请四川省政府领导定。根据国机董事会办公室反馈的信息，四川省政府领导不仅很快答应会见，而且是四川省省长亲自出面。这无疑是个积极的信号。拜会的内容和需要协商的事，联系时已通报清楚，肯定是麻烦事。通常情况下，双方如果有重大分歧，或有什么不便之处，对方一般会以某种理由婉言谢绝或拖延。

二是事情本身。任洪斌分析，破产重整，彻底减债，肯定是最好的。站在地方政府角度，应该没有理由反对。因为二重虽属央企，但企业大部分在四川。既在四川交税，保证职工安居乐业和局势稳定，地方政府也责无旁贷。但银行却是中央的。银行提取的那些呆坏账准备金，是全国统筹的，就算四川企业不用，其他地方的企业也要用。如果借这次重组，把二重的不良债务依法核销，让企业轻装上阵，更好发展，地方政府可获社会稳定和税收增加之利，何乐而不为？

这样的好事，并不是第一次出现。

二十世纪末，中央在第一轮国企改革中，实施兼并破产债转股，各级地方政府领导，多少人带领企业的人，整天在国家经贸委转悠，为的就是多争取一点"核呆"指标。国家经贸委应接不暇，还专门腾出了4楼的一间大会议室用作接待用，方便那数以千计的地方"跑部"大军稍安候见。如今，这样千载难逢求之不得的机会，独独落到了二重身上，如果不紧紧抓住，简直是罪过。虽然国企改革的大背景已过，以二重的特殊情况，通过四川省政府、国机与国资委联手努力，完全可能争取网开一面。按照现行法律，司法重整对重组无疑是最佳选择。

任洪斌想,这应该是重组送给地方政府和企业的一份厚礼吧。

三是企业生产。这是政府和职工最关心的事。长期以来,许多人有个误区,一说到破产,好像就是企业关门,职工走人,政府和职工就怕了。这实际上是混淆了资本、资产、负债和企业的关系。企业破产改变的只是其资本与债权债务归属,而不是土地、厂房、设备等资产形式。只要企业生产要素还有生命力,就不能放弃发展。按照法律规定,人民法院裁定企业破产立案后,如果是重整,已接管企业财产和经营事务的管理人,应当向债务人移交财产和经营事务,由债务人负责重整计划的实施;如果是清算,则经法院批准,可由清算小组组织"生产自救"。无论哪种情况,企业生产经营都不该停,职工照样可上班领工资,养老、医疗、工伤、失业和必要的福利等,同样可以依法获得。改变的只是劳动关系,可能过去给一个老板打工,今后给另一个老板打工。

最重要的,还是国机的角色。

谁不知道,国机是受命重组二重的。二重过去的问题,现在的困境,并不是国机造成的,国机也是"捡烂摊子"。这种相对超然的角色,与四川省政府有点相似:既有责,又无责;既不是主要责任人,现在又无法回避。大家都有帮助二重尽快脱困的责任和愿望。这些,都应当是双方可以很好沟通的基础。

可是,事情的发展大出意料。

终于见面了,2014年8月7日,四川省政府办公厅贵宾室。

任洪斌一行走进会见室,早已等候在那里的四川省省长,热情地上前握手,客套寒暄,互致问候。宾主入座,介绍双方参加人员,然后开始谈正事。没有复杂的程序,也没有过多的讨论,任洪斌表明来意,同行的骆家骕介绍了二重重组方案。核心是要实施破产重整,希望得到地方政府的支持。

没想到,任洪斌的大礼无人笑纳。从省到市的地方政府,与国机的想法显然有出入。这从四川省省长代表省政府表达的三点意见可以看出:

第一,作为四川省政府,对二重已经尽了最大努力,也没办法,该想的办法都想了。第二,如要破产重整的话,总得想一下后果。二重德阳本部有15000

多人，加上区域内配套企业的工人和家属，涉及10多万人。如果工厂突然就停产了，工资也停发了，对四川省来说是很大的事件，对社会的影响也是很难估量的。第三，关于这个事，省里征求了市里的意见。德阳市认为，这么大的债务，如果要破产的话，要经过证监会同意、国务院同意，法院才能受理。

四川省的一位副省长还态度严肃、语重心长地叮嘱国机，千万不要轻易采取破产行动，不要对四川的金融环境造成不良影响。然后是苦口婆心地讲道理，法律的道理，政府的道理，企业的道理，还有经济规律的道理。任洪斌明显感到，这位副省长在给国机一行上课，那言外之意就是：你懂不懂经济？

影响四川的金融环境。这话很重。

开始任洪斌还耐心地听，后来越听越不是滋味，那位副省长的态度很明确：此路不通。他试图解释，甚至顾不上客气。那位副省长讲几句，他就解释几句。双方的观点越来越对立，语气也越来越重，解释演变成驳斥，已带上微微"火药味"。四川省省长看不下去了，多次示意那位副省长别讲了，争论才停止。

争议暂时停止了，分歧却在累积。

任洪斌逐渐明白了，原来政府与银行是相同思维。后来他还进一步了解到，政府除了对破产重整有误解，还受二重一些人的观点和情绪影响，反对的背后有另一层意思：你国机没有兑现承诺，今天还提出让二重破产，让政府去收拾烂局，可能吗？就在前不久，2014年6月25日，工信部副部长苏波到二重调研，陪同的四川省经信委主任王海林，就慷慨激昂理直气壮地指着刘祖晴说：国机一年不是有两千多亿元营业收入吗，二重只需要几十亿就解决问题，太简单了嘛。可你们国机从重组到现在给二重钱了吗，给了多少？你们的重组简直是在开玩笑。父亲把儿子给你们了，你们还要把儿子的衣服给卖了。

国机应该拿钱还债。银行、二重和地方政府，都这样认为。

任洪斌有苦难言。且不说国机从来就没有过，也不可能有这样的承诺。国机也是国企，每一分钱都是国家的，即便钱再多，要拿，也要有拿的规矩和理由。再说，这减债之举，哪里是我任洪斌的独出心裁。熟悉宏观经济的谁不清楚，目前的中国非金融企业债务规模已逾百万亿元，杠杆率（资产负债表中权益资本与总资产的比率）接近160%。国际清算银行（BIS）发布的《中国影子银行图谱：结构与动态》的报告认为，按照信托贷款、委托贷款、P2P贷款等狭义标准衡量，截至2016年末，中国债务占GDP的比重已达278%，折合人民币约229.93万亿元。而这已经是剔除了几乎所有重复计算后的数据。

要有效实现转型升级，必须"去杠杆"；在经济下行背景及现实情况下，二重"去杠杆"的方式，当然不是"抽血"，而是债转股或债务重整。

可是怎么解释，向谁去解释呢？是自己不懂经济，还是……

任洪斌只能尽量澄清。他赶紧解释说："政府的意见我们会充分考虑的；这件事如果地方政府支持，我们也会向国务院汇报。我们采取的所有办法，都是为了让二重改革脱困，重获新生，而不能让它死。"

四川省省长并没有对此进行回应。

必须正视现实。任洪斌尽量说服自己：即使自己的想法是对的，银行有银行的利益，企业有企业的角度，政府也有政府的难处。特别是维稳，这是政府压倒一切的政治任务。即使你任洪斌刚才说的那千条理由万条希望都是对的，政府也不得不考虑，如果事情真像政府说的那样，那局面怎么收拾？尽管，从法律及重整方案设计的规则看，破产重整过程中，企业的生产经营不仅可以进行，而且债务冻结，风险解除，肯定比现在还好还稳；尽管，在两年之后中央政府实施的"三去一降"及万亿元债转股工程，证明了任洪斌的超前意识。但正确并不等于可行，万事皆离不开时间、地点等条件。

任洪斌很郁闷，又不得不接受这样的现实：此路不通。

是的，不仅银行，地方政府也反对破产重整。这是一个难以迈过去的坎，不仅破产重整中的许多问题，需要政府支持才能实施；而且，政府不同意，你破产立案都成问题。这事又不能停下来，国机、二重和银行都拖不起。看来，原定的第一条底线——不用解困资金去还二重的旧债，面临严峻挑战。

郁闷转换成纠结，不得不调整减债的思路。

不是对原则的放弃，而是采取策略，曲线救国。他准备先争取和解——

与银行谈好重组原则,携手进入减债程序,实现二重减债。

其实,思路早就有的:不是通过破产重整,刚性减债;而是柔性减债,即通过多种形式偿债,化解债务,特别是以股抵债。即将银行在二重的债权,抵偿为二重重装的股权。任洪斌的想法是,在保持国机相对控股的前提下,尽量把二重重装的股份让渡出去,凝聚各方力量,大家共同来救这个企业。如果银行再不配合,实在谈不拢,只能重回原点,选择破产。这有点先礼后兵的味道。如果那样,重组的成本肯定要增加一大截。比如,破产中可望列入清算或重整,依法核销的一系列费用:所欠职工工资、政府税金、债务利息、工程款、社保金等,不得不由二重、实质上是国机继续背负;可以冻结止血的负债利息,转股前不得不继续流淌叠加;可以沉没的巨额负债,不得不继续背负;等等。

可有什么办法呢?就算国机赔个义气吧。现在唯一要做的努力,就是把已经撕裂的缺口,控制在最小范围。只是,仗义相助也有底线。国机的原则是:投入二重的解困资金,不得突破董事会确定的35亿元。

这个方案报国资委后,国资委也觉得比较可行,立即同意了。以股抵债成为主债务重组的主要方向。方向既定,相关工作正式启动,紧锣密鼓地进行。

骆家骕立即行动,再找银行一家一家地协商。

第五节 国务院知道了怎么办

萧条秋气味,未老已深谙。

二重的这个秋,是由白居易诠释的,时而阳光明媚,时而雾霾笼罩,时而秋雨愁云。果实是有的,这是一个收获的季节。但这也是个歉收的年份,果子藏在浓荫深处的厂区小道里或郊外乡野的园子里、农人精心构筑的仓房里，带着几分遥远，几分神秘，还有未知的付出。

与债权银行的第一轮沟通，最大收获就是互相摸了底。

国机明白了，银行对国机、二重重组抱有多大希望。他们希望奇迹很快出现，二重下滑之势迅速逆转，国机为二重还钱、担保、注入资产等。就是没有想到破产重整。即便整个春天来临，也没有一朵花属于我。银行逐渐明白，国机不是来为二重还旧债的，而是来共同解救二重的，而拯救之策，多少让银行有点尴尬。国机认为，解救二重的最有效途径，就是通过债务重整，卸掉沉重的包袱。

了解了底牌，也知道了分歧。分歧是不可回避的。

在第一轮沟通中，国机抛出的底牌，已引起银行的高度警觉。他们根据新的形势和自己在二重的贷款情况，各自在暗暗思忖着逃生之策。

"减债协商，从中国银行开始。"

这是个玩笑，也是现实格局。中国银行副行长岳毅与任洪斌是老同学，说话很随便。北京，2014年的APEC峰会上，两人在会场外的走廊上撞见了。岳毅几乎是条件反射式地脱口而出："嘿，地主家已没有余粮了啊。你那个二重的钱要还啊。"任洪斌也是随口而应，半开玩笑半认真："呵呵，我替它还钱？你应该知道'黄世仁'和'杨白劳'的故事啊？"岳毅一下被噎住了，自嘲地笑笑，没有作答。任洪斌怕老朋友误解，又补充了一句："放心吧，钱是要还的，只是企业得先脱困。"大家轻轻挥手致意，各干各事去了。

是的，二重就那个样子，怎么办呢？

2014年10月27日下午，会谈选在国机2002会议室。

银企双方都派出了庞大的对谈阵容：国机的9人，包括了骆家骕、刘祖晴、杨鸿雁、刘华学、孙淼等。中国银行方面，则包括了总行公司金融部总经理林景臻、副总经理郭德秋、高级客户经理邱莎、授信管理部副总经理吴恩芳、信用审批部主管庞菊地等要员。会议由骆家骕主持。

没有过多的客套，大家直入主题。

刘祖晴介绍二重债务重组方案后，林景臻发言，他不仅表达了中国银行的意见，也反映出了一些主债银行对重组以来事情演进情况的少许失望。

林景臻说，国机与中国银行是战略合作伙伴，关系良好。中国银行在二重的债权，总计有29亿多元。国机和二重重组后，这个重担落在了国机身上。但我们看到，二重今天的大势并没有好转，仍在一步步下滑。原来希望看到的协同效应，并没有因为重组而显现出来。破产重整行不通，通过以股抵债等形式进行债务重组，也许是个方向。可见，国机是一个负责任的企业。

友好，期望。开始有点失望和无奈，但仍抱希望。

这就是债权银行此时共同的心情与纠结。林景臻说，我们对国机提出的银行、企业、股东三方都要承担一定责任的建议也表示理解。但债务重组中银行有很多现实问题难以解决，需要董事会、股东大会审批，也需要向财政部报批。尤其是对银行利息的减收与豁免，在银行内部需要先追究责任，再履行相关手续和决策程序，而且需要财政部和国务院特批，不是说免就可以免的。通常的做法是，重组过程的利息先挂账，暂不减免。方案要明确以股抵债的数量、价格是如何确定的。这样各银行才能估算到底自己要承担多少、几家债权银行分别分担了多少。

林景臻还表达了银行的担心：以股抵债并没有改变二重的资产质量，对其内在造血功能的增加，并没有实质性影响。方案应该包括国机和国资委对二重注入资金和业务改善的具体内容，明确其安排，才能让银行看到希望，增加信心。

中国银行的意见富有诚意和建设性，骆家骕连称很好，并立即表示，双方可建立沟通、会谈机制，落实专责工作小组。债务重组中的有关问题，先由工作小组具体分析、测算、细化操作方案，再由双方高层会谈沟通，最终达成一致。希望在谈判过程中，不要出现银行直接去查封二重资产、账户等极端情况。

初战的积极效果，令国机人员备受鼓舞。

可好景不长。紧接着的几天，同一地点，与中国工商银行、中国民生银行、中国光大银行、汇丰银行、中国建设银行、中国农业银行等银行的协调，一家比一家难，甚至到了举步维艰的地步。

中国建设银行的代表称，二重债务重组方案，对金融行业的影响将是非常巨大的，会影响到国机与银行的合作关系。言外之意无须解释。

汇丰银行中国工商金融服务总经理方啸一开口就是质疑和质问：汇丰不希望看到二重破产，但这个债务重组方案，给人的初步印象就是这样。国机对二重的支持还是有限的，汇丰银行没有看到国机在担保增信方面的支持。

接着，方啸又陈述了汇丰银行的与众不同和诸多难处：汇丰银行是二重17家主债银行中唯一的外资银行，作为外商投资类银行，参与以股抵债的运作方式，存在非常大的困难。汇丰是全流通上市企业，债务重组方案，需要到汇丰集团全球层面上去决策。按照会计准则规定，以股抵债后的债权要计入当年浮亏，涉及对汇丰银行的七个海外市场进行信息披露的问题，影响较大。因此，汇丰银行关注的问题，不是其他中资银行关注的换股比例、价格等。汇丰恳请国机给出其他方案供双方探讨选择。方啸严肃诘问：为什么不采取由国机给二重担保的方式来解决债务呢？

从质问开始，到诘问结束。都是围绕国机增信担保，化解银行自身风险；而不是并肩携手，为二重减债减负，脱困发展，从根本上解决这次债务危机。这是汇丰对二重债务重组的思维模式。这与各方确定的重组思路相去甚远。

最后，汇丰银行代表抛出了底牌：如果汇丰债权安全得不到确实保障，不排除采取诉讼保全。不是威胁，更不是随便说说，这很可能很快成为行动。虽也只是保全而已，并没有采取进一步的措施，但汇丰银行毕竟开了一个头，一个让问题的解决更加复杂化、艰难化、对立化的头。

有业内人士解释说，这叫尽职免责，是银行内部的游戏。即在债权出现可能风险的情况下，主动采取法律保全措施，就算尽到了职责，就可免于问责。至于这样做是否能有效化解风险，是否有利于问题的解决，是否有利于发展，那是另外的事。因此，所谓尽职免责，免掉的其实只是银行管理者个人之责，而不是尽银行职能之责，也不是最好的尽风险管控之责，更不是尽发展之责。

果然，汇丰银行开头后，中国农业银行接踵而来。

农行总行大客户部总经理裘夏雨，在协调会上的发言声情并茂，回顾了农行对二重的长期友好支持：按理说，企业出现债务逾期，应先还钱，再谈其他。可多年来，中国农业银行与二重都是患难与共。在二重最困难的时候，农行是第一家提供支持的银行。截至目前，农行还有27亿元债权在二重，在银行中是"名列前茅"的。在国机、二重重组后，无论是国机，还是地方政府组织的协调会上，农行都表态支持，也履行了承诺，所有到期债务都给予转贷。国机既然已经重组了二重，就要履行应尽的责任，特别要处理好银企关系。但从2014年9月开始，二重整个情况急剧恶化。这说明，农行原来对形势的判断有问题。

这些反思，欲说还休，指向却是明白的。国机应尽的责任是什么，帮二重还钱，还是为银行解困？站在中国农业银行总行的角度，裘夏雨的话讲得比较含蓄。

紧接着的农行省、市分行领导的发言，就不那么"羞羞答答"了。农行四川省分行代表明确表示，不能接受这个债务重组方案。方案对银行的利益考虑比较少，主要是站在企业角度提出的，总体上感觉缺乏诚意。这个方案相当于是免债，对四川省分行冲击很大，对德阳分行更将造成致命打击，直接令为二重提供金融服务的支行员工面临失业，这对整个德阳的金融环境会造成很大影响，地方国企和民企也会相继效仿。按照银行管理规定，银行认为应该采取的法律措施（资产保全等）就必须做。这涉及自身尽职免责的问题，不按规定做就是失职。

农行这样说了，也这样做了。

再次见面，任洪斌一脸严肃地对农行代表指出："你知道你这样做多危险吗？这是逼我让二重破产清算？真那样，是什么结果，我相信你比我更清楚。"农行代表怔怔的没有回答。后来的事实表明，他们只停留在了诉前保全。

最后，裘夏雨特别提醒，二重债务的处理，已不是农行总行能够解决的，需要到更高层面去决策，甚至要到国务院层面。中国中钢集团有限公司，还有其他一些企业集团，都出现了巨大的银行不良债务，但谁都不敢提出以股抵债。如果国机也出现这个问题，国务院领导知道了怎么办？这话的意思很清楚，这样的问题如果出在国机，是一件冒天下之大不韪的事，国务院领导知道了，将会对国机很不利。

又是尽职免责，又是资产保全，又是国务院。

债务重组再次陷入僵局。骆家骕一行将情况向任洪斌报告。任洪斌听后，呵呵一笑：你们告诉他，我现在就是怕国务院领导不知道啊！

骆家骕先是一怔，然后舒了一口气，心里有了底。

这次，任洪斌不再礼让，而是斩钉截铁，底气十足。他想，这个企业本来就不是国机的。我奉命而来，是要解决问题，不是来分债。我们今天请大家坐在这里，是想心平气和地把问题分析清楚，共谋解决之策。可银行总是盯住自己的债怎么还，而不是盯住问题本身，不顾企业实际，成吗？

客观地说，要说追责，国机肯定是八竿子挨不着边，可你银行就不能这样说了。银行为什么当初给二重贷那么多的款？在对二重投资过程中，有没有决策失误的问题？如果没有，怎么出现目前的局面？不错，这有当时的投资大环境原因，但在当时，银行难道不是也希望企业贷款吗？特别是二重的"三大核心项目"等，难道只有企业看错了？那时银行追着企业贷款，在做项目可行性研究与论证时跟着喊可行；现在又来逼债，企业都快死了还在逼。最后的结果就是企业破产，到那时你什么也得不到。国机、二重重组，是国务院定的，又不是偷偷摸摸的勾当。二重的问题摆在那里，那么大的负债，不减行吗？要减债，大家都各抱住自己的利益不放，行吗？

在二重债权委员会上，骆家骕原原本本转达了任洪斌的话。

银行代表们一听，顿然怔住了，面面相觑。有人半开玩笑半认真地笑着说，喏，大家心平气和好好说，好好说，千万别惹怒了这小子。

声称国务院知道了怎么办的，尽职免责采取诉讼保全措施的，影响地方金融环境的，银行员工要丢了饭碗的，都把气话放在一边，静下心来谈合作。

其实，大家心里都清楚，职责所在，这不过是一场利益的博弈。如果各持己见，不让步妥协，可能再扯几年也不会有结果。到时候，二重拖不起，难道银行就拖得起？国务院和地方政府，更不可能让你这样无休止地扯皮。

大家只得坐下来好好谈，面对现实。

第六节 更像是个催债方案

总结前段工作弯路，债委会重新审视了工作方式。先定规矩，包括自己的工作机制、阶段目标、基本原则，及双方遵守共同规则的承诺。

工作目标前所未有地明确：2015年3月底前，双方达成一致意见，确定债务重组方案，完成重组协议签订；同年9月底前，完成重整程序。

时间是2015年2月6日。

骆家骃趁势而进，继续耐心地谈。一家一家银行，请过来，走上门。一次不行，就两次、三次；集中谈不行，就一对一，分开谈。大家都客客气气，氛围良好。但一接触到实质性问题，就卡住了。比如减债形式、额度、比例、逾期债务和"三大核心项目"资产的处置、国机债权是否一视同仁等等。

在分别沟通协商后，又是一次集中洽谈。

时间为2015年3月23日，地点在农行总行710会议室。按照大家确定的工作原则，洽谈由债委会牵头行之一的农行总行大客户部处长韩海鹏主持。

形式上是债权银行代表工银国际与债务方代表国机谈，但大家都明白，债权方各有各的规定，各有各的利益，谁也做不了谁的主。于是，工银国际只好通知国有四大银行及交通银行、国家开发银行、中国光大银行共7家主债银行谈判代表直接到场，大家面对面地谈，委托代表方工银国际，实际上只起到个召集协调的作用。

分别沟通无实质性突破，集中也只是形式。各方仍是陈述各自原则，抛出底牌。洽谈不过是对问题的重复，并没有求同存异，互相靠拢。

按照新的债务重组计划和工作目标，工银国际代表王海燕代表债委会，抛出了债务重组的基本思路：对二重的金融债务，按照资产变现偿债、债随资产走、应收账款还债、保留中期票据等原则处置，剩余部分以股抵债。她还特别强调，这里的金融债权，不含国机为二重提供的委托贷款部分。

根据这个思路，王海燕介绍了具体设想。列入债务重组范围的金融债权，共139.56亿元，债委会建议分五个途径解决：

一是有应收账款质押的债权，用收回的账款偿还。涉及中国工商银行等5家银行6.14亿元。二是列入改制重组的企业债务，由改制重组后的公司承担，包括万路、万信、万安、万航等二重子公司，涉及9.25亿元。三是对"三大核心项目"负债，以资产处置后偿还。四是对二重发行的中期票据、企业债券、融资租赁债务等，作为特殊债务予以保留，涉及14.19亿元。五是对剩余的77.09亿元债务，采取以股换债方式。即用二重重装的股份偿还；也可以根据二重盈利能力，转增部分资本公积金作为抵债来源，或引入重组基金置换部分。

工银国际代表把银行的意思表达得清清楚楚、明明白白。所谓债务重组，就是二重如何偿还银行的钱。一如既往的银行思维，就是没有面对和正视二重资本沉没的现实，没有想到这样釜底抽薪，二重的结果会怎样。

不难看出，这更像是一个催偿方案。

债务重组的原因，是因为企业出现了困难，不减轻包袱就难以正常发展，甚至会因不堪重负而破产；目的是减债，刚性的减，而不是债务形式的改变。我也曾不止一次经历过这样的个案。债务人在政府的支持下，向人民法院申请破产重整并获批准后，管理人委托的资产经营管理者（债务人），根据企业资产负债、行业产品、市场竞争、盈利能力等，测算出可以承受的债务水平，比如资产负债率60%，或50%，甚至30%。然后与债权人一一沟通，达成减债重整协议，法院裁定生效，新的债权债务诞生，企业轻装上阵，重新出发。

债务重组的目的，是提高企业资产质量，增强发展能力，健康顺畅地经营下去。而不是债权人怎么想尽办法收回债权、能够多收回多少钱。债权人和债务人的共同利益，都在企业当前的解困和今后长远的发展中。在这种格局下，明白的债权人都会选择配合。因为重整不成就是清算，没有别的选择。

二重的债权银行，显然是站在银行的角度考虑。

比如，企业流动资金，本来就捉襟见肘，迫切需要的是补充，而不是抽取。因此，收回的应收账款和资产变现收入，只能用于保证运行，维持企业生存，而不能杀鸡取卵。银行则坚称，现金清偿率（回收率），是银行衡量债权损失情况的唯一指标，没有一定比例的现金清偿，双方将很难达成一致。

又如，几个万字头的改制企业，本来就资不抵债，竞争力差，难以引入战略投资者。债务重组的目的，是让他们减债重生。若把沉重的债务平移过去，重组还有什么意义？而且，这些企业的改制和债务处理，都是相互交叉的，债务处理结果，直接影响改制方案的设计。改制目标，是将它们变成二重的参股企业。但这几家改制企业的债务，都是由二重重装担保的，在债务重组中，金融机构如果不明确留债金额，厘清这种担保关系，二重重装就存在连带风险。

再如，"三大核心项目"资产较新，债龄较短。因此，银行都将之作为可现金清偿的主要资产和关系债务重组方案的核心内容，死死盯住，希望在这次债务重组中能够有明确的盘活方案，通过盘活获得债权受偿。

国机思考的，却不仅仅是眼前。

国机认为，债随资走，或向国家申请一定数额的国有资本金，来转让处置二重资产。这些都可以探讨，但必须面对几个现实：

一是社会效益。国机与二重重组的目的，除了拯救二重，就是打造中国具有国际竞争力的高端重装板块，作为重装行业的"国家拳头"，参与国际竞争。其中，"三大核心项目"于二重，不仅是核心资产，也是改革振兴蓝图的支点。可以说，这涉及国家战略，不是银行收不收钱的问题。

二是经济效益。现实情况是，在相当长一段时期内，8万吨模锻压机运行，都会处于"吃不饱，离不了"的状态，债委会的方案似乎压根儿就没有考虑过这个问题。

三是市场能力。镇江公司脱离二重主体，很难独立面对市场。

这样的债务重组方案，与其说是在重组中让二重脱困，不如说是千方百计抽血催命，彻底消解二重仅存的一点造血功能和看家本领。

令人意外的是，方案利益不利方的国机还没有表示异议，各债权银行就激烈争论了起来。准确地说不叫争论，而是争取，或争夺，为了各自的利益。竞相逃生，是怕这艘可能沉没的资本旗舰，连累了自己。银行间并没有针对方案，也没有互相针对，而是针对共同的问题，各说各话，各唱各戏。

中行的代表首先打头阵，所谈的思路和原则，明显与工银国际的方案不一致。中行认为，债务重组，应以二重扭亏脱困，恢复上市为前提；债随资走，在处理方式上，应符合法律规定；应体现出国机的支持，包括资金、技术和资本注入；应先确定基本原则，形成整体的债务重组方案，并以此为基础，先在债委会内部沟通，然后再就具体内容和细节，一个一个地协商确定。

客观来说，中行代表之言，是务实而理性的，更能体现债务重组目的及二重扭亏脱困精神。因此，工行代表明确表示，同意中行的意见。

而其他银行的态度，就不同了。

第七节 银行不太着急了

其他银行的思路，仍停留在如何争取自身权益上。

交行的代表强调，要对债权债务测算清楚，才能决策，保证同债同权，防止个别债权清偿高于整体清偿率的问题；对抵押债权，应按法律规定优先受偿，剩余的债权债务，都应纳入整体重组范围，并在资产清偿后以股抵债；国机对以股抵债后的股权回购时间和价格，应做出承诺。农行代表似乎更关心的是自己贷款最多的二重"三大核心项目"及万航等公司资产，在改制中如何处理。建行认为，要对方案涉及的问题，一个一个扯清楚，再行实施。

国机代表很冷静。银行在说，他们在听，耐心而认真地听。

越听，他们心里越有了数。他们发现了其中的秘密：银行除了盯住资产，争夺利益，就是寄望于国机。在竞相逃生中，却是各打各的算盘。

对于前者，他们理解，毕竟，在其位，谋其事，尽其责；而后者，则令他们心里有了某种释然，发现了银行争夺背后的软肋——各债权银行之间，原则立场观点都是散的，没有形成一致，更没有结成利益联盟，以债权人的姿态，来对付共同的债务人。所谓重组方案，不过是工银国际越俎代庖的产物，事前并没有与各债权银行充分沟通。这样，无疑减轻了国机的谈判难度。

在工银国际和各债权银行代表发言后，董建红代表国机和二重参会的6人，阐述了债务人对债务重组方案的基本立场。她谦谦恭恭，客客气气，先是感谢，然后是赞赏和肯定。不是赞赏肯定方案本身，而是银行花的功夫。

客套之后是观点。她一一阐明了国机对债务重组中，几个关键问题的原则，在很多重大原则问题上，与银行的诉求可以说南辕北辙。

时间在一天天过去，问题却没有实质性进展……

就在国机心急火燎之时，国机方面人员发现，银行的态度似乎发生了微妙变化，由开始的焦急难耐、迫不及待，变得漫不经心、不焦不急了。

自任洪斌在2015年初，邀请国有四大银行领导到二重调研，洽谈确定债务重组工作目标、原则和要求后，虽然债委会聘请了工银国际作为财务顾问协助工作，但银行方面的主动性、紧迫性，似乎不断在减弱。国机向债委会提交了16封正式邮件，督促相关工作。在国机方面督促下，双方开展了5次集中谈判，无数次一对一的单独谈判，就债务重组基本原则、思路、细节等进行了沟通洽谈。但直到3月20日，离双方确定的完成债务重组洽谈时限只剩10天了，债委会和财务顾问甚至未向国机提供正式的谈判工作计划，更不用说债务重组方案。

而另一方面，自重组落定后，从2013年下半年开始，二重的生产经营和维稳资金，就是国机在提供，直接的或委贷的，源源不断。

债权人不急，债务人急。

这种有违常理的情况，让国机有些狐疑。经私下打听才得知，原来各家银行内部，对二重的不良贷款，已经未雨绸缪，计提了不良准备金，并按照风险管控制度，对有关责任人进行了经济和行政处罚。也就是说，这件事在银行内部已经处理完毕。债务重组工作进展如何，与相关责任人已关系不大；而再大的债权损失，不过是银行的，或者说国家的"大锅损"。由于债务重组谈判，需要由总行来决策、推进、把握，在这种情况下，地方基层银行更多的是等待。

因此，银行近来对二重逾期贷款的催收，乃至对整个债务重组的推进，热情都明显减弱。银行的主要精力，转向了对二重逾期利息的催还，以及到期票据贴现的催促。这对国机来说，具有双重作用：好处是债务重组本身的阻力可能更小；不利的是，该核呆的已核呆，该问责的已问责，工作动力减弱。

拖不起、等不起的是国机。

这已是双方第6次集中谈判。在一些非原则、非重大的问题上，大家达成了不少共识。比如，二重资本公积金转增股本抵债、银行希望国机提供更多相关信息、国机应更好地向银行表明债务和解姿态等。但在许多原则问题上，双方分歧仍然很大。双方面对面地坐在一起，说是沟通、协调，却是针尖对麦芒。

关于二重重装股份让渡比例问题。

国机要求对二重重装的持股比例，不能低于企业总股本的三分之一。对此，银行表示难以接受，认为国机只需要保持相对第一大股东就行，银行甚至可以向国机让渡部分经营决策管理权。背后的真正原因：一是大家看好二重重装脱困后的股价，二是以股抵债价格。银行既想抓住现在，又想抓住未来。

关于国机债权换股权问题。

国机坚持认为，按照银行强调的同债同权原则，国机投入的救助资金，也应一并纳入以股抵债。否则，只能是留债或将来进行增资扩股。留债不符合减债的重组目的；未来增资扩股，则涉及股权价格的确定等关键问题。股价通常是在资产评估基础上确定的，预计会低于本次债务重组中的以股抵债价。届时，作为二重重装股东的金融债权人，很可能会不予接受。而该类议案需要三分之二以上股东表决通过。因此，如果增资扩股，债权银行应事先一致承诺。

债权银行听罢，一致强烈反对。

国机作为股东贷款，怎能与银行债权相提并论？这也不符合"共同分担以及合理分担的债务重组原则"。国机一定要坚持，谈判将无法进行。

关于国机对二重重装股权回购承诺问题。

国机认为，上市公司股价由市场决定，如果国机承诺，等于对银行债权提供了担保，并将会对公司股价产生影响。这既违背资本市场原则，又违背了本次债务重组主旨。最多可以二重未来的盈利作为承诺。银行说，以股抵债，我换给你的是真金白银，而且股价是溢价的，如果二重重装将来不能恢复上市，我的风险怎么控制？这个问题又直接关系到银行对以股抵债数量和价格的决策。

非金融债权的处置，也存在很大分歧。

债务重组谈判，又一次陷入僵局。

> 距各家银行现场考察二重已两月有余，国机支持二重资金的底线将触。此时各家银行不能对债务重组达成一致，我们一方面将积极、坦诚地与工银国际及各债权银行沟通，争取达成一致；另一方面不可放弃破产重整之选项。当事情发展触及我们底线时，要立即启动破产重整相关程序。
>
> 请徐总、骆总、王博、杨鸿雁同志阅。

这是2015年3月31日，任洪斌在国机资产财务部报送的《二重债务重组谈判纪要》上的批示。此时，距国机与二重联合重组第一次专题会议，已过去整整两年；正式重组，已一年半。原定的债务重组谈判完成日已过，双方意见仍然没有实质性突破；国机计划投资二重的解困救助资金，已投进33.4亿元。

拖不起了，国机；拖不起了，二重。

从批示内容，可以看出几个重要信息：一是银行不愿让步。国机与各债权银行的减债（埋单）谈判，难以达成一致，谈判陷入困境。二是国机底线告急，承受不起。董事会确定的埋单底线已经接近，而二重的扭亏脱困，还看不到根本性转机。三是任洪斌被迫再次考虑最后的选择——破产重整。

这不是威胁，而是重组计划中有，国机可能被迫做出的最后选择。做任何事都得有底线，超越了底线，就可能失去掌控，走向另一面。二重的失血性经营已是顽疾，形成恶性生长惯性，容不得这样无休止地耽误。这有多少人理解？两年了啊，这个债务重组，这个减债谈判。任洪斌的苦衷，有谁理解？

回望来路，重组纷争，模糊了前行的脚印。

尚在重组洽谈前期，二重方面就非常着急地或明或暗谈到，他们面临的资金需求，是个大单。而依法理可预期的埋单人，依次不外乎是国家、银行和国机。可随着事情的演进，这个次序正在发生微妙的转变：国家矜持而慎重，银行更多想到的是收债和减少损失，本无责任的国机，却被推到了最前面。

浪打船头客，何况国机此时已不是客。

重组刚刚落定，二重《关于申请重整过渡期资金救助的请示》就摆在了任洪斌案头。顾名思义，这个救助资金还不是二重用来扭亏脱困的，而是重组过渡所需的；前提是实施破产重整，所有债务冻结，假设的破产重整立案日为2014年8月1日，预测了此后的3个月的资金需求。就是说，这个需求是短暂的，具有应急过渡性质。

尽管如此，这个单也大得惊人：

支付人工：3.05亿元；

生产运行：22.21亿元；

费用支出：0.4亿元；

必要投资：3.02亿元；

筹资活动：11.56亿元；

其他支出：8.54亿元。

以上过渡性资金需求，共计48.78亿元。扣除不确定的经过努力可能收回的货款等，实际急需国机外在注入的救急资金缺口为39.9亿元。

仅这个"过渡性"大单的量，就已远远超过了国机计划投入的底线。从资金内容看，几乎包括了企业偿债和生产经营的方方面面。可见，二重已弹尽粮绝。而且，还有小媳妇初见公婆时羞羞答答的遮掩，示人的并不是全部的面容。这个请示也不是以整个改革振兴为基础，而是以很快进入破产重整程序，所有债务冻结为前提的。一旦基础和前提发生改变，一切都必然改变，难以控制。

事情很快得到验证，变化比想象的更复杂。

就在国机对二重的上述资金请求还在头痛，对二重扭亏脱困资金的统筹还在煞费苦心之际，时隔2个月，二重的又一个关于国机资本救急的请示，呈送到了任洪斌面前。而且，这次来得更严肃、更慎重、更紧迫，用的是二重集团红头文件。从央企"少帅"到"中帅"，任洪斌见识了无数的红头文件，可今天二重这个文件，却令他感到格外沉重，格外刺眼。文件的文号：二重发〔2014〕75号；签发人：刘华学；内容：二重重装维持6月份资金链安全的请示；急需资金：15.91亿元，其中现款14.36亿元，票据1.55亿元。只是"急需"。

从"过渡"，到债务逾期。债务大单，如雪片般纷至沓来。情况一个比一个特殊，一个比一个重大，一个比一个危急，一个比一个紧迫逼人……

请示说得清清楚楚，按照上市公司信息披露原则，二重重装已于2014年7月24日，就债务逾期及其解救方案进行了公告。为确保企业生产经营和职工稳定，根据初步测算，未来的3个月，二重重装急需救助资金15亿元。在二重重装无力偿还债务，资金链紧绷已趋断裂，各金融机构不可能再提供贷款的情况下，只能向国机求援。二重已经充分考虑到国机的压力，提出所需资金可以分期到位，其中，8月至10月分别到位7亿元、5亿元和3亿元。

大单接踵而来，国机已难以招架。

二重于2012年发行的10亿元5年期中期票据，虽兑付时间还有两年，但当年付息日已迫在眉睫；二重重装于2008年10月20日公开发行的8亿元企业债，于2013年赎回了4.9亿元,剩下的3.1亿元,年利率为6.8%,将于2015年10月15日到期。雪上加霜。中诚信国际信用评级有限责任公司于9月16日晚间发布的最新评级公告称:由于二重债务重整存在不确定性,将两债项的发行人主体和债项评级,由CCC下调为CC,并将其继续列入可能降级的观察名单。

二重的大单,并没有到此止步。翻开二重2014年以来至2015年的许多文件,大都与救火式的资金有关,而且一个比一个需求大,一个比一个急。

争议了一年半,该沉没的没有及时沉没,该止血的没有及时止住。二重的生息债务,还在不断增加;三年扭亏脱困目标的实现变得更艰难了。

一张庞大的债务清单,就这样生成。

第八章 大单谁埋

第一节 无底之渊

大单已经生成，该谁为之埋单？

先看这单有多大。二重各类显性负债185亿元，潜在的机能性失血，多少亿元才能打住？就连二重领导，甚至财务人员也难免心中没底。因为从当初动议重组的2013年来看，不可避免的巨额亏损、二重重装救市保壳预计资本运作资金、巨额的到期债务、经营中源源不断的失血、因企业困难衍生的订单资金弹性需求增长（过去材料采购可先货后款，现在必须先款后货；过去产品销售可先收定金、预付货款，现在须先交货后收款，甚至交货后运行一段时间，质量没问题才付款）等。每一张大单，都是一个巨大的黑洞，深不见底，吞噬着二重的希望之光。

是的，最大的问题，是不确定性。

重组的经验告诉人们，埋单的关键，不在大小，而在于明朗与不明朗。显性的、确定的债务，再大，也可以计划和把握，行就上，不行就拉倒。最怕不明不白的，就像一个无底之渊，你不知道它的水深水浅，却不得不踏进去。

对于国机来说，开始面对的二重正是这样。

北京信永中和的尽职调查，寻找到了大单的成因——

由于宏观经济不景气，自身竞争力不强，二重近两年来，经营性资金周转效率快速下降，投资性资金占压严重且未能产生预期效益，导致资金压力增大，完全靠外部融资支撑企业运转。资产负债率远高于同行业5家上市公司（包括一重）的平均水平，2012年财务费用达到6亿元左右。截至2013年3月31日，二重借款（含债券、中票）余额139.56亿元，占资产总额的52%。2013年下半年、2014年，将是这些借款的还款高峰期，偿还额分别为54.15亿元、44.49亿元。按二重预计亏损额估算的2013年度经营活动现金流量，约为负15亿元（系保守估算数，该数据为预计亏损加上非付现成本，且假定现有往来余额无净增减）；另2013年度尚有在建项目投资需支付。因此，除国家增加直接投入外，二重只能靠借新账还旧账来维持经营。这势必进一步导致其资产负债率上升、利息负担加重和财务恶化，难以持续，形成恶性循环。如果国家直接投入有限，债务融资出现困难时，二重可能发生较大的债务风险……

中介机构的尽职调查，是以二重提供的财务资料为基础的。事实上，重组后双方清理显现的实际情况，远比这个结果严峻。

这是二重内部财务显示的资金状况，时间点与中介机构的调查对应：带息负债总额达到140亿元，其中短期借款约占40%；平均债务资金成本约6.1%，已超过中国机械行业的平均利润率。2013年至2014年，需偿还到期债务98亿元，占企业总负债的70%。其中：2013年到期需要偿还的54亿元，基本为短期借款；2014年需要偿还的债务44亿元，以中期借款和项目借款为主。

二重财务部部长陈永林认为，二重的巨额债务包袱，很大程度上是体制形成的。包括整个国家的投融资体制和对国企的管理体制。当然，二重自身的决策和经营管理，也是重要原因。自从国企投资实行拨款制改贷款制后，二重就一直存在资金紧张的问题。面对市场冲击和先天不足，二重一直试图通过项目投资，调整产品结构，实现转型升级，改变市场被动性。当时有个流行的说法，"不转型等死，转型不好早死"。二重不能等死，只能冒死一搏。国家直接投资没有了，企业只有靠贷款投资；对于大规模投资，管理又没有跟上，许多项目投资，资金往往不能及时到位，不能按时建成并见效。没有办法，企业被迫拆东墙补西墙，甚至动用生产资金。问题日积月累，越来越严重，直至拖不动，拖垮了。

显性的资金危机，已危在旦夕。而潜在的机能性失血，更是一个难以估量的巨大黑洞，且具有很大的不确定性，难以掌控。

二重也曾希望通过强化内部管理，来缓解资金压力。因此，二重对资金运行，一直管得较严，拿陈永林的话说，甚至可以用滴水不漏来形容。

管控从人开始。二重子公司的财务负责人一律由集团委派，甚至一般财务人员也由集团统一招聘。二重在集团层面设置了内部银行，对资金统一调度。各子公司在内部银行虽有独立账户，各自的资金也属于各自的，但在使用时，必须接受集团财务的严格监管，且必须符合集团的规定。子公司如果有富余资金，集团也可以调用。作为独立法人的子公司，在银行的授信，也完全由集团掌控。后来虽然放松了一些，子公司可以直接由银行授信了，但也必须报备集团监管。

这种集权管理模式，好处是政令畅通，信息标准化，有限的资金资源，也能更好地发挥作用。不足也是明显的，最突出的问题是：各子公司压力不大，动力也不足，风险意识不强，主观能动性也不够。没钱就找集团，而不是自己想办法。项目投资没钱，找；流动资金不足，找；甚至奖金发不出也找。

这是一个机制之结："流"的节俭，怎填得平"源"的缺口。

显性的债务大单，已经形成，是必须限期偿还的。隐性的债务大单，则要复杂得多。它包括了技术性隐性和机能性隐性两种。前者是因出于某种目的，采取财务技术性手段，将企业亏损、资产减值、债务等隐蔽化。这类问题解决起来相对简单，可通过审计、评估等手段，还原真实。后者，则是因企业产能、市场、投资、负债、产品质量、经营管理等机能性因素形成的失血性运转。它像人体中的恶性肿瘤，伤害的不是某个器官，而是整个身体机能。由于它具有生长性和不确定性特点，如果不能采取及时有效的措施，从根本上改善企业机能，根除出血点，其持续时间愈长，生长愈猛，危害越大，直至葬送企业生命。

所谓无底之渊，正是指这样的隐性债务。

这种隐性失血，比显性的亏损几十亿元、百多亿元还要危险。它意味着，国机一旦介入，将可能为一张巨大的债务黑洞埋单。如果仅仅是显性债务，任洪斌会毫不犹豫，最多把国机一两年的利润砸进去，为国家解个大难，也值得。而面对二重，他不得不审慎了。再大的实力和资本，也耗不过巨大持续的失血。宇宙中的黑洞，甚至可以吞噬恒星，企业债务黑洞具有同样的危险。

情况不明，贸然介入，一误入便不可自拔，最后连自己也陷了进去。这样的先例，在其他同行企业重组中并不是没有，眼前就有前车之鉴。

恒顺电气（现已更名为青岛中程，股票代码：300208）也是上市公司，行业特点和所面临的情况，与二重都十分相似。前几年，恒顺电气对外投资不顺，股价频频走低，企业希望借助重组，以非公开发行股份及支付现金的方式，收购河北沧海重工股份有限公司（简称"沧海重工"）的全部股权，通过企业要素的整合发酵，扭转被动局面。可行性研究表明方案很可行，规划和设想也令人感到鼓舞。从两家企业的产业产品特点看，也颇具操作性：下游客户，都在电力、化工及输油输气等行业，具有一定的重叠性。2013年，恒顺电气正在由电力装备供应商，向电力综合服务商转变。沧海重工则是一家从事金属管件及管系研发、设计和生产销售的供应商。如果重组完成，对两家企业改善提升资产、研发、产品、经营质量，进一步拓展主营业务，增强核心竞争力，都将会有积极作用。

可有时候，变化比计划更快，变数比定数更多。

两家企业重组后，不仅没有按照预先设计的轨迹前进，实际情况好像比重组前更为糟糕。重组当年的前三季度，公司同比实现营业收入下降34.9%；净利润下降92.17%，其中第三季度下降142.25%，当季亏损达390.54万元。就连公司在印尼的项目、当初评估中的重头希望，在众多不利因素下也变得不确定。

就这样，恒顺电气被重组拖了进去。当大家意识到时，为时已晚。"决策失误、好大喜功、拉郎配、论证不充分、操作不当"等等，各种各样的指责随之而起，就连当初积极支持重组的人，口风也慢慢变了，生怕沾上是非。

巨大的压力，向公司领导袭来。经济的，政治的，舆论的……

重组被拖垮的，还有曾经的湖南三大钢铁企业——湘潭钢铁集团有限公司（简称"湘钢"）、涟源钢铁集团有限公司（简称"涟钢"）、湖南衡阳钢管（集团）有限公司（简称"衡钢"），重组主体为湖南华菱钢铁股份有限公司、浙江步森服饰股份有限公司、深圳兰光集团有限公司等。

因此，虽然霍尼韦尔模式很吸引人，但经济学家仍明确警示：重组是有效的市场手段，却绝不应该成为经常使用的手段。面对企业存在的问题，必须是其他手段都已经用完，在不得不重组的情况下，才能采用此法。甚至有人担忧，大量垃圾上市公司的重组，将会让垃圾发酵，把大量优质企业拖垮。

前事不忘，后事之师。多次的重组，任洪斌已预料到一些可能，随时提醒自己要谨慎。难免要为二重埋一些单，但不能超过国机的承受能力；只能埋发展的单、未来的单，不能埋填坑的单、过去的单。在决策机制中，他还为自己设置了几道"防火墙"：一是中介机构客观公允的尽职调查；二是公司管理团队的集体智慧和民主决策；三是请国机前身原机械工业部老部长们号脉把关。

有了这些准备，哪怕再艰难，他心里也有了数。

第二节 只能围困银行

虽然要钱的报告送上去了，但远水救不了近火。

国家的钱没有到位，危机已经来临。

自司法重整方案搁浅后，银行似乎获得了尚方宝剑，坚守自己的原则立场寸步不让，减债谈判进行得十分艰难。而二重的机能性失血，却天天都在发生，有如被蚁穴蛀蚀的堤坝，口子越撕越大，随时会有决堤的危险。

进退维谷，任洪斌心急如焚。

国机代表于2015年4月10日，将债务重组谈判情况，以《专报》形式向二重改革振兴领导小组作了汇报。任洪斌看后，当即批示：

  此事重大且紧急！请徐建同志根据4月7日董事会议精神，及本情况报告的工作建议，立即组织开展二重债务重组的相关工作。

是立即开展，而不是立即研究。

任洪斌早已料到这样的结果。在2015年4月7日召开的国机董事会上，他就明确要求，再协调一次，如果不行，立即启动司法重整，并将进展情况及时向中央汇报。同时，他从中也发现了国机内部在协调上存在的问题：这么急的事，《专报》也不止送给他一个人，为什么没有引起足够重视？

为了提高内部协调效率，确保决策事项落实，2015年5月29日，任洪斌提请国机党委常委会决定，将"二重改革振兴领导小组"和"二重改革振兴工作小组"，合并为"二重改革振兴领导及工作小组"。原来的领导小组副组长和工作小组组长都换了下来从事常规工作，组长统一由任洪斌担任；孙德润任副组长兼债务重组谈判总协调，骆家骕任副组长兼小组办公室主任。

一眼便可以看出，组长、副组长三人，不仅要当指挥官，还要带兵打仗。这既可让决策与执行无缝对接，同步高效；同时，孙德润、骆家骕两位得力战将担以重任，成为任洪斌领导重组的左膀右臂；班子全力协同，所向无敌。

其实，《专报》处置怠慢只是表象，更深层、更急迫、更令人忧虑的问题，还是对待重组中一系列重要而紧迫问题的态度、责任感与落实效果。

原来设立两个小组的背景是：国机、二重刚重组，领导班子也刚组建，从班子、队伍到文化、工作等，都还有一个磨合适应的过程；而重组工作又时不我待。两个小组设立的初衷，是加强融合，提高效率，促进落实。设置模式,也是比照企业法人治理结构:领导小组负责决策,工作小组负责执行。然而,从运行一年半多时间的进展来看,效果似乎并不尽如人意。决策与执行的分工成了两张皮;很多事情领导小组定了后,到了工作小组那里又久议不决;有时议了也迟迟不能有效落实,效率非常低下。这显然与国机、二重重组的重任及中央要求相去甚远。

任洪斌非常明白,这无疑是一个艰难的抉择,弄不好会得罪人。要是在平时或一般性工作中,他很少会这样做的。他也许会考虑这个考虑那个,做耐心细致的思想工作,或者包容宽容。但这既不是"平时",也非"一般性工作",而是一场硬仗。"敌""我"双方已经交上火,"敌人"马上就要攻占山头了。这个时候,时间不等人,决策者考虑得更多的应当是谁更合适。如果还考虑谁的资格老,就让谁去当指挥官;谁在这个位子上的时间长、职务高,就让谁去带兵打仗,那行吗?

好在,任洪斌的非常之举,得到了班子成员的一致理解与支持。

严酷的现实摆在任洪斌面前:二重3年扭亏脱困时间,眼看快要过去三分之二,设计的未来各项改革振兴举措,仍未能有效实施。一方面,国机按计划投入的35亿元资金,早已被耗尽,二重的状况还看不到根本好转。另一方面,由于债务重组久拖不决,天天失血,二重的债务又增加了近50亿元。

大单压顶,重债加身,二重岌岌可危。

与此同时,媒体的负面消息铺天盖地而来,标题耸人听闻:40亿元债务违约,史上第一家破产央企即将出现;"08二重债告急",或创中国史上首例央企债务违约;二重无法偿还到期债务,多家银行提出诉前财产保全……

当然,拯救也从未停止。在化解债务违约危机的过程中,一个个资金争取与使用的规则,也应运而生:《二重资金风险应对方案》《国机对二重改革脱困提供项目资金管理暂行办法》《国机对中国二重项目专项账户资金管理细则》《协助二重清收应收账款的奖励办法》《关于二重解困振兴资金安全性的意见》……

每一个规则的背后都是问题,除了经营安全,还有资金安全。

国机和二重，一下被绊住了。不仅绊住了二重改革振兴领导及工作小组，也绊住了国机法律事务部。不只是钱，主要是法律的坎跨不过去。

让任洪斌痛下决心的，是职工工资的发放。

决不能在国机手里拖欠职工工资。这是任洪斌的原则，过去十多年来，国机不管遇到多大困难，都没有拖欠职工工资。但愿望与现实，在这里遇到了法律障碍。

因为巨额资金没落实，二重的生产经营很难恢复正常，不得不先向国机借钱发工资。这没问题。但这单最终由谁埋？国机董事会早就定下原则，不会拿钱为二重过去的债务埋单。假如以企业破产重整立案之日为基准日，那么此前拖欠的职工工资，不仅是"过去"的负债，而且在破产财产中可以优先清偿。

矛盾由此产生：不拖欠职工工资，国机就要事先借资发放；如果在破产立案前国机事先借款发工资，在法律上就不存在欠职工工资，更不可能通过破产程序优先清偿，国机借出去支付职工工资的钱，就没有合法有效的途径归结。

在纠结的过程中，破产重整方案已被否定。

再争论这个问题已无意义。但职工工资却不能因法律障碍被拖欠，特别是在国机刚刚进入，二重职工对国机和未来满怀期望、翘首以盼的时候，怎能开头就泼一盆凉水。国机的资金使用原则，被强大的现实撕开了裂口。

资金安全的更大隐患，还不在这里，而在银行。

二重实行的是集中式财务管理，国机支持的救助资金，包括发放职工工资的款项，甚至二重采取激励措施催收回来的救命钱，都必须先进入工行德阳城南支行。从法理上讲，在严重的债务逾期情况下，这些资金在支付过程中，都存在被银行扣压的风险。联系到债务重组中与银行的严重分歧，及部分银行已采取的偏激措施，就不难理解任洪斌的焦虑和忧心了——拖不起，绕不过啊。

重组无实质性突破，减债谈判陷入胶着。整个2014年，就在这种矛盾交集、纠缠中度过；2015年更加艰难，前景未明。

难时矛盾多，是非也多。质疑担心之声再起。此时，正值国资委巡视组进入国机，有人向巡视组写信举报任洪斌。任洪斌不得不一面接受巡视检查，澄清质疑；一面迎接二重扭亏攻坚。就连以改革开明著称，长期以来一直信任、关心、支持国机的国务院原副总理邹家华，也通过秘书打来电话关切地提醒……

国机向二重发出咨询函：如果发生国机资助二重发放职工工资的钱，被银行强扣的情况怎么办？二重明确函复：只能以围困银行的方式追讨。

任洪斌愕然，国机茫然。

第三节 再找国资委

围困银行，维持生存？

任洪斌被深深触动了。重组，债务，解困，振兴，法律，一个堂堂央企，难道已沦落到这个地步，要靠围困银行，才能维系生存？可能吗，可以吗，合适吗？在感到荒唐可笑不可思议的同时，他隐隐感到了事态的严重性。

另一方面，与债委会的谈判，仍处于僵持中。

2015年4月17日的会议，算是银企双方最后的摊牌。骆家駼诚恳直言，请债委会一定要充分考虑二重的特殊性和现实困难，以及债务重组工作时间的紧迫性。债务重组进程缓慢，已导致二重的扭亏脱困、资产整合、业务协同等一系列计划无法实施，如果实在达不成一致，二重只有破产一条路可走了。

好在，法律给了重组一个利器——破产。这是世界公司制成功经验的结晶，也是中国企业法规制度的进步，目的是最大限度地保护生产力。

不得不重提破产。

任洪斌从来没有这样憋气过，对重组的倾情投入，总是被纠缠绊住。更主要的是，国机和二重都耗不起。想来想去，他决定还是要硬着头皮再找国资委。国资委不仅是央企的娘家，更是出资人，名副其实的坚强后盾呀。在国机长期的发展中，国资委给的帮助还少吗？然而越是这样，任洪斌越是觉得，要体谅国资委的难处，企业自己能解决的问题，尽量自己解决。可自从国机、二重重组启动以来，他的这种"体谅哲学"，一次又一次面临挑战。多少次，他和他的班子同仁，马不停蹄地找国资委领导、相关司局和处室。连一脸严肃的门卫，见了他们，都会像见到老朋友般微笑点头，好像在说，你们又来了啊。

这样频繁地找，本不是任洪斌的风格，甚至让他感到有点不好意思。但作为央企老总，他又不得不这样——不找"娘家"国资委又能找谁呢？

2015年7月23日，任洪斌、石柯率领他们的重组团队——骆家骢、刘祖晴、刘华学、董建红、赵保辉、冀晓龙，来到北京市宣武门西大街26号。

这里，曾是原国家经贸委的办公地。上世纪末，国家实施国企第一轮改革的"三年脱困建制"攻坚战时，这里就是指挥中枢。每天数以千计的地方政府、国企要员汇集于此，不是通常的客走旺家门，而是争取那总额有限的兼并破产债转股银行核呆指标。我也曾是其中一员，个中滋味，已在《国企变法录》中记述。现在，这里却成了第二轮国企改革的指挥中心。物是人非，唯改革还在接力，从出发点、目标，再到内容、重点和难点，都是更高的挑战。

任洪斌、石柯双双出面，问题肯定非同寻常。国资委很重视，一名副主任亲自主持，涉及的相关司局、处室负责人沈莹、刘绍娓、杨杰都到场了。

任洪斌简要汇报了二重债务重组、扭亏脱困工作进展情况后，重点汇报了债委会提出的债务重组方案和实施路径、对二重重组预期效果的可能影响，及国机和二重的原则立场，并对需要国机付出的资源做了简要分析，提出了国机的想法及下一步工作的设想。目的很明确，希望得到国资委的理解支持。

大家都清楚，问题非常棘手。

在国资委、银监会的组织和推动下，自2014年12月，国机与债权银行启动二重债务重组工作以来，双方围绕偿债方式、范围及条件，先后开展了14次正式谈判及无数次的非正式沟通，在许多问题上已达成一些重要共识，但分歧仍较大。而且，这些分歧不仅触及双方的根本利益和底线，还涉及顶层现有的制度障碍。直到2015年9月11日，才基本形成一个大家比较接近的方案。

债委会提出的方案，当然是代表了债权银行的立场。方案列入的二重主债银行债务，已达121.38亿元。多轮协商，债委会仍然坚持还债思路：

第一，现金偿还部分不能少于23.24亿元。包括：（1）8万吨模锻压机项目对应的银行抵押贷款9.5亿元；（2）成都工程中心项目对应的银行贷款3.4亿元；（3）镇江基地项目银行贷款16亿元，三家改制企业银行贷款共3.9亿元，应收账款质押、保留债务5.95亿元，均按40%现金偿还、60%以股抵债；（4）债随资产走5.3亿元，包括万航公司债务3.9亿元，担保1.4亿元。

第二，二重保留债务不能少于10亿～15亿元。

第三，银行债权换股77.84亿～82.84亿元。

第四，中票、企业债等金融债务18.4亿元，由企业自行解决。

第五，国机对二重的债权，不能纳入本次债务重组。

有人把债委会的这个债务重组方案，简称为"731"方案。为防止误解，正式汇报材料将其写成了"732"，即：以股抵债77.84亿～82.84亿元、现金偿还及债随资产走28.54亿元、保留债务10亿～15亿元。

同时，债委会还提出了关联条件：（1）以股抵债后，在存量股份部分，确保二重单一第一大股东地位，如实施资本公积转增，不受此限制；（2）需中小股东让渡所持股份的10%，约6542万股；（3）对保留债务偿还期限及利率，可进一步沟通，但不能免息；（4）国机对以股抵债股权回购，应做出承诺，包括时间和价格；（5）农行提出，以股抵债价格应在7元/股以下。

从开始抛出的债权大盘，并坚持国机以现金偿还或担保，到后来几个月几十次的讨价还价，出于拯救二重的目的，各银行做出了较大让步，但离国机对二重扭亏脱困的设计目标仍有较大距离。站在银行角度，这似乎已让到底线；站在国机角度，如果不能保证二重有效扭亏脱困，还有什么意义。

因此，针对债委会提出的"732"方案，国机提出了新的"118"方案。即：以股抵债100亿元、保留债务13.38亿元、现金偿还8亿元。

国机这样提，是出于现实考虑。

第一，巨大的压力让国机不堪承受。在二重资金链断裂的情况下，国机支持的保障资金，早已突破了董事会确定的底线。根据目前态势，职工工资、企业债券，及不可预见因素，国机面临的继续支付压力还很大，且还要解决二重的债务违约问题。因此，国机对二重不可能有更大的现金偿债能力。

第二，企业保运行需要大量资金。因为市场竞争加剧，付款条件越来越苛刻，货款回收越来越难，生产资金投入越来越大。二重重装股权让渡后，持股进一步分散，二重生产运营资金，将主要依靠作为第一大股东的国机。

第三，改革振兴需要大量资金。重型装备行业面对严峻的市场形势，国机作为大股东，仍然给予了债权人利润承诺，以提振持股信心。二重即便减员、减债和扭亏脱困成功，然而生产要素重组，增加造血功能，仍将需要大量资金。

以股抵债的价格，更是个敏感神经。

它的敏感，由一系列的利益关联构成。在换股债权额度确定的情况下，股权作价越高，换出的股份就越少，反之则越多；换出的股份多了，要确保国机在二重重装的第一大股东地位，就需要散户股东让渡股份。问题就复杂了，这涉及数万人，而且这些散户大都在二重重装上血本无归。特别是重组过程中，一会儿利好，一会儿利空，一会儿暴涨，一会儿狂跌，已让许多人神魂颠倒，怨愤叠加，正无处发泄。现在，又要叫他们让渡股份，岂不是火上浇油？

不只是利益博弈，还涉及维稳等社会问题。

站在国机角度，以股抵债价格当然是越高越好，自身利益和散户工作难度都可迎刃而解。但那过于理想化。于是，国机找出了自己的理由：以股抵债的股价，不能凭空设定，应有个参照。一重就是最好的参照。两个企业行业相同，且都属央企，要讲综合潜质，二重在与国机重组后，应该更胜一筹。当时，一重的股价为18.90元/股，即使对半打折也是9.45元/股。以股抵债118.38亿元，也只需二重让渡12.59亿股权。让渡之后，重组后的新国机仍持有二重重装3.8亿股，占16.55%，仍然可以确保第一大股东的地位。

分歧的背后是责任和利益之别。债务重组的目的是减债。真正的减债，当是刚性的，让该沉没的成本沉没。这必然涉及谁来埋单的问题。但银行必须维护金融资产安全，尽量减少损失。随着僵持的持续，银行也看到国机的坚定立场和问题的难度，加之内部追责的结束，银行的态度也开始松动，大家逐步向目标靠拢……

任洪斌正是抓住了这个机会，找国资委。

作为这次重组的主要责任人，他们没有回避，也无法回避，把问题和可能一一呈报到"娘家人"面前。他的想法是，求得支持后，再与地方政府沟通，形成政企联手支持的合力。在此基础上，如果别无选择，那不得不选择破产重整。

可是，一单未埋，一单又逼紧。

2015年9月17日，国家发改委发来的《关于妥善解决"08二重债"本息兑付的函》，又一下让国机和二重增加了新的压力。该函指出，二重发行的"08二重债"，将于2015年10月14日，兑付剩余本金及利息约3.3亿元。为防止单笔债券违约引发系统性风险，要求二重重装加强信息披露，积极协调有关方面筹措资金，确保债券按时还本付息，充分保护"08二重债"持有人合法权益，切实履行募集说明书和其他法律文件约定的各项义务。

国家发改委的警示非同小可，涉及整个国家的金融风险。作为国资委分管企业重组的领导，当然了解困局原因及其突围的难度。

不只二重，在国资委内部，也在开始酝酿整个央企的突围。近几年来，在经济转型升级中不断出现的"僵尸企业"，已经日益困扰国资委。如何解决"僵尸企业"的问题，正是这次突围的主题。2016年3月5日，李克强总理在十二届全国人大四次会议发布的政府工作报告中宣布，国家将安排1000亿元专项资金，解决"僵尸企业"1000万人下岗分流的问题。二重无疑集中了许多"僵尸企业"的共同特征，这次重组搞好了，便可提供一个难得的"国家经验"。国资委领导明确表示，原则上同意国机方案，认为通过司法重整落实谈判结果，把法律的优势与行政协调的优势科学结合，把各方拯救二重的诚意与资源聚集，是债务重组的有效路径。他要求在与债权银行进一步沟通，落实方案细节，并提前与地方政府做好协商沟通的基础上，可以启动。必要时，国资委可出面帮助协调。

事实上,中央处置"僵尸企业"的决心是大的,工作也是卓有成效的。

根据国资委信息,截至2018年底,全国有超过1900户的"僵尸特困企业"完成处置治理的主体任务;纳入专项治理的"僵尸特困企业",比2017年减亏增利373亿元,与2015年相比,减亏增利2007亿元。中央企业累计减少法人12829户,减幅达24.6%;90%企业的法人层级控制在10级以内;管理层级最长由8级减少到6级,6级(含)以上的管理单位减少了3600户,减少比例98%。

汇报会于上午9时开始,一直持续到11时。国资委的支持,让任洪斌心里热乎乎的。更重要的是,方向定了,就有了缩小距离的基础和底气。

与此同时,国机与债权银行,还通过不同渠道,向国家银监会作了汇报。银监会先是提醒谨慎,随着方案的明朗,也明确表示支持。

万事俱备,只欠东风,那东风就是债权重组协议。

第四节 重返司法重整

有了国资委和银监会的支持,债务重组协议很快达成。

二重债务司法重整再次启动。虽然,此重整已非彼重整,不是真正意义上的破产重整或破产清算,而是在双方达成偿债协议基础上的实现形式,但它毕竟让困扰已久,纠缠两年多的二重债务重组,实现了关键性的突破。

大道若简。问题如此复杂,又如此简单。共同的目标,共同的责任,相互的尊重、理解与诚意,终于消弭了分歧,心和行合二为一。

按照各方协调一致的债务重组方案,以股抵债部分,涉及银行主动持有上市公司股份。这与现行银行监管体制相悖。在上一轮国企改革中,虽在优化资本结构试点城市国企试行过"债转股",并因此设立若干金融资产管理公司,对应承接各银行剥离的不良资产和对外持股,但那只是特殊时期、特殊情况下的政策,国家早已明确废止。要突破体制,实施以股抵债,只有两种途径:一是国务院个案特批;二是司法判决。特批不是不可以,国机、二重重组,本来就是国务院批准的,且通过一些渠道汇报,国资委、银监会和国务院领导,都对方案表示支持。问题是时间。大家冷静分析,这件对于国机和二重来说的"头等大事",在国务院的议事日程中,也许就只能按部就班走程序。熟悉机关办事流程的人估计,那至少要3个月,且还有相当的不确定性。大家觉得,最好不去冒这个险。

二重显然对这个问题有误判,因为市场恐惧。

也许是这几年的市场太残酷了,二重上上下下,仿佛都患上了"市场恐惧症"。出于对企业前途的深爱,他们视市场为上帝,对一切市场关联单位,从供应商到客户,都心存敬畏,生怕得罪。债务重组方案,只解决了17家主债银行的问题,还有大量的小额债权怎么办?他们大都是二重长期以来的忠实合作伙伴,不仅与二重风雨同舟,走过了那么多年,而且在二重最困难的时候,也不离不弃;他们的债权,大都是正常经营中的拖欠货款,且合作还在进行,于情于理,都不该硬性削减。更重要的是,在二重未来的发展中,也离不开他们。

有人曾提出,在司法重整中可否采取"一债两制",对除主债银行以外其他数以千计的小额债权人网开一面。汇报到法院,法院一口回绝。同债同权,一旦企业破产重整立案,债务重组进入司法程序,所有债权就必须一视同仁。

二重设想的好心之路被堵死了,能冒这个险吗?

二重的领导,特别是直接与客户打交道的人,表现出强烈的忧虑与担心,甚至明确反对。有人忧心忡忡、焦虑万分地反复强调,这些客户得罪不得啊,他们是二重的饭碗。有人甚至激动地冲着方案操刀人刘祖晴质问:你们是怎么想的,本来市场就不景气,把客户得罪了,今后还要不要企业活命?

刘祖晴没有埋怨,毕竟这是出于对企业的爱和关心,二重多么需要这样的精神；也不好直接回答放弃方案。好在目标是一致的：企业要活命。

刘祖晴反问：不减债企业能活命吗？

质问者一下无话了。

巨大的障碍，不可能通过一个反问就解决，关键还是要科学细致的工作。这本来就是一个艰难复杂的局，好长一段时间，多少次了，从减员到减债，从业务协同到工作协调，再到一个个大小方案的制订，哪个是一帆风顺的呢？

刘祖晴神情冷峻，不像是在接受采访，而是在独自回味往事。看得出，回忆再次把他带入了另一种情景，那种他并不想重返的酸甜苦辣。

再艰难也还得硬着头皮往前走。

刘祖晴说，开始时他焦虑万分，不知道工作怎么推动。逐渐地，他学会了刚柔相济，各个击破。他和国机派来的几位同事和二重部分留任领导分工，会上争论没有结果的，就下来一个一个与班子成员沟通。先说服老领导，他们经验丰富，德高望重，说话分量重。再争取直爽敢说的，他们直来直去，往往能影响会场氛围。有的人心里明白，在矛盾尖锐时，在会上却不敢说，不愿说，他们的失语，往往助长某种声音。化解强烈反对的，他们认识分歧大，情绪激烈，工作很难轻易做通，以心交心，至少可弱化对立。对于不了解二重现状和重组战略意图，不懂破产重整、不懂以股抵债、不理解股权让渡之类的，他们请来专家讲课。

心沟通了，道理明白了，事情就好办了。单纯的二重人，思想转过弯来，重返可爱的本真。一些原来激烈反对的，对着刘祖晴憨憨地笑了："刘书记，别见笑啊，俺过去别说没吃过肉，连猪也没见过。"这下该轮到刘祖晴不懂了。二重人解释，这意思是说，他过去见识少，很多事情确实不懂。

最重要的，还是要与二重人的心拉近。

因重组前期的纷纷扰扰，二重从班子到职工，思想非常混乱，互相猜疑、悲观失望、怨天尤人。孙德润、刘祖晴与班子成员齐心协力，整合思想，凝聚共识，消除误解。心散，是比资金、市场更大的困境。党内组织生活、工会、青年团、妇联齐上阵以及大讨论、大培训，体制的优势再次彰显，正能量回升。同时，国机派到二重工作的干部，无论进班子的还是没有进班子的，无论在什么岗位，都时刻提醒自己，在二重人眼里，自己就是国机，一言一行都代表了国机形象。他们一到二重，就把二重当成自己的家，去爱它，呵护它，共克时艰，共渡难关。他们不配专车，上下班以自行车代步；不吃小灶，在厂门口的路边店搭伙吃饭；不住豪华酒店，租住在普通的德阳知己堂快捷商务酒店……

这不是传说，精美的石头会唱歌。

精诚所至，金石为开。随着隔阂逐渐消除，信任逐渐建立，重点难点一个个攻破，问题一个个解决，文化一步步融合，观念一点点靠近，块垒一个个化解，情感一步步加深，信任一步步建立，班子的主流节拍，逐渐共鸣于重组推进的主导音符。在2015年12月23日至24日召开的二重党代会换届选举中，到会代表438人，刘祖晴以431票的第一高得票率当选党委书记。这既是一个验证，也是一个开始。刘祖晴说，他很感动。但这个高票不只是属于他的，是属于国机的，他们还做得很不够。他们才到二重工作几个月啊。过去的一切委屈和辛酸，都在此刻转化，转化为欣慰和感谢。只有倍加努力，才对得起二重干部职工的信任。

那张结实的鱼骨图，结实的右翼，终于舒展。

冷静的背后是理性，是无法逃避的现实。

从内到外，理性的大门，宽敞而清明。有什么好好说，各让一步吧，只要真正从有利于二重脱困振兴出发，面对现实，而不是再死死抱住一己规则和利益。有了这样的姿态和共识，走了两年多的漫长弯路，一个轻轻地举步就完成了。

分歧缩小到双方可以接受的程度，就是融合。2015年9月26日，7家主债银行代表，在《中国二重债务重组综合受偿方案》上签了字。

回归那个刺眼的词：司法重整。

方案是这样解释的。在协议重组下：（1）无法解决商业银行主动持股的法律障碍；（2）难以满足银行债权人内部审批主要依据要件的要求；（3）在安排股权让渡偿债上，小股东股份及资本公积金让渡无法妥善处理。

同样的司法重整，却具有了不同的含义。

对债务重组范围内的不同债务，在行政层面协商一致，实行"个案"处理，双双再持这个协商一致的重组协议，友好携手进入司法程序。

协议载明：债委会考虑的重组债务，仅限于债委会成员银行债权。其他债权，包括中票、理财及供应商等的债权，由国机、二重另行解决。享有抵押、质押权优先级债权，优先受偿；普通债权，按照同权同利原则受偿。截至法院受理司法重整之日的欠付利息、各金融机构保留债务欠息，采用利息资本化方式计入贷款本金；其他欠息，按各金融债权人未受偿本金"以股抵债"比例受偿。

参与司法重整的银行所持有的债务重组的债权，仍为121.38亿元，采取现金、保留债务、以股抵债三种形式受偿。以股抵债91.38亿元，抵偿股份不低于18.7亿股（5.29元/股），在确保二重第一大股东地位的前提下，通过对二重重装法人和自然人股权让渡，及公司以专用偿债的资本公积金转增方式予以解决。

债权人和债务人联合将债务重组方案上报中国银监会，很快，银监会办公厅立即以"银监办便函〔2015〕1293号"文件，批复"原则同意"。

二重债务的司法重整，终于圆满落定。

三条债务重组措施，都不是真正意义的减债，而是偿债；甚至连方案的主题，也定义为银行二重债务的"综合受偿"。但二重的资产负债率，由150%左右下降到90%左右；许多难解的债务死结，都因此迎刃而解。

与此同时，国机发布公告，明确以受让方式，为"12二重债MTN1"及"08二重债"托底。两期债券危机，以转手"特赦"的方式获得化解。

对于小额债权人的处置，远比预想的顺利。

方案提出了分期按比免息偿还设想。其中：5年内还清的按100%；3年内还清的按75%；2年内还清的按55%。通过真诚沟通，相互理解，互相体谅支持，在破产重整框架下，很快与债权人达成和解。

真正的埋单者，仍是国家、国机和二重，及社会债权人。

截至2015年12月31日,国家支持二重重组解困资本金60亿元,国机投入45亿元。银行的以股抵债,是偿债方式的改变,其支持的意义在于,为二重在偿债时间和方式上争取了空间。这个期票,靠二重在未来的改革振兴中去贴现。而小额债权人,则以自己的支持与友情,换来了与二重长期合作的优势。

在这场堪称共和国国企改革经典的大戏中,危局和突围、风险和翻牌、利益与希望,都在重组中打包,装进梦里,寄予那条梦中的鱼。在这个梦中,国机、二重和重组中新入局的股东银行,都有讲不完的精彩故事。

节令又行走在深冬里。这是一个温暖的冬,蜡梅含苞,雾霾渐散,飞雪涤尽了浮尘,天空透明而澄澈,就像任洪斌这时的心情。

已经是重组二重后的第三个冬天,任洪斌心情大不相同。

在国机2016年度年会上,任洪斌小结了国机、二重重组以来的工作和阶段性突破,分析了未来形势,部署了未来的改革振兴任务后,与大家分享了一个故事。故事从国机所处的北京市海淀区丹棱街说起。据说,这条古老而年轻的街,与四川丹棱县人、清代学者彭端淑(字乐斋,号仪一,约1699年—约1779年)有关。彭曾官至吏部主事,迁本部员外郎、郎中。乾隆十二年(1747年)充顺天(今北京)乡试同考官,退隐后在此兴教办学。任洪斌在会上引用了彭端淑的那篇有名的《为学》:"天下事有难易乎?为之,则难者亦易矣;不为,则易者亦难矣。"

事在人为,或为而不难。

任洪斌言之谆谆:身在丹棱街,一定要牢记丹棱精神。

第五节 看不见的战线

为而不难，既说的是过去，也说的是现在和未来。

回望司法重整之旅，怎一个难字了得。时间是以时分秒来安排的，程序的尽头，就是二重新的起点，不仅通向希望，还通向二重人的雪耻之旅。

启动了，二重司法重整。

按照各方协调一致，国资委、银监会批准的破产重整方案及内部流程，2015年9月11日，两家二重及二重重装的供应商——机械工业第一设计研究院、德阳立达化工有限公司，正式向德阳市中级人民法院提起破产重整申请。

信息披露，立即引起强烈反响。

市场评判的基础，都是基于公开披露的信息。反应最敏捷的，是业内人士和资本市场专家。他们据此习惯性地开始了分析。分析此举的意义、影响及会不会引起连锁反应。对此肯定者居多，有些担心，则是对现有信息的演绎。有人甚至煞有介事地分析法院受理的可能。知情者觉得好笑，这些专家真可爱，他们怎么对中国国企体制那么不了解。看到这些评论，主事者有几分欣慰。扑朔迷离的景象，可让人做好各种可能的心理准备，缓解因巨大落差带来的冲击。

可股民的反对之声，比预想的还要激烈。

可以说，为化解社会矛盾，重整方案已绞尽脑汁。根据已掌握的债权债务情况，管理人将二重及二重重装的普通债权，又划分为金融普通债权、非金融普通债权、国机和二重的普通债权。按照方案，对于金融普通债权中的115.42亿元核心债权，13.08%以现金偿还，其余以股抵债。非金融普通债权，单笔额度25万元以下的一次性清偿；25万元以上的提供不同清偿，共计13.3亿元。国机和二重的普通债权，则尽量不占用有限的清偿资源，在保证其他债权偿还的基础上，采取定向增发等措施解决。按每10股转增4.46股的比例，对二重重装实施资本公积金转增股。该部分股份并不向二重重装原股东分配，而以让渡方式直接用于清偿债权人。

尽管如此，矛盾还是难以避免。

偿债金额、形式、以股抵债价格、数量，及保证二重在二重重装的第一大股东地位等，诸多要素集中在一起，最终结果事实上已没有多大选择余地。焦点是股东让渡股份比例。按照这个方案，社会散户让渡的股份比例，比最早设想的增加了一倍。这不能不说是个大难题。重整方案从设计到实施，不可避免地要在二重重装债权人、债务人和股东多边利益边际游走，又不能触礁沉没。

2015年10月21日，二重重装管理人在股转公司网站发布公告，披露了该公司司法重整方案的内容，且称最终结果仍然存在不确定性。

争论的焦点，集中到了股份让渡。

关键是散户，网络成了争论的主场。其实，围绕二重重组，网上的关注与争论从来就没有停止过。二重的"热线网吧"，已由原来的"二重吧"，衍生出了"*ST二重吧""二重3吧""*ST二重雄起QQ群"和"二重散户群"等。一些网吧人气很火，平均在线四五百人，最高时上千人；网友除了来自二重，还有全国各地的。此前争论的关注点在企业，包括对二重过去辉煌的怀念，对今日沦陷的惋惜，对今后前景的迷茫，反映出一种幽幽的痛；现在却是个人切身利益。多数网民还是比较理性的，就事说事，就理论理，或提出一些较温和的质疑。

在东方财富网，发帖的主要内容集中在反对股份让渡、反对以股抵债、争取独立投票权和要求索赔上。一位发帖最多的"二重好人"，发表了偏激、颇具煽动性的言论。

顷刻间，各种不实、猜测、煽动的言论满网飞。

债务重组实施的工作重点，不得不安排专门力量，应对舆情，阐明真相，化解矛盾，为司法重整护航。二重应对债务司法重整工作小组（简称"债务重整组"）应势成立，新的危机应对，与司法重整同时启动。这明显包含了一些被动和无奈的成分。

与通过谈判实现债务重组不同，这确实是另外一套程序。这是司法重整启动会议,给大家的鲜明感觉。从内容到形式,从流程到时间点,都必须依法定而行事,容不得人为的研究和讨价还价、争来争去,容不得反反复复慢条斯理。一切都是按法定程序,紧张有序地推进。

时间以分计,从9月11日破产申请开始……

另一方面,股民在网上的反对声有增无减,越来越激烈,不乏偏激煽动之词。无端猜测、推理、谩骂、攻击,甚至把矛头直指国机和任洪斌。

面对股民的偏激,任洪斌没有动摇,也没有生气。他用另一种眼光,解读这一切:反对的背后,其实是信心,对二重改革振兴、对未来发展的信心。反对,是因为站在个人利益角度,只看到自己的损失,而忽略了责任。

应该说,司法重整方案的设计,在法规上没有任何问题。

比如股民矛盾最集中的股权让渡。早在2008年11月11日,中国证监会就发布第44号公告,对第53号令作了补充规定,明确"上市公司破产重整,涉及公司重大资产重组拟发行股份购买资产的,其发行股份价格由相关各方协商确定后,提交股东大会作出决议,决议须经出席会议的股东所持表决权的2/3以上通过,且经出席会议的公众股东所持表决权的2/3以上通过"。该规定从同年11月12日起施行。也就是说,经过股东大会合法表决通过,将以资本公积金转增的股份,以让渡方式直接用于清偿债权人,是合法有效的。股民有什么意见,可以在表决程序中体现。

处变不惊,一切都早有预案。

吸取"5·11"的教训,为了有效维护稳定,舆情小组密切关注,及时监测、评估、引导和处置,还专门编制了《二重债务司法重整舆情动态》,每天汇总上报决策人。德阳市委宣传部、市公安局、市维稳办也建立了相应的应急机制,与二重密切配合,协调而行。即便对一些言词偏激的恶意发帖人,只要没有严重触犯法律,都采取了尽量克制,最多予以密切跟踪关注,或发表正向言论,最大限度舒缓,以化解矛盾。二重还向公司职工、用户、各二级单位、供应商印发了有关解释说明材料,要求统一口径,主动做好正面宣传解释。

但事实表明，事前的正面阐释还是不够。

从争论情况可以看出，许多股民仍有太多的不了解。

不了解为什么要让渡股份；不了解银行过去贷款给了二重，现在二重还不了钱，要用一只退市的"垃圾股"抵债，这工作有多么难做；不了解在债务、股份、股价、股民多个边际穿行，有多高的难度系数；不了解债务重组的格局，已经形成一个死结，只有散户参与进来，让渡一部分股份，这个死结才能解。否则，重组不成，减债流产，脱困不能，恢复上市枉然，自己抱住的二重重装股票，可能就成了一张废纸。且不说证监会令，股东本身就是出资人，公司出现资不抵债，从法理上讲，已无权益可言，公司财产都属于债权人。虽然，二重重装自从上市以来，既没有分过红，也没有派过股，当初的发行价与现在的让渡价相差一大截。但这毕竟是一种投资行为，股票的买入和卖出，都是自由选择。根据乐观测算，在破产清算状态下，普通债权的清偿比例仅为17.38%；而在债务重整情况下，其受偿比例不仅将会大幅度提高，而且还潜藏着翻身的可能。

不是臆测，此前的长油，就有过这样的先例。

第六节 男子汉说到要做到

太多的不了解，衍生了太多的情绪。

这当然不能怪股民，也不能简单怪罪于重组操盘者。大事当前，千头万绪，他们有多少更重大更急迫的事要面对。而有的股民就一根筋钻进了自己利益的梦境里。对二重的未来，从失去希望，到重燃希望，这本来是一件好事，可现在这希望被期望点燃，形成了一种与重组方案实施反向的力。也许，面对如此复杂浩大、利益关系敏感尖锐的重组，分歧本来就难免。

继国内多家媒体相继报道后,很快,二重的债务司法重整,引起了海外媒体的再次关注。9月16日,华尔街见闻网的一则《"08二重债"违约在即 中国第二例国企债券违约由"央企制造"》消息,很快被新浪网、财经网、搜狐网、金融界等20家网站转载;FX168财经网也发布"银行间债市盘中窄幅波动,二重债违约影响有限"的消息,7家门户网站相继转载。这些网站消息,除内容源于公司公告外,在标题上突出了"央企制造""违约"等渲染,给二重带来的负面影响已在所难免。还好,尚未出现尖锐的内容和过度的解读。

9月19日,二重重装管理人在股转公司网站发布《重整进展公告》称,管理人目前已接管二重重装,正依法履行职责。经四川省德阳市中级人民法院许可,二重重装继续营业,并聘任原企业经营管理层负责营业事务的管理。管理人已向德阳中院申报第一批需继续履行的合同并获批准,目前止在向合同相对方发送相关通知。公司股票将继续暂停转让。

值得玩味的,是公告最后的提醒。

公告提醒称,公司已进入重整程序,存在重整成功或不成功并转入清算的可能,请广大投资者充分注意投资风险。这不是官样文章,其作用是多面的,危机下的不确定,既可疏解心理落差和振荡,又可能产生负面影响,还可规责。

司法程序紧张而有序地推进,各个环节几乎是无缝对接。

9月21日,二重和二重重装,同时收到德阳中院对此案的受理立案通知书。

9月23日,德阳中院在《人民法院报》刊登受理二重和二重重装破产重整公告,要求债权人申报登记债权,并向已知债权人发出《债权通知书》。

二重的律师团队主动出击,对拟通过司法途径追收的债务,紧张地进行分类、分析、梳理,并准备诉讼资料,根据具体情况,适时启动诉讼程序。

经过两个多月的申报及审查,管理人最终确认:二重集团债权人72家,确认债权金额55.03亿元;有3家暂未确认,涉及债权1.81亿元。二重重装债权人1590家,确认债权金额169.01亿元;有104家暂未确认,涉及债权金额12.63亿元。所谓暂未确认,主要涉及二重及国机自身,债权债务双方当事人对债权金额的分歧较大。为不影响重组进程，暂时搁置这部分债权债务，厘清后再作处理。

债权申报结束，股东会即将召开，舆情随之转向。

争论的焦点，由反对重组、反对股票让渡，转向投票维权。不甘心的股民抓住时机，利用各种网络平台发帖，鼓动大家在股东会表决环节投反对票。

网帖铺天盖地，来自股民的压力，从来没有像现在这样巨大。这给司法重整危机应对工作，提出了严峻挑战。必须以法律为武器，以事实为依据，以真诚为润滑剂，与时间赛跑，与程序竞争，以股东会为决胜高地。

与此同时，债务重整组设置的咨询电话，也响声不断。意见主要集中在三点：一是中小股东让渡股份比例过高；二是5.29元/股的让渡股价太低；三是未明确重组后，国机对二重重装是否注入优质资产。管理人安排专人，于11月24日与已确认债权的前100名股东进行了电话沟通解释，结果是：27名股东表示同意，4名股东反对，2名股东弃权，10名股东态度不明，57名股东无法取得联系。

沟通、调查与来电，都得出相同的结论。

情况复杂，矛盾尖锐，不确定因素太多。股民的情绪，似一堆烈焰下的干柴，可燃值骤增，也许一粒火星，就可能点燃这个巨大的火药桶。

紧张应对，以会议方式集体应对。每一个会，都关系着重整工作的正常推进，或生产经营稳定的节点，并与舆情对接，引导正能量，化解对立：二重老领导及园区通报会、经营性债权申报工作培训会、司法重整维稳（安全）与宣传工作会、重整中介机构审计、评估协调会、经营性债权申报工作培训会……

严密操控，以程序的方式固定。每一个程序，都关系着重整是否合法有效：债权申报、债权审查、债权确认、债权协调、债权处置；同时，还有社会的担心质疑、生产经营活动的开展、需继续履行合同的衔接、筹备债权人会议……

两个月一晃而过。时间留痕，重整工作不仅是紧张有序，而且还有奇迹。

重装 突围

2015年11月27日下午，临近下班的时候，任洪斌几乎同时收到孙德润和刘祖晴发来的报告短信。

> 任董好！今天司法重整三个债权组会议均平稳结束，结果为：
> 上午，二重重装债权人组会议，同意家数比例为97.55%，同意金额比例为96.11%，方案获通过。
> 下午，二重债权人组会议，同意家数比例为100%，同意金额比例为100%，方案获通过；出资人即股东人组同意占99.4%，方案获通过。
> 至此，二重和二重重装三个组别债务重整方案全部获得通过，司法重整迈过关键性一步。感谢集团的大力支持，感谢您的直接指挥。
> 后续工作我们决不放松，按您的要求扎实做好。

孙德润的这条短信，隐含了他对债务重组的心路历程，从怀疑、担心，到认知、成功，他都是重要的参与者、操作者、见证者。他经历了山穷水尽到柳暗花明。实践让他发出了内心的赞叹："任董确实是一位难得的具有战略思维的企业家。他把国机从百来亿元，带到2500多亿元，总有他的原因。"

对任洪斌在这场重组大戏中的高瞻远瞩，孙德润更感同身受，发自内心地佩服。他说，事情的演变越来越清楚，正如任董说的那样，决定这次重组成败的有三大关键：减债、减员、造血。2015年是重大突破的一年，三大任务和难点完成了两项，剩下的一项，即改革振兴，增加造血功能，则任重道远。

虽然在预料之中，任洪斌还是很高兴，露出了自重组以来少有的欣慰的微笑。他立即给孙德润回了短信，表示肯定和激励，语气掷地有声：

> 孙总，您好！大家辛苦了。二重自身必须自强不息。这是解决二重问题的根本，否则，外界怎么帮助，都不可能彻底改变局面。
> 请您告诫二重班子同志，男子汉说到要做到。祝好！

刘祖晴的短信,则表达了自己难以抑制的激动。

　　任董好!这次二重的债务重组,在您的亲自指挥和运作下,取得了极大的成功,其效果非常令我们意想不到。按业内人士的说法,这次重整创造了三个最:一是进入司法程序后的时间最短,正常程序需半年的,我们只用了70天;二是标的规模大,债权人通过率最高;三是中小股民最稳定,各方最满意。这将成为中国资本市场一次成功的典型案例,必将载入史册。
　　此刻,我们都非常高兴。
　　请任董放心,我们将在你的领导下继续努力,全力以赴抓好二重产品结构调整及业务转型工作,确保2016年扭亏脱困"双超"目标的实现,并抓好下一步的改革振兴,再用几年时间,真正让二重步入良性发展的道路。

　　是的,这是一个值得高兴的时刻。
　　两年多了,为了这一刻,大家经历了多少艰难曲折,耗费了多少心血,付出了多少努力。胜利的时候总难免想起艰难。作为这场重组大戏自始至终的重要参与者,从重组方案的制订到实施,前期的调研、中期的协商,到后来的进入二重班子,刘祖晴经历了一生最重要的磨炼,从未有过的五味杂陈。
　　他想起了塔西佗陷阱。因为政府失去公信力,不管你说什么,也不管正确与错误,人们都不信任。这里尚谈不上如此。但国机刚刚进入,一切才开始,信任的建立为什么就那么难?忙碌了一天,明明很疲倦了,可晚上却睡不着。总是想白天的事,一幕幕,如电影。有时想着想着,眼睛湿了都不知道……
　　孙德润、刘祖晴,一个老二重人,一个新二重人,都是二重管理联合团队的核心成员。他们的短信带来的不仅是债权人会议顺利和成功的信息,还有二重的精神面貌。从他们的喜悦、自信和从容中,可以看出一种更可贵的精神——久违的二重精神,它正在悄然回归:事在人为,为而不难,不等靠要,自己救自己。

一个铿锵的声音:男子汉说到要做到。

做到了,梦中的鱼,已逐步演进为生动的现实;更高层次地融合共进,也已形成。往日的质疑、纷争、对立,转换成了肯定、点赞、惊异。

时任中共中央政治局委员、国务院副总理的马凯同志一直关注这件事,对处理结果非常满意。他要求银行写出专题报告,认为处理"僵尸企业",二重是一个非常典型的案例。国资委领导对国机、二重重组取得的成功,给予了高度评价,认为它"为其他中央企业开展改革脱困工作提供了有益的借鉴"。事实上,国机经验很快融入中央"三去一降"、深化国企改革的决策中。

中国银监会对其高度赞赏道:"中国二重成功实施债务重组,为探索金融服务实体经济,推进装备制造企业转型升级树立了典范。"

债权银行认为,国机这件事情处理得好,做到了银行、政府、企业都满意。银企关系随之发生微妙的变化:在二重困难时,急需资金,银行要么不给贷,要么利息必须上浮多少,抵押条件苛刻。现在情况好转了,银行提出来,二重困难的时候,我们一块儿渡过难关了;现在二重好了,别把我们忘了啊,贷款应从我们这儿来。

上交所也对国机的讲大局、重担当和务实精神给予了高度评价。

殊途同归,开启了新的征程。

第九章 擦亮的名片

第一节 比质量问题更可怕

产品质量,是企业的名片。

可是近几年来,这张名片不仅没有让二重闪光,还常常叫二重蒙羞。

实施质量成本控制工程,通过成本费用结构研究与分析,对症施治,提升质量、减废降耗、降本增效,进一步降低主要产品的直接成本。这是《二重改革脱困总体方案》的内容。减废降耗与降本增效,是一个问题的两个方面。产品质量差,废品率高,不仅让二重的质量名片蒙尘,而且也让成本居高不下。可以说,废品率和成本高,竞争力差,是二重问题的重要成因。

二重《质量管理评审报告》披露的信息,不能不说让人惊心。

二重2013年度的铸件、锻件、结构件三大主要产品,质量不合格率或消耗水平,大都高于国内同行企业。其中,铸件质量问题发生率(NCR)为61.12次/千吨;锻件报废量达3107吨,NCR平均频次为14.98次/千吨,锻件探伤(UT)合格率仅为94%,其中的水电产品UT合格率仅为91.84%;结构件一次交检合格率为94%,NCR发生频次1.25次/千工时……

曾尝试理解,提醒自己切勿片面,不要被几个简单的数字误导;甚至不能完全否认客观事实——"极限制造",就是二重一个最大的客观事实。

二重大多数产品,具有高端、单件、小批量、长路线、多环节等特点,位处重大技术装备"极限制造"高地,新产品研发活动与制造活动往往集于一体。而企业技术工艺条件，还没有完全达到这种极限要求，尤其是在一些关键的工艺环节上，二重还没有完全吃透，与国外甚至国内同行尚存差距，包括对生产过程机理的研究与识别、正确的工艺参数选择，以及工艺的再现、重复、操作、稳定等等。这些因素的相互作用，曾导致含钒汽机转子VCD（真空碳脱氧）工艺的批量报废，也是超大型支撑辊、大型齿轮轴的批量断裂，大型厚壁石化锻件批量性能不合格等重大质量事故的重要原因。有些问题在二重持续了相当长一段时间。

可深度追溯也发现，客观不能解释一切。

二重过去的辉煌自不待说，质量曾是重要名片，熠熠生辉。把目光投向同行业：全国机械行业产品质量不合格率只有0.6%。同样是2013年。

中国机械行业协会公布的数据，让我们发现了客观以外的问题。

数字的背后，是语言承载的意义。不能不令人迷惑，作为共和国"脊梁""长子"的二重，产品质量不合格率，远远高于全国同行业。显然，这已不是简单的质量问题了，即便出自草创的民企，也是不可接受的。废次品率损耗的是材料、能源、人工、订单等，吞噬的是企业盈利和市场信誉。

任洪斌清楚，差距不止二重，而在整个中国制造业。世界制造业产品质量合格率99.7%，而中国只有95%。二重差距更大。他曾要求，提高产品质量、服务质量、管理质量，最终是要提高发展质量，让质量成为企业名片。

尽管，对二重的产品质量问题，业内早有传闻，但显然，国机的很多人，甚至包括二重的一些人，对问题的严重程度，还是估计不足。或者说，"成本控制工程"推进越深，二重产品质量问题的根发掘越深，暴露出来的问题就越多，越令人触目惊心。甚至令人怀疑，这样的问题怎么会发生在二重？

"虽然整个市场萎缩，但市场还是有的。频繁的产品质量问题，才是最要命的。"作为老二重人，时任二重专务副总经理的马树扬对问题看得很清楚。

不得不重拳出击，整治质量。

任洪斌看到了问题的严重性、关键性和紧迫性。二重重组伊始，他在重组干部大会上就明确要求："二重要把质量作为扭亏脱困的第一张名片，用过硬的产品质量,为挽回老客户、开发新客户提供支撑。"过了一年多,二重的产品质量虽有明显好转,但并没有根本好转,他又再次强调质量问题。

二重不敢怠慢,而是立即行动,从观念到制度。以"严字当头,从严管理"的一整套规章出台了,剑指突出的质量问题。企业上下立下军令状:在较短时间内,使产品质量得到明显改观,为企业扭亏脱困攻坚战提供有力保障。

应该说,二重为严抓质量,已祭出重典。

来到二重质量管理部,部长姜国建搬出了他们经手的杰作。那是一系列质量管理制度,体系严密,天衣无缝,根据任洪斌重树质量名片要求,从2015年起陆续制定的:二重《质量奖惩条例》《质量奖惩条例实施细则》《进一步细化质量指标考核的通知》《2015年经济责任制质量指标考核办法》《2015年质量工作要点》《2015年经济责任制质量部归口指标管理考核细则》《各单位质量责任事故评判标准》《2015年领导人员质量责任追究办法(试行)》;2016年,又对《经济责任制质量考核办法》及《领导人员质量责任追究办法》进行了修订完善……

每一个制度,都有若干章、若干条,有的还有图表细分细说,法律的、行政的、经济的、技术的,能使用的手段,几乎都用上了。从未有过的健全,从未有过的严格,也从未有过的细致与可操作性,许多监控,都深入到了流程的细节。根据工艺流程特点和过去经验,还列出了28个考核子项,把规则落实到项目。目标是确保产品"一次成功,件件达标",旨在拭净这张蒙尘的名片。

二重在质量管理上,可谓拿出了壮士断腕的决心。从制度层面,在二重,要铸成一个质量问题,确实很难,不过五关,斩六将,很难实现。

可半年后,集中暴露出来的质量问题,让大家傻了眼。

对二重2015年上半年的质量检查表明:废品率仍高达2.06%,而控制目标只有0.5%;报废直接损失3432.205万元;出现现场发生UT不合格报废、铸件缺肉、工件磕碰伤、硬度不合、外方设计换发滞后、批量性尺寸超差等典型质量问题471件。二重的铸锻、重机、金工、金结、万信等公司以及核电石化事业部等重要工序,几乎都涉及质量问题,部分质量问题指标甚至高出前两年许多。

这不能不令人惊讶，也匪夷所思。

更令人难以理解的是，一些质量问题的故事，是那么"精彩"，那么荒诞，那么可笑，那么不可思议，无异于一出离奇的现代剧。

在我面前，摆放着二重2015年生产现场错漏检专项整治活动的几份通报，都是典型质量事故，里面有一些不可思议的人为原因。

第一号通报，说的是冷却水管护套质量。

这是二重万信公司向重机公司供货的产品，分为两批共8件。重机公司在报用户联检前发现，一些产品的外表形状明显与图纸不符。图纸标明法兰盘上有6个直径14.5毫米的通孔，实物上却没有。经查，原来是在机加时，就未编制该孔的工艺。另一些产品，是万信公司员工未按图纸及工艺要求，对件J-L进行焊接，而后直接发往重机并入成品库；发现问题后又不严格按工艺返工，私自进行草率补焊，导致产品外观焊缝处粗糙难看，明显不符合工艺要求。重机在对其中一件产品进行尺寸复检的时候发现，管H与法兰盘的同轴度严重不符，图纸要求为直径≤0.1毫米，而实测为直径2.2毫米，超差22倍。而且，两批产品标识错乱，导致两种实物对调，弄不清问题究竟出在哪里，给质量原因追溯带来很大困难。

错，错，错，一系列人为的错，造成了同一个荒谬的果。

质量问题的背后，是人的质量意识和责任心缺乏。二重质管部门从问题入手，细细反查过去，一直查到源头，查到质量问题的始作俑者。

源头的乱，终于浮出水面。

很明显，这是严重的责任事故。这似乎已是二重质量问题的特点。不是孤立的某个人、某个环节、某个方面；而是一个体系，贯穿于产品设计、生产、检验、入库、发运、培训、售后的全过程，甚至演变成一种坠落的质量文化，每一个环节，都被侵蚀，积重难返，单靠几个制度，怎能立竿见影？

把目光投向操作层面，其制度也形同虚设。

操作人员未按图纸技术条件及万信工艺的要求，对件J-L进行焊接。调度人员在未确认该件工序已完成并合格的情况下就进行交检，将产品发往下道工序，违反了《二重生产组织控制程序》的规定；上述问题发生后，在未进行NCR评审的情况下，违规安排电焊人员进行现场补焊，导致管H与法兰盘的同轴度严重超差，违反了《二重民品不合格品控制程序》的规定。收货人员现场实物标识错乱，无法确保对产品质量形成过程的追溯，给原因查找和责任追究带来困难，违反了《二重产品标识和可追溯性控制程序》的规定……

把目光投向检查层面，看看这个最后的质量守卫。

万信检查人员在对该冷却水管护套进行检验时，未依照"三按"（按图纸、按工艺、按标准和规范）要求进行检验，造成错漏检，违反了《二重检验控制程序》的规定；检验人员收到调度人员提交的冷却水管护套检验申请后，在未对工件实物状态、订货号、图号等进行检查确认的情况下，就在EMES系统中，点击确认完成检验手续，造成错漏检，违反了《二重检验控制程序》的规定。

再把目光投向管理层面，投向企业的质量灵魂。

工艺人员技术准备不到位，未编制通孔机加工工艺，违反了《二重工艺路线控制程序》的规定；焊接工艺文件指导性不强，工序之间的衔接及先后关系不明确，容易使操作者及调度人员产生误解，违反了《二重工艺路线控制程序》的规定；车间调度人员不按程序执行，在不合格品未开具NCR进行评审，以及未得到明确处理意见的情况下，私自安排补焊操作；整个质量管理的过程控制缺失，检验把关和质量监管不到位。

一系列的制度违规，多个环节的质量管控缺失，履职不到位。

二重究竟怎么了？

为什么有这么多的质量管理制度在约束，仍然还有这多的质量问题发生？答案已经很清楚。第一因素是人。生产流程的几乎每个环节，从操作工、检验员、库管员到领导，都有人在违规。第二因素是责任心缺乏。每个环节的责任，规定得明明白白，执行时却遁迹无形。第三因素是习惯。当违章成为习惯，再多的规章也形同虚设。二重通报的2015年上半年8起典型质量事故，都在同样的怪圈里兜转。

习惯演变成一种劣性文化，比质量问题更可怕。

第二节 腰折的"脊梁"

是的,劣性的质量习惯,更是深层次的隐患。

二重的质量统计显示,企业在2015年上半年发生的质量事故中,2014年底以前投料的废品损失,占废品总损失的66.5%;铸锻公司的废品损失,占集团废品总损失的88.8%。报废仍然以锻件为主,而锻件仍然以转子探伤报废为主;核电波动管、主法兰等产品,在热加工工序均集中发生批量报废。

除了这一系列的"仍然",还有一个"仍然",好像在产品质量之外,却又与其难以分开:职工仍然信心丧失,思想波动,情绪不稳。这是二重质量管理部,从另一个侧面对部分质量原因的分析。它把我们引向二重质量的历史。

"春去也,共惜艳阳年。"

在谈到二重产品质量历史时,姜国建的心情是复杂的。一方面,他不忍谈起那些令人难以言表的质量问题;一方面,他又对二重过去的辉煌,包括质量业绩,抱着怀旧之情。

过去,二重的产品质量是信得过的。二重产品质量出现大面积滑坡,是2010年以后,而且问题越来越严重。在质量就是生命的时代,它不仅玷污了几代二重人苦心建立起来的信誉名片,更直接冲击着二重的生存根基。

讲起支撑辊的质量事故时,姜国建很痛心。

这是二重的主打产品。曾几何时,其超大型支撑辊质量还是行业标杆,甚至超过"老大哥"一重。至今,二重的同志还清楚地记得,国内同行对其产品的"三的"评价:质量是信得过的,交货期拖一点是可以容忍的,价格高一点是可以接受的。这种辉煌和自豪,不是抽象的溢美之词,而是由业绩铸就的口碑,转换成了丰厚的市场回报。2007年以前的相当长一段时间,二重的中厚板支撑辊,每年订单最多在30支左右,国内市场占有率超过60%,成为二重形象和效益的重要支撑。这表明,仅仅靠这一个产品,二重就可保住基本市场，基本饭碗。

现在的订单有吗？我甚至有点后悔采访时打破砂锅问到底，贸然去触碰到这个令人尴尬的问题；现在写在这里，也怀疑自己是不是太残忍。

姜国建是坦然的，略微犹豫了一下，微笑着，表情有些不易察觉的尴尬，还是回答了：几支。他又赶紧补充道，订货好时有十多支，一般只有几支。

在一个秋日的午后，我走进二重的车间。

这些宽敞整齐的厂房，过去曾制造过多少辉煌，如今只有排解不了的冷清。二重带队的朋友说，这是锻造车间，也是工艺技术要求最高的车间，支撑辊的关键工艺就是在这里生产的。但是，这里也是质量问题出得最多的车间。根据姜国建介绍，二重产品的质量问题，几乎80%都出在热加工工序，包括性能报废和探伤报废。成套设备也有尺寸超差的，但不多。

太不应该，影响太坏了，那次事故。

姜国建说，二重的领导和员工，几乎都记得那个事故。那是2013年，二重为五矿营口中板有限公司生产支撑辊。同行互掐，竞争激烈，好不容易争取来的订单，226吨，价值2000多万元。这是二重的强项，下单，生产，发运，安装，一切都是按部就班地进行，交货也算按时。可产品刚运行不久，就突然断了，齐刷刷拦腰折断。这简直是不可想象的重大质量事故。不仅当事双方，整个中国，甚至世界同行，都难以相信，出现这样事故的产品，竟然会是产自二重。

难以置信的事情，必然有难以置信的影响。

这不是匈牙利电影，也不是依施特伐恩·别凯菲、杰席·凯列尔的剧本（匈牙利1951年的电影《废品的报复》），废品的报复，是如此残酷无情，难以置信。说起争取武钢支撑辊订单的事，二重营销与运营部副部长朱红兵，至今仍有一种近似被羞辱的感觉。

武钢与二重，是多年的友好企业，或者叫战略合作伙伴。这样的评价，不是通常的外交辞令，而是伴随着两厂发展的历史事实。

2011年，在二重订单骤减，寒气逼人的危难时期，听说武钢正要订购

1680热连轧机支撑辊,且不是一支两支,而是16支;每支42吨,110万元左右,也是一笔不大不小的生意。二重领导下了死命令,无论如何,必须确保把这批订单抓到手。二重营销部部长亲自带队,骨干倾巢出动。凭借过去长期的友好合作关系,他们信心百倍,志在必得,甚至还有点兴致勃勃。

一到武钢,他们就感觉到气氛有些不对劲。按照央企长期形成的惯例,接待规格是要对等的。可武钢采购部领导却一反常态,称另有要事,没有出面;而出面接待的工作人员,又称对此事并不清楚。二重营销团队先是本着理解的态度,相信对方忙;虽满怀狐疑,但也耐心等待。一直等到第二天早上,在厂门口,碰上了一重的营销人员,与武钢采购部领导有说有笑走进来,才明白了一切。

情况突变,二重营销人员有点措手不及。岂能甘心?先是上下联动,一面找领导通过上层沟通,一面锲而不舍,加强营销攻关。最好的牌,当然是友情牌。满脸堆笑,称兄道弟,跟前随后,软磨硬缠。可对方水来土掩,反弹琵琶打太极。先还碍于面子,客客气气,找些冠冕堂皇的理由应付。二重营销人员以为是价格、交货期和售后服务等原因,承诺一个比一个响亮,价码降了一次又一次,甚至突破了内订底线。紧急报告,领导的意思很明确,即便亏本,只要不亏得太大,也可摊销一些固定费用。

于是继续优惠,继续缠磨,只有目标,没有底线。但对方的防线固若金汤,就是不松口。二重营销员又提出,实在不行,订单与一重各一半。武钢人员被缠得没法,只好直言不讳:兄弟,对不起啊,我们对二重的产品质量,确实失去了信心,并反复解释,朋友归朋友,工作是工作,这个险我们冒不起。

哦,原来如此。二重营销人员赶紧解释,是的,近几年二重的产品质量确实出了些问题,但公司从来就不护短,不放过一点问题,还采取了一系列措施。因此,作为二重人,他们对自己的产品质量,还是有信心的。特别是对这个订单,他们表示可盯件盯人。说罢,他们又拿出质量检验证书、企业质量承诺书,苦口婆心地,试图消除对方的疑虑。

可对方仍不为所动。二重人铁了心,决不放弃。他们心一横,祭出了杀手锏：先无偿提供使用，合格再付钱。心想，你还有什么理由拒绝。

双方都没有退路了，这订单。

关键时刻，不得不实话实说，戳穿了那层遮遮掩掩的纸。对方出示了一个武钢内部的质量认定：二重的产品性价比，比一重低20%！

还有什么可说的？二重人一脸沮丧地回家，心里堵得慌：太丢人，太丢人！

五矿营口中板有限公司的产品质量事故，并非绝无仅有的孤例。那几年来，二重产品质量事故呈现出几个明显特点：不只是常规的探伤、缺陷超标，还出现断裂；也不是一家两家客户，一个两个产品，而是一连串，从武钢、营口到九江，从支撑辊到各类锻件、铸件、轧机、管道等；出现质量问题的使用时间越来越短，从三五年，到两三年，甚至刚运到用户手里，还没有安装上线，就断了。这样严重的质量事故，在一般企业也是不能容许的，何况是二重。事实上，这样重大的质量事故，在二重过去的历史上，也是十分罕见，不能容忍的。几代二重人创造的质量"信得过"金牌逐渐被侵蚀，残留一个空洞的破壳。

接踵而来的连锁反应，也许在意料之外：质量下降，严重影响市场；量价齐滑，又影响企业效益和职工收入；责任心和积极性随之削弱，进而反作用于产品质量。如此往复，周而复始，企业产品质量，陷入一种恶性循环的怪圈。

腰折了，支撑辊；腰折了，二重的"脊梁"。

第三节 有多少个"非"就有多少个谜

二重产品质量下降的原因，有点像庄子所说，"大体则有，具体则无"。这不是调侃，而是事实，是一种由变异的质量文化造成的乱象。

质量文化出了问题，必然渗透到制造的各个环节，融入血液。犹如企业生产线的中枢阀门，怎样拧，拧得紧不紧，不只关系到一个环节，而关系到整个系统的功能机制能否有效发挥。无论是顺逻辑，还是逆定理，这似乎都不难理解。现实无须粉饰，对比是如此鲜明，二重的前辈们，曾经为了质量而精益求精，脚踏实地。那时的条件更艰苦，设备更差，工资更低，唯一的变量就是人。

这样的结论，不是凭口说的，而是权威认证的。

这是审计署2015年6月28日，在官网上对外披露的对14家央企的审计报告。对二重的审计结果显示，在2009—2013年间，二重下属二重重装，未严格执行集团内部《物资供应管理规范》《供方管理程序》等制度规定，与非合格供方签订采购合同24816个，涉及金额82.09亿元（占全部相关业务采购合同总额的61.14%）；未严格执行《中华人民共和国招标投标法》及公司招投标、比价采购管理办法的规定，对单笔采购金额5万元以上（含5万元）的11593个合同，未进行公开招标，涉及金额129.49亿元（占比98.31%），其中从非合格供方采购78.68亿元。此外，二重重装在外部协作中，也存在非合规招标采购的问题。

呈现在我们面前的，是一连串"非"：非合格供方、非公开招标、非规范采购。二重采购的这些生产原材料，决定产品的基础和源头。持续时间很久，几乎每一个"非"涉及的金额，都超过了二重那些年的年销售总额。

宛若天方夜谭。这样的"非"化采购，质量可想而知。

肖秋玥是二重铸锻公司炼钢车间化验室的工段长，天天与质量数据打交道，对采购材料的质量问题深感恼火。她以萤石为例说，正常的工业用萤石是白色的，要求CaF_2含量≥90%。可自己的公司有时采购的萤石，一看就太离谱，不仅颜色黑不溜秋，一检验，CaF_2含量远远达不到标准，怎么用？

这也许是一个极端的例子，但再极端，也不至于极端到如此程度。

劣质进，能优质出？能化腐朽为神奇？这样的生产链，难免令人产生由衷的"质疑式"叹服：比如，二重是怎样用82.09亿元的非合格原材料，生产出哪怕是90%的合格产品的？舍弃标准，只看过程，不得不令人叹服。

可以看出，审计署的审计评价，是客气的、柔和的、低调的，留有很大余地。不仅没有上线上纲，而且明显有"下线下纲"的痕迹。那纲就是法。《中华人民共和国招标投标法》第三条规定："在中华人民共和国境内进行下列工程建设项目包括项目的勘察、设计、施工、监理以及与工程建设有关的重要设备、材料等的采购，必须进行招标：（一）大型基础设施、公用事业等关系社会公共利益、公众安全的项目；（二）全部或者部分使用国有资金投资或者国家融资的项目；（三）使用国际组织或者外国政府贷款、援助资金的项目。"显然，二重及其子公司的投资、采购项目，都属于法定强制招标的范围。违者，就是违法，而不仅仅是违反公司内部规定，还违反了社会规范的最高尊严和秩序底线。有职工诘问，为什么要一次又一次明知故犯，胆大妄为，毫无顾忌？

一连串的违规操作，令人百思不得其解。

我甚至有点怀疑自己，是不是在体制内待得太久，脑子里框框太多，僵化迂腐，不合时宜。我们当然有理由相信，违反规则的一系列"非"，导致的不仅仅是价格不公和暗盘质疑，还有原材料和产品质量，也难逃"非"的厄运。

最光鲜最好听的理由，当然是赶任务。

确实，因为汶川地震，加上应对亚洲金融危机，国家撬动的大规模投资，极大地刺激了疲软已久的需求侧。全国的大小钢铁企业和化工厂等，都像喝了鸡血，开足了马力，大干快上。下游的需求直接转化为重装行业的订单。二重至今还有人形容，当时的那些轧、锻、压、炼机，就像成了"印钞机"。很长一段时间以来门庭冷落的二重，突然热闹起来。抢订单的人已不讲价钱不讲质量——当然他们一直坚信二重的产品质量，只强调交货期。许多企业派出采购人员住在二重，时时盯住生产车间，生怕稍一疏忽，就被别人见缝插针插了队；有的甚至抱着奖金到现场许诺，提前交货越早，价码越高。这也难怪，谁不清楚，设备早一天交货，早一天安装投运，那"印钞机"就早一天见效。

从二十世纪末以来，二重人经历了太长时期的市场低迷，深知那种没有订单，没有活干，车间冷冷清清的日子，有多压抑，多无聊。因此，在二重有一句传承很多年的口号，就是二重人不怕苦，不怕累，不怕活多任务重，就怕没活干。再累、再忙的日子，都比无聊冷清的日子过起来舒坦很多。

一时间，抢工期，提前交货，成了二重的最强音。

经营管理中心转移，严格规范的质量监管制度，被急促的工期挤到一边。企业仍在运转，质量监督部门仍在工作，但地位和作用已然明显下降。他们的警示，成了企业最不和谐的声音。许多"大跃进"式的激昂口号应运而生，代替了过去的"质量是生命，质量是名片"。一切都集中于进度。诸如"上班干，加班干，提前交货是好汉""交货就是效益，提前就是功劳"，而"发展才是硬道理"，也被演绎为"提前交货就是硬道理"，甚至提出"二保一、三保一"，即以牺牲两倍、三倍的产品损坏和质量不合格，换取一件产品的按时交货或提前交货。

质量管理"非"化，在二重开始滋生、蔓延……

"当时抓工期的整法简直是疯了，根本不计成本，没有考虑后果。不知他们管理层是咋想的。"在离二重不远的德阳名人酒店的茶吧，我与二重几位一线工人闲聊时，他们回忆起当时的工期大战，至今仍深感无奈地叹息。

应该说，市场好与不好，抓进度，抢工期，保交货本身并没有错。错的是舍本逐末，在强调交货期时，放松了甚至放弃了严格的质量管理。

制造环节质量管理全面"非"化的病毒，不可避免地蔓延到了生产源头——设计。这无疑是最简单、最省事，也是最有效的赶工期。但显然，这种错误的规范更改，也是最危险的。它从最神圣的技术蓝图，打开了质量保证的缺口。

这样的"非"化，令人震惊，也难以理解。

产品设计规程，犹如经典药方，是多少代人尝遍百草，研磨百味，经验百方，九死一生的精华沉淀。严格遵循这种经验化、系统化、固态化的规程，就是质量的根本保证。按理说，二重的原型创新本来就不足，二次创新中，更应该好好消化吸收历史的技术经验。更高境界的要求，则是自觉和神圣。不仅应将经验沉淀、规范下来，将规范的制造工艺模块化，让质量在秩序下获得保障，而且应将质量意识培育成一种文化，形成企业职工的重要价值和道德判断标准。这样，质量才有坚实的文化基础，且会因模块化生产而降低成本。

然而，源头的"非"化，消解了一切。

二重设计人员为了迎合形势，不停地加班加点大量产出，却忽略了一些重要的技术环节。设计人员与生产现场的距离越来越远，设计与工艺的契合度越来越差。对于产品出现的问题，往往忙于点对点，大包围，就事论事，没有停下来系统性地梳理问题，认真进行技术分析，找准原因，加以改进。处罚上也各打几大板，不痛不痒，应付了事。结果，真正的问题并没有找到，或者被大包围式的寻找所遮蔽。甚至没有经过充分的技术评审过程，就随意更改产品的工艺技术参数，让技术规程的"非"，成为缩短工期的"帮凶"。二重的拳头产品也没有根据市场变化深入开发，形成模块化、标准化、系列化，因此也不利于工艺质量稳定和市场竞争。

有人把极限制造和个性化，作为质量难以把控的理由。对此，谙熟本企业产品特性的二重质量管理部副部长夏莉并不以为然。她说，个性化并非无规律可循。你看人家的名牌汽车，虽然每年都是宝马、奔驰、奥迪，但每年都是新的版本，大稳定中都有一些小的调整，就叫升级。每次升级，都有自己的特点和个性，都有新价格；同时又有一套固化的工艺，不是一款车搞一个所谓的个性化。

夏莉以轧机为例，来说明问题。

轧机是二重的主打产品，过去一直局限于单机生产、极限制造，把产品个性化狭隘化，把极限制造极端化，忽略了模块化的可能。天天创新，又在做同一产品；做同一产品，又不从创新中寻找规律，将工艺固化，形成系列模块，而是永远在盲目地创新。她认为，这本身就是个误区。比如950轧机，每台都会因用户的要求不同而不同。满足客户要求本身并没有错，但基本工艺必须固化，哪怕是细微的差别，也应形成系列，让用户来选择。而不能件件都是新的，件件都是单机制造，挑战所谓极限；也不能件件都是旧的，只是在原有机型上修修补补，没有定型。这不应该是一个成熟央企的做法。它不仅让质量失去规范的技术基础，增加制造环节的质量不确定性和交货期的不固定性，而且还影响制造成本。

同样"非"化的，还有用户员工培训和售后服务等规范。

这就是二重产品质量的"非"化逻辑："非"化的理念，"非"化的管理，"非"化的设计，"非"化的工艺流程和制造，"非"化的检验，"非"化的安装调试和用户培训等相结合，形成一种彻头彻尾的"非"化文化，最后"非"掉的，是产品质量和市场信誉。

根据本人长期经验来看，凡是刻意逃避招投标的，背后都有见不得人的猫腻。我无法判定二重这些"非"的成因，只能说，有多少个"非"，就有多少个谜。

第四节 无关体制

猜谜的技巧，是底在谜外，形音义结合。

这是一处普通的茶餐厅，拙朴典雅的装修，透着一种浓浓的文化气息。据说，这里是德阳文友们经常聚会之地，怀旧，觅雅，品茗，论文，发几句感叹，遣一些忧思，不为物喜，不为己悲，大概是天下文人的习性。在二重采访了几天，接触了各式各样的人，深感于二重人的质朴、真诚和高素质。但他们毕竟都身在此山中。世界很大，春风化雨正当时，我想呼吸点不同的空气。

于是，在一个暮春的晚上，约德阳市散文学会的几位文友——大海、姜诗、科元、雁子、陶勇等，到这个茶餐厅小叙，聊聊二重。他们曾长期在政府工作，与二重接触较多，对二重与地方的瓜葛更是了解。我们自然随性，无拘无束。

姜诗问我，你去过天元镇吗？

我回答没有，似有所悟，又好奇地问，不是聊二重吗，干吗提起天元镇？姜诗淡然一笑，是啊，要了解二重这些年的衰败，了解二重的产品质量问题，就不能不谈到天元镇和那里的机械加工产业园区。

就这样，我走进了天元，走向了二重的B面。

天元是德阳市旌阳区的一个镇，过去属城郊，随着城市的不断发展，现在成为市区了。这里原来并没有工业园区，这里的机械加工产业园区，从创办到产业定位、管理、技术、市场依托，都与前些年二重发展外协加工有关。

差不多有20年了，二重有一些人，特别是一些中层干部，热衷于搞第二职业，主要是靠山吃山，利用二重资源，在外搞机械加工。从上世纪90年代开始，先是冷加工件，少量的，以外协形式；后来迅速扩展，不论品种、数量、冷热件，凡是能拿出去的，都有人去钻营。小到作坊，大到工厂；有的虽未办厂，也与一些民营企业存在利益勾连。他们利用二重的地位、影响及自身在二重的权力，对外获取订单，然后给自己的工厂、作坊或关联企业做。开始只是到天元镇农民家租几间房搞，后来人越来越多，地方政府干脆顺水推舟，在那里设立了一个工业园区，专门承接二重人的私加工。据说，那个园区辉煌的时候，有二重人办的大小机械加工企业六七十家；加上园区外，二重人办的私加工企业有上百家。

对此，二重德阳东方数控科技有限公司的何虎，有深刻感受。

何虎说，有的人以二重名义拿订单，然后拿到外面自己的私企或关系户加工，甚至在企业严重吃不饱的情况下，也把活拿出去干，挣外快。有的外协产品，公开说要3到5个点的提成；货款给好处就快付，不给好处就难拿。德阳市2013年有1100多家机械加工企业，其中60%与二重有业务关系。有名的德阳立达机械制造有限公司、德阳万达机械制造有限公司等，都是二重的人出去办的。自二重出现困难后，这些企业大都陷入困境，有三分之二以上的垮了，或在做垂死挣扎，只有不足三分之一的还在勉强维持。可以说，德阳最富裕和最贫穷的人都在二重。

情况有那么严重？我将信将疑。

那天，陶勇开车，我们去天元工业园转了一圈。路过60余家机械加工企业厂门，绝大多数为"铁将军"把守，或门可罗雀，开工生产的不到10家。每一个关门的企业，背后都有多少故事。二重，投资人，银行，不敢去想。

自从冷加工外协失控后，二重的产品质量就不断下滑。社会协作厂家的技术、设备、质量监督等都没有保障。而二重内部，也缺乏有效的质量监管及合格的产品接收制度，关系好了，或利益连在一起了，不合格的产品也接收。有的产品接收回来，维修花费的工时，甚至比自己生产的花费还要多。

德阳的朋友们很感慨，如此搞，二重不搞垮才怪。

对企业产品质量问题，二重领导是看到了的，也一直在采取措施。

在2012年的企业年会上，二重主要领导再一次语重心长地指出：二重陷入困境后，各方议论最多的是体制、机制、质量、市场等。企业因此而丢失了一些机会和订单，也给市场形象带来一些负面影响。"这不是企业某个部门的问题，而是综合地、系统地、全面地、集中地反映出企业整体存在的问题。"

二重领导似乎抓住了问题的症结：不是局部，是整体。

可对泛泛的体制之说，身处二重一线的石朝海师傅并不以为然。他以5860毫米滚圈的锻制为例，说明昔日的二重并不是这个样子。

那是2008年的事。这是一种超大型滚圈，是二重为沈阳冶金机械有限公司加工的锻件。锻件共两支，单件重90吨，是二重那时为止加工的最大滚圈。其技术难度极大，二重没有经验可以借鉴。石师傅说，要说二重产品的特点，大都属于极限制造，那么，5860毫米滚圈锻制，就属于极限中的极限。

看一看当时媒体的报道，去感受下当时的情景。

> 锻造厂和水压机车间领导高度重视。体量大，技术难度高，只能在160MN水压机生产。锻制过程中，水压机车间技术人员和操作工人用心投入，经过镦粗、冲孔、预扩孔等火次，到8月13日晚，两支超大滚圈进入了最后的出成品工序。晚上9点到10点35分，第一

支滚圈成功锻制完毕。14日凌晨0点5分,第二支滚圈进入出成品工序。红彤彤的滚圈从加热炉吊出,行车吊着直径1400毫米的空心马杠顺利地将滚圈挑起,稳稳地放在160MN水压机的帖座上。水压机锤头一次次落下,将滚圈慢慢锻制到技术所需的尺寸。0点52分,第二支滚圈成功锻制完毕,所有指标均满足技术要求。8月14日0点52分,两支滚圈在二重锻制一次成功,质量优良。二重的质量名片,在锻锤下熠熠生辉。

工作不分白天黑夜,时间以分秒计算,身心和情感全部投入。从一位普通工人那么清晰的记忆中,我看到的不只是一个优质产品,还有工匠精神。

可如今,这精神去了哪里?

精神丢了,再好的体制,也是躯壳。

我们并不否认体制。作为一种根本的游戏规则,体制对企业发展至关重要。这是在古典泰罗制和行为科学管理时代就已经解决了的问题。但体制有层级性、范围性,既有国家层面、行业层面的"大体制",也有企业层面的"小体制"。并不是一说到体制机制,就是所谓顶层设计出了问题,特别是央企。

这显然是个误区,说得严重点,是推卸责任。谁能理直气壮地回答一位一线工人的质问:锻制5860毫米滚圈时,二重是什么体制?

再完善的制度,也是由人执行的。

事实上,我们现实中的许多问题,是与体制搭不上边的。比如产品质量不合格,它的发生,应该绝大多数还是属于企业内部管理,特别是生产流程中的管控,从设计、加工、装配、检验到售后;不经过充分的科学论证就修改设计参数,或工人干活不用心,不看图纸就加工,该打孔的没打孔,该加工上段的加工了下段,等等。这与国家体制有多大关系呢?体制成了背黑锅的。这不仅仅是一种责任逃避,还会让人长期生活在误区中,只顾怨天尤人,想不到、不愿意、不着手去下决心解决自身的问题。

再次想到新制度经济学,它为什么会在凯恩斯主义丧失对经济的解释力之后兴起？科斯的理论模型，是建立在常态之上的，假如企业常态本身出了问题，转移的交易就可能逆向而行。正是在这里，我们发现了二重长期以来在经营管理和内部流程上的一些致命弊端，那就是企业质量文化"非"化、规范"非"化与利益的驱使结合，导致的管理失控。曾经的质量"信得过"，是一个历史的价值符号，或一张古老名片，已成为过去。企业原本牢固的质量根基，不知在什么时候土崩瓦解，成了空中楼阁，与现实相距是那么遥远。

现实在眼前，由二重的几位质量监管员说出。

2015年7月16日下午，天灰蒙蒙的，不知是雾霾，还是雾气，有一种压抑的闷热。我在二重的5号楼，请教企业质量管理部的几位专家，姜国建、夏莉、黄晓琪、马红慧。他们带着几分沉重，几分伤感，又有几分希望与自信，讲述二重质量之殇的往事与愿景。谈话内容不仅关于产品设计，还关于生产流程的细节。

如数家珍，不，是家丑与整治。

说到淬火。无论铸件、锻件，还是结构件，都需要在规定温度下进行，温度高了低了都不行。记得在读高中时，老师就讲过淬火的原理，温度、时点和时间，都关系着品质。但二重的淬火设施油槽、水槽能力都不足，一次只能对一个工件淬火。在过去管理严格的时候，协调好各分厂、各车间工序，前后衔接，依次而来，也没多大问题。问题在于在抢工期、赶速度中，工段间失去科学协调，淬火时，先来的占了槽子，后来的只好等。要么继续烧着等，要么拿出来放在一旁等。两种情况的等，都会引起质量隐患，让质量失控。

制度的"非"化之劫，似一个顽固肿瘤，肆无忌惮地扩散着罪恶的细胞，不仅侵蚀了源头的设计、中间的制造工艺，还伸向了产品制造末端。

末端是出厂检验。

这是制造环节的最后一道关口，如果在检验中发现问题，至少可以把问题消灭在产品出厂之前。虽然可能会造成材料的损失、延误工期，但不至于影响市场和厂家信誉。可在质量的"非"化之劫下，检验人员也省时图简，不严格按规程执行，不认真审核把关，提供的检验数据可想而知。

终端，是售后服务。

虽言售后，其实很多工作在售前，比如用户培训，就是非常重要的一个环节。即便质量优秀的产品，如果用户没有掌握使用知识，在使用中也难免出现问题，甚至损坏设备，最终算作二重产品出的问题。何况，合同约定，卖方本身就有培训的义务。可是，由于用户培训的制度"非"化，规定的课程被随意精简，用户在似是而非、似懂非懂的情况下就盲目上阵，质量怎能得到保证？

维修资金的使用监管"非"化，是一个巨大的黑洞。

产品配件由车间采购，车间设备主任的采购，又缺乏计划与监督。买不买，买多少，价格如何，很多时候是拍脑袋，凭感觉，随意性太大。不说其中有没有其他问题，单从合理性上说，有的品种买来不对路，只好放在库房里；有的急需产品又没有及时买，影响了正常生产供应。

在与几位一线工人座谈时，有人痛心地说，周老师，你到二重的车间库房去看看，那些因为乱采购而报废的东西值多少钱，全二重起码要以亿元计啊。

以亿元计，是工人的估计。工人不知道全部，我也无法理解，也很难想象，那近百亿元的非合格采供物品，是怎样消化的？

这些荒唐之事，与体制有什么关系？

第五节 心散了，质量怎能保证？

与体制无关，也是最可怕的，是人心的"非"化——规范的"非"化，导致质量意识、责任意识的"非"化，乃至对整个企业责任感和信心的丧失。

有时，文化的改变，需要几代人。

"人者，天地万物之心也；心者，天地万物之主也。"明代思想家王守仁（王阳明）为我们揭开了人、思想与万物的关系之谜。心主人，人主事。管理"非"化的根，在人；管理者的理念出了问题，直接导致企业流程监管的"非"化危机；而最终的后果，则是质量管理失控。放松了质量之弦的企业员工，犹如《圣经》中的撒旦——那个可怕的堕天使，一旦被骄傲自大所迷惑，将妄想利益的自我与神（质量）同等，就会堕落成魔鬼，把企业引向邪恶、黑暗的渊薮。

石朝海师傅说，看到这些他很痛心。

表面的原因，是上班的人工资比没有上班的人还低，职工干活没有责任心、积极性。实际情况并不完全是这样。且不说当初建厂创业时的艰苦和待遇，不是现在可比的；就是上世纪末，企业同样困难，发不起工资，职工们勒紧腰带集资，不都挺过来了吗？因为职工的心还在，希望还在，对二重还抱有一种感情，一份期待。而这次不一样了，心散了，职工对二重已完全失去信心。正如一位二重中层干部所直言："职工心都没有在你这了，不想陪你玩了，你还管什么？"

现在的二重正是这样，心散了，心也冷了。

许多职工上班之前赶时间，上班之后混时间，好像这个企业的产品质量、劳动效率、市场形象，从来就与自己无关。涣散的工人，似乎还有不少怨气。长期的制度"非"化，工人们已对形式上的严管心生反感。在谈到劳动纪律管理时，一位工人愤愤地说，总厂监察部的人正事不干，经常站在厂门口，抓工人的迟到早退。抓住了表面，抓得住心吗？这样的埋怨表面看似有道理。可对监察部而言，这是职责所在，不抓也不行，也许是他们也看到了这种散，有一种深深的痛心，希望利用自己的职责，尽一分拯救之力。明知回天乏术，也尽力而为，了一个心愿。企业内部深层次的问题，哪是他们能够左右的。

职工责任心和信心的丧失，是很可怕的。它使我想起类型小说《丢失的灵魂》里的句子："我不见秋天的一片落叶，却从你眼神里感到寒意，你莫再装作温柔，表演浪漫的别离；我不见天空的一片流云，你心却漂移……"

在现场采访时，一位一线工人说，一些废料，本来是可以利用的，工人图简单省事，直接扔进了废品堆里。加工中的偷工减料、敷衍应付是常事。更荒唐的是，有的工人加工工件时不认真阅读领会图纸，凭经验把工件装上去就车、磨。加工完了后才发现，本该加工工件上半部分的，竟然加工的是下半部分。

应该说，这些都属于一些在日常管理时就该解决的初级问题。设计、工序、材料、图纸、监察、售后等等。它不应该出现在现代企业中，特别是像二重这样的大型知名央企身上。但它们确实又出现了，且那么尖锐，那么突出，危害那么严重，影响那么深远，甚至差点让国之"脊梁"为之折断。

原因复杂而又简单：心散了，质量怎能保证？

更严酷的现实是，伴随着心散，人也散了。这是在二重重组前没有想到的。任洪斌反复强调，二重的管理技术骨干，是企业宝贵的财富，在实施减员增效中，不仅不能走，待遇还要提高。最初的重组方案中，也充分体现了这一原则。在2014年实施第一批裁员时，经过民主推荐，确定了2035名管理技术骨干，作为留用人员。企业甚至规定，这些人如果坚持要走，视为自己单方面解除劳动合同，没有补偿。当时的想法是，通过定岗定员，在竞争上岗中自然淘汰。

可是，"5·11"的发生，似乎显得事与愿违。

根据职工诉求，重新制定的政策，与原方案最大的区别，就是放开了限制，真正的双向选择。这样做的好处，是增强了职工的自主性，缓解了劳资对立的矛盾。但问题也是明显的：优秀人才流失，给产品质量带来隐忧。

人心的涣散，酝酿着更大的质量危机。

没有办法，在大范围的减员方案实施后，企业不得不重新启动第二次人力资源优化工程，力求重筑二重质量保障的基础。

工程的核心，就是通过竞争上岗，对留下来的员工进行优化提升。优秀的重用，适应的留用；不适应的轮岗，争取寻找到合适的岗位；找不到合适岗位的，进行换岗、转岗培训，仍不适应的，只好再淘汰，提前退养或休养。

这是个艰难而漫长的树人工程，须消耗不少的资源和时间。在这个过程中，还存在难以避免的技术操作空白，特别是在一些单岗单配员关键技术工位，生产流水线可能出现操作技术工艺断裂的情况。质量保障面临新挑战。

二重金工厂的四工段，就遇到了这样的难题。

该工段的磨床和插床，都是单一设备，技术要求高。按照定岗定员，两个床子各配置了一名技工。磨工叫杜孝斌，插工叫彭建军，没有辅助工。二重的许多岗位都是这样，量少，单一，少不了，吃不饱。订单萎缩后，这些环节的矛盾更加突出。工时少，工资就低。工人说，在这里待着简直是耗费生命。按照原来的减员办法，这些岗位的人是不能走的，修订制度后，他们可以自由选择了。

到2015年7月16日，选择离厂的1800多人中，就有一部分是技术骨干。石朝海师傅说，上面的领导没人出面挽留，下面的领导又权力有限，手中没有挽留的手段。以前是千方百计抓订单，现在是怕有订单。比如，前面说的磨工和插工，都走了，就在前几天。他们刚离开，订单就来了。是老用户的订单，生产活舌杆和联轴器，正好需要磨工和插工。这是在企业生死存亡的关键时刻，营销人员历尽艰辛，好不容易争取回来的订单，必须按时交货，保证质量。营销人员给用户信誓旦旦的承诺，仿佛还响在耳畔。要是在过去，厂长一声令下，工人加班加点，根本就不是问题。可是现在不行了，两位工人与这里已没有劳动关系。

厂长只好硬着头皮，打电话求助。语气是从来没有过的亲切，目的也很明确，就是帮忙，解个燃眉之急；待遇嘛，就按加班对待吧，厂长也无权突破。

杜师傅和彭师傅明白了，一件活，40个工时，干5天，加班费80元。自己在职时确实就是这样，没什么价钱可讲，十几年都是这样过来的。那时的加班费虽然低得离谱，毕竟心还在，待遇低也要干。现在自己已不是二重的职工，没那份责任；并且，按照二重的劳动管理制度，自己一个什么身份也没有的社会人员，到二重干活领工资，承担那么重要的任务，要是出了问题，厂长也是要担责任的。帮忙？又不是你的私活，私活还可攒个人情呢。2元一个工时？亏你说得出口，德阳城内擦双皮鞋，也要5元呢，就几分钟的活儿。

当然，师傅们是懂礼貌的，也很尊重领导，话没有说得那么直白难听，只是客气地说：厂长呀，谢谢你还想得起我，能帮一定要帮的。只是离厂后，我早已有安排，要出去耽搁一阵子。要是不急，等我回来再说吧……

厂长很尴尬，在心里嘀咕，不急怎么会找你？！

两位工人离开，与许多职工一样，情绪是复杂的。一方面，他们对厂子失去了信心，早就窝了一肚子的气，甚至参加过"5·11"，发过愤怒的网帖和毒誓；另一方面，他们又对这个厂有深厚感情。一二十年啊，自己的青春和梦想，都留在了这里，岂是一纸薄薄的解除劳动关系协议所能了断的？去和留都是矛盾。而在他们提出离厂的时候，却没有哪位厂领导找他们谈谈心，听听他们的想法，体察体察一下他们当时的感受。他们也想与企业一道，挨过这个寒冷的冬季。他们非常清楚，支撑去意的理由，其实很单薄、很脆弱、很犹豫，远没有他们对这里的感情深厚悠远。他们甚至设想，那时如果哪位领导出面找找他们，真诚地说一声：老张老王啊，或小张小王啊，留下吧，在这最艰难的时刻，这个企业需要你，他们也许就会立即改变决定，撕碎那张单薄的纸。

可是没有，一直没有。说不清是欣慰，还是心寒。

他们揣着那张单薄的纸，带着沉重的心情，穿过厂区长长的林荫路，跨出那道进出了无数次的宽阔铁门，留下一个被残阳逐渐拉长的背影。

再见了，我爱的二重。

再见了，我恨的二重。

第六节 重拳出击

工人可以选择离开，国机却不能。

2016年年中，任洪斌将二重扭亏情况向原国务院副总理邹家华作了汇报。原来一直担心这件事的邹家华听后，露出了欣慰的微笑，并提醒任洪斌，二重一要抓班子，二要抓质量，三要抓市场。任洪斌离开后，邹又嘱咐女儿特意给他发来短信：老爷子再次叮嘱，二重一定要把产品质量作为自己的一张名片。

收到短信，任洪斌很感动，感到肩头的担子没有减轻。

二重昔日的质量名片，难道就这样永远丢失？产品质量问题不解决，再多的扭亏脱困、改革振兴举措也是枉然。不仅邹家华，还有一位原机械工业部的老部长的叮嘱，也萦绕在任洪斌的耳边："对于二重，你给我抓住质量。"

任洪斌不信治不住二重的质量顽疾。在一次二重改革振兴领导及工作小组会上，他发下狠话："以前的质量问题你自己查，再出质量问题，我要拿你是问。"

这是重组后一系列整顿质量举措重拳出击的原因。

首先抓住人——人的观念、人的精神、人的责任意识。二重人知道，二重的质量问题出在哪里。制度好制定，只要下决心，要执行，也不难。

从启蒙开始。

这是大家在学习贯彻质量要求中，高度一致的认识：目前二重正处于扭亏脱困的关键时期，衡量公司改革是否成功的核心指标，是企业能否重建市场发展能力，而质量恰恰是形成市场竞争力的关键要素，企业的生命之根。

支撑这个认识的理由是：在行业产能过剩，僧多粥少的局面下，订单来之不易，需要倍加珍惜。产品质量是关键。根据重装行业转型发展的要求，要构建起能支撑公司战略定位，在极限制造和高技术条件下，实现质量控制目标的能力，只有踏踏实实，做好手上的每一单合同，满足顾客的每一个期待，才可能重新赢得市场的尊重和青睐。要重振二重雄风，建设"一著名、三知名"的"四个基地"（即世界著名的铸锻钢基地、世界知名的成套装备、大型核电和石化设备、大型模锻件产品制造基地）一流企业，没有过硬的质量根本不行。

认识和道理都很正确，只是说起来有点难为情。一个古老的企业核心价值元素——产品质量，在21世纪的今天，在作为国之重器的二重，不得不再进行一次新的启蒙。

从精神抓起。

二重的质量下滑，首先是精神质量；需要止滑求升的，也首先是精神。人的价值观念、责任心和质量意识，是重塑精神的切入点。"诚实、控制、规范、对标、责任、实效"不只是工作守则，更要成为企业质量文化。

从典型入手。

最令人难以容忍的是，边整改边出现的问题。

就在2015年2月，新一年更严厉的质量整改措施刚刚出台，质量责任刚刚落实，领导讲质量讲得口干舌燥时，二重铸锻公司下属的万力公司，就出现了典型的生产管理质量事故，让二重领导和质量监管部门大为震怒。

震怒，不仅仅是因为不该发生的事故发生了，也不仅仅是直接损失90万元；更在于它的恶性所反映出来的问题。它发生在重组期间，上上下下都集中抓质量的过程中，而且不止一次出现。第一次质量事故发生在2014年，事故引起了国机高层领导的关注，领导对此提出了严厉要求。为防止类似事故发生，万力公司在质量控制上也曾针对性地制定了整改措施，但显然没有得到有效持续落实。

操作层面：镗床操作工违反作业规程，在转子热跑后画线印记模糊不清的情况下，未认真核对工艺图纸，对套取试棒的位置尺寸，也没有进行复查，主观臆断确定套棒中心线，致使套料孔部分进入叶轮台本体。

管理层面：生产工段值班工长违反公司的有关规定，在未征得技术部门同意的情况下，擅自调整工序；在热跑完后原画线印记模糊的情况下，也未增加画线工序进行补救，属于典型的生产违章指挥。

从操作到指挥，全违规，边抓边违。这再次暴露出二重在质量管控上长期积累起来的一些综合性、深层次问题：质量意识淡薄，监控流于形式。

当然，对这次事故的处罚也没有含糊：对万力公司主管技术质量的副总经理肖峰给予通报批评，并罚款3000元；生产工段长王波同志给予转岗处理；操作工、镗床主技工卿明留职察看6个月，这期间的待遇按相关规定执行。

关键是举一反三，治本堵漏，治好质量顽疾。

集团和子公司两级以质量事故为典型，在总结、完善、提升中重构质量监管体制。对质量管理制度、工艺文件执行及现场重点产品和用户急需产品，实施专项质量监督。首先，抓住关键环节。对红沿河项目转轴锻件的制造及实验、中压内缸上下半的冶炼浇注、核电波动管电渣锭冶炼等问题暴露较多的工序，实施了全过程的现场监督检查。其次，引入效能监察机制。对出现的质量监管问题进行追责，不护短、不讲情。仅在2016年，二重实施问责的中层领导达57人次，问责措施包括免职、降职、行政记过、通报及经济处罚等。这种"动收入、动岗位、动职务、动饭碗"的举措，在干部和职工中引起了极大震撼。

从基础做起。

基础不牢，地动山摇。这是二重这几年来质量工作的惨痛教训。质量文化的唤回与重塑，有一个过程。那就先请回泰罗，甚至请回法约尔、韦伯，瞄准最原始的质量管理制度文化。质量监察体系建设，成了重头戏。不仅是落实一系列的规程和处罚条款，如果屡违屡罚，问题得不到解决，损失已造成，有什么意义？关键是建设，构建起与二重战略定位相适应的质量保障体系。公司全年共组织质量培训项目306项，且全部按计划完成。通过质量控制（QC）和质量月活动，加强质量教育、提升质量水平、推广标准作业程序（SOP）标准作业，特别是通过以班组为管理单元建立质量控制（QC）活动小组，切实提升班组质量建设，深入开展群众性质量活动。

可到2015年底，二重产品废损率仍高达1.26%。

这就是二重的质量名片？任洪斌无法坐视了。在2016年2月25日的二重新年度现场办公会上，他抓住质量问题不放，差点让王平下不了台。

王平是二重重装总经理。针对企业产品质量问题，他汇报说，在2016年，要把废品率控制在0.5%以下。任洪斌立即追问：世界最好水平是多少，国内同行是多少；单件是多少、成套设备是多少？这一问，不仅王平不清楚，质量管理部门负责人也不知所云。他们先试图以别人保密、无法掌握数据的理由来搪塞，后又拿"大概""据知"的一重某个产品质量情况应付，就是没个确切的说法。

　　任洪斌有点火了，严肃地指出：不知道行业标准，不了解同行情况，那你这个指标是怎么定的，高了还是低了？不能只纵向跟自己比，要横向跟别人比。《孙子兵法》上的五胜之道，就有"知彼知己，百战不殆"，"以虞待不虞者胜"。"虞"，就是预见。凡事要早有预见。如果大家都达不到没关系，我们继续攻克；别人做到了，你做不到，就说明你没有尽责。

　　任洪斌冲着国机装备制造部副部长赵飞问道：你告诉我，这个行业标准拿得到，还是拿不到？如果你拿不到，我拿到了，你俩就下课，行不行？

　　话说到这个份上，大家都没有退路了。没过几天，同行质量信息就呈现在了任洪斌面前。这下心中有数了，不仅知道了差距，关键是知道了行情。

　　在二重改革振兴领导及工作小组会上，赵飞受到了表扬。

第七节　拭去尘埃

　　整治产品质量，再发力，攻克堡垒。

　　理由无须论证，质量的"扭亏脱困、改革振兴"，不能拖企业扭亏脱困、改革振兴的后腿。综合问题，就综合医；深层次问题，就深层次治。

　　从目标提升。

　　"一次成功、件件达标"专项质量提升活动，成为刚性目标。重药之下,顽疾终得明显好转。二重2015年规划的27个质量提升项目,2016年已有24个初见成效,主要项目成效更显著。如真空钢锭锻件,设定质量目标值为UT合格率≥97%,实际达到97.8%;板焊类容器焊缝探伤一次合格率,设定目标值为88%以上,实际达到98.4%。2016年上半年与上年同期比,废品损失率由2.06%下降至0.18%,跃升国内行业领先水平;损失金额由3000万元降为300万元。

从资质验证。

2016年,二重通过系统攻坚,先后建立航空航天质量管理体系,并通过了美国质量认证国际有限公司(AQA)认证;公司2015版ISO9000、核电和特种设备全套体系文件组织完成;ISO14000环境管理体系、GJB9000军工产品质量管理体系的认证,平移至股份公司;军工、航空航天等质量保证体系相继建立,并根据体系运行需要,在相关职能部门建立了三级具体操作和实施规程。

从系统着眼。

建立质量工程师制度。公司正式设置了"质量工程师"岗位,制定并发布了"质量工程师"岗位职责,各业务单元、子公司,都按计划配置了质量工程师。通过质量工程师对生产流程的介入,为质量问题设置了专业防火墙。

实施持续质量培训教育。各单位都按季度制订了质量培训计划,继续深入开展各类质量业务培训,全年公司共组织质量培训项目306项,全部按计划完成。这些培训,有效地提高了职工的质量技术素质和素养。

开展体系审核和专项审核。公司建立完善了内外审核制度,实施了三大体系内审及过程专项审核;同时各二级单位也独立开展了体系审核和专项审核工作。借助高密度多层次的审核诊断,进一步完善了质量管理体系。

从重点发力。

开展错漏检、错漏序专项整治。对重机公司、铸锻公司、万信公司、核容事业部等单位的错漏检、错漏序质量问题进行了通报及考核,有效遏止了错漏检、错漏序问题。对供给三菱公司的产品质量问题进行专项整改,涉及的12个整改项目,得到了三菱公司认可,为后续成台套产品的质量控制和改进取得了宝贵经验。

从源头抓起。

制定颁发了《供方质量考核实施细则（试行）》，初步建立起了供方评价及退出机制，从源头堵住了不合格原材料进入流程。目前，已退出6家，降级3家，黄牌4家，整改26家。以铸锻公司为突破口，深入推进特殊过程确认及规范化管理，有效提升预防控制能力和过程控制能力。企业2016年"一次成功、件件达标"设置的14个重点整治项目，有13个达标。

二重的质量要素参差不齐，需要整合一切资源，创新质量保障与提升空间。企业在实施质量战略的过程中，从短线提升和长线发展两个层面，规划了大量技术攻关和技术研发项目，其中，国家和省级层面的13项，公司层面的41项。除此之外，还规划实施了上百项技术攻关项目，许多项目已初见成效。如在高端铸锻件研发领域，基本攻克了国内发电设备用VCD高中压转子制造的难题，有效解决了大型低压转子制造方面长期存在的次表面缺陷等问题。

创新的技术，超前的质量，迅速转化为市场的力量，成为二重改革振兴的活力源泉。2016年，二重产品质量迎来大转折：420T-700T钢锭级核电转轴实现了稳定生产，产品国内市场占有率上升到80%以上。完成了首套中国自主设计的尺寸最大、质量要求最为苛刻的CAP1400核电汽缸产品。在模锻件研发上，完成铝合金大型复杂模锻件产品科研试制，签订了公司首笔铝合金模锻件订货合同。成功锻造出世界最大的重型燃机高温合金涡轮盘锻件，填补了国内大型燃机核心部件制造的空白，打破了国外在重型燃机领域长期垄断的局面。

2016年12月27日，德阳，二重质量管理部。

当我再次见到姜国建时，他的神情明显比前两次轻松多了。这种轻松是整个二重氛围的重要构成，它的背后，是一连串心血浇出的数字和事实：

二重当年公司级重大质量责任事故为零，纠正措施整改完成率及有效性为100%；责任废品损失率在0.28%以内，大大低于0.5%的控制目标；成台套产品联检一次合格率为98.15%，协作（采购）产品一次验收合格率为97.5%，高于95%的控制目标值。热加工NCR（不合格报告）值为15.53次/千吨，较上年降低9.7%；冷加工NCR值为0.37次/千工时，比上年降低38.3%，保持在一个较低的水平；结构件NCR值为0.93次/千工时，较上年降低37.2%。VCD技术和大型厚壁石化锻件制造，均突破技术瓶颈，质量跃上新台阶。在极限制造的重装行业，这并非易事。

二重把2017年定为"质量年"，在前3年持续不懈抓质量的基础上，进一步把质量提升为企业振兴的"一号工程"，通过质量新标换版、质量数据结构优化、关键节点跟踪管控、特殊过程控制、内外审和专项审核、严格执纪等措施，完善激励机制，质量工作呈体系性提升之势。全年公司级重大质量责任事故为零，责任废品损失1161万元，质量成本1713万元，分别比上年下降7.5%和7.2%，已是行业较低水平。产品一次联检合格率98.67%，外包（协作）产品一次验收合格率99.1%，各项质量指标，均优于年度控制目标。"质量年"活动实物质量提升项目和质量管理提升项目完成率达到100%。

产品质量的改善，转换为稳步提升的顾客满意度。二重产品质量的顾客满意度2015年为85.36%，2016年为85.57%，2017年达到85.78%。

市场是最好的检验标准，何况曾为质量所伤的二重。

二重主营业务新增订货，2016年同比增长40%，订货总量近几年来首次超过主要竞争对手，是全国同期七大重机企业中唯一实现订货量正增长的。因技术水平再度提升，二重又获得了四套620℃1000MW超临界汽轮机中压内缸新订单，620℃超临界汽缸制造技术已处于国际先进水平，这样的骨干型产品在二重为数不少。

二重铸锻公司水压机车间技术组长方鹏飞一谈到核电半速转轴订单归来的事，自豪的心情就溢于言表。关于该零件在核电发电机中的作用，方组长用了"关键"和"核心"两个词来形容，其稳定性直接关系到核电站的运行安全。由于AP1000、CAP1400等核电机组的核电半速转轴具有尺寸大、重量等级高、质量要求严等一系列特点，这也决定了核电半速转轴的制造具有鲜明的极限制造性质：钢锭等级达550吨以上，质量指标要求严，不允许有任何瑕疵。

因此，550吨以上核电半速转轴的锻造，在很大程度上体现了一个国家在重装领域极限制造的综合能力。目前，在企业装备上，世界上拥有该等级核电半速转轴制造能力的企业，只有日本JSW、中国一重、中国二重等少数几家。但从制造实力和业绩看，唯有二重一枝独秀，居于国际一流、国内领先水平。

迄今，二重已经成功制造了AP1000-550吨级核电半速转轴13支，无一废品损失；也最先成功交货了CAP1400-650吨级核电半速转轴一支，属国内首次成功锻造钢锭为650吨级的锻件，也创造了无NCR的纪录。2016年1月，一支600吨级的核电半速转轴，因别的企业在制造过程中出现问题转到二重。二重把这作为重塑质量名片的良机，精心组织生产，很快给客户交出了满意的产品。紧接着，二重凭借自身的技术实力、严格的质量管理和良好的制造品质，重树用户口碑，从国内外竞争对手中再次脱颖而出，一举拿下了田湾5#、田湾6#项目，中广核电战略备品和台份核电大转等多个百万千瓦级核电关键设备订单……

曾因"5·11"事件而婉拒二重的江苏沙钢集团有限公司（简称"沙钢"）也回来了。2015年12月，二重与沙钢成功签订3500毫米支撑辊供货合同；2017年9月，二重又与沙钢成功签订1450热连轧生产线改造合同。双方的合作在诚信的基础上正步步加深。

还有2017年回归签订的本钢定宽机核心设备供货合同、2018年回归签订的河钢乐亭热轧2050生产线粗轧区主线合作制造设备供货合同……

与此同时，中国航空工业集团有限公司（简称"中航工业"）的"金牌供应商"的牌匾送来了，因为二重万航模锻公司在"大运工程"国产材料配套中的表现突出。

上海飞机设计研究院的感谢信也飞来了，感谢二重为国产大型客机C919承担起落架锻件研制项目，通过德国利勃海尔公司的装机评审，成功实现了装机应用的重大突破，极大地提高了大型客机材料国产化水平。

还有哈尔滨电气动力装备有限公司（简称"哈电动装"）、山东瑞丰集团有限公司和430厂的感谢信……

这些感谢，不只是简单的匾牌和信件，而是买方市场下，市场逆向的证明：竞争再激烈的产品，都会有市场，而质量、成本和服务才是根本。

产品质量的改善带来的市场回馈才刚刚开始。

在2016年末，二重的市场表现捷报频传：先是斩获恒力石化（大连）炼化有限公司2000万吨/年炼化一体化的6台加氢反应器供货项目，合同金额近6亿元；接着又夺得浙江石油化工有限公司（简称"浙江石化"）500万吨/年渣油加氢装置一、二期共10台渣油加氢反应器制造项目，合同金额7亿余元。两个大单，创下二重近几年来设备"数量最多、金额最大"的纪录。同年，二重参与核电设备投标15项，中标10项。特别是在中国广核集团有限公司（简称"中广核"）和哈电集团（秦皇岛）重型装备有限公司（简称"哈电重装"）两家核电巨头，及中国东方电气集团有限公司（简称"东电"）等重要用户心中产品质量和形象的改变，获得的不只是几个订单，而是整个中国乃至世界核电市场的有效通行证。

历尽冰火，王者归来。二重以雄厚的实力与优异的答卷再次证明，它不仅拥有卓越的重装极限制造能力，且产品质量正稳健回升。但二重总经理陆文俊并不满足，他说，在扭亏脱困后，二重将以"稳质量，降成本"为核心，从头开始。

拭去浮尘，名片依然耀眼。

第十章 扭亏攻坚

第一节 黑洞吞噬的……

二重的亏损,业内早有传闻。

二重亏损的几年,大致是指从二重出现亏损至提出国机重组,也就是从2010年至2012年的三年。但二重究竟亏损了多少,问题有多严重,莫衷一是。有的说亏损了70亿元,有的说是80亿元,还有的说是28亿元、130亿元;有的说二重可以扭亏,有的说二重已病入膏肓。可以肯定的是,这些说法并非完全的空穴来风,或捕风捉影。

那么,如何对二重进行评估?其参考标准,除了账面上的数字,还有体制机制的影响效应,及其可能产生的振动偏离。比如,国资委对直管央企的严格绩效考核,及其与企业领导政绩、年薪、奖惩的紧密关联;上市公司每年的经营信息公开披露,及与股价升降、保牌摘牌等的挂钩。当然,几十年来的辉煌及其带来的压力,也不可忽视。在国机重组交接中,自然会有一种反向的力——希望接收的负担越少、资产越优、潜亏越少越好。不说矫枉过正,至少要回归真实。不是不信任,也不仅仅是廓清责任,而是为了有更好的发展空间。当这些因素结合在一起的时候,我们对数字的判断,宁愿保守些,再保守些,可能更接近实际。

好在有中介机构的尽职调查。

北京信永中和会计师事务所派出了得力的专业人员,对二重资产负债和经营现状进行了独立认真、客观公正的调查，得出了惊人的结论。

真相还原为一个真实而刺眼的词：亏损。

二重的亏损，首先从看似强盛、实则虚弱的二重骄子——二重重装身上表现出来。这亏损那么迅猛，那么巨大，一发而不可收拾。

这亏损当然回避不了那场投资大潮。那场投资大潮是对是错，确实不好判断，历史不可能往回走。现实中，有的企业因投资趁势而上，获得了主动。二重却急转直下，似沉疴难起，百病齐涌。以2012年为例，二重在经营和资金十分困难的情况下，固定资产投资仍完成10亿元，而营业收入却比上年下降了30%以上。不能说是投资造成了营业收入下滑，但至少可以说投资没有发挥应有作用，还加重了债务负担。大潮退去，留下一片狼藉。又过了3年，二重的许多投资，更与预期的效益背道而驰。二重的陈年旧疾，开始折磨起这个孱弱之躯。

问题应该早就存在，并不仅仅是因为投资失败。甚至可以说，投资失败，不一定是巨亏最根本的原因，最多只是催化剂。调查表明，从2010年开始，二重的资产负债、市场订单、营业收入、资金周转率、盈利能力，及资本保值增值率等均每况愈下。到了2012年，这些指标更呈明显的负增长态势。这无疑是一个巨大的逆转；而且，这种逆转来得那么突然，那么猛烈，让人措手不及。

人们说，人生的路很长，但关键时刻就那么几步。从二重由盛到衰，由盈到亏的过程看，企业也莫不如此。

先看二重整体。

调查显示，2010年以后，整个二重的四项核心效益指标——净资产收益率、总资产报酬率、营业利润率、成本费用利润率，一路下行，运行在负增长空间。2012年，二重5家二级子公司有3家亏损，亏损总额28.89亿元，2家盈利，利润总额仅0.75亿元；8家三级子公司，3家盈利，利润总额0.78亿元，5家亏损，亏损总额0.14亿元。各公司盈亏相抵，净亏损27.5亿元，亏损率（亏损÷成本）为1977.5%。至2013年，净资产收益率降至-91.7%，营业利润率为-56.3%，成本费用利润率为-39.9%，最好的总资产报酬率，也是-10%左右。

再看二重个体。

首先是二重重装。它是二重的一个缩影。它虽年轻，根却很深，它的前世今生，几乎就是二重的代名词。它的十大股东，除了二重和一位自然人林洪玉外，全是耀眼的国字头金融大鳄、相关股票证券投资基金及国泰君安等。

可是，它的辉煌耀眼，竟与如此巨额亏损联系在一起。

两相对比，显得很尴尬。调查显示，这家2001年12月成立，2010年2月在上交所挂牌上市的大型央企，2012年末总资产为216.05亿元，营业收入仅50亿元左右，资产周转率不足25%，亏损占二重总亏额的99.49%。

问题究竟出在哪里？是重装行业的通病，还是二重重装自身问题，抑或是宏观背景的因素？

信永中和的调查，回答了这个问题。

他们采用横向比较法，从国内重装行业选择了5家同类型、同体量、同体制的企业【一重、大连华锐重工集团股份有限公司（简称"大连重工"）、太原重工股份有限公司（简称"太原重工"）、中信重工机械股份有限公司（简称"中信重工"）、上海电气集团股份有限公司（简称"上海电气"）】，与二重进行对比。同样是2012年，虽然中国重装行业整体市场低迷，经营状况呈下滑之势，但不同企业的经营状况还是有明显的差异。首先在销售收入上，与二重的-33.9%的下滑幅度相比，上海电气增长了7.3%，中信重工增长了2.8%。下降幅度较大的大连重工也只有-20.1%。其次在净资产收益率上，二重为-46.4%，中信重工为5.8%，上海电气为11.4%，大连重工为5.9%，一重集团为0.2%，较差的太原重工也只是负6.0%。再次在主营业务利润率上，相差也十分明显，二重为负16.2%，其余几家企业都实现了较好的增长，最好的中信重工增幅达31.5%，较差的太原重工增幅也达9.7%。最后在资本保值增长率上，二重只有73.8%，有3家企业超过100%，最好的中信重工为213.3%，较差的太原重工为94.2%。

在二重子公司中，万航模锻公司应当是不错的。它既承接了二重的主体优势，做好各类锻件产品，如水泥设备，火电、水电、风电；又不囿于既有，积极面向市场，开发航空、航天、汽车、铁路、冶金、矿山、船舶等市场。2012年，在二重整体巨亏的情况下，万航模锻公司却一枝独秀，盈利0.67亿元。

同时，面对巨大的市场压力，二重的部分二级子公司、三级子公司负重而为，也都实现了一定的盈利。它们竭尽全力，试图扶正二重这艘正在倾覆的旗舰。可是，面对母体巨大的亏损黑洞，它们微弱的拯救，又算得了什么？

黑洞，一个巨大的亏损黑洞，在二重形成。它不仅吞噬了二重所有盈利企业的利润，而且吞噬了二重整体。

可怕的黑洞，使我想起了广义相对论。

据猜测，黑洞是大质量超级巨型星体，在陨落坍塌收缩时产生的巨大旋涡。它巨大的引力，可以吞噬一切，就连光也无法逃逸。由于光的被吞噬，人们无法观察黑洞的存在，只能通过受其影响的周围物体，间接了解它的隐秘。但既然黑洞存在，它的边界也就存在，就有可以捉摸的"事件视界"。爱因斯坦的广义相对论，预测到了黑洞的解，即史瓦西度规，也为我们寻找到了最简单的球对称解。这就是卡尔·史瓦西于1915年在求解爱因斯坦方程中的发现。

巨大，隐秘，坍塌，吞噬，光被弯曲。

不是巧合，也许是一种神性的暗示。

企业亏损的黑洞，与宇宙中的黑洞，竟有如此多的相似之处。当借以观察的光，都被黑洞弯曲的时候，难道我们还对直观的判断抱有足够的信心？好在，我们拥有企业的"史瓦西度规"和"事件视界"，去发现失血点。换句话说，巨额亏损是客观存在的，失血点已经形成，惯性效应和许多隐藏极深的病源点，都是可捉摸的"事件视界"。比如应摊未摊的费用，应收款中的呆坏账，新增投资未有效形成产能而负债却背上了，还有财务计提坏账准备转实，等等。

问题的严重性，远超过披露出来的。

第二节 尴尬的微笑曲线

企业管理中的一些枯燥概念，如盈利率、亏损率、流动比率、速动比率、资产负债率，我很不情愿看到，却还是出现在面前，因为二重。

作为一个文学写作者，对这些枯燥而拗口的概念，我是讳莫如深的，它们不仅无法调动情感因素的活力，还有可能让人的思维变得僵化，影响形象性的达成。可是，面对工业，面对二重，面对巨额的亏损黑洞，我又不得不硬着头皮。形式逻辑告诉我们，概念是反映事物本质属性的思维方式。因此，北京信永中和会计师事务所的尽职调查，无法回避这些词，抑或他们一开始就紧紧抓住了这些词。他们通过概念的解读，既为尽职调查的若干课题寻找答案，也为委托人和我们提供了概念背后的真相及其所承载的意义——对二重严重亏损深层成因的专业认知。

先走近两个词：盈利率和亏损率。

在企业绩效评价体系中，这是两个紧密关联的核心词，它们呈现出一个问题的两个侧面。盈利率当然是所有企业追求的——韩信用兵，多多益善。这不仅因为资本逐利的本性，更因为它牵涉企业生产经营的三大命门——价格、成本和利润，以及它们之间复杂多变的关系。因此，它又有诸多衍生，比如价格盈利率、市价盈利率、股价盈利比率、市盈率、价盈比、盈利比、本益比、效率（PAE）值等。企业盈利是一个复杂的体系，人们搜肠刮肚，"众里寻他千百度"，似乎要寻找一个最恰当的表达，来传递自己对企业发展的愿景。

信永中和没有停留于概念和数字，把洞幽烛微的目光，投向了符号的背后，探索其携带的意义，力求以专业的触角，找到二重亏损黑洞的真正成因。

这个过程仍然离不开对行业特点的分析。

重装行业是一个重资产行业，非标准、单件式、小批量、订单化生产模式，与规模化、批量化工业生产有很大不同。企业的产品设计、装备能力、工艺水平等，都必须适应客户个性化需求，对经营管理的要求更高。

关于二重亏损的客观原因，信永中和做出了这样的结论：近年来，受全球经济复苏乏力、国内经济增速放缓，及国家宏观调控等因素影响，二重所在的重装行业下游投资需求不足，主导产品订单量大幅减少，产能得不到发挥。同时，行业内竞争加剧，互相杀价，能源和人工成本上升，压缩了盈利空间。

几个简单的数字，让我们看到了这些年重装行业江河日下、一落千丈的颓势：2010年至2012年的3年，该行业营业额增长率分别为24%、16%、7%，2013年上半年已是-1%。对二重而言，由于历史原因，主要产品结构"先天不足"，业务结构单一，多年来一直延续计划经济体制下形成的"生产工厂"的经营模式，处于价值链的末端；市场开发能力不足，缺乏研发、设计、项目总承包资源，难以应对市场变化，毛利空间小。中国式"世界工厂"模式，在二重身上体现得如此典型、具体、突出。

通常情况下，企业的固定资产是产能的基础。2005年，二重曾以10.6亿元的固定资产，创造了30.03亿元的营业额。此后，它一直保持较好的投资回报水平，到2008年更达到行业高峰，以28.40亿元的固定资产，创造了80亿元的营业额。但达到高峰后，募集资金的投资项目，几乎没有带来新的收益。

二重怎么了，产能与投资竟逆向而行？

据专家评估，二重的产能在110亿～150亿元之间。即便产能充分发挥，在目前市场价格下，也很难支撑现有的成本费用。实际状况是，二重现有的综合产能利用率仅50%左右，铸件、锻件及机器等主打产品，产能利用率更低，且呈不断下降之势。其中锻件产能利用率，由2010年的93%，下降至2013年的39%；焊接件的产能利用率维持在70%左右；机器产品产能利用率约为65%。

"聪明的人把房子盖在磐石上"。面对市场的冲击，二重也曾试图在磐石上盖起自己的产业大厦，可似乎误把沙滩当磐石。

一方面，二重由于新产品（如容器、核电产品）开发起步较一重晚，致使其新兴产品工艺成本较高，议价能力相对较弱。在传统产品如冶金、水电、火电等市场需求不足的情况下，二重没有合适的新产品去弥补，从而导致在核电和重型石油化工容器两类利润支撑产品上，规模及毛利率均低于一重。

另一方面，二重近年来进行的大量固定资产投资，资金来源主要依靠银行贷款，致使有息负债过高，财务成本大大增加，超过了有效产能的承载能力。而项目预期，又与宏观经济走势发生较大偏差，形成严重的产能过剩。在投资完成达产时，市场需求业已饱和，产能无法有效释放。公司部分新投产项目或生产线，出现严重的开工不足，新增成本无法消化，经营雪上加霜。

综上所述，二重的企业决策，与宏观经济走势相偏离；投资失误，形成产能过剩，与重复建设相交织；产品制造成本高，议价能力低，竞争力不强，边际利润空间不断萎缩，形成企业死穴。

这就是二重，以及二重的困局。

我面前有一张经济学的图，反映了全球产业价值链的利润分布。图由一个坐标、一条曲线构成：坐标的纵横表示利润，横轴表示产业链，坐标中间有一条"U"字形曲线。这个图被宏基集团创始人施振荣先生称为"微笑曲线"，并用以表示产业链价值。高的两端，一端是研发、核心技术、专利和行业标准；另一端为市场品牌、销售网络和售后服务；最低的中间区域，则是代理、代工（制造）。从中不难看出，利润在什么位置——价值最丰厚的区域，集中在价值链两端的研发和市场。在附加价值观念的指导下，企业只有不断往高附加值的两端移动与定位，才能持续发展与永续经营。我们过去几十年来一直津津乐道的"中国制造""世界工厂"代工模式，和二重的传统加工业、新上项目、未来梦境，都正好定位于产业价值链的中间。自豪，自信，笃定，有几分满足，甚至洋洋自得。我们的微笑有点尴尬，它不在曲线的两端，而是在低处。

面对产业价值链，我们的微笑有点尴尬。

在这个尴尬的背后，还有一个不可忽视的因素：税负。昨天在眉山东坡湖广场与本地企业家陈建国闲聊，聊到企业税负。他的出言，让我大吃一惊：中国企业的综合税负高达60%左右。我不假思索地予以否认，怎么可能？怎么可能？他一脸苦笑地回答，周兄，你没有做企业，不清楚。说罢，他就一笔一笔列出给我听：增值税、所得税、资源税、城市维护建设税、耕地占用税、固定资产投资方向调节税、土地增值税、消费税、房产税、车船使用税、车船使用牌照税、印花税、契税、关税，还有各种行政性收费和基金、职工"五险一金"等等。

建国兄打过零工，当过中介，跑过跟班，目前在制造、贸易、房地产等行业发展，对许多行业的税负非常了解。我无言以对。我更相信福耀集团创始人曹德旺的说法。他说，中国企业的平均税负，要比美国高35%，甚至到了"死亡税率"的边缘。

中国制造之难，何人懂得？可没有中国制造，没有重装，行吗？

肯定不行。可以说，没有中国制造就没有中国。中华民族的伟大复兴，当然离不开中国制造；二重的骄傲，就是中国制造的骄傲。

世界也离不开中国制造。美国记者萨拉·邦焦尔尼，曾做过一次试验，并以一个美国家庭的生活经历为例，写成《离开中国制造的一年》。她发现，"中国制造"已成为美国人生活的重要组成部分。她以自己的家庭为例，在2004年的39件圣诞礼物中，有25件属于中国制造；家里的鞋、袜子、玩具、台灯也统统来自中国。她曾尝试用一年的时间离开中国制造。实验刚刚进行了一半，就再也进行不下去了。原因是，不仅生活成本上升40%，而且日子很难正常过下去。

笔者也曾在泰国清迈的一家大型商场做过一次微调查。在二楼的服装市场，一连查看了十多件各种型号、品牌、样式的服装，除一件女式衬衣为越南产外，其余均标明Made in China。一楼、三楼的商品也大同小异。

这就是结论：没有中国制造，中国不行，世界也不行。

这确实是一件令人纠结的事。该怎样看待中国制造，怎样看待二重这样的制造业大鳄？这是个发展悖论。工业强国，必须首先是制造业强国。没有强大的制造业，怎能够跨入现代化？没有占据那条"微笑曲线"的低端，怎么能占领它的高端呢？这不仅涉及对过去的评判，更关系到对未来的构建。

同样，没有二重制造也不行，不是世界，而是中国。

这就是二重。并不是二重选择了制造，而是国家选择了二重。二重应该选择的，是作为大型央企在体制环境下，该怎样面对市场，该如何竞争求存。

尴尬的微笑下，二重盈利率的回答是：惨不忍睹。

二重的微笑，构成了中国制造业的标志性微笑。

第三节 滞而生疾

尴尬的微笑，诠释了中国制造业和二重的处境。然外因只是变化的条件，导致二重走向困境的深层次原因，除了宏观背景，主要还是自身。

穿过流创新的路径，回到二重自身。

"此外，二重亏损，与其经营管理、产品结构、投资规模、质量等也有较大关系。"这是尽职调查报告的委婉结论，首先是宏观，自身是"此外"。应该说，信永中和的表述是中庸的、带着微笑的，就像那条尴尬的微笑曲线。

让我们跟随尽职报告的"羞羞答答"，走近二重的经营管理。

二重有许多子公司，资金却统一管理。子公司大部分产品为多品种、小批量，生产工序相对复杂，成本核算难度较大。在资金统筹、核算分开的机制下，企业难免各算各的账，各顾各的利，不仅生产成本无法合理归集和分配，还导致机制性成本失控。在成本结构中，固定成本比重也较大，如人工成本、债务成本、资产成本等，而成本控制手段有限。在收入规模大幅下降时，企业仍有大量刚性成本，这不仅影响了成本数据的合理性，而且形成效益陷阱。

虽然结论委婉，信永中和的探究并没有停止。如果说，前面的价格、成本、投资是相对静态的东西，那么，为了真相，他们的触角，伸向了动态。

先让我们认识一下两个概念，与企业经营管理有关：流动比率和速动比率，以及它们隐含的内在关联；再看看二重符号背后的真实。

企业与人一样，也是一个生命体。这是美国著名管理学家、企业生命周期理论创立者伊查克·爱迪思的名言。

而生命在于运动。法国启蒙思想家伏尔泰的这句话，对企业同样适用。如果说，固定资产是企业的躯体，无形资产是企业的精神气质，那么，流动资产就是企业的血液。上面说的两个概念，就是企业在经营活动中呈现出来的生命体征。流动比率，即企业流动资产与流动负债之比，反映企业流动资产在短期债务到期以前，可以变为现金，用于偿还负债的能力。而速动比率，又称"酸性测验比率"（Acid-test Ratio），则是指企业速动资产（可以立即变现的资产，包括货币资金、短期投资、应收票据、应收款项等）与流动负债的比率，反映企业流动资产中，可以立即变现，用于偿还流动负债的能力。

流动的本质是"活"。两个能力，体现了企业的生命力。两个"动"的指标，从不同侧面、不同层级，反映了企业的运行活力和偿债能力——能不能保持正常运行，会不会出现债务违约风险。一般认为，流动比率保持在2∶1为正常值，即流动资产是流动负债的200%；速动比率一般应保持在100%以上，即能立即变现偿债的资产，应等于或大于流动负债。其中，为确保资产质量和变现能力，及企业正常的生产经营活动，不因偿债违约而受到影响，流动资产中的存货、一年内到期的非流动资产和其他流动资产等企业生产流程中正常使用的资产，不计入可立即变现资产。

来看二重资产的"流"与"活"。

二重在2012年，流动比率下降到了110%以下，速动比率不足70%。而流动资产平均周转天数，一般都超过300天。在2008年金融危机后，二重订单延期，销售受阻，货款拖延，资金周转更加滞缓。这些被称为流动资产的资产，大都很难流动，不能较快地转换为现金流投入再生产或者偿债，因而加重了企业的经营困难和债务违约风险，还增大了成本费用，挤压了利润空间。

信永中和的调查表明，截至2014年12月18日，仅*ST二重的逾期债务，就达50.82亿元。公司因金融借款合同纠纷，遭到四大行、交通银行及德阳银行、汇丰银行合计提起的20.58亿元诉前资产保全，法院裁定冻结查封*ST二重的6000万元银行存款、在建工程或等值资产。经营性扭亏已没有可能，如以转让资产方式扭亏，公司负债率那么高，资产变现很困难；而且，大量的资产设置抵押或被诉前保全，其资产变现能力进一步下降。

流水不腐，滞而生疾，财务性失血由此产生。

中医辨证施治的原理，源于人体机能的辩证性。绞索之下，"血液滞流"的二重，机能的辩证秩序被严重打乱，滞塞、衰竭与失血，成为必然逻辑。透过信永中和的报告，我们看见的二重，是一副遍体鳞伤的失血之躯。

按理说，二重客户所在的行业相对集中，主要是钢铁、电力、石化等行业的大型国企，财务优势相对更好。二重也一直比较重视应收账款的回收，此前的账龄结构也比较合理。但由于宏观经济及行业的不景气，在买方市场、价量萎缩下，二重不仅在签订合同时，丧失了讨价还价的能力；而且在执行已签订的合同时，也是处于亏损状态。

履约意味着增亏，后退更不可能，秩序性失血已难免。

截至2013年3月31日，二重应收账款达49.5亿元，为总资产的19%、年度预计营业收入的76%。也就是说，二重消耗了大量原材料、人工、能源等，生产出来的产品，卖出去后，有三分之二的货款无法按时收回。而且，应收账款账龄老化趋势明显加重，有的已达两三年，有的甚至更长。特别是部分钢铁企业，经营及财务状况不断恶化，应收账款回收已现风险，很可能血本无归。

卖出去的产品收不回货款，生产的产品卖不出去，形成生产性失血。

随着宏观经济下行和市场急剧萎缩，从2010年开始，二重的产品订单出现急速下降趋势。11个主要产品，除军工和一些零星产品外，其余9个产品的订单均出现缩减。其中，冶金成套设备下降65.30%，模锻件下降19.27%。综合产量，由2010年的113167吨，下降到2011年的104089吨、2012年的84664吨；综合订单，由2010年的1256449吨，下降至2011年的868171吨、2012年的768113吨；产品均价，由2010年的6.04万元/吨，下降至2011年的5.7万元/吨、2013年的4.89万元/吨。

库存日增，行情变化，造成积压性失血。

在调查基准日，二重的存货账面原值达59亿元，占总资产的22%，相当于一个较好年度的销售总收入。这些存货变现能力差，跌价严重，减值已成必然。二重也许考虑到，这类减值，大部分将在2013年产品完工交付后，表现为公司主营业务成本，而且已在年利润预计中包含此因素。因此虽账面已计提减值准备2.64亿元，但计提标准并没有反映出当前产品的价格水平。如果仍进行存货跌价准备，应计跌价准备8亿元；扣除账面已计提部分，仍有5.36亿元的缺口。700余台风电增速机，账面原值5.9亿元，根据与东方汽轮机有限公司（简称"东汽"）的供货合同生产的。但风机市场出现低迷，东汽未按合同提货。根据当时市价，至少需计提跌价准备0.9亿元；如果最终无法销售，可能损失更大。财务账面上的平衡，平衡不了巨大的库存减值潜亏。

非流动资产滞塞，产生闲置性失血。

这些非流动资产，大部分为不能发挥作用的固定资产、在建工程等。随着市场的变化，它们根本无法转化为有效的生产要素和经营效益，成为无效或低效资产。从2010年以来的3年，二重的净资产收益率，由4.32%下降至-91.7%。其中很大的原因，不能不说与这些大量的无效、低效资产有关。

再来看5家同类企业2012年的资产流动情况：

总资产周转率：二重是最低的，仅0.18%；一重为0.24%；大连重工、太原重工、中信重工和上海电气，分别达0.47%、0.48%、0.49%和0.67%。

流动资产周转率：二重只有0.31%，一重为0.33%，其余在0.62%~0.86%之间。

应收账款周转率：除一重更低外，其余三家都大大超过二重。

资产流动，相同行业，不同企业，却大不相同。

许多失血点，都与资金流动有关。资本是企业财富的基础和血液；企业资产获利的唯一途径，就是在流动中有效参与企业生产经营过程。流动速度越快，单位时间内流动的次数越多，生产总量就越大，获利就越多。"流动"的阻滞，于二重，犹如人体内的血栓。二重以反面例子，印证了古老的传统文化。

资产流动性差，还衍生出了不少新问题。

根据账龄组合，二重以2012年末的账务情况，按预计坏账比例，计提坏账准备2.9亿元。但到了2013年一季度末、年中和年末，情况不断恶化，二重却没有按照最新账龄补提坏账准备。不是不想提，而是经营不断萎缩，流动性已难以为继。账龄增加，流动减速，企业生命不可逆转地向终点靠近。

一大堆呆坏账，整体性失血，缠绕形成了二重亏损的死结。

失血连连，体无完肤，浑身皆漏，经营结果可想而知。二重每吨产品毛利水平，2010年为129545.86元，2011年降至104661.06元，2012年为-74804.17元，并且出现传统产品与新开发产品毛利率同时下降的不祥趋势。2010年至2012年，二重主打产品——冶金成套设备毛利率，由15.34%下降至-41.70%；作为发展方向的清洁能源发电设备毛利率，由28.71%下降至-52.53%。

二重重装的总经理孙德润，在企业2012年年会上对扭亏形势进行了分析：明年（2013年），公司不可压缩的固定费用达37亿元。在当前市场认可的价格水平下，要消化掉这个费用、达到盈亏平衡点，企业需要的销售收入规模，应在100亿元以上。但公司可操作的订单仅约40亿元；从市场环境估计，当年可新增并实施的订单约35亿元；加上不可预计因素，当年可实现最大销售收入70亿元左右。实际上，不仅盈亏平衡是梦呓，这个最大销售收入也是梦呓。

按照这个分析，公司最终在确定2013年度经营目标时，是留有余地的。换句话说，计划就是一个亏损的目标。目标要求，公司当年营业收入底线为66亿元；通过增收节支，降本增效，经营性亏损额不超过12亿元。这在过去计划经济时代的国企，是不可想象的。公司对扭亏已完全失去信心。尽管如此，企业当年最终亏损，也远远超过预期：销售收入64亿元，亏损31.5亿元。

数字背后，是更可怕的现实：公司对经营的可操控度，正在不断降低，亏损的急速扩大之势，似脱缰野马，很难收拾。

第四节 扭亏分歧浮出水面

很难收拾,也要收拾,因为难以逃避。

从某种意义上说,国机与二重的重组,正是被这种不断恶化的经营形势和难以逆转的亏损压力逼出来的。问题是最好的向导。信永中和的调查发现了二重亏损的黑洞,还找到了它的主要成因,指出了求解的可能路径。

成因的复杂性,决定了求解的复杂性。

当然,企业的发展自有其内在的逻辑。公司要素一旦形成,合理的和不合理的,都具有惯性,无论是刹车还是调整方向,都必然有一个过程。二重的亏损黑洞,是由长期的机能性衰竭而引起的,包括思想观念、产品结构、市场变化、经营管理等方面。就像人体,机能涉及系统的整体,国机的重组,不可能立即全部调适修复,也不可能在一夜之间解决所有问题。何况,有的衰竭具有不可逆转性。唯一的可能,就是努力,再努力,寻找到属于二重扭亏的"史瓦西度规"。

事实上,这样的寻找,在二重从来就没有停止过。

要说二重不重视经营管理,那是不符合事实的。二重集团的管理机构多达23个,还有3个独立核算的事业部。强大的管理机器,从来就没有放松过运转。要说二重缺少管理人才更不符合实际。二重拥有专业技术人员3725人,占在岗职工的28.46%,其管理团队,大都是从专业技术人员中成长起来的;集团公司11名高管,全部拥有高级职称,有的还有国际MBA修学背景,且经长期的实战历练。

在企业出现困难后,二重领导几乎年年、月月部署安排工作,强化管理,增收节支,降本增效,并制定出一系列具体的目标、措施和奖惩办法。

我们来看石柯在二重2012年度年会上的讲话。他把企业近几年取得的成绩概括为:一个中心、两个基地建设有了新进展;自主创新有了新成绩;企业改革有了新突破;企业管理有了新提升;党的建设有了新成就。五个新,哪个离得开经营管理？对于面临的困难，则要求不埋怨、不诿过、不消沉，更不能沉浸在过去的惋惜之中，纠缠于细枝末节之上，对本应该得到而失去的机会喋喋不休……

作为企业总经理和行政执行官，孙德润将年度经营目标，逐一进行了细化、分解和落实，还带头将企业经营及扭亏目标，与领导工资直接大幅挂钩。他们先将公司各级领导，上至董事长、总经理，下至车间主任的工资，在上年基础之上下调20%～45%，级别越高，下调比例越大。然后，实行超产超利计提工资制度：完成目标任务，不仅恢复部分工资，减亏和超利部分，还按10%计提奖励工资。相反，增大亏损和未完成利润部分，也按同等比例扣减工资。

二重在经营管理上，也是舍得投入的。

二重的管理费用的增长，远远超过销售费用。2010年至2012年，二重的销售费用基本维持在1亿～2亿元。但管理费用却一直在攀升，2012年比2011年的增幅达44.5%；在企业经营困难，销售收入和利润大幅下滑的情况下，管理部门职工薪酬增幅仍达20.9%。可是，重惩没有止住亏损，重奖也没有催生勇夫。企业依然亏损不止，颓势依然难以扭转，这是为什么？也许，原因在宏观，大势使然，微观上再大的努力，也敌不过变化了的大势之力；也许，根源在自身，多重问题积累，已是积重难返。简单的重组重构，已很难扶正这艘正在倾覆的大船。

国机与二重的重组，就决定了国机与二重的扭亏捆绑在了一起。

当初国机董事会研究是否接受重组二重时，大家最纠结最担心的主要问题终于出现——外派董事刘高倬的话，还萦绕在许多人的耳畔：接过二重的50亿元，不只是销售规模，还有出血点；不仅它自身血流不止，还可能殃及国机。

扭亏作为二重改革振兴的重要内容，一直贯穿于整个重组之中。最早的《二重三年扭亏脱困方案》是二重提出的，内容包括：把扭亏作为重组工作的重点，成立专门的工作组；调整资产重组预案；清理投资项目，形成切实可行的投资收缩方案并实施；国资委和国机的支持等。只是前期双方谈判的重点，集中在重组本身，干与不干还没扯清，其他都是第二层级的事。扭亏思路，也主要体现了二重在重组谈判中的利益争取，或寄希望于国资委的注资，或寄希望于国机的输血。

这个体现二重意志的扭亏方案，还针对企业存在的问题设计了一系列具体的工作内容，并分解落实到相关责任人。

国机方面。方案的要求较具体，包括加快要素资源整合，推动国机的资产资本、技术成果、业务市场等相关资源向二重倾斜，将一系列的资源共享融入重组重构。目的是实现企业机能再造，培育造血功能。当务之急，关键之举，就是前面谈到的，通过国机注资，实现二重的扭亏保壳。

二重方面。方案提出的任务较抽象，主要有优化业务布局、推动产业结构调整两方面，包括：强化科研投入，加快高端装备研发中心建设，加强战略性新兴产业产品研制，促进企业产品结构调整。加快德阳、镇江两个基地的建设，通过技术改造，突破德阳基地产品等级制造能力瓶颈；改善大型部件各工序综合平衡配套产能。追加投入，加快镇江基地核电及关键零部件、超大超重石化容器、煤化工装备、高端海洋装备等建设，尽快形成产能。并且指出，二重目前正与法国洽谈的核电装备合作项目如成功，可新增20亿～30亿元的销售收入。同时，还可利用镇江基地的码头工程平台，与国机及其他企业的贸易、物流等业务相结合，发展现代制造服务业。自然，追加资本投入的来源，主要是寄希望于国资委。

国资委方面。方案没有过多地谈抽象的支持，也没有政策要求，集中在资金救助上。只是一开始，方案索要的资金金额还比较保守，包括了"两基地一中心"建设、补充企业资本金和营运资金（共15亿元），用以降低资产负债率和运行压力。

也许是出于某种思维定式，这个站在二重角度提出的"共享"方案，更多是单向的——二重迫切希望共享国机的资源，并借机享受国家的资金支持，尽快摆脱困境。在双方已联合重组、合二为一后，共享是否单向已无意义。关键不在谁共享了谁，而是根据整体扭亏脱困要求，怎样共享更合理有效。

争议是难免的，因为角度不同、观念不同、思路不同，还因为扭亏问题的复杂性、艰巨性。在边争论，边纠结，边完善，边施行中，扭亏与整个重组工作互为补充。推动工作的关键在于，大家的目标是一致的，都希望整个重组从扭亏中突破。

经过反复的修订，二重发文，将扭亏方案报到国机。

任洪斌一看急了，这样的思维方式与举措，与重组的总体思路相去甚远。不应羞羞答答，也不该含糊其词，双方已是一家人，责任与目标应一致。经过紧急研究，国机立即以中国二重改革振兴领导及工作小组名义"特急"行文，向二重发出正式通知，对二重扭亏方案的思路、目标、举措等提出严重质疑。

谈判过程中的扭亏分歧，浮出了水面。

二重更急。美丽的扭亏设想，一下被打乱。

二重也是紧急研究，焦急、紧张、气愤、激烈，各种复杂的情绪交织在一起，有的人甚至流露出一种受骗上当的感觉。显然，二重还认为与国机是对等的合作关系。这样的情绪不仅显露在会上，还带到给国机的回函里——姿态和口气，仍然是重组前甲方、乙方的样子。

2013年12月12日，二重给国机回函，大意是：

二重收到国机的通知后，立即组织了相关人员进行认真研究。总体思维模式未变，要实现二重整体扭亏脱困目标，必须具备三个条件，缺一不可：二重改善经营状况；国资委、国机的资金救助；国机在业务协同、资源深度整合及其他方面的支持。

上面的开场白，还说得比较委婉，把一股子怨气强压在心里。紧接着的具体内容就直白了，可谓慷慨陈词、理直气壮。回函对国机提出的四条质疑，一条一条进行了解释，阐明二重的"是"和国机的"非"，并再次强调二重扭亏脱困方案的合理性。特别是最后的立场重申与强调，甚至有点气势逼人：

> 如国机集团对（二重）扭亏脱困方案中提出的业务协同、资源深度整合形成的收入和利润规模不予认可，则进一步增加了扭亏脱困的不确定性。中国二重在12月7日上报的《中国二重关于三年扭亏

脱困方案的请示》，国机集团尚未正式批复，中国二重无法重新做出新的决策。鉴于二重重装扭亏摘帽，是联合重组过程中设定的路径，因此，中国二重不能单方面做出改变原有方案的决定，不能在"实施扭亏摘帽方案"和"不实施扭亏摘帽方案"中进行单方面简单选择。

这并非随口而言，或会上争论，也不是两个平等主体之间的讨价还价，各执己见。"立即组织了相关人员进行认真研究"，也表明二重的意见是集体的、认真的、慎重的。这是国机和二重重组后，新的企业体制已经确立，二重作为国机的下属子公司，给母公司的正式公文。虽没有明说国机的做法是错误的，但意思已很清楚，既然"二重不能单方面做出改变原有方案的决定"，那么国机能吗？单方面，谁是这方面，谁是那方面？这次的公文用的是平行文的"函"，而不是上行文的"请示"或"汇报"。公文内容，更是反驳、质疑、重申，措辞犀利而强硬……

在一系列看似异常的举动中，折射了另一种更深刻的正常。

不是不懂规矩，二重是很懂规矩、很守纪律的；而是思维和角色还没有转变，没有按照一家人、一家事，对重组整体有利来思考问题的。一切仍停留在原来的位置，仍是"国机集团"和"中国二重"，谈判中的甲方、乙方。既没有弄清今夕何夕，也没有分清国机和二重。更重要的是，经过长期的无数次的沟通，二重仍然没有弄清国资委的意图，没有从内因认真思考二重扭亏脱困方案的合理性。

任洪斌当即电话指示：认真研究，明确答复，不得有误。当晚，国机改革发展部、法律事务部紧急研究，并及时向二重通报国机思路。

风乍起，吹皱一池春水。

国机有人担心，当初大家就不看好这场重组，你看，麻烦来了，怎么收场啊？

文件之外，二重的议论就更难听。有人认为，二重把部级帽子卖了，而国机没有兑现协议承诺，二重输光了。这样的情绪不仅在二重扩散，还传染给了地方政府。"国机不兑现承诺"的说法开始蔓延，从企业蔓延到政府。

国资委领导很重视，专门就此事到国机调研，并对任洪斌提出要求："重组后，二重这个基本责任，就是新的国机承担了，任董是第一责任人。后面二重再有什么问题，第一板子主要是要拍任董的……"

二重扭亏的"史瓦西度规"，究竟在哪里？它是否就像"精美的石头会唱歌"一样，本来就是一个美丽的传说？

大家都在看，任洪斌究竟如何破解这个迷局。

第五节 二重"史瓦西度规"

是的，这是一个迷局，复杂、艰巨。没有黄承彦，破局全靠自己。大局为重，既不能感情用事，又不能放弃原则。

好在重组工作一直受到中央和国资委的高度关注和支持。2014年11月4日，国务院领导在《国资委关于中国第二重型机械集团公司改革脱困工作进展情况的报告》中明确批示：认真抓好各项措施的落实，努力扭亏为盈。

无疑，这对国机和任洪斌都是极大的鼓舞。

按照任洪斌的安排，国机在表明原则立场的同时，再次派出专人，与二重方面耐心沟通，讲明事理。不是统一到哪个方面，而是统一到更合乎市场和现实的可能。权宜之计，是沿用二重的习惯思维，最充足的理由就是上级要求。国机于是指出：按照国资委的要求，国有资金不得用于弥补亏损、偿还银行贷款及与上市公司资产置换等。因此，即使国机提供资金，均不得用于上述事项。二重应根据自身实际情况，按照市场化原则，从增强造血功能出发，研究扭亏脱困方案所需资金。方案中提出的国机业务协同、资源整合形成的收入、利润规模，与实现的目标差距很大。同时，上述业务协同、资源整合事宜，应根据市场化原则进行操作。

基于上述意见，国机明确告知二重，制订扭亏脱困方案的原则，只能在下面两个选项中决策：实施现有的扭亏脱困方案；或者不实施。

如决定实施现有的扭亏脱困方案，二重必须以书面的形式明确：公司的决策意见、实施措施、资金保障措施、实施责任人及其责任。

如决定不实施扭亏脱困方案，为降低由此可能产生的相关风险，二重应迅速组织研究后续工作安排，形成新的工作方案，并就需要国机配合事项提出具体要求。尽快成立由公司主要领导牵头的危机应对小组，明确分工，对可能出现的风险和问题进行预判，及早制订应急预案和工作措施。并请二重按照上述各项要求，于2013年12月12日下午15:00之前，将决策意见上报国机……

有一种剑拔弩张的架势。国机使用的文种，是下行文的"通知"，而不是"函"；语气果敢而坚定，倾向是明显的。任洪斌的意图，二重应当懂了。

为争得国资委的理解和支持，第二天下午，徐建和骆家骕一行三人，专程去国资委汇报了相关情况。国资委领导明确表示，二重在2013年要把全部潜在亏损真实反映到位，并提供可靠的扭亏措施，为从根本上扭亏创造条件。

与其说是憋气，不如说顿然如释重负。为二重重装扭亏脱困殚精竭虑近两年的孙德润，这种感觉更是特别明显。是啊，冷静想想，不明不白拿那么多钱往里塞，不能治本，也看不到前景，有意义吗？可箭已在弦上，谁又会收弓入套另作选择。还是任董清醒，有这个气魄。现在好了，雾霾散去，清朗归来，视野和前景都豁然开朗。扭亏，争论了两年多，回归到一个简单的公式：

盈利率＝盈利÷成本

多么形象而直观，要追求商的最优，只有两种选择：扩大分子，或减少分母。终于找到了，求解二重亏损黑洞及扭亏之谜的"史瓦西度规"。国机和二重的人，凡是熟悉企业管理的，几乎都可能同时想到两个词：

降本和增效。

几经磨合，扭亏脱困方案终于统一。

一场以源创新为根本，流创新为重点，主题鲜明的扭亏脱困大战拉开帷幕。成本是共同的敌人，必须把威胁化解到最低限度，才能实现安全突围。

启动成本信息化核算体系，最突出的矛盾暴露在面前：财务、人工、消耗。三大成本，似三座大山，奇峰突起，耸立在扭亏战场的高地，醒目，刺眼，有几分霸气。经营的"531"魔咒，就是二重亏损的黑洞之源，甚至可扭曲发展的方向。谁破解它，战胜它，谁就可赢得这场战役的主动。

方向明确，战略统一，就是最好的出击。

减债、减员两大战役，目标是攻下财务、人工成本的60%；还有降耗，都指向"流创新"。要重振雄风，则必须"源创新"，重塑造血机能。

然而，奇迹比人们期望的要来得迟。重组一年多、两年多，二重仍是报亏。2015年，经过极大努力回收应收账款、清理存货，结果在收入规模比上年下降8%的情况下，"两金"规模仍达百亿元，仅比年初下降6%。离实现扭亏目标时限只有一年了，任洪斌深感压力。他到国机工作这么多年，也经历了不少的事，遭遇过不少艰难险阻，可还从来没有像二重这么难的。

"后悔重组二重的决定吗？"有媒体问任洪斌。

他斩钉截铁地回答："无怨无悔！"

的确，自二重重组以来，再大的艰难，任洪斌都视作难得的挑战，从来就没有后悔过。面对挑战，他一直充满着自信和从容。

治重症需用猛药！任洪斌认为，重病未除，说明药还不够猛、不够准。二重除了扭亏脱困，还要发展振兴。在他心里，早已勾勒出了未来的"国机重装"王国蓝图。为此，国机与二重重组的多项改革振兴计划陆续出炉，并紧锣密鼓付诸实施。任洪斌这样诠释二重的源创新：要从制造商向制造服务商转型，从提供设备向提供整体解决方案转变，真正实现二重改革振兴方案确定的目标。

2015年8月12日，任洪斌再次到二重调研。

除了推进二重扭亏脱困方案的落实，重点是业务协同，培育造血功能，矛盾直指"流创新"顽疾。在听取了各界人士的意见后，任洪斌直言不讳地指出:"如果是用钱能解决的问题,相对来说还简单些。但有些问题,不是钱能解决的。比如观念问题。什么观念?就是总认为二重不能倒,国家不会让它倒,国机也不会让它倒。这种观念是错误的。世界上没有不沉没的船,也没有永远兴盛的企业。错误观念不改变,就没有真正的危机意识。刚才马树扬同志说了,在非常时期,要用非常手段。我很赞成。不触及灵魂,不转变观念,就不可能改变企业。"

任洪斌饱含深情地说:"二重的问题就是国机的问题。国机有这个信心,二重要有一种雪耻心态,我们助一臂之力,定能成功。给大家讲这些,是要大家认清形势,坚定信心。怎样判断形势?我们认为,对于二重改革振兴来说,2013年是最艰难的时期,2014年是最危险的时期,2015年是最关键的时期,2016年是决胜的时期。比眼前扭亏脱困更艰难更长远的任务,是企业要素重组、业务协同、产品结构优化、市场开发、恢复和增强造血功能等。比如抓订单,要有抓不到订单吃不好饭、睡不着觉的精神。与主要竞争对手相比,如果过去能拿到50%的订单算合格,现在至少要80%,因为我们的负担比别人轻。"

扭亏,除了减员、减债,集中到了降耗。

从价值工程和流创新入手,进行设计优化,解决源头降耗问题。于是,在扭亏脱困方案中,二重又进一步制定出《降低成本细化措施及计划目标》。

发挥国企的政治优势,开展起群众性的降本增效活动。不是斤斤计较,而是分分、厘厘计较。一是在采购及相关环节提高产品边际毛利率1.5%~2%,包括降低采购综合单价3%、运输费2%、仓储费2%;二是在设计和制造环节:降低设计目标成本6000万~10000万元,降低材料消耗5%、能耗8%、外协成本10%。整个国机2015年能源消耗下降8.98%,万元产值综合能耗下降7.33%。

不仅是猛药,还有猛力。

关键的环节,任洪斌亲自出马。虽然2015年重组赢得了关键性转折,但任洪斌心里非常清楚,这只是形式上的减亏,主要是靠减员、减债得来的,还很脆弱；企业无论节流，还是开源，或者造血功能，都还没有得到根本性改变。

对于这个问题，负责财务的骆家骕，有更深的认识。他毫不隐讳地直言："国资委领导带着质疑的口气问我，二重3年以后会不会又回到以前的样子？我无法理直气壮地回答不。"为什么？他分析指出，二重重装的现金流，2016年计划是-3亿元，如果2017年再-3亿元，流动资金就没有了。现实就是如此。

对于二重深层次的问题，大家早就是清楚的，只是，按照工作计划和轻重缓急，大家此前的精力，主要集中在"两减"。现在，不能不出手了。

这是2016年2月25日上午，任洪斌在二重现场办公时讲了狠话："今后再发现这样的问题，我要把他直接送进监狱里。"了解任洪斌的人都说，一向温和宽容的他，很少说出这样的话。

是的，任洪斌今天确实是忍无可忍了，针对二重采购的事，怎么能不生气？！信永中和反映的违规采购，直到2015年还没有完全改变：当年13.9亿元的采购，只有1.2亿元通过了公开招标。不说成本高，质量也无保障。有的采购成本，比公开招标高出百分之三四十。一线工人在生产流程中，一分一厘艰难抠下来的成本，比不上采购方轻轻损失的一个零头。多个渠道反馈的信息也表明，二重产品的报价，始终比市场同类企业高。为什么不公开招标？追问起来，理由一套套，比如甲供材料、指定供货；比如没有多的供货了。任洪斌严厉质问，这是什么意思，指定供货就不讲价格，那我们的产品价格为什么压了又压？全世界哪个普通生产企业的产品是独一无二的，不要说货比三家，就是找十三家也不难。

显然，背后的猫腻，谁都清楚。

狠话由此放出：二重今后的所有供货，都必须经过公开透明的招标。二重纪检部门要全程监督；国机纪检协助监督，抽查比例不得低于采购项目的50%。对违反规定的必须查，查一笔，抓一笔，毫不留情，不管涉及谁。

任洪斌还对二重的公务接待、绿化费用高等问题，提出了严厉批评。

石柯没有参加这次会议，但看了会议材料后，也非常气愤。在2016年3月11日的二重改革振兴领导及工作小组会上，他严厉指出，采购招标，这是一般的企业在经营中也必须做到的。采购不招标，里面的猫腻就多了。不说办企业，就是开个小饭馆，卖个早饭，采购不把握住，你想赚钱可能吗？这不是什么苛刻的条件，而是基本要求，非做不可，做不到，就不要办企业了。

所有的借口再无法登场，采购公开招标作为常态，再次回到久违的二重。

2016年，二重的公开招标采购占总采购的比例，由原来的不足20%，上升到近80%，同口径节约成本9000万元，占企业当年利润的19%。纪检部门对合同抽查率达到52.02%，抽查合同金额达到全年采购总金额的59.74%。2017年采购合同共11503个，金额总计236365.51万元，应招标合同招标率达100%。纪检部门抽查当年采购合同共2493个，占全年公司采购合同总数的21.67%，涉及金额152978.4万元。二重对国机检查组分4批移交的238条问题线索、464份合同进行了一一核实。

这一查，就查出了问题。

原二重营销与运行管理部副部长朱昌华，铸锻公司物资采购部部长肖春玖、副部长雍世隆3人，因在公司采购中涉嫌受贿，分别被检察机关立案查办。处罚没有仅限于二重的这3个人，还涉及32家供应商。其中的5家供应商被永久禁止合作，3家取消一年合作，13家暂停半年合作，11家给予警告。这一处罚，从源头上增加了与二重合作中违法犯罪的成本。

规范采购杜绝了非公开招标供应，产品质量有了源头保障。

二重昔日的科学化、精细化管理终于回归了。降本增效的触角，延伸至企业再生产的每一个环节、每一个细节。

到2016年7月，也就是国资委批准重组整3年的时点，二重已实现营业收入44.44亿元，同比（下同）增长78.1%；完成进出口额3.39亿美元，增长173.6%；利润达1.94亿元，扭亏7.25亿元；EVA指标为1.14亿元，增长2.98亿元。而国机2017年底整体亏损面21.7%，同比下降25%；亏损企业亏损额下降40%。

看着这几个数字，一位老工人的眼睛湿润了。

第十一章 要素魔方

第一节 两篇提前发布的新闻稿

扭亏初告捷，振兴才起步。

过去几年，二重的职工流了多少悲伤的泪，今天终于流出了喜庆的泪、信任的泪、希望的泪。这泪，是改革振兴新征程的压力和动力。

减员、减债的大功告成，二重重装主动退市成功。重组中，危险的2014年，在纠缠不清中度过；关键的2015年，以"外科手术"圆满收官；决胜的2016年，以完美的冲刺突破。任洪斌提醒自己也提醒同仁，如果把二重扭亏脱困、改革振兴视同长征，应该说现在只走了不到一半的路程，离最终的目标还远着呢。这个问题大家一定要清楚认知，不要被自己的盲目乐观忽悠了。

是的，要紧盯着最终的目标。如果说，前两年重组的思路和步骤，还有外在因素影响，常常被一些意想不到的插曲打乱。现在的指向，就更清晰了——

用改革振兴，或"内科手术"，增强企业造血功能。

相对于"两减"，"一增"是一场更艰巨、更关键、更持久的考验。拿孙德润的话来说，"两减"和扭亏的成功，只是把二重从生死线上拉了回来，或者说顺利下了"手术台"。二重的身体还很羸弱，还没有脱离危险期，还需要一个较长时期的"加护"，实现强身健体。这个"加护"，就是通过生产要素的重组，改善和增强企业内在的造血功能，进而实现长久振兴。

为此，任洪斌在2016年1月20日召开的国机年会上，就提出明确要求：要让二重不折不扣扭亏，彻底恢复持续经营和盈利能力。因是年会，主题是谈成绩，鼓士气，增喜庆，他只讲了原则，指明方向，点到为止，以免说重了影响过年气氛。大年一过，重新启程，他的态度和要求，就大不相同了。

时间很快，从年尾到年头，仿佛一瞬间。

这次是专题会，时间是2016年2月25日，也就是大年过后的第三天——前两天任洪斌等人去了四川广元市，实地走访国机对口支援地区的贫困乡村。

任洪斌率领国机要员骆家骦、苏维珂、王锡岩及总部相关部门负责人专程来到二重，在看望慰问老领导、老职工和青年技术骨干，听取他们的意见、建议后，重点研究解决二重产品质量提升、降本增效、业务协同等恢复和增强造血功能的问题。围绕改革振兴目标，从二重到国机，每个与会者都必须把自己分管的、负责的、对口的工作情况、建议及需要请示的问题汇报得清清楚楚。

汇报完毕，任洪斌小结，一开口就语惊四座。

任洪斌轻轻翻开笔记本，上面写着密密麻麻的字。他沉着、冷静而坚定地说："同志们，在小结之前，我先给大家念两篇新闻稿。它们本来应该是在2016年12月31日才发布的，我今天预发布，是希望引起大家的注意……"

会场顿时静了，静得出奇。好奇、狐疑，甚至迷惑，参会人员一个个竖起耳朵，全神贯注地注视着任洪斌，看他这即将发布的究竟是什么新闻。

任洪斌不紧不慢，煞有介事，字正腔圆地开始念：

第一篇新闻稿：中国二重在面临经济下行压力大、产能过剩严重等诸多不利因素的情况下，负重图强，攻坚克难，企业经营取得历史性突破。2016年，中国二重胜利实现重组"双超"目标。二重重装在重组中实现主动平稳退市，受到中国证监会充分肯定。鉴于二重重装2015年、2016年连续盈利，且2017年盈利可期，经中国证监会、上海证券交易所初步审查，二重重装可望在2017年重新上市，成为中国资本市场第一个主动退市并重新上市的公司。

第二篇新闻稿：中国二重虽经前期采取债务重组、人力资源优化、资产剥离等各种措施，但终因其自身造血功能未形成、合同储备严重不足、技术创新滞后、产品质量没有明显提高，企业成本高居不下，市场对其信心不足，2016年再次难逃亏损厄运。企业无法履行债务重组之时对金融债权人的承诺，职工信心遭受到重大伤害，重归股市前途未卜，再成上市公司将遥遥无期。

会场有了一些躁动，有人开始窃窃私语。从大家狐疑的表情看，大家似乎还是没有完全搞明白事情的究竟：这任董的葫芦里卖的什么药？

任洪斌稍作停顿，故意让大家议，让大家猜。

过了片刻，他接着讲："同志们，刚才大家都听见了，这两个新闻稿，在今年年底肯定有一个要发布，可能具体内容有所不同，但必然是其中的一个结果。它使我想起看过的《解忧杂货店》，是一位日本作家写的悬疑小说。说的是以前的店主，因对烦恼咨询信件一个个用心解答而闻名的故事。我们对二重未来的烦恼是什么，有什么可忧，怎么解答？两篇新闻稿，一个令人振奋，一个句句打在心头。"

听完两篇新闻稿，问题来了。

任洪斌用自问自答的方式，让道理演绎为正常逻辑。他说："如果让大家选择，你希望最终发布的是哪一稿？我想，绝大多数的人可能都会毫不犹豫地希望选择第一个。可希望是希望，结果是结果。如果是旁观者，你可以用'拭目以待'之类的外交辞令来回答。但我们不能。因为在座的各位，都是答案的书写者，不是旁观者。我们没有理由逃避，也无法逃避。在二重改革振兴中，我们都是当事人。这里只有运动员，没有裁判员。大家要明确自己的角色定位，在这个过程中需要做什么，就去做。不要说最后没做好，大家来互相指责。完成了减员、减债，二重有了比同行竞争对手更好的条件，再不搞好有理由吗？那么，完成这个书写，还有多少时间呢？我算了下，从现在到年底，满打满算，也就10个月零4天；如果扣除法定节假日，则实际可利用的时间已不足10个月了。"

讲到这里，任洪斌有点动情了。他声情并茂地说："同志们，现在，我们都面临一场大考，我希望在座的每一位，都拿出优秀的答案，成为好学生。"

任洪斌思维缜密，步步推进，指向选择之外。

他说："除了选择，还要思考，如果二重出现第二种情况怎么办？是什么原因造成了这个结果？一般情况下，总结经验教训，原因也许有一、二、三，可有什么用呢？这次会议期间，我看了一些材料、报表，二重目前的状态，我感到非常担心。它虽然把负担减下来了，但依赖输血的状态并没有从根本上改变。我曾经说过，如果是一次性的输血我不怕，最怕就是造血功能始终建立不起来，长期上不上、下不下，靠不断地输血维持。不要说每年60亿元，就是16亿元，对国机来讲也是非常危险的事情。那势必有两种结果：一是无休止地拖累国机，直至拖垮国机；二是国机不允许二重再继续拖累下去，虽经努力仍不见好，被迫放弃。看到问题，现在就切实去做，防止那个大家都不愿意看见的结果出现，才是唯一出路。"

说着，任洪斌开始与大家分享起他的思考。

说是思考，实际上是不可逃避的严酷现实和可能选择：必须这样，别无选择。大家这才完全明白，任董的良苦用心——是要以两种截然相反的结果，破釜沉舟的思维方式，来激发大家关于这场战役的危机感、紧迫感和责任感。

任洪斌的思考尖锐而具体，均点中二重可能导致第二种结果的死穴：

第一，订单不足。二重产品因结构、质量、价格、服务等原因，竞争力不强，市场对其失去信心。即便卸下了包袱，还是跟不上别人的步伐。这不是主观臆想，按照刚才会上汇报的情况，二重落实的2016年订单，离目标还差37%。

第二，质量不稳。主要工序铸锻件部分，质量问题还有一大堆，而且责任单位对有的问题似乎显得一筹莫展，用户彻底失去信任。

第三，管理混乱。流程失血点多，成本居高不下。

第四，人才流失。主要岗位缺乏技术支撑。

第五，草率决策。贸然进入非主业投资，或随意担保，造成重大经济损失。

第六，领导干部和主要岗位人员出现重大问题，严重影响企业发展。

此外，可能导致第二种情况的，还有一些预料不到的问题……

任洪斌没有停留于思考。因为思考的意义，是要让思想转化为行动。他非常清楚，思考了，发现了，认准了，关键是该怎么办。问题是导向，目的是落实。他直言，不要夸夸其谈，不着边际。二重目前缺的不是高谈阔论，而是实际行动，是俯下身子抓落实。他对一些过去发现了、指出了、要求了，但却迟迟没有落实，一次又一次重复出现的问题，比如采购、质量、飘浮、盲目乐观等，进行了严厉的批评和警示，针对二重长期形成的重症，他一一把脉施治。

又一次猛药，这样下单：要素重组，增强造血功能。

第二节 炼丹的故事

要坚定不移深化国有企业改革，着力创新体制机制，加快建立现代企业制度，发挥国有企业各类人才的积极性、主动性和创造性，激发各类要素的活力。

这是2016年7月4日召开的全国国有企业改革座谈会上，习近平总书记强调的国企改革，说的是生产要素，核心是激发人的积极性、主动性和创造性。

改革振兴，增强造血功能，这是一次真正的长征。

想起了炼丹术。这个传诵了几千多年的方术，孕育了中国灿烂的古代化学，是近代化学的先驱，它所用的实验器具和药物则成为化学发展初期所需要的物质准备。

炼丹术的秘籍，就是深信结构可以改变性质。

回头看二重的改革振兴。产品结构调整和要素重组，不仅是此役的应有之义，也是重要内容——企业通过要素的重组，或重构，创造一个新的经营奇迹。

不是头痛医头，而是战略之举。

中国高层看到了这场全球性经济转型升级的深层次原因。中央经济工作会议和全国人大政府工作报告，都强调供给侧改革和企业提质增效。联系二重现状，任洪斌越来越清醒地认识到，供给侧改革不是抽象的理论，而是严酷的现实，直接关系到国机和二重对未来的选择；提质增效也不是口号，关系到二重重组后的经营模式、产品结构，怎样把生产和服务结合，实现转型升级与需求侧有效对接。病因发现和处方确定，都体现在二重改革振兴的方案里，是"两减一增"的关键。激活要素，让珍珠发光，是要增强企业的造血功能，让资本带来更好的效益。

这不是编织的股市故事，是丹棱精神的正常演绎。

再好的珍珠，都是由要素构成，比如寄生虫、贝壳、外套膜和碳化钙等。陷入困境的二重，虽整体失色，但细胞并没有坏死。恰恰相反，从身份、地位、历史、品牌，到设备、技术、人才等，无不是宝贵的资源。这些资源不是一些虚妄的概念，而是实实在在的企业要素，它们铸造出的二重，曾经那么辉煌、耀眼；而这一连串坚实而自豪的拥有，更不能不说是二重的骄傲——

拥有1家上市公司、7个科研院所、3个事业部、8家子公司。

拥有国家级企业技术中心、工程实验室、重点实验室和博士后工作站。

拥有以当今世界最大的800MN模锻压机、160MN自由锻压机为代表的专业设备6600余台，具备一次性冶炼900吨钢液、浇注600吨钢锭、产出500吨成品铸件及400吨成品锻件的能力，并具备1000吨级综合运输能力。

拥有当今世界最大、国内首屈一指的重大装备极限制造能力。包括强大的产品研发、设计和制造能力，现代化的冶炼、铸造、锻造、热处理、机加工等完整工艺装备及设施，在冶金成套设备，核电、水电、火电成套铸锻件，重型压力容器，大型传动件，大型成套航空模锻件等研发领域，居于国内领先水平，或世界先进水平，是中国目前最大的重大技术装备制造基地。

拥有国内首屈一指的特种大件物流码头。

拥有，拥有，令人艳羡的拥有……

二重有太多独一无二的拥有。然而，当这些令人羡慕的企业珍贵要素组合在一起，形成一个集合概念——"二重"的时候，光亮却并不显眼。那遮天蔽日的阴影，就像城市天空的雾霾，浓浓的、厚厚的、灰蒙蒙的，不知何处是天日。光亮尽失，一切都变了，变了，变成了一些刺眼扎心的词：巨亏，退市，质量滑坡，银行逼债，发不起职工工资，举步维艰，前景黯然……

显然，企业要素结构，是重要原因。

不能不说这是一个令人沮丧的结果。结构没有把要素有序串联，串珠成链，而是制造了一盘散乱无序的沙子。

重组当然要改变这种结构，重构新的要素体系。因此，重组不应当是物理反应，而是化学反应，目的是增强企业的造血功能，恢复和增强持续经营的能力。这不仅是形式上的两企联合，而是成为崭新的二重、崭新的国机。任洪斌给它取了一个通俗易懂的名字：业务协同。就是按照集团整体发展战略，将国机和二重的企业要素，放到一个新的沙盘里来统筹，以业务协同方式实现。

炼丹术的秘籍，是炼。日复一日，年复一年，矢志不渝。投入智慧和真诚，熊熊炉火，就是燃烧的希望。通过炼，改变结构，改变性质，铸造未来——寻找财富和生命的密码。它激励着所有有为之士改变世界，也改变自己。

自这场国家级的企业重组开始，国机与二重改革振兴领导及工作小组，就在寻找这样的"炼丹术"。答案，从未知开始："史瓦西度规"是一个解，针对扭亏；"炼丹神术"是又一个解，指向改革振兴，关键是要素重组，增强造血功能。

这个解的方程式，早已由重组大局设定。

国资委在重组批复中就明确要求，要"实现优势互补，发挥协同效应。新集团要着眼于培育具有世界水平的一流装备制造企业的战略目标"。国机与二重联合上报国资委的联合重组请示早就明确，二重与国机重组后，将围绕"培育具有世界水平的一流装备制造企业"的战略目标，先行加快其高端重型装备研发制造，通过与国机所属业务关联企业的内部合作，实现业务协同，促进技术成果、产品、市场等相关资源融合，并向目标板块转移，让国机大梦成真，让二重美梦重圆。

任洪斌在思考，"两减"和扭亏之后，"一增"何求。

还是那个梦，那条鱼，涌入他的思绪，期待一个新的诠释。这次他带着长远的梦和国机联合团队来到二重，正是为了求解。

畅游于智慧之海的鱼，已然成为思想的幽灵，潜藏在任洪斌的心里。

在论证重组二重的可行性时，他就这样释疑：国机有很多产业板块，包括林业机械、农业机械、地质装备、资本市场、技术研发、工程承包及机器人等新兴产业。这些板块，有的潜能还没有充分发挥出来，需要寻找新的要素，并与之有机组合，释放潜能；有的又先天不足，缺乏支点，需要在重组中充实完善自己，为虎添翼。比如重装，就是国机的短板，却承接起国家制造业"脊梁"的使命。

这次两家企业重组，任洪斌就是这样来定位的。

这样的定位，不仅仅是一种观念、一种认知，还是一种法律约定，体现在重组方案中确定的思路、方向、定位、重点，甚至步骤上，也体现在双方签订的《联合重组框架协议》中。这显然也体现了二重的重组意志。作为最了解二重的人，石柯心里对此何尝不清楚。他指出，二重前两年最艰难的时间走过来了，谁都明白，靠的是特殊政策，先保住不死。但二重还在"急诊室"里，要真正康复，关键是要有长线产品，管理要上水平。这不仅需要得到国机的支持，更要通过双方优势资源的融合，提升高端重型装备板块的核心竞争力。双方的共同目的，就是要通过要素重组，让二重重振雄风，成为受人尊敬的现代企业。

这是一个饱含情感的词：受人尊敬。

不是指人，而是指企业。企业和人一样，受人尊敬，是一种价值和一种尊严。重组当头，它从石柯口里说出，不能不说包含了更深的意味。于人，敬人之人人自敬之；于企业，受人尊敬的基础，仅靠体制赋予的各种地位、优势是不行的，更重要的还是要拥有核心竞争力，包括产品、市场、效益、文化等。人穷志短，企业穷，志也长不到哪里去。曾几何时，二重这个名字，在德阳，在四川，乃至中国和世界，令多少人肃然起敬、仰慕不已。可是后来变了。那几年来，在德阳城内，无论是买菜、乘三轮车，还是擦皮鞋，二重人成了最爱讨价还价的人。对这样的说法，我曾表示过怀疑。"5·11"第二天，我乘一辆三轮车，从德阳名人酒店去二重，顺便向车夫求证。他苦笑一下，点点头又摇头叹息。

我感到一股幽幽的酸楚和揪心。

我理解了任洪斌说过的一句话：二重人要有一种雪耻之心。

雪耻不是口号，而是振兴。

并非偶然发现，也没有什么神示，作为曾经创造"国机奇迹"的央企少帅，任洪斌深谙企业壮大之道。他一直很欣赏霍尼韦尔公司的成长经验——通过重组实现嬗变。他认为，二重要从根本上增强造血功能，步入良性发展，成为国机发展的空间而不是死穴，关键就是要利用重组机制，把两个企业的优势融合。

第三节 国机秘籍

国机集团的诞生，使原机械工业部所属非主体企事业单位有了一个共同的未来梦。二十多年来，国机人肩负起振兴中国民族机械工业的使命，发扬工匠精神，开拓进取，奋力而为，在创造"国机奇迹"的同时，也创造了属于国机的独有经验。对于这些经验，每一个与国机风雨同舟的人，都可如数家珍。

比如，前4年（1997—2001年）起步阶段的市场之路。

国机草创初期，从观念、体制到机制，都还带着浓厚的"机关"色彩。市场步步紧逼，国机没有多少老本可吃。这个企业怎么搞？任洪斌旗帜鲜明地提出：国机要实现母公司管理功能，由单纯行政管理向企业型管理的转变；业务经营由力量分散、经营无序、主体不明显，向集团统筹协调、优势互补、主体突出转变；资本配置上由行政主导、分散无序，向市场主导、统一合理转变。这一转变，不仅从体制、机制、机能上，初步形成了科、工、贸一体的发展模式，奠定了腾飞的坚实基础，而且在规模上二级子公司由29家发展到70多家。

更重要的是，这一转变，使国机走上了市场化之路。

又如，中间10年（2001—2010年）腾飞阶段的振兴之路。

经过"三大转变"，步入市场后，国机马不停蹄，跟进实施了"一体两翼"（以工程承包为主体，以国内外贸易、高新技术产品开发与生产为两翼）、"三大主业"（机械装备研发与制造、工程承包、贸易与服务）和"再造国机"三大工程。通过强化改制、加大重组、加快上市、加强科技创新和科技成果转化，推动了再造目标的实现。振兴10年，国机年营业收入由200亿元增加到1314亿元。

再如，"有质量的增长"和"五个国机"的提质之路。

随着前10年战略目标的完成，根据国家转变增长方式的方针的指引，在国机2012年年会上，任洪斌提出把"有质量的增长"摆在更加突出的位置。不仅是物质的产品之质，还包括了精神的人文之质。"价值国机、创新国机、绿色国机、责任国机、幸福国机"的理念由此提出。其中的绿色、创新，与国家后来实施的供给侧改革不谋而合；而责任与幸福，则体现了神圣的企业文化价值。

还有，"四轮驱动""再造一个海外新国机"的转型之路。

这是与二重重组后，国机的再一次定位提升。根据重组战略，聚焦装备制造业、现代制造服务业两大领域，有序推进主业结构调整。在保持工程承包、贸易与服务业务板块持续快速发展的同时，着力打造装备研发与制造板块，并围绕主业培育金融与投资业务，实现从"三大主业"并举，到制造、工程、贸易、资本"四轮驱动"发展的主业格局，实现业务协同互补、多元化经营、多业态发展。目标是把国机打造成具有全球竞争力的综合性装备工业跨国集团。

重新出发，再造海外新国机！

不是口号，而是行动。国机上下闻风而动，乘胜出击，驰骋于国际发展舞台。哪里有发展，哪里就有国机的身影。项目如数家珍——

CMEC的阿根廷贝尔格拉诺铁路一期项目、委内瑞拉原油早期处理改扩建项目、莫桑比克铁路项目、巴基斯坦吉航联合循环电站项目、中工国际股份有限公司的芬兰生物炼化厂项目、苏美达土耳其智能化光伏组件全套解决方案项目、中国国机重工集团有限公司的埃及政府农业工程项目，还有国机其他分子公司在俄罗斯、尼泊尔、老挝、南非等国的项目，如奔驰公司南非BDC系统项目，一个个尘埃落定。

透过鱼骨图，国机的秘籍与霍尼韦尔的不谋而合。

国机破蛹而出，其快速的成长史，印证了霍尼韦尔的经验。国机建立20多年来，实施内部资源整合项目60多项，涉及各级企业80多家；外部整合央企一级企业5家、二级企业7家、地方企业10家，整合资产超过800亿元。

近5年来，以二重重组为标志，先后实施了3家中央和地方企业的重组，完成21项内部重组，涉及资产1680亿元。由此推动了资金、技术、人才等资源向优势企业、优势业务、优秀经营团队的集中，有效促进了企业资本结构和产业结构的优化，打造了具有较强系统集成能力和综合竞争优势的业务板块。

可以说，国机20多年的快速发展壮大史，就是一部重组发展史；要实现企业的快速发展，在要素重组中，资本和效率都不可或缺。

在资产重组"加减法"基础上，针对主营业务未建立、集团总部经营能力不足的软肋，任洪斌又创建了"非实体经营"模式。

CMEC是先行探索实施者。核心是利用国机品牌优势，积极承揽国内外大型综合性项目，主要是工程承包业务，并投入国机所有企业资源，甚至社会资源。应该说，这是国机源创新的突破。虽在当时的世界经济学界，也许还没有出现源创新这个名词，但国机创造的许多经营模式，确实具备了它的所有特征：整合一切资源，开辟新的市场空间，实现创新发展目标。2016年，CMEC实现利润占到国机总利润的31%，就说明这种"源创新"经营模式的巨大活力。

经验沉淀为思想，上升为理论，进而形成国机独家的秘籍。

要素重组要围绕企业发展的目标进行，这是方向和根本。不是碰到企业就重组。国机过去的每一次重大重组，每一次破蛹之举，无不是向着既定目标迈进。

从战略层面上说，要素重组是企业战略调整的重要手段。其目的，就是按照重组总体战略的要求，对两个企业不同来源、不同层次、不同结构、不同内容，且在市场上处于分散、割裂、封闭和无序竞争状态的要素资源，进行识别与选择、汲取与配置、激活与融合，使其具有较强的适应性、系统性和价值性，并在"源创新"和"流创新"、原型创新和二次创新的融合中，创造或放大资源的价值。

在战术层面上，要素重组则是战胜当前危机，实现脱困振兴，不可绕过的环节。根据市场需求，对企业要素资源进行重新配置，突显核心竞争力，并寻求其与市场需求的最佳契合点，让要素资源成为企业鲜活健康的"红细胞"。

国机对一拖的重组，是一次历险之旅，也是一次得意之作。

那是一次怎样的历险啊？至今回想起来，任洪斌仍捏把汗。没有经验是一回事，关键是各种矛盾和不确定性，都是危险之源。

任洪斌在不断反思，那个险是怎么跨过的。论规模，一拖经济总量是二重的三倍，人员也比二重多，效益更比二重好。但引起的轰动，却没有重组二重时大。他想，可能因为一拖是地方企业，社会关注度没那么高，在行业内的地位和影响也不一样吧。其实，当时的难度并不比二重小，也有不少风言风语，可再大的风雨都挺过来了，关键是要搞好，这是任洪斌最深刻的体会。至今他还记得，一拖当初刚进国机时，工人的年收入只有一万多元，股价跌到了0.6元（H股）。经过员工的努力，一切都改变了。一拖职工的年收入，增加到了四五万元；股价涨了十多倍，最高时达到12元，还从H股回归到了A股。

无疑，一拖的重组，给国机和一拖都带来了机会。双方的优势，都在重组中融合裂变。企业要素被激活，效能被放大，产业结构得到调整的优化，发展开拓了新的空间，特别是为重组大型制造企业积累了宝贵经验。

国机汽车的重组，也是令人难忘的。

中国进口汽车贸易有限公司（简称"中进汽贸"），是国机所属经国务院批准于1993年成立的大型国有企业，注册资本81811.72万元，是行业领先的、唯一的多品牌汽车综合贸易服务商。鼎盛天工（股票代码：600335），则是国机旗下一个年营业收入5亿元、亏损1000多万元的传统国有企业。2011年10月，国机根据发展战略，通过资产置换方式，将中进汽贸资产整体注入鼎盛天工，成立了国机汽车股份有限公司（简称"国机汽车"）。当年，国机汽车就实现营业收入500亿元，利润3.95亿元，批售进口汽车市场占有率达13.1%。

公司乘势而进，依托自身多品牌业务优势，在汽车零售服务领域以自建自营和兼并收购等方式，以中高端品牌渠道建设为重点，打造4S店集群，参股、控股公司所代理的汽车品牌达到20多个，其中18个为豪华品牌、进口品牌、合资品牌，包括进口大众、克莱斯勒、吉普、捷豹、路虎等。经过几年努力，国机汽车在一个完全市场化和充分竞争的领域，破蛹成为具有较强盈利能力的行业标杆企业。

在2016年末，央企阵营又传来国机与中国恒天集团有限公司重组的消息。根据双方于当年11月10日签署的重组协议，中国恒天将整体无偿划转进入国机，成为国机的全资子公司。这个重组的意义在于，它不仅使国机的机械王国内又增添了纺织机械这一大板块，更重要的是，将有效强化双方的主业核心能力，实现业务资源协同共享，并在协同效应下提升竞争力。

要素重组要围绕产融结合、市场拓展、增强内在活力进行……

在此期间，围绕发展目标，国机还有一些探索，有些虽然没成功，但也积累了新鲜经验。这些经验似清泉，又滋润着新的实践。

不能说没有压力。人不能两次踏进同一条河，赫拉克利特的发现，早已证明了变的恒定哲学。与过去操作的重组个案相比，这次重组的背景、对象、环境、条件等都不同，许多方面是挑战极限。容不得慢慢试验，必须直击要害！

那要害，就是导致二重亏损、阻碍二重恢复造血功能及振兴的关键因素。

因此，与二重重组一开始，任洪斌就画了"三条杠杠"：第一，要寻求与国机发展战略密切关联的行业重组。第二，要根据国机原有资源，去寻找能够紧密结合的要素；通过外部要素重组，补充国机产业链的薄弱或空白。第三，要量力而行，尽力而为。要结合国机实际，使二重的经营发展有质的提升。

事实上，国机始终在探索、寻找跟自身能够契合的产业，并且对有一定基础的产品和资源，充分利用国机的研发和市场优势，去补缺结构优化的短板。任洪斌发现，二重在重装领域有那么好的优势，国机又具备这么好的研发和市场实力，两者又有较好的契合度，为什么不能通过业务协同让要素发酵？

确实如此，这次重组有许多不同。

虽都是利用资本魔方，优化资源组合，增强造血功能，但这次重组，与世界和中国经济转型升级相遇。这意味着，这次重组，不是简单的资产"加减法"，而是化合反应，是一次企业要素的真正"炼丹"。就像开着手动挡的车上坡，既要换挡，又要前进，稍有不慎就可能出现危险。

"这一次国机正式提出了要做大装备制造业。"

一位关注国机的券商，从股市"讲故事"的角度，发现了国机与二重重组的意义。他认为这样一来，国机其他未上市的资产，可能会围绕装备制造板块，通过要素重组注入上市公司，在更大的深度和广度上进入资本市场。这位券商虽没有预料到二重重装后来的退市，但对这场重组的深层次意义还是看到了一些。

任洪斌的决心和自信，不是来自资本市场的故事，而是来自他怀揣已久的国机梦。国机与二重重组，"脊梁""长子"加综合实力，大梦还有多远？

任洪斌曾毫不掩饰自己的心迹。他说，随着企业的不断发展，未来国机可能会有十家以上的上市公司。我们的目标是，希望国机的所有资产尽可能地进入资本市场，把相关资源分别纳入不同的上市公司。

但这并非"国机秘籍"的全部内容，也不是国机模式的全部秘密。

我们来看"国机秘籍"里的资本。

它从传统经济学经典中出发，跨入国机大梦里，不再是抽象的概念和目的，不只是带来价值的价值，还包括了价值的实现路径。能与"国机秘籍"相遇，成为时代的弄潮儿，是资本的荣幸。在这里，我们既发现了以重组为核心的资本"加减法"，目睹了以杠杆为核心的资本市场，还先睹了以产融结合为核心的资本公司。在资本"加减法"中，既盘活了不良资产，又通过清理、分类、评估，果断叫停部分市场前景发生变化的未开工项目，规避了16.5亿元的投资风险；对部分投资规模较大的在建项目，实施"减量瘦身"，节支7430多万元。

我们再看"国机秘籍"里的经营。

沿着"非实体经营"和制造服务思路，国机在整体产业结构上，由原有的"三大主业"发展为"四轮驱动"。这不是简单地增加一轮，而是增加了源创新的能力，拓展了适应新需求侧的市场空间。有行家指出，二重的进入，重装武装下的国机，仅那个8万吨模锻压机，对中国航天、核电、钢铁、石化工业的高端前沿性发展，就具有深远的战略意义。最大的资源整合，必将产生最大的动能。

我们最后看"国机秘籍"里的联合团队。

从某种意义上说，二重最关键的重组，是管理联合团队的重组。因为这个重组搞好了，企业重组中的许多事，就可以依靠这个团队的力量去完成。重组愈深入，对管理团队的要求愈高。

神器在手，新的"国机奇迹"，何愁书写！

第四节 神器出手

神器出手，要素重组从人开始。

打造好"中国拳头"级的国机重装。这是在减债、减员告一段落后，国机在二重重组中进行第三次人事调整时,委派陆文俊任职二重总经理的背景。

在中国重装行业,人们对陆文俊和他长期担任董事长、总经理的中国重型机械有限公司(简称"中国重机")并不陌生。当石柯代表国机主持宣布陆文俊任二重总经理时,一些好奇的人还是去挖了一下他的"老底"。这一挖,他们放心了。这一任用不只是对陆文俊这个人,其背后更是对二重要素重组,机能重塑,培育造血功能的更深刻的考虑。

中国重机成立于1980年,主要从事重工行业带资运营、贸易和服务为主的工程总承包综合服务,业务覆盖冶金、矿山、交通、建材、电力、水务、环保、化工、生物能源、农产品仓储及加工等领域。公司先后承担了上海宝山钢铁(集团)公司二期、三期,内蒙古元宝山露天煤矿,秦皇岛三期煤码头,广州港新沙煤、矿石码头工程等一大批代表国家重大技术装备水平的大型成套项目,并与美国通用汽车公司合作,先后承接了以泰国、英国汽车冲压生产线,缅甸甘蔗制糖厂、丹伦(毛淡棉)大桥、露天煤矿、燃煤电站、越南新光水泥厂、水电站、柬埔寨达岱水电站、金边环网输变电工程、农村电网扩建工程,土耳其新蒸汽锅炉工程等为代表的,海外EPC(工程总承包)和海外BOT(建设—经营—转让)投资项目,为世界40多个国家和地区提供了专业化服务,拥有广泛的全球性市场资源和强大的专业技术团队。已完成的项目,无不获得所在国家业主的广泛认可和好评,并多次荣获国内、国际权威机构奖项。谁不知道,二重缺的不是制造,而是提供综合解决方案的能力。这正是重机的强项,而在重机36年的辉煌发展中,陆文俊担任"掌门"就达16年。

以二重重装为基础,中国重机、中国重型院及二重万路、万信等的"进",与万安等的非主业企业的"出",呈现在我们面前的国机重装,不仅"科工贸"一体的格局已然形成,而且在重装行业达成国内首屈一指、国际一流的目标,也指日可待。这场以重装重组为核心的整体战、立体战、综合战终现端倪。

确实,陆文俊一出场,就给人激情洋溢的感觉。

要增强信心。认真落实国机一系列重要部署,重振"国之重器"雄威,打造集"科工贸"和工程总承包于一体的高端重型装备制造一流企业。

要精准查找问题。着重于市场开拓、产品质量、降本增效、产品结构、内部管理、无效资产、人才队伍等问题的解决。抓住改革振兴的重点：转变观念（市场观念、发展理念、责任意识）。深化改革，包括企业体制改革，实施混合所有制；供给侧改革，减少无效供给，扩大有效供给，提高供给结构对需求结构的适应性。积极融入"一带一路"，大力培育有市场竞争力的新产业、新产品，加速向高端、智能、绿色方面转型升级。建立始于用户需求挖掘、终于用户需求满足、"科工贸"一体化的新型商业模式及市场化、现代化、国际化的新二重。

以上两段文字，摘自陆文俊在二重的两次讲话，谈的都是二重的发展思路：一次是2016年4月7日，在宣布他任职的大会上，他的即席发言；一次是他上任3个月后的7月8日，他在二重年中工作会上的讲话。如果说，第一次讲话，反映了对二重"不陌生"的陆文俊，初上任时对二重发展的初步思考和愿景，那么，第二次讲话，则反映了他在经过较深入的调研，对二重问题有较深度的把脉后，对二重改革振兴、增强造血功能的认知。

这样的思路和方向，正是国机发展战略的在场呈现。

2016年7月15日，我在二重办公室，拜见了陆文俊。

他豪爽、热情、谦逊，思维清晰，充满激情，对二重的现状和未来，有一种清醒的自信。这是我对陆文俊的第一印象。陆文俊说，二重虽然在今年上半年就实现了原定的3年扭亏目标，但扭亏并不等于完全脱困，更不意味着振兴。二重要真正实现机能性造血，步入稳健的可持续发展，至少还要再经过3年的努力。

的确，改革振兴是一出大戏，矛盾很快暴露出来。

二重与国机，虽然都属于机械行业，但各自的市场定位和产品特点，仍然有很大的差异，双方在直接产品上的合作空间相对较小；且二重工程总承包能力及经验均不足，国机在短期内可直接转移给二重的订单，不仅规模不大，而且由二重独立实施也有一定难度；承接在工程后续分包中可分割的业务、转移的订单，或联合招标等具体措施，还有许多技术层面的问题需要解决。双方的研发力量侧重点不同，且相对分散，研发资源的整合及任务调整，需要一定的周期；长线产品的研发及关键技术的突破，存在较大的不确定性，更难以在短期内产生规模收益。因此，双方要进行有效的业务协同，首先需要进行较深入的资源要素整合。

麻烦的制造者，正是产能过剩。

产能过剩带来的直接问题，就是使供给侧的产品端、服务端与市场脱节，无法有效找到市场的出口。从2014年开始，国机本身的经营，也面临下行压力。作为制造业，有效出路，就是既要调整产品结构，实行产品的转型升级，又要培育完善服务，建立产服融合的供给侧体系，实现供给侧与需求侧的对接。长期关注宏观经济的我，钻进了老祖宗的再生产理论，百思不得其解。在采访时，我请教任洪斌：二重的问题，究竟是自身竞争力不足，还是宏观上产能过剩？如果是前者，可望通过改革，加强经营管理解决；如果是后者，就面临一个问题：国机接手以后，宏观层面产生的矛盾，微观是不能左右的，怎么办？

任洪斌的回答，让我茅塞顿开。

他若有所思地说，事实上两者都有。竞争力不足的问题，正是这次重组所要解决的。产能过剩也是不争的事实。怎么办？

根据习近平总书记关于供给侧结构性改革思想，中央提出的"三去一降一补"（去产能、去库存、去杠杆，降成本，补短板）已指明方向。站在企业角度，国机明确关键要抓好两条：一是调整结构，转型升级；二是加大走出去步伐，向外释放产能。发展中国家产能容量还很大，二重恰恰具备这些条件：第一，它的生产能力和设备不错；第二，它的工人有一股干劲，只要有活，一定能造出好产品来；第三，国机在海外市场有许多优势，一旦融合进来可以把要素激活。

任洪斌侃侃而谈，似乎一切早已深思熟虑。

第一，要整体解决。二重原来由于自身条件限制，业务单一，产业链不健全，没有太多的触角。国机以重装为核心，以资本市场为杠杆，"科工贸"一体，拳头出击与业务协同、资源整合结合，实现更高境界、更深层次、更大范围的要素配置，增强提供综合解决方案的配套能力，实现竞争力和市场的含金量双提高。方向定了，就要扎扎实实抓落实。国机的诚意和二重的能力、生产条件取得了用户的信任，现在起到了一定的效果。但是光领进市场还不行，二重自己一定要死死盯住，狠抓市场不放。要用户了解你、信任你，朝着合作的方向努力。

第二，面向海外市场。不要只盯着中国，要进行国际产能合作。改革供给侧，除了转型升级，很重要的一条就是面向国外市场。这对于二重这样的重型企业十分重要，既可输出产能，还会带来重大利好。"一带一路"沿线国家还有很多钢厂需要重装，市场仍然很大。走向海外也要创新进入模式，不是提供单机，而是要整体解决，打组合拳。

第三，进入朝阳产业。利用二重现有的生产能力，进入朝阳产业，开发长线产品，比如高铁、航空、核电等。任洪斌说，二重有这个生产能力，国机就协助其拓展市场；如果生产能力不配套，还可以给二重追加投资，进行技术改造和产品结构调整。不是说放弃原来的，而是要补短板，这是个系统工程。

所谓神器，不过是一种成熟的经验加科学的自信。

当然，思路毕竟是思路，要真正实施，问题还有很多。就像一场大戏的上演，并不是一开始就进入高潮的，而是先有序幕、过场和铺垫。

对于二重，要素重组的大戏，早在与国机洽谈联合重组时，就已开始构思、酝酿，甚至可追溯到二重出现困难前，那个门庭若市、工期至上的狂热期。有经验的人从宏观经济的病灶，二重的产业结构、产品结构、体制机制及内部经营管理弊端等诸多问题中，就已捕捉到一些堪忧的端倪，甚至百亿元投入的大单，初衷很大程度上也是为了解决这个问题。只是判断失误，或天不助人。

按照任洪斌的性格，这序幕也许太长了。

时不我待，只争朝夕。

2014年4月8日，任洪斌约请中国航空工业集团有限公司（简称"中航工业")董事长林左鸣一行专程赴二重，研究二重与中航工业的业务协同。2016年2月25日，他再次率国机得力成员企业CMEC、中国中元国际工程有限公司、中国重型机械研究院股份公司、中国电力工程有限公司等要员赴二重。此次不再是谈思路、意义、原则，而是督查与二重业务协同的行动和效果。

越往深处推进，越艰难复杂。

眼前的企业要素，像一堆积木，散乱无序，堆放在那里。重组是一个魔方，能否通过它点石成金，实现由此到彼的升华，全在摆弄者的"武功"技巧。三年下来，业务协同营业收入达到40余亿元，虽成效明显，但离振兴要求不可谓不远。多个渠道反馈回来的信息表明，国机费尽心机，好不容易从市场争取到的订单，转给二重承担，可二重一报价，好像总比别人高，只好望"单"兴叹。

看来，要解决问题，还得首先两眼向内，解决影响整个大局的生产要素重组，把不良资产盘活，让要素包袱成为要素资源。

目光落到了二重"三大核心项目"上。

先是成都工程研究中心。这栋占地43760平方米，建筑面积110925平方米，高32层的擎天大厦，耸立于成都龙潭都市工业集中区。远看似双子星座，即便在高楼林立的千年锦官城，也显得鹤立鸡群。它作为二重实施"一中心，两基地"战略的"中心"项目，目的是要利用市场大好之机，实现拖了几十年的战略调整，圆二重人重装振兴大梦。站在世界竞争的前沿和顶端，不背靠中心城市，资金、信息、人才能够聚集吗？可谁曾想到，形势急转直下。项目计划投资4.98亿万元，已取得土地证及房产证，形成资产账面价值7.27亿万元。由于资金困难，这个项目的装修和辅助设施等扫尾工程无力完成。

覆巢之下，焉有完卵？

二重陷入困境后，这个项目成了投资失误的重要说辞。其实，一些业内人士的看法，并没有那么负面，有人甚至认为，二重当初建这个中心，是无可厚非的。即使不搞这个中心，救得了二重吗？从投资角度看，这还是二重那几年的投资项目中结果最好的。实际上，国机也没有把这当成一个包袱。

关键是要把资产盘活，让价值归位。

早在重组之初，大家即把目光投向了这块物业资产；随着重组方案的敲定，对这块资产的整合也很快启动。先是对在建工程已形成资产进行评估，估值7.8亿元；国机再注入资金3400万元，让工程完工。经多方努力，于2014年9月完成了中心在建工程的抵押；10月10日，取得房产证。然后，以原有资产加国机新投入资金为基础，成立新公司，作为资产承接和转让的主体。通过挂牌转让，国机资产公司以8.14亿元，对这个公司全部股权进行摘牌收购。

要素重组，彰显了特有的魔力。于国机，这是收购了一块优良的资产。二重实际需要的部分写字楼，按市场价向国机租用，其余部分面向社会经营。这样不仅盘活了资产，二重每年也减少了5000万元的折旧和财务成本。

要素魔方，一切是如此流畅完美。

第五节 剑指重装

制造业资产的盘活，要复杂得多。

比如眼前的8万吨模锻压机和镇江基地项目。

这是"两基地"的主体，也是二重人圆振兴大梦、建设傲视群雄的重装大厦的磐石和根基。然而，随着二重的沦陷，"两基地"也宛若红楼贾府，"忽喇喇似大厦倾，昏惨惨似灯将尽"，成为二重沦陷中最大的包袱，得到最多的诟病。

截至2015年底，前者累计完成投资21.0542亿元，项目主体已全部建成。根据中介机构以2015年9月21日为基点的评估，资产价值仅16.2722亿元（含税）。后者一、二期计划投资52.04亿元，实际完成38.1亿元，经评估固定资产净值约23.84亿元。即便两大资产在评估中已大大减值，也可以利用重组机制和财务规则，经过报批，对减值部分进行核销。

但评估的重置价原则，却解决不了投资的市场出口和资产效能。事实上，按照现有市场状况，两大项目资产很难充分发挥效益：8万吨模锻压机的利用率，不足10%；镇江基地项目，很多设备设施长期闲置，有的已开始锈蚀报废。

难以改变的是重负。"两基地"巨额的投资，近60亿元的低效资产，每年的折旧和计息负债，成了二重改革振兴中拖不动、卸还难的经营重负。

要素重组，不得不剑指重装。

显然没有盘活都市中央黄金口岸的物业资产那么简单。劳动者、劳动对象和劳动工具，生产力必需的要素一应俱全，却形成不了现实的生产力，产生不了利润，反而成为沉重的负担。按照老祖宗的理论，这是生产要素的异化、资本的怪胎。没有其他原因，由于对宏观市场的判断失误，在这个再生产过程中，企业无法实现由产品到商品的跨越。原因的客观性，决定了主观努力解决问题的局限性。

先卸载，后盘活；先治标，后治本。

要素的魔力，演绎为二重改革振兴领导及工作小组的决策。所谓卸载，就是把这两块短时间内无法生效的资产，先从原有主体剥离，让二重重装轻装上阵，尽快扭亏增盈，去讲好资本市场那个预设的故事。然后再因势利导，顺势而为，通过资本市场带来的资源，深度开展要素重组，慢慢盘活这两块资产。

8万吨模锻压机，这无疑是一个宝。

可这里的宝，属于国家，于企业，却不能带来效益。按照孙德润的估计，这台"世界第一"的市场，可能要到2020年才能基本形成，"吃饱喝足"，则至少要到2025年了。这个估计有一个前提：世界等量级设备装备是静态的，不管市场怎么变化，都没有人再上同类装备。否则，一切都无从谈起。因此，也有人说，这估计仍然乐观了点，甚至认为这个设备根本没有能"吃饱"的那一天。

乐观也好，悲观也罢，反正这台设备现在不只是鸡肋，还是个烫手山芋。

盘子太大，谁独立承接都有困难。重组采取了分而治之之策。根据该资产评估价值，与资产相关的银行贷款本金10.2848亿元，在债务重组中列入以股抵债剥离处置；其余的5.9874亿元，连同项目银团贷款打包，以投资方式注入生产航空锻件的二重万航公司，国机再以等额资金，协议收购万航部分股权。然后，利用国机平台优势，一方面推进万航与中航的合作，寻求和建立高端锻造稳固的主体市场；另一方面拓展国内外市场，实现对该特殊资产的逐步盘活。

镇江基地项目资产，情况更为复杂。

这块资产不仅投资巨大，而且，以核电设备为主的产品定位，市场前景非常不明朗。显然，这部分资产在短期内很难发挥效益。要素重组面临一个棘手的两难选择：如果让这部分资产继续留在二重重装，将成为扭亏脱困的严重障碍；而完全剥离，又与以二重重装为主体，构建国机重装主业板块的目标相悖。

甘蔗没有两头甜。国机神器，面临考验。

最终，重组还是交出了满意的答卷：减债托管、分块盘活、分步实施。第一步，将这块投资中的银行债权23.83亿元，列入以股抵债，卸下镇江公司的负担；第二步，由国机购买镇江公司股权，并将公司再托管给二重重装经营。

评估，挂牌，转让，一切依法、按计划和市场原则进行。2016年5月，镇江公司股权在北京产权交易所挂牌，国机以25.83亿元摘得。然后是对该处置的闲置设备就地处置，对该完善的投资及时补充，对该整合的产能进行整合。一个重负卸下、资产清洁、产能初具、面貌焕然一新的镇江公司，重新屹立在国机重装前沿。

就这样，最沉重的"两大核心项目"资产，国机以要素魔方重组进入振兴蓝图。这些资产融入国机，要素被激活，重负消解于更大的循环中。二重不仅卸掉了一个沉重的包袱，资产转让收入，还解决了对银行债务的现金清偿来源。

与此同时，在地方政府的大力支持下，对企业承担的社会功能，比如供电、供气、供水、学校、社区管理等，进行有序剥离，移交给地方管理；对三家"万"字头辅业子公司——万信、万安、万路，按照"先改革后改制"及

"成熟一家，实施一家"的原则，进行剥离重组。这么一改，主业主体净化了，企业实现了由工厂到公司的资产、功能净身，集中精力抓属于企业的事。

所谓神器，不过是一种化难为易的"武功"。

通过业务协同和要素重组，改变资本结构，增加造血功能。这是2015年1月8日，任洪斌邀请国有四大银行和南车、中航领导到二重考察的重要目的。

与会人员先参观了二重的车间和重要设备，然后进行座谈交流。孙德润和二重副总经理李骏骋，分别就二重基本情况、当前运营状况、改革发展思路及进展、恳请帮助事项及二重高铁齿轮箱的研制情况等进行专题汇报，任洪斌做了主旨交流。按照原来的想法，会后再带领与会行长、董事长们，拜会四川省省长，争取地方政府领导原则性地表个态，为大家加把力。可对方因要参加救灾，不好安排时间，故而最终没有成行。

任洪斌很郁闷。大队伍来了，会还得开，重组还得推进。

任洪斌言词恳切地说："二重的困难，只是发展过程中暂时的困难，我们有信心采取一系列的措施，使二重获得更好的发展。二重的扭亏脱困，是国机目前的重要工作之一，我们会全力以赴。"然后他谈了这次的重组计划，表明国机有决心、有信心，在各债权银行和兄弟企业的支持配合下，尽快解决这个问题。

在讲了背景和铺垫后，任洪斌切入了此行的主题。

他说，解决二重的问题，要依据法制思维和发展理念，立足于增强造血功能。在这个过程中，我们既需要银行的支持理解，也希望像南车这样的兄弟企业，能在关键时刻帮二重一把。在平等互利的基础上，二重通过与兄弟企业在产品、技术、市场等方面的合作，并利用自身已有的生产条件，来发展自身、解决目前的困难。

也许是刚才参观时的良好感觉，那种秩序、文明、井井有条，不像一个严重亏损，可能要倒闭的企业；也许是刚才任洪斌的情真意切、坦诚和谦恭姿态，让大家受到了感动；也许是毫不相关的铁老大也伸出了援助之手……会场的气氛非常融洽，各方面的态度也非常积极。大家都真心想帮二重。

除了请上门，还走上门。凡是与二重有合作可能的，任洪斌都带着二重的人一家一家上门拜访：中国石油天然气集团有限公司（简称"中石油"）、中国石油化工集团有限公司（简称"中石化"）、中国海洋石油集团有限公司（简称"中海油"）、神华集团有限责任公司（简称"神华"）、中国核工业集团有限公司（简称"中核工业"）、中国广核集团有限公司（简称"中广核"）、中国核工业建设股份有限公司（简称"中核建设"）、中国中车股份有限公司（简称"中车"）、中国兵器工业集团有限公司（简称"兵器工业"）、中国航空发动机集团有限公司（简称"中航发"）、中国航天科技集团有限公司（简称"航天科技"）、哈电、中国东方电气集团有限公司（简称"东方电气"）……

对这一切，石柯看在眼里，记在心里，感之于情。在2016年12月26日召开的二重扭亏脱困总结会上，他深情地说："任董是有身份有性格的人，他从来不为自己的事求人。可为了二重，他却屈尊于人，一次一次去求人。"

在二重被任洪斌感动的不止石柯，还有直接参与或者没有直接参与重组工作的人，他们以不同形式、从不同渠道看到、听到、感知到，以任洪斌为首的国机上上下下倾其全力帮助二重。二重装备核电石化公司副总经理许凯就是其中一位。

许凯是土生土长的德阳人，也是地地道道的老二重。这种"老"延伸到他的父亲一代。他父亲是1958年参与二重创建的第一批建设者，为二重贡献了一生；许凯子承父业，成为众多新一代二重人中的一员。2015年秋的一天，他接到通知立即赶到北京国机总部。赶到后才知道是哈电主要领导来拜访国机。任洪斌觉得这是促成国机与哈电合作的好机会，就通知二重负责核电产品销售的负责人赶来。进入会场，许凯坐在一旁默默地看、静静地听。他听见任洪斌说为二重的事常常睡不着觉，非常感动，内心再也不能平静了。刚散会走出会议室，他就主动上前坚定地对任洪斌说："任董，请放心，有国机支持，有您这样的领导，二重一定能够搞好。这是我们广大二重子弟共同的心声。俺爹都埋在二重了，这也是对俺爹在天之灵的最好告慰。"

任洪斌听了也很感动。他再次打量了一下眼前这位朴实的二重子弟，记住了他的话和名字。他又想起自己曾反复强调过的一句话："搞好二重，关键靠二重自己。"二重人的担当意识归来，任洪斌感到莫大的欣慰。

精诚所至，金石为开。一个个战略合作陆续达成。

国机与中石油的战略合作协议签署了。合作目标直指装备制造、工程建设、油品供应、海外拓展、资本合作和金融服务等领域。

国机与世邦工业科技集团的战略合作协议签署了。合作目标指向工程机械及相关重工领域的研发制造、服务等方面，深度开发矿山破碎、工业磨粉等诸多领域的市场需求，为客户提供更多更优质的产品和综合解决方案。

国机与中广核的战略合作协议签署了。合作目标直指核电装备研发制造与技术服务、国际市场拓展、清洁能源、资本运作等。

国机与中航发的战略合作协议签署了。合作目标直指航空发动机机关技术研发、关键部件供应、国际市场拓展和资本运作等。

这一系列的战略合作，无不与二重的制造优势有关。于合作企业，这是业务的协同和生产要素的重组；于市场，这是真正的源创新。

世界和中国经济转型倒逼过来，一切都不能固守于常规思维。

在任洪斌的国机大梦里，被重新定义的创新，似强大的引擎，引领着大梦的实现。围绕生产要素的重组，国机在2015年参与内部合作的企业就达到35家，发包签约42亿元，完成19亿元。其中，有6家企业开展了与二重的业务协同，签约协同项目金额30亿元，当年实现协同营业额18.6亿元。

更深度的要素重组，是与世界产业转型紧密结合的改革供给侧，指向创新发展。国机的思路是整合集团现有的研发、设计、融资、建设、运营、服务等方面的优势，推进EPC+、产业园区、PPP（政府和社会资本合作）等新建设模式，积极融入国家"一带一路"建设，努力构建"投融资+建设实施+运营维护一体化"的发展模式。

要素魔方，重构国机与二重未来的希望。

第十二章 浴火重生

第一节 鱼跃龙门

鱼跃龙门是一个古老的传说，说的是黄河鲤鱼，只要跳过龙门，就会变化成龙。这实际上是一个民族的隐喻，中国是龙的国度，我们是龙的传人。

任洪斌梦中的鱼——国机和二重，跃过了龙门。

2016年12月26日，二重改革振兴领导及工作小组第十一次扩大会议，在二重德阳基地隆重举行。在陆文俊全面汇报扭亏脱困情况、国机和二重相关领导发言后，任洪斌面带微笑，从容地拿出一篇简短的新闻稿——他在年初就已经写好的第一篇新闻稿，郑重其事地宣读。新闻稿的内容与当初预发布时大同小异，只是填上了真实而具体的数据；还有，当初是写在他的笔记本上的，现在是发表在国内外各种主流媒体上——从新华社、《人民日报》、《经济参考报》，到各种门户网站。这些新闻稿的核心内容都一样：中国二重胜利实现三年扭亏脱困目标。

念完新闻稿，任洪斌从容而淡定，用笃定的目光轻轻扫视了一下会场。那些担心二重把国机拖入泥潭的领导和朋友们，他们心里悬着的石头终于落了地。

这个消息既让许多人意外，似乎又在许多人的预料之中。

结果在半年前就基本明朗，此刻，只是进一步验证。在宏观经济仍"风萧萧兮易水寒"的背景下，与国机联合重组后的二重却"风景这边独好"。

2016年二重扭亏初战告捷，起死回生。

二重当年实现营业收入82.86亿元、利润5.33亿元。其中二重重装实现营业收入33.02亿元，经营性利润0.73亿元，经营性活动现金净流入1.02亿元。年初提出的42项国机、二重联动重点工作，有34项胜利完成。

2017年二重迈入改革振兴、有质量发展之路。

二重当年实现营业收入64亿元、利润5.66亿元。长线产品新增订货10亿元，新签新型40MN智能化热模锻压力机和60万吨粉煤热解回转反应炉合同。重要的是数字背后显示出企业更鲜活的生命体征。它表明，二重在实现三年改革脱困的基础上，精准施策、持续发力，逐步迈入可持续、有质量发展的新阶段。

随着中国恒天集团的重组入盟，国机资产与经营业绩再创新高。2017年，国机资产总额达到3815.6亿元，实现营业收入2881.7亿元、利润总额112.1亿元，上缴税费130.6亿元，分别比上年增长40.3%、34.6%、29.3%；全年实现EVA（经济增加值）36亿元。同时，国机再次荣获国资委中央企业年度经营业绩考核A级，并稳居中国机械工业百强企业榜首。至此，国机连续十年获得上述"双领先"殊荣。

实施与二重重组的5年（2013—2017年），国机累计实现营业收入12102.30亿元，比上个5年增长60%。剔除重大重组转入非正常亏损因素，累计实现利润446亿元，比上个5年增长41.5%；上交税费528亿元，比上个5年增长35%。

2018年，国机生产经营持续向好，朝着改革振兴阔步而行。根据中央领导和国资委的要求，集团在这一年的经营业绩与利润，都力争再创新高……

跃过龙门，化鱼为龙。

站在时光的桥头，回望几年激流，去探视这从容笃信的背后。不为哲学，只为欣赏流年诠释的重组奇迹。它承载着企业之魂——那个寻找多时的国机梦。无疑，重组双方的资产质量、企业素质和核心竞争力，都发生了质的提升。

国机和二重，回到曾经的道路，寻找发展出路。

二重寻找的，是"脊梁""长子"的神圣使命。它们的意义，不能简单地用砖瓦、门窗、墙壁之类的大厦建筑元素和责任去解释，而是血肉、生命和整体。满世界寻找，也找不到只有"脊梁"的大厦，也不需要长期累赘的"长子"。

国机寻找的，是超越营业收入和利润以外的价值。作为企业，当然需要营业额，需要税收，需要利润。但站在国家层面，这显然是不够的。中国机械制造业，更需要"脊梁"般的支撑，"长子"式的担当，傲视世界的地位和实力。这不是营业额和利润能解决的问题，而是人有我有，人无我也有。

两个伟大的"寻找"相遇，为奇迹的诞生铸就了条件。

几年前的出发，终于迎来了满意的答案。不只是数字，而是一座耸立于新时代的现代企业大厦。无论是多年的国机大梦，还是二重曾经的困惑，都归结在这个答案里。中国机械工业那一系列之"最"和世界一流，谁能担当？

唯有国机，或者说与二重成功重组后的国机。

2016年7月18日，中国一重集团董事长刘明忠带队到国机考察。除了学习重组经验，也流露出希望在未来市场中，不要恶意竞争的意思。任洪斌当即坦诚表明：一重、二重本来就是兄弟，希望大家未来成为一家人。他以"三个转变"的观点，为两个企业的关系重新定位，即由竞争转变为合作，由对手转变为伙伴，由兄弟转变为亲兄弟。为了让对方放心，他还半开玩笑半认真地强调，咱们这是"君子协定"，谁违反都要受到"惩罚"。他认为要打破过去那种竞争就是零和游戏，就是一方伤害另一方的怪圈，要实现互利共赢。双方因此而建立了由两企业董事长牵头的日常沟通协调机制，确定了相关的原则和纪律约束。其目的不是要结成垄断联盟，而是要维护市场秩序，做到有序竞争。

任洪斌坦诚、自信，一重很感动。无疑，中国两家重装巨头的握手言和，并携手合作，其意义已超过重组本身，必将影响未来的重装市场格局。

从二重到国机，石柯都是深度介入者、见证者、参与者，当然最有发言权。他把二重与国机重组后，二重整体体质的提升，概括为五大变化：

思想观念变了。二重原来的观念是会干啥就干啥，这叫适合市场，但没法适应市场。现在变成了市场需要啥我就干啥，会干的干好，不会干、不能干的通过"嫁接"，靠集约力量干。大家已认识到，二重不再是一个国家骄子，干不好，国家会拯救，但要发展，就得依靠市场。要奋发才能图强。

经营模式变了。二重原来只干大型成套里面的一段，而现在要干的，包括制造、研发、市场，提供综合解决方案，二重成了真正的公司。干国内外的大项目，二重原来没有管这方面的人才队伍，国机可配置CMIC的资源。

机制保障变了。管理不一样了，要求就不一样了，工作标准就不一样了，机制动力也就不一样了，给用户提供优质的服务就有了保障。

经营管理变了。不只是管理严格，还有经营理念。国机和二重的区别，就是国机的管理要严格得多，遇到问题一定要分析产生的根源在哪里，责任是谁，然后做出处理。二重原来是家庭式的管理，与企业管理明显是两码事。家庭是感情用事的地方，很难讲制度和执行；工厂不能只讲感情，要靠制度办事。

治理文化变了。二重的法人治理结构更加完善，大的运行方面更规范。比方说，二重有集团公司，后来又有股份公司。这里就高度重叠，不同的公司有不同的职权，很容易混乱。出了问题去分析，大家都有责任，又都没责任。现在改变了，这是国机文化向二重传播的一种方式。文化的魅力在发生着作用，二重对国机更加坚信了。二重对国机有个了解的过程，尤其是职工。对某些东西，职工一看一分析，发现国机是对的，就不质疑、不对立了。

的确，重组带来的变化是巨大的。不仅是在管理，更在文化上；不只在国机、二重里，还在整个中国机械制造业里，甚至可能影响到世界机械制造业的未来走势。

原机械工业部老领导邵奇惠，曾是国机的第一任党组书记，虽已退休多年，但对国机的事一直很关心。2016年7月19日，我预约到北京邵老家采访。我一进门，就得到邵老的热情迎接。

简单的寒暄后，我们就直奔主题。

邵老思维敏捷，开门见山：这些年，国机在任洪斌董事长的带领下发展得很好，我们很放心，平时对国机的事过问不多。但国机与二重重组毕竟是件大事，不能不关心。邵老并不回避，他开始从国资委巡视组得知这件事时是反对的，主要是觉得两个企业主业不同，主营业务、技术积累、市场方向、人才专长等都不一样；而且过去两家的发展战略，也没有涉及要把对方拉进去；从发展状况和势头看，国机较好，二重较差，把两个企业捆绑在一起，会不会一齐递减？

邵老坦言，是在时任国资委党委主要领导找他后，他的态度才改变的。该领导明确告诉邵老，这事在他到国资委前中央就定了，二重是国宝级企业，不能垮。既然中央定了就坚决拥护，不是干不干的问题，而是如何干好的问题。咱这个规矩是懂的。只是，任洪斌的压力大了。不过实践证明，中央的决策是对的。

当然，国资委也很支持，地方政府、银行、证监会都支持。特别是任董在这个事情上的表现，很让人佩服和感动。他一是党性强，二是坚定改革，三是坚持一切为了国家和人民。面对这么一个难题，不知结果怎样，甚至可能对自己的前途产生影响，但他敢于担当，不考虑个人得失，表现出对党的忠诚。

最后，邵老叮嘱，写这本书要把任董的这种精神写好啊。

何光远、孙祖梅两位老部长，对这次重组，也经历了同样的心路历程。在北京西城区月坛南街的原机械工业部老部长党支部所在地，当我与他们聊起这事时，孙老感慨地说，这事洪斌做得好，国机有希望。

事在人为，为而不难。丹棱精神再一次得到印证。

2016年12月26日，国机在德阳举行了二重改革振兴领导及工作小组该年最后一次会议，对二重三年扭亏脱困进行了简单小结。就在头一天晚上，石柯在酒店一见到我，就热情地紧握住我的手，激动地说："周老师，我明天的讲话，要好好讲讲任董。平时，一提到成绩，他总说是大家的。他谦虚，高风亮节，他不说，我必须说。我是书记，要实事求是，代表党组织讲讲话。"我当时明显的感觉是，这位最了解二重过去、现在和重组的老书记，心里一定积压了很多话。

果不其然，第二天的会上，石柯语出动人——

在启动国机与二重重组谈判时，我曾与任董深谈。当时有一百个理由往后推迟，有一百个理由提出这样那样的问题，有一百个理由提出这样那样的条件。如果那样，也许重组现在还没有起步。可是任董没有。他以坚定的态度落实中央和国资委的决策，从未动摇。在重组过程中遇到再大的困难，他从不抱怨，总是充满坚定与热情。国机企业文化中包含了"幸福"。他总是心系二重，情意浓浓。他经常打听二重职工的情况，如工资能不能按时发放，日子过得好不好。就是"5·11"那样的群体事件，他也从未责怪过二重职工,而是从决策管理上找不足。他总是以拳拳之心,激励职工要自信,鼓励二重要自己救自己。

二重企业文化中有"感恩",我们今天在庆祝扭亏脱困的时候,一定不能忘记……

会场静若空宇。记不清石柯一连讲了多少个"一定不能忘记"。

面对扭亏脱困的成功,二重不同的人,以不同的语言,表达着各自的喜悦和理解:在二重老领导华涌欣、刘松明那里,认为成功是优势互补、改变传统工厂模式,走向市场新生的最佳组合。二重重装总经理王平的感受,有点像辛弃疾的《青玉案》所写的,"众里寻他千百度,蓦然回首,那人却在,灯火阑珊处"。这位在年初因回答不上国内同行质量指标而间接挨了批评的老二重人,几年来对重组的感受,用了"迷茫,闯关,苏醒,明白"八个字来概括。他说他现在终于明白了,明白了任董的卓智大略,明白了重组这盘棋,明白了二重未来的走向。因为明白,所以笃信。我才弄明白,在头天晚上的庆功茶叙中,王平为什么要主动当众立下"军令状",请求把自己的工作列入二重未来改革振兴的考核中。

笃信的还有二重各方人士:在共青团十八大代表方鹏飞那里,成功是坚守二重这几年的改革脱困,这让他更真切地体会和理解了一句人生格言:"关键时刻的抉择,决定了人生的航向;关键抉择的坚守,创造美丽的青春。"在青年技术骨干王少江、肖秋玥等那里,成功是对青春选择和付出的无怨无悔。在厂二代、厂三代王志伟、郝平那里,成功是对先辈的最好慰藉和这一代的底气。在劳模裘长盛和劳模家属唐玉红那里,成功是对任劳任怨、无私奉献的最好慰藉。而在基层管理骨干陈俊伟、李国俊那里,成功是对干群关系改善的明察珍惜。在坚守下来的职工那里,成功是关键时刻的坚守和对企业未来更好发展的期盼……

任洪斌看得更远。他说,所谓差异化,就是创新。相比于重组成功,这是他更看重的标准——创新意识的觉醒、创新能力的增强和创新理念的改变。

这是"国机奇迹"的真正"秘籍":走创新发展之路,不断占领制高点。国机新团队非常明白,要不负使命,巩固发展与二重重组的成果,必须不断创新。不只是传统意义上的产品原型创新和二次创新,也不只是经营管理上的"流创新",更是经营模式的"源创新"。DT(Data Technology,数据处理技术)时代的创新,与传统创新已大不同。创新的最终目标,是给企业带来EVA。杰弗里·摩尔对若干失败例子进行深入分析,发现世界许多知名的企业,不是因为基础不好、实力不强、技术力量不雄厚而落伍,而是因为缺乏创新理念而落伍。

创新,不再是抽象的理论和象牙塔里的概念,而是避免陷入"中产阶级危机"和"中等收入陷阱",进行供给侧结构性改革和产业转型升级,迈向创新发展新时代企业的共同认知,是一场伟大的时代革命。它对中国实现"两个一百年"战略目标,对二重扭亏脱困后的改革振兴,更具有特别的意义。

"使供给侧由过去的以制造为主,向制造与服务结合,提供综合解决方案转变,由产融脱节向产融一体转变,由产品输出向资本输出转变。"

反复琢磨着任洪斌的创新理念,及其在这次重组中的巧妙运用,联想到国机的创新之举,我似有所悟。这既是一种竞争哲学、生存哲学,也是一种发展哲学。溺水上岸,重新审视世界和自己,二重认识到创新的意义。

企业真正的"龙门",是创新发展的理念。

第二节 重装出击

创新的理念成就了二重,也武装了国机。

重组战略、二重改革振兴和国机大梦,都指向一个重要目标——重装。

想起当年参观二重时厂门口那句气吞山河的标语:"中国二重,装备中国"。这不只是一句口号,还是国家赋予二重的使命,包括曾经的共和国"脊梁""长子"等称谓,其实都与这个使命联系在一起。这个使命被二重人一代一代传续,创造了难以抹掉的辉煌;随着国机和二重的重组,现在传到了国机。

2015年9月25日在成都召开的二重改革脱困座谈会上，国资委领导更明确要求国机和二重，在谋划未来发展时，要加快"国机重装"平台的建设。

事实上，从重组开始，重装就是未来国机发展战略中的一个重要板块，以"国机重装"的名字命名，则是有更深远的考虑。这是国机大梦的重要组成，也是国机在*ST二重主动退市时的承诺。现在，是圆梦和兑现承诺的时候了。

国机重装，一个新的命题，成为出击的主体。

随着减债、减员的成功实施，重组第一阶段扭亏脱困目标的实现，这个既定的改革振兴大举，经过重组铺垫，于2016年5月正式启动。这既是重组的深化，又是重组向高端目标的挺进，旨在搭建科工贸一体的国家级高端重型装备旗舰平台——国机重装。具体方案为：以二重股份为载体，将国机所属中国重型机械有限公司、中国重型机械研究院股份公司进行战略重组。在国家各权力部门的倾力支持下，重组扎实有效地推进：2017年底，重大资产重组获得了国资委、证监会核准；2018年1月取得商务部批准，2月完成中国重机、中国重型院工商变更，3月完成二重重装新增股份登记及工商变更，并将二重重装更名为"国机重型装备集团股份有限公司"（简称"国机重装"）。

2018年3月28日，国机重装正式挂牌运行。

这个总部坐落于四川省德阳市珠江东路99号的崭新平台，不只是国机旗下的一家新公司，也是一出重组重头戏、压轴戏的主角，更是未来的圆梦大戏的主角，是中国重装出击的主体，或者说国之重器。它的使命，不仅要承接国家高端重大装备的研发、制造，还要以高端装备制造业为牵引，为实体经济的重振探索经验，并带动二重、国机乃至中国机械行业走出去，占领中国乃至世界制造业转型先机。

重装出击，重返资本市场。

能否，何时，什么姿态？这虽不是重组目的，却是二重原有核心板块在重组后能否涅槃重生的重要标志。任洪斌当初的新闻稿，用了可期、可望，2017年的盈利可期已成为现实，2018年的更大盈利也几成定局。更重要的是，深度重组对重装载体造血功能的重塑，成就了践约和圆梦的可能。

"可期""可望"的实现，为重装出击重返资本市场创造了条件。

重装出击，瞄准长线产品。

市场——一个特殊的重装,既非体制,也非机制,甚至无关经营管理,更不可能靠输血能解决问题。市场的问题,只能通过市场来突围。立足制造优势,开发长线产品,实现主营业务的转型升级,几乎成为二重振兴的唯一选择。《二重长线产品规划》是2014年9月制定的,现在,成了重装出击的重点。为此,国机投入专项资金10亿元,用于长线产品开发,当年完成2.92亿元。

分管二重改革振兴工作中负责长线产品的国机总经理徐建,每次到二重,就话不离职责,事必谈长线产品。经深入调研,2015年10月他在二重提出的"传统与新兴结合、优势与核心结合"的开发思路,在一年后成效初显。

核电设备的研发、生产取得重大突破。

这曾是拖垮二重的"三大核心项目"之一,只是生不逢时。再次重振,足见方向并没有错。经过技术攻关,核岛关键部件、成套设备打破"人有我无"的被动局面;成功研制核电的ACP1000主泵锻造泵壳、世界首套ZH-65型蒸汽发生器水室封头,完全掌握中核华龙1号蒸汽发生器全套大锻件关键技术;AP系列稳压器、高温气冷堆反应堆压力容器基本具备技术交流和项目投标能力;正在逐步实现由材料供货向关键部件、成套设备供货的转型。核电主管道、超临界高端铸锻件形成"人有我优"的竞争格局。重组告捷之时,二重已成为国内唯一拥有第三代核电所有堆型主管道制造能力并实现批量供货的制造商,并已基本掌握CAP1400汽轮机高中压及低压转子、600℃汽轮机组不锈钢电极的制造、锻造和热处理技术,领先于相关竞争对手,具备替代进口及订货条件。

大型模锻件重振雄风。这曾是二重的看家产品,前几年因质量、成本等原因失去市场。如今,在重组中重振,进一步巩固"人无我有"的优势。成功完成国内首件G50重型燃机高温合金轮盘锻件研制并实现订单;试制新一代发动机整体叶盘锻件,填补国内空白;C919宽体客机等民航客机锻件研制取得突破,形成国内外多点开花的局面,并成功进入欧洲市场;二重联合研发的200KW飞轮储能装置样机测试达到设计要求,产品市场前景可观;首次承担军用核动力大锻件科研项目,大力推进新概念武器研发,着力打造国际知名航空模锻件制造基地。

传统与现代结合，开拓"源创新"新领域。

围绕建设世界知名成套装备、大型铸锻钢、大型核电石化设备、大型模锻件制造"四大基地"，目标锁定在高端装备、新能源、节能环保、新材料"四大新兴产业"。二重传统的优势，被重新认识、梳理：冶金、模锻成台套设备、电站铸锻件、核电设备、重型容器、航空模锻件、传动设备及冶金备件等都不能丢；新兴产业领域更不可忽视，高铁齿轮箱国产化、海洋工程、油气资源开采、大型矿山、新型煤液化成套等设备，民用航空工业模锻件、高铁齿轮箱等未来市场。传统与现代、优势与市场、生产与综合，成为二重再次出击的组合拳。

重装出击，凸显了国机坚定的创新魄力。

研发开路，出手和斩获的都是大手笔。重组5年来，拥有4位院士的国机，累计科技投入达243.5亿元，其中研发投入153.1亿元；获省部级以上各类成果奖项1679项，其中国家技术发明一等奖1项、二等奖3项，国家科技进步一等奖1项、二等奖12项；获授权专利6724项，其中发明专利1958项，授权发明专利数量年均增长25.8%；完成制订修订国际、国家和行业标准3646项。

重装出击，彰显了二重独特的魅力。

由于成本原因，二重在一些传统行业，如汽车、船舶、柴油机等曲轴、连杆类模锻件产品，已失去竞争优势，先后退出市场。在一些大型专用设备制造领域，二重仍拥有竞争优势。比如石化大型设备制造，就一直是二重的强项，且有长期友好的合作史。在2016年初召开的二重改革答谢会上，中石化代表一口气列举了一大串与二重合作的难忘事例，从2004年海南炼化500万吨/年炼油项目开始至今，双方合作项目多达40余个，合同金额超过25亿元，设备重量超过3万吨。十多年的合作，怎一个"难"字了得。中石化代表明确表示，将一如既往地加强与二重的合作，在二重遇到困难的时候，给予更大支持。

这样的承诺，不是空头支票，而是市场富矿。

陆地开采一口油井，投资总额一般是两三百万美元，而建一个深海平台则需10亿~12亿美元。据巴克莱资本统计，全球2012年油气勘探和开发总投入6140亿美元，比10年前增长了近400%。随着全球经济的复苏，石油需求将保持2%以上的年均增速，中国每年石油供需缺口达2.5亿吨。目前全球的自升式、半潜式钻井平台,其服役时间80%超过20年,40%超过25年,面临大量更新。据测算,2014年至2020年,全球海工市场各类装备年订单将超过350座(艘)、600亿美元,压裂设备年市场需求约8亿美元。因此,国家发改委、财政部、工信部在2014年4月,就联合下发了《海洋工程装备工程实施方案》,提出在2020年全面掌握主力海工装备研发和设计技术的目标,鼓励和支持中国企业加快介入。

天时、地利、人和皆具备,这显然是一个难得的机遇。于是,油气资源开采设备和新型煤液化成套设备,理所当然地成了二重出击的重点。

重装出击,瞄准新兴市场——航空和核电。

无论是世界还是中国,民航业都是一块巨大的市场资源。民航发展需要飞机,生产飞机离不开高质量、高技术、高难度的大型模锻件。近几年来,国际市场上,法国MBD公司、美国波音公司、加拿大庞巴迪公司的需求均稳定增长,法国空客公司,美国普·惠、通用、古德里奇公司等新客户,也产生了新需求。中国的民航工业才刚刚起步。国产C919干线飞机和ARJ21支线机等"大飞机"项目,已列入国家上马任务,步入快速推进阶段,但道路并不平坦。民用航空模锻件市场,是重装行业一个不可忽视的新兴市场,前景可观。世界风起云涌,军机的钛合金框架、涡轮盘、起落架等大型模锻件市场,也潜力不小。

这些,无疑是二重的机遇。

重装中国的大梦,二重人做了多少年?!

超大型航空铝合金模锻件,是国内航空领域投影面积最大、研制难度最大的铝合金模锻件。二重借助国机支持,通过研制,组织技术攻关,逐步形成一条质量可控、批次稳定的生产线,可充分发挥大型模锻压机的重要作用,为公司未来承接更多铝合金产品奠定良好的基础。2015年10月23日,二重的模锻件顺利通过中航工业某飞机设计研究院组织的装机评审,具备装机资格;紧接着的12月,中国商飞公司和德国利勃海尔公司经过严格评审,一致认可二重研制的国产C919大型客机起落架锻件技术工艺及制造,同意装机使用。

2016年11月底,二重800MN模锻压机正式验收。

这不只是一个项目,它表明国机重装平台在产品的模锻工艺、热处理、酸洗、理化检验及模具加工制造上，均具备了较完善的生产保证体系；也说明国机的航空模锻件制造工艺技术，处于国内领先水平，部分技术达到国际先进水平，各种材质、不同类型的航空模锻件，都可以得心应手。二重无与比肩地成为国内军用、民用大型航空模锻件最重要的研制单位，获得各主机厂和国家有关部委的高度认可。

希望终于飞向蓝天。

二重未来10年，把重要的出击目标指向航空，并不令人意外。钛合金、高强钢、高温合金、铝合金四大类材料，铸就了二重的起飞之翼。让二重不仅飞向了中国广袤的蓝天，还飞进了国际民用航空领域，飞进了美国波音公司、法国赛峰公司、加拿大庞巴迪公司等制造商的组装线。

2.5亿元、12亿元、20亿元，增长的不只是销售收入。

目前，二重制造的模锻件，已占据国内飞机机身模锻件市场的30%~40%，起落架模锻件市场的80%以上，发动机锻件市场的25%以上。

2011年3月11日发生的日本福岛核泄漏事故，只是个意外。它就像飞机坠落、火车相撞一样，既令人伤痛，又令人无奈。但是不能因噎废食。谁能否认，核电是一种文明，满足了人类的能源需求？某一个意外，可能会延缓文明的进程，却不可能扼杀文明的存在与发展。因此，在二重的制造自信、产业转型升级和未来希望中，从来就没有放弃过核电，哪怕他们曾因此摔得遍体鳞伤。

对核电市场的自信，来自于科学的研判。

随着AP1000为代表的三代核电机组的投产，以及CAP1400、ACP1000核电技术的成熟，中国的三代核电建设，将迎来新的发展良机。以ACP1000核电机组出口巴基斯坦为标志，中国核电装备已开始走出国门，逐步成为继高铁之后，第二张中国重装名片。核级专用设备，占核电设备总量的25%，占设备总投资的54%；非核级设备，占核电设备总量的75%，占总投资的46%，其中的核电铸锻件材料费用，又占成套设备的60%，市场前景非常乐观。

重装出击，瞄准自己的核电优势。

这个优势体现在核电压力容器、蒸汽发生器、稳压器、堆芯补水箱、主管道、重型支撑等核岛设备上。国机重装与国内外有关科研院所合作，开展技术攻关与交流,喜讯接踵而来:主管道核电产品、1000MW及以上核电机组汽轮机转子整体锻件和焊接转子锻件等获得技术突破;核电堆内紧固件材料、烟气轮机涡轮盘高温合金锻件、离合器外星轮锻件先后进入试生产;火电、水电铸锻件,风电大型支承辊,重型容器,冶金传动产品,高铁齿轮箱,大型矿山成套设备等均有新收获。

国机重装制造的国内首台125吨级大型电渣重熔炉1号炉头框架,于2018年12月底在二重装备铸锻联合厂房顺利起吊,标志着该设备安装阶段目标胜利完成。该设备是国机重装占领高端铸锻件产品市场,开发新型材料、研发核电与航空材料的关键大型设备,也是国内引进的具有国际先进水平的第一台大型电渣炉设备,对解决二重装备现有高端锻件生产瓶颈具有非常重要的支撑作用。

这一系列的突破是个缩影,国机重装的使命是重装国家。

信念的笃定,铸就脚步的坚实。国机重装,这个新时代应运而生的国之骄子,甫一诞生,便以不同凡响的重装出击和国家拳头姿态面对世界。

2018年4月25日,由国机重装自主研发制造的海外首堆"华龙一号"K3项目主管道和波动管,在二重核电石化公司成功启运,发往巴基斯坦。至此,包括此前已经运抵巴基斯坦的主管道、项目全套主管道和波动管全部按期交货,标志着国机重装成为国家"一带一路"核电走出去的重要战略供应商。

2018年4月28日,由国机重装自主研发制造的、目前世界上最重的加氢反应器——260万吨/年沸腾床渣油锻焊加氢反应器,在江苏镇江成功发运。这台"超级"加氢反应器总重达2400吨,总长超过70米、外径5.4米。它的重量与制造工艺的复杂性,均突破了世界制造纪录;它的成功制造、发运,标志着中国高端重型装备制造旗舰——国机重装正式"扬帆启航"。

国机重装,正坚定从容地按照既定目标,积极引进战略合作者,拓展资源聚集整合空间,争取早日重返主板市场,以实际行动兑现对各方的承诺。

目标在远方,路却在脚下。

第三节 中国拳头

路在脚下,要坚实走好,还要自身强大。

无疑,重组的成功,既强了二重,也强了国机。这种强,已成为一种引领未来发展的引擎,使新国机在这场席卷世界的经济转型升级中抓住了先机,抢占了制高点。黑云压城已是昨日,明天的阳光是新的。

对此,孙德润的感受,似乎比其他人更为深刻。

孙德润认为,在国机与二重重组前,整个中国机械行业,没有一家企业有整合行业发展的能力和实力。业内权威人士普遍认为,这次国机和二重重组,改变了中国机械工业的大格局。国机注定在未来的中国机械行业整合中处于核心地位。按照中央新近出台的国企改革政策,中央对央企的管理,将由按行业分类,转变为按性质分类。国家将以授权的方式,设立行业国有资本投资运营公司,来承担和实施这种整合。机械行业肯定属于竞争性行业,必然面临一场大洗牌。在"三去一降一补"重大改革中,中国机械行业能承担此大任的唯有国机。

正如孙德润所言,先机成为资源,机遇很快降临。从国务院、国资委领导,到业内同行,都对国机和二重重组后的发展寄予厚望。

必须把改善供给侧结构作为主攻方向,全面实施战略性新兴产业发展规划,把发展智能制造作为主攻方向,加快新材料、新能源、人工智能、集成电路、生物制药、第五代移动通信等技术研发和转化。深入实施工业强基、重大装备专项工程,大力发展先进制造业,推动中国制造向中高端迈进……

这是2017年3月5日,李克强总理在十二届全国人大五次会议上的政府工作报告中提出的改革任务。从那一系列的"手段",不难看出任务的艰巨与中央的决心。李克强还要求通过深入推进"中国制造+互联网",建设若干"国家级制造业创新平台",实施一批智能制造示范项目,包括高端装备。国资委提出的按照高层级市场化的要求,对不同性质的国企逐步实行分类监管,促进产业资本与金融资本的融合发展,培养产融结合大企业,明显也是一种因应之策。

面对重组告捷,迈向改革振兴的新国机,国资委党委主要领导更是心之拳拳，言之谆谆："习近平总书记、李克强总理一直强调大国重器，让我们中央企业承担起大国重器的责任，也号召我们培养一批大国工匠，把工匠精神发扬光大。"

任洪斌很庆幸，庆幸国机在贯彻落实中央战略上抢占了先机。这种抢占，不是基于某种机缘巧合，而是基于对世界及中国经济转型升级的深刻认识。

抢占先机，实际是顺应了经济规律。

中国前几次的经济转型升级，都发生在产业经济，特别是工业化成长过程中。供给侧的产品制造端，总体产能还不足，市场整体特征是卖方市场。从生存、温饱到小康，经济转型升级的本质，是满足不断提升的物质需求。产能过剩只是相对的，很容易在发展中消化；企业竞争的对象，主要是区域内或国内的同业；竞争的拳头，主要靠企业组合。在这种状况下，如果产能不足与垄断联手，消费者就只有"人为刀俎，我为鱼肉"。无论是政府有形的手，还是市场无形的手，面对的主要矛盾都是加快发展，满足不断增长的需求。国家宏观调控、产业重组的取向，主要是把企业"做大做强"，维护好"国家安全和国民经济命脉"，防止垄断，鼓励竞争，保护消费者权益。康德拉季耶夫的"准垄断"主张，往往显得与现实格格不入。于是，有了一重、二重，南车、北车，华南、华中、华东、西北、东北、华北六大电网，有了中石油、中石化、中海油等。这样的顶层设计，既是竞争的催化剂，又是反垄断的"防火墙"。

几十年了，我们就这样走过来。

可是，现在不同了。

经过40年改革开放和快速发展，中国已步入工业化、城镇化后期。产能过剩、物质产品供给饱和及买方市场，形成一道道天然的反垄断"防火墙"，任何企业、任何产品欲求垄断都可能是痴人说梦。政府和市场面对的主要矛盾，是如何让已经过剩的产能更好地释放，寻求新的发展空间。在新一轮经济调整中，中国过剩产能最好的出口，无疑是"走出去"——向发展中国家和地区转移。

一切随之而变：主要市场空间，由国内变为国际，由投资转向消费；主要竞争对手，由国内同行变为世界同行；主要竞争方式，由提供单一产品到提供综合解决方案。传统制造业和制造方式已经没有出路，只有实现产品和服务的转型升级，重构新型供给侧，才能适应市场，实现与新需求侧的有效对接……

变了的产业和市场格局，让既有的顶层设计显得越来越不适应。最明显的表现就是，我们在"走出去"中遇到的尴尬——中国企业在国际市场遭遇的竞争拳头，往往不是来自于国际同行，而是中国自己，比如一重与二重、南车与北车，中石化、中石油与中海油，甚至我们庞大而坚定的民营大军……

现实残酷而严峻。兄弟间拳脚相向，伤的是自己，利的是别人。要顺利实现新的经济转型升级，首先需要思想观念、企业制度，特别是竞争组合拳的转型升级：将产品拳头、企业拳头，上升为产业拳头；企业组合拳上升为国家组合拳；由过去的以企业为平台的国内竞争，转变为以国家为平台的国际竞争。

走向世界，我们迫切需要一大批"中国拳头"。

事实上，中央不仅看到了这个问题，而且早已付诸行动。这是新一轮央企重组的精神实质。只要稍一留意，我们就不难发现，近几年来，从产业、企业、产品到资本，国际市场上那些晃动着的越来越多的"中国拳影"：

南车、北车整合了。

整合后的中国中车，以王者归来之势，携带着强劲的中国高铁，以明显的造价、工期、质量、性价比等优势，大大提升了国际竞争力，驰骋于世界高铁市场，形成举世瞩目的中国品牌和团队力量。让我们过去望而却步的日、德等同行也难以招架。真正的"中国拳头"，我们不时从中看见总理、部长们的身影。

截至2014年，中国铁建在海外共完成铁路项目30多项，建成铁路总里程约7500千米，业务遍及78个国家和地区。高铁全球排名第一，不仅是600千米的时速，还有250家最大工程承包商中的位置。2016年11月2日，中国铁建一举拿下马来西亚金马士至新山之间的南部铁路项目。项目不大，投资仅145亿元人民币；也不是高铁项目，只是普通铁路。但世界同行却发现了其中的不同：它是多年来首次由中国多家央企联合竞投且中标的海外铁路项目。

中国铁路拳头所向披靡，好戏连台。

2017年12月，中国铁建下属中国铁建大桥工程局集团与孟加拉国铁道部,签订孟加拉铁路阿考拉至锡莱特段米轨转换为混合轨改造项目,合同金额约15.45亿美元,约折合101.23亿元人民币。2018年1月,中国铁建下属中国土木工程集团有限公司与伊朗签订伊朗克尔曼沙至霍斯拉维铁路项目合同,合同金额约35.3亿元人民币。2018年5月,中国铁建下属中国土木工程集团有限公司与尼日利亚交通部签订了拉各斯至卡诺铁路第4号补充实施协议,合同金额约66.81亿美元,折合人民币约423.28亿元……

中国远洋集团(简称"中远")和中国海运集团(简称"中海")整合了。

航运业本来就是一个国际化的行业,主要竞争的是国际航运市场。国资委旗下的四家航运央企【中国外运长航集团(简称"中外运")、招商局集团、中国远洋集团和中国海运集团】,国际化业务很多都是重叠的。在航运业运力严重过剩、市场不景气的情况下,四家航运央企从国内竞争到国外,不仅互伤元气,路子也越来越窄。整合不仅是发展之策,也是面向世界竞争求存之策。继中外运和招商局集团重组之后,中远和中海的整合,对于降低国内竞争的成本,共同应对国际市场的竞争,尤其是对于第三方物流、供应链物流、跨境电商物流等,具有更大的战略布局价值。它们重组后,将成为国际航运强有力的"中国拳头",对于参与竞争无疑大有好处。

央企阵营在2015年完成6对12家企业重组后,这种跨境重组的节奏明显加快。2016年以来,又实施了中国中材集团有限公司(简称"中材")与中国建材集团有限公司(简称"中建材"),中粮集团有限公司(简称"中粮")与中国中纺集团有限公司(简称"中纺")、中国国际旅行社总社有限公司(简称"国旅")与中国港中旅集团公司(简称"港中旅"),宝山钢铁股份有限公司与武汉钢铁集团公司,中国储备粮管理集团有限公司(简称"中储粮")与中国储备棉管理总公司(简称"中储棉"),中国航发动力控制股份有限公司(简称"中航动力")与四川成发航空科技股份有限公司(简称"成发科技"),中国轻工集团有限公司、中国工艺集团有限公司与中国保利集团有限公司,中国第一汽车集团有限公司(简称"一汽集团")与中国船舶工业集团有限公司(简称"中船集团",俗称"南船")和中国船舶重工集团有限公司(简称"中船重工",俗称"北船"),神华与国电电力发展股份有限公司(简称"国电电力")、中国铝业股份有限公司(简称"中铝")与云南冶金集团(简称"云冶")等的相继整合重组……

至此,央企总数,已由最早的192家,后来的102家,降至两位数。

国机和二重的重组,是这个重组大格局中重要的一环。

2016年1月国资委新领导上任伊始,就明确指出,为更好实施"走出去"战略,央企还需进一步重组。不只是数量和形式,而在于实质。

不难发现,这次重组大潮与以往最大的不同,就是不再指向"国家安全""经济命脉""行业前三"等,而是指向"走出去"。同年12月9日,国资委与媒体通气,称重组不是单纯的央企数量的减少,也不是单纯的做大规模,而是要培育世界一流企业,助力产业转型升级,发挥协同效应,提升整体效率。

事实正是如此。宝钢、武钢重组后的宝武集团,粗钢年产量达到6000万吨,其中高端产品达4000余万吨,超过韩国浦项和日本新日铁;中粮、中纺重组后,总资产和年营业收入均超过5000亿元,跃居国际大粮商第一,油脂、棉花等品种经营能力晋级全国之首、世界前列。不难想象,如果每一次重大重组,都铸造出一个打向国际市场的"中国拳头",那么经过几年努力,形成50个或80个强有力的"中国拳头",世界产业竞争将是怎样的中国气象?

不仅是产业重组,重组中我们还明显看到"公有制实现形式多样化"向深度演进的步子。中国电子的634家企业,已有431家实施了混合所有制改造,有56家实行了职工持股。打向世界产业市场的"中国拳头"中,所有制的界限正在被打破。2016年11月4日,中国房地产和娱乐投资财团宣布以10亿美元收购美国迪克·克拉克制作公司(DCP)100%的股权。有人甚至将此事与西方长久嚷嚷的"中国威胁论"联系在一起,称"美国或将出现亲中国宣传"的声音。

国机和二重重组的战略意义在于先人一步,及时认知并抓住了这次转变。这得力于任洪斌团队对霍尼韦尔哲学的笃信,坚信围绕企业战略的并购,不仅是一条发展捷径,而且是在国际、国内产业大转型背景下,国机求存发展的必需之策。

与二重重组后的国机,正是这样一个机械制造业的"中国拳头"。

重装为武,国机出击,再造海外新国机。

这是任洪斌第二次说这样的话了。第一次是在2007年，任洪斌提出三年再造一个新国机。随后2008年的世界金融危机，也没能阻止国机再造的步伐。2010年，国机营业收入1521亿元，相当于此前三年的222%。这次的再造，是根据产业转型升级形势，对照德国西门子、美国通用电气、德国大众、韩国三星等跨国公司提出来的。这些公司海外资源占有及投资的贡献率，已远远超过其在国内的业绩。在任洪斌看来，国机的现实差距，正是海外市场的发展空间与潜力。

没有人怀疑，任洪斌向来说到做到。

第四节 国家经验

国机战略，再一次得到验证。

当初质疑任洪斌的人，打心眼里服了气；当初反对的，不再吱声；一直坚信任洪斌的，更加坚定不移。包括原机械工业部和四川省、德阳市政府领导、银监会、证监会、各债权银行、社会债权人、上交所、公安法院等，尽管当初因角度不同、认识差异，可能有不同的意见和取向，此刻都殊途同归了。一些正为"僵尸企业"而困扰的央企，更是一次又一次联系，要到国机学习经验。

任洪斌反而为难了。且不说这几年碰到多少苦恼，尝了多少苦头，熬过多少艰辛，岂是三言两语说得清的？要说经验也是国家经验。没有党中央、国务院、国资委的坚强领导和信任支持，没有地方政府、各债权银行、证监会和上交所，还有人民法院等方方面面的支持配合，没有国机、二重团队的倾力付出，这事能成吗？

是的，要说国机和二重重组成功，有不少值得总结的经验，这经验也是国家的。中央对央企改革重组的战略把握，国资委的直接领导，中央出台的关于深化国企改革重大决策及"1+N政策体系"，就是这些年来国企改革智慧的结晶。

从产品输出到资本输出，不仅仅是输出形式的改变。

近几年来，在谈到应对经济转型升级时，任洪斌都反复强调，要实现由单纯的产品输出，向产品、资本输出并举转变，并把这作为再造海外新国机的关键举措。开始，大家并不完全理解其中的含义。随着重组的深入，大家才逐步发现，这是从本次经济转型升级特点出发的战略之举、高明之举。

作为带来剩余价值（利润）的价值，资本本来是一个纯粹的经济学概念。可曾几何时，当剩余价值被定义为剥削，资本被加上主义，就成了一个唯利是图、欺诈盘剥的肮脏之词。

事实上，任何经济的发展，都离不开资本；市场经济，就是资本竞争的经济。资本是获利的工具，资本主义需要资本，社会主义也需要资本。资本的本性是逐利，当资本在一定区域内逐利的空间受限，或没有更优的机会成本，资本必然要寻求新的出路。这正是中国在基本实现工业化，制造业产能严重过剩，市场和资源均出现不足后，必须面对和解决的问题。因此，从产品输出到资本输出，不仅仅是输出形式的改变，还是资本发展到一定阶段的必然选择。

事实上，自中共十七大提出把"引进来"和"走出去"更好地结合起来，就预示中国"走出去"与"引进来"相结合的双向开放开始向纵深发展。历经十年，中国已迈入全方位"走出去"阶段。中国企业2015年实施的海外并购项目达593个，交易金额达401亿美元。2016年，中国企业跨境并购交易仍达215.7亿美元。典型的并购大案如万达集团涉及近200亿美元的一系列并购，中国化工集团斥资428亿美元，对瑞士种子和农药巨头先正达的并购，海航集团斥资60亿美元收购美国电子产品分销商英迈，厚朴、高瓴资本、中银集团、万科集团和普洛斯管理层组成的财团，以160亿新元私有化普洛斯公司，海航旗下渤海金控收购美国CIT集团旗下飞机租赁业务等。

根据联合国贸易和发展会议发布的《2017年世界投资报告》，美国2016年外国直接投资流量（FDI）下降2%，降至1.75万亿美元。其中，亚洲发展中经济体下降15%，降至4430亿美元。而同期中国企业对外投资1830亿美元，比上年增长44%，首次成为该报告全球第二大对外投资国。在全球2017年基建投资中，中国参与的项目多达1034个，占31%，多数位于亚洲、中东和非洲，占其中的40%。中国公司在"一带一路"沿线的61个国家，新签对外承包工程项目合同7217份，新签合同额1443亿美元，占中国同期对外承包工程新签合同额的54.4%；完成营业额855亿美元，占同期完成额的50.7%。

中国公司海外投资的势头不见减缓，反显方兴未艾之势。且投资重组的重点，正由资源占有转向产业转型、结构调整、产能外泄和技术、市场拓展，几乎涉及各个行业；由国企转向国民兼具；由大型企业一枝独秀，转向大中小百企争鸣。

潮头从来英雄弄，这就不难理解任洪斌的决心。

从国机在机械装备领域多元化、国际化和综合性的定位，到机械装备研发与制造、工程承包、贸易与服务、资本与投资，再到遍布全球170多个国家和地区的市场，国机落实国家"一带一路"倡议，实施"制造出口、农业走出去、工贸转型"战略。其投资兴建的中国—白俄罗斯工业园，得到两国人民的高度赞誉，成为国家蓝图上的标志性亮点；又通过与国外合作伙伴美国GE公司创新发展，在非洲启动了一系列清洁能源项目。不断创新"走出去"模式，推动海外工程承包转型升级，国机旗下的CMEC已先声夺人。他们探索试行的"EPC+投资"模式，参股巴基斯坦塔尔煤田露天煤矿和燃煤电站项目，成为"中巴经济走廊"首批实施项目。为了促进重装制造"走出去"，国机采取业务协同方式，加速了CMEC与国机重装的合作……

国机"走出去"的步伐，笃定而坚实。

创新供给侧，呼唤服务文明。

任洪斌引入了一个新的文明概念：服务文明。它是继狩猎文明、农耕文明和工业文明之后的文明。他强调，这是社会经济文明演进的必然逻辑。原始的狩猎文明，基于人类谋生的本能；农耕文明和工业文明，也可称为物质文明，创造了丰富的物质财富，反映为国民收入中第一产业、第二产业。物质文明时期，物质产品的生产不能满足需要是主要矛盾，社会经济大都在卖方市场下运行，产品提供商占据着市场的总体优势。供给侧的改革，也主要关注产品端，服务端的改革还没有被逼到刻不容缓、生死攸关的地步。

然而，现在不行了。

随着物质文明的发展，物质产品已相当丰富，整个市场成了买方市场。人们的需求趋向，由物质产品转向享受、个性化和个人价值的实现。供给侧改革的关键，不仅在于产品端能提供多少产品，还在于产品结构和方式，即提供什么样的产品和怎样提供。因此，中央反复强调，供给侧改革是产业转型升级的主线；而服务，则成为企业在市场角逐中一决高下的最后筹码，成为继第一产业、第二产业后，拉动经济发展的主动力，并逐步占据国民经济中的主导地位。这并不意味着第一产业、第二产业停止发展，总量减少，而是发展中的主动力和产业地位递进替换。事实上，西方发达国家服务业产值，已占GDP的70%~80%，而中国还落后了二三十年。服务业的崛起，服务文明新时代的到来，是本次产业转型的必然方向。

从国机的发展转型看，国机不仅洞察到了这一点，没有抱残守缺，而且早已在主动而为，思改谋变，适应这个转变。只是，国机是搞机械制造的，不可能丢掉本行，丢掉优势，服务文明也必须以物质文明为基础。国机和二重重组，既强了基，铸造出强有力的机械制造业"中国拳头"，增强了中国重装机械工业在世界同业中的地位和竞争力，又让源创新理念和服务文明武装了现代制造业。

国机选择了适合自己特点的转型升级路线。

国机在创造具有自身特色服务文明的同时，优化制造，突破制造，延伸产业链、内外贸结合、产服结合、产融结合，提供综合解决方案……

我们看到，这种科技+制造+综合服务模式，显现出巨大的活力。

看CMEC。作为国机最早、最坚实、最有效的源创新经验，正延伸到整个重组体，成为国机及其国机重装的市场锐器，驰骋中外，所向披靡。

看"非实体经营"。作为国机近几年来最成功的源创新经营模式之一，它一诞生就显现了巨大的市场生命力。签约的喀麦隆水厂、塞尔维亚电站和科特迪瓦变电站，合同金额达到23.3亿美元，还跟踪了25个同类项目。

看国机重工。在为客户提供综合服务的过程中，创造了定期保养、技术升级及定期巡检，逐步开拓二手机再制造业务，提供OEM（代工生产）配套、展会、试验检测及第三方物流等多项服务，可谓得心应手，左右逢源，屡创奇迹。

看国机智能。这家成立于2015年12月，致力于机器人及关键零部件、智能装备、智能制造技术的研究、生产制造、检测咨询，活跃于行业前沿的企业，就是国机智能科技有限公司，在庞大的国机家族中，它也许算是新成员，一出现便以其前沿、高端和智能显得十分耀眼。公司诞生仅一年，便在中国智能制造行业中声名鹊起，其项目"农机装备智能工厂平台化制造运行管理系统标准制定和试验验证"，入选工信部2016年智能制造综合标准化与新模式应用项目；参与建设"中国—以色列机器人研究院"和"广州中以机器人与智能制造产业基地"；其控股企业广州启帆工业机器人有限公司是国内机器人行业TOP10（中国服务外包最佳园区十强），机器人的国内市场占有率在2015年排名第二位。

国机智能成功的秘籍，也是产服融合。通过重组将母体——中国机械行业旗舰国机的优势，与在智能领域拥有60年历史的广州机械科学研究院有限公司的关联要素优化整合，使研发、制造与服务相结合，释放出巨大潜能。

在2016年收官之时，又传来国机智能与西门子签订合作谅解备忘录的消息。双方计划建立的联合研发中心，将重点介入涵盖运动控制、伺服驱动、传动关节及机械臂设计三大领域的工业机器人关键技术研究；针对制造业需求在数据处理与分析、信息安全、机器视觉、通信、传感器等技术领域，开展前瞻性的自动化、数字化联合研究；并就智能制造工厂评估、设计、优化过程中的方法进行研究。这意味着，国机智能的工业机器人业务将踏上新的台阶。

经济转型升级，呼唤康德拉季耶夫定律。

只有准垄断，企业才能获利。这似乎又与市场竞争的本质相悖。因此，自它诞生以来，围绕它的争议就没有停止过，孰是孰非，莫衷一是。但再大的争论，却丝毫不影响其权威性。这本身就说明了它强大的生命力。

事实正是这样，争论与是非，产生于不同的时空点。在市场经济发育初期的卖方市场下，企业从开放的市场中，就可以获得丰厚的利润，垄断当然是市场发育的天敌。同样，在市场高度发达的情况下，国际托拉斯（垄断组织的高级形式之一）也会阻碍市场的公平竞争。问题是，中国的现状，既非市场发育初期，也非高度发展期。这种不高不低的状况，让我们的产能过剩陷入十分尴尬的处境：既不能从卖方市场获利，又不能从国际托拉斯中获得竞争优势。唯一有效的出路，就是按照康德拉季耶夫定律，借助国家力量，将过去在卖方市场、以区域和国内竞争为主的条件下，为防垄断而割裂的生产要素，重新整合起来，形成"中国拳头"，共同面向国际市场。这样，才可能有效地"走出去"，并从中获取必要的"准垄断"利润。

国机与二重重组，抓住了这个战略机遇。

产融结合，是"中国拳头"不可或缺的要素。

走向世界，不仅需要足够的资本、低成本的资金，更需要默契快捷的产业资本与金融资本互动。解决这个问题的最有效途径，就是产融结合；供给侧结构性改革应当更前更深，延伸到包括金融供给侧在内的资源供给侧源头。

因此，中央政府决定，在新一轮国企改革中，将以政府授权的方式，组建一批行业性的投资公司，无疑是因应形势而行的战略之举。任洪斌不仅及时捕捉到了这个机遇，并且通过推动国机与二重的重组，创造了一种坚不可摧的可能。国机资本的设立，体现了任洪斌的先见之明。国机在为客户提供系统的项目施工解决方案的同时，与多家银行、保险及担保公司等形成战略合作关系，开展融资租赁、保险和担保业务，帮助客户控制风险，成为产融结合的最佳平台。

重新定义创新，破解转型升级密码。

几年前，《世界是平的》一书的作者弗里德曼访问中国。在午餐会上他曾向在座者提了一个问题：属于中国企业自己的创新到底有多大比例？在座者无言以对。这件事后来被中国业界总结为"弗里德曼拷问"——中国企业到底有没有创新？

回答有肯定，也有否定。肯定者以中国企业的迅猛崛起为证，否定者则归结出了"静态战略理论"。真正的症结是，中国企业对创新的理解，还停留在迈克尔·波特的价值链理论及五力模型时代；创新的关键，也因此停留于以企业内部产品和竞争力为中心的"流创新"，而非以外部市场为中心的"源创新"。

国资委党委主要领导强调，改革和创新对国机集团、中国二重来说至关重要，涉及方方面面的工作。他要求围绕机制、产品和人，着力在"三新"上狠下功夫，即形成新机制、开发新产品、形成鼓励干事创业的新风尚。

谢德荪教授首先发现了中国企业的这个症结，就像当初的美国人从日本战后崛起中，发现新一代管理理论——企业文化一样。

谢德荪作为美国斯坦福专业发展中心（SCPD）首席专家，自2004年以来，带领他的团队在中国各地讲学，先后与十多家中央和地方政府机构合作，一直致力于高科技产业创新与发展、经济系统模型、战略与竞争分析、中国创新及转型的研究。他从中国企业大量的创新发展成败案例中，总结并创立了源创新理论，并以此深刻地影响了转型期间中国企业的发展。相对于迈克尔·波特的"静态战略理论"，源创新理论被称为"动态战略理论"。国际权威研究机构汤森路透发表的全球创新企业TOP100中，日本有40家，美国有35家，法国有10家，德国有4家，瑞士有3家，中国没有。在未来十二大新兴技术领域，日本90%已做到世界前三。它们中大多数是原型创新和源创新。

怀揣大梦，凭借创新创造了"国机奇迹"的任洪斌，当然没有置身于这场"头脑风暴"之外。无论理论还是实践，都让他感受到，传统的科技创新、产品创新、流程创新等的局限——那些不能为企业带来效益的创新都是浪费。应用科技能力的创新，比科技创新更重要；解决系统问题，比解决单一问题更重要；吸引外部更多要素融入，共创企业新的生态系统，比企业内部流程创新更重要。在资源无限、瞬息万变的信息时代，源创新（即从源头上创新），充分利用既有资源，创造新的盈利空间所提供的价值，远比具体产品提供的多。

一个以原型创新、二次创新和流创新为基础，源创新为指引的崭新创新谱系，在任洪斌脑子里逐渐形成，成为融入"国机秘籍"的新鲜血液。

颠覆了，传统的创新模式。

中央深化改革领导小组办公室，及时向全党转发了国机和二重重组以后改革脱困的经验，认为这是对中央关于供给侧结构性改革战略决策的有效落实。国资委党委几位领导同志也专门做了批示，要求全体中央企业都要向国机集团和中国二重学习，学习他们在改革脱困及党建方面所做的工作和创造的经验。

成功的经验上升到国家层面，这对国机、二重和任洪斌，无疑都是极大的鼓舞。正是这些大时代的弄潮儿，把创新发展写入了国机转型升级历史中，写在包括二重重组在内的一系列重组及经营模式创新上，写在自己心里：

别了！"中国人不善创新"的陈词！

别了！"产品创新、科技领先"的滥调！

别了！狭隘的"Made in China"的思维！

第五节 未来不是梦

无论如何，这是一件值得高兴与振奋的事。

国机和二重重组取得圆满成功，二重三年扭亏脱困阶段性目标胜利实现！

国资委将《关于中国二重三年改革脱困进展情况的报告》报到国务院，国务院领导看后，于2016年7月17日在报告上做出重要批示：

> 国机与二重联合重组后，采取有力措施，深化改革取得积极成效，应充分肯定。要进一步加大工作力度，扎实搞好各项改革措施落实，不断取得更大成效。国资委要及时总结央企改革重组等方面的好经验、好做法，更好地指导推动央企打好瘦身健体、提质增效攻坚战。

为贯彻好国务院领导指示精神，国资委主要领导当即做出批示：认真落实国务院领导批示精神，抓住几个突出典型，带动全面深化改革工作。

当然，更高兴与振奋的是二重职工。

听说国机重装要挂牌了，德阳市老科技工作者协会常务理事华涌欣，就开始忙忙碌碌，张罗起他们协会的老年演艺团排练庆祝节目了。

华老可不是一般的老来乐。这位出生于富庶江南的魁梧汉子，1962年从清华大学动力系热能动力专业毕业后，冲着时任校长蒋南翔的一句"建设德阳哈尔滨"（重装基地）的话，就义无反顾地来到"三线"重镇德阳。他的80年岁月留痕，就有57年与二重紧密相连。在大家心目中，他早已是一位"总把他乡当吾乡"的老二重，从领导到同事，都亲切地称他"大华"。从技术员、工程师、车间主任、副总动力师、副处长、能源办副主任，到二重副总工程师、副厂长、厂长、总经理，他经历了二重几乎所有层级的技术工作及管理岗位，也亲历了二重所有的兴衰与风雨，对二重始终秉持着一个坚定不移的信念。他喜欢唱歌，不同的年代，总以不同的歌声，表达对二重的深爱与感情：

在建厂之初的艰难时期，他坚定而豪情万丈地歌唱：

> 当东方升起朝霞，我们奔向远方，踏遍田间地头，转战矿山工厂……

1979年，二重重油厂发生特大火灾，惊动了国务院和海内外。作为技术专家，大华奉命担任灾后恢复生产的现场总负责人。他采取一系列科学有效的措施，在灾后第10天两台平炉就炼出了钢水，受到领导和职工的啧啧称赞。此时，乐观的大华，用深情的歌声，表达自己对未来的希望和对二重的感情：

> 我们奉献青春，热血铸就明天辉煌，今生无悔，生命闪光……

在1998年从二重总经理岗位退休后，他被推举为德阳市"关工委"（关心下一代工作委员会）常务副主任，积极开展"捐资助学"，曾一对一帮助汶川地震致残致独儿童，受到社会广泛赞誉。他用歌，表达对生命的自信：

> 看晚霞辉映天空，我们笑对夕阳，活跃在城市山乡……

怎能不歌唱？当年的大华，今天的华老。

华老对国机和二重成功重组坚信不疑。他认为，国机重装实行科工贸一体化发展，是从根本上克服二重先天不足，实现从工厂制到公司制转变的必然选择。他积极支持企业改革，为国机和二重重组献计献策。2018年3月28日，在国机重装正式挂牌仪式上，他代表二重一万多名离退休职工，深情地朗诵了一首二重职工自发创作的诗歌《向美好明天腾飞》，表达对国机重装未来发展的笃信与期望：

> 今天我们站在这里，展现舞台，多么灿烂辉煌；今天我们站在这里，内心涌动，多么振奋豪迈……

是的，这是一个值得讴歌的时刻。时代如歌，更好的歌在未来。

任洪斌当然也欣慰、高兴，但他更想着未来。他从国务院领导的话中，不仅感受到了极大的肯定与鼓励,更领悟到"进一步"的含义……

国企改革怎么改,未来怎样走?习近平总书记2015年7月17日在吉林考察时说的话,向我们发出了明确的信息:要坚持国有企业在国家发展中的重要地位不动摇,坚持把国有企业搞好、把国有企业做大做强做优不动摇。

那条梦中的鱼,游过二重,游出梦境,回到现实。

"中国二重和国机集团联合重组,是我国装备制造行业的一件大事,也是中央企业布局结构调整的一件大事。中央装备制造企业的布局结构调整将持续推进和深化,你们是第一步、第一家……"

国资委分管领导当年对国机、二重说的话,显然不是只针对个案。

二重扭亏脱困的成功,只是奠定了一个新的基础和格局,而不是重组最终目标的实现。中国装备制造业要傲然世界,还有很长的路要走。二重的扭亏脱困与改革振兴,也具有不同的含义,属于不同的目标。拿任洪斌的话说,真正的国机梦,才刚刚开始。国资委明确指出,二重改革振兴的关键,在于未来发展。希望国机积极探索未来的商业模式,在重装领域走出一条差异化发展道路。

圆梦的地方,也是梦开始的地方。

别了老旧的Made in China思维,却告别不了中国制造。任洪斌清楚,至少于国机重装,承担着中国机械行业责无旁贷的国家使命。

使命不是梦,未来不是梦,是二重新的规划里程:力争在"十三五"时期,实现"一年有新突破、三年有大变化、五年上新台阶"的目标。"一年有新突破",即2016年要坚决实现扭亏脱困目标;"三年有大变化",是指在国机统筹下,构建国机重装战略平台,整合相关优质资源,实现再造海外新国机大梦。

根据国机这个目标,陆文俊提出了二重的未来目标:

以国机重装为核心板块,以源创新引领,以核电、石化、发电、冶金、环保、清洁、储能为重点,经过持续的改革振兴和观念、体制、机制创新,建设集科工贸于一体、产服结合、产融结合,具有市场化、国际化、现代化的世界一流高端机械制造商和制造服务商;到2020年,实现年营业收入200亿元,利润10亿元。其中,海外工程项目和营业收入,占总业绩的50%以上。

对国机略有研究的人知道，这也是阶段性的。

这不只是量的"再造"，更是更高层次质的"再造"，是凤凰涅槃。坚持有质量的发展，是国机始终不渝的发展理念与追求目标。

随着2016年的扭亏脱困、2017年的巩固提升，国机与二重重组，作为一项国家任务，业已完成；以后的改革振兴路还长，发展将步入正常化进程。人们蓦然回首，才发现"国机秘籍"的影子：要素重组没有停留于传统的生产领域，而是面向市场需求侧的变化，通过"源创新"，不断创造属于自己的"市场欲望"。

这注定了是一场只有开头，没有终点的长途跋涉。

任洪斌说，实现这一目标，也许需要几代人的努力。不要以为二重扭亏脱困了，就可以沾沾自喜。面对市场，要如临大渊，如履薄冰，常怀敬畏之心。

重要的是自信持重，坚定笃行。

国机已走过20年历程。三十而立，国机的立，不仅时间更短，而且还有更丰富而深远的意义。20年，资产规模增长19倍，营业收入增长23倍，利润增长82倍，累计向国家缴纳税费近千亿元。这不只是数字，还是综合实力。更重要的是有了重装，这个被称为"国之重器"的法宝，强健的国机如虎添翼。

"历史学家早就断言，经济快速发展使社会变革成为必需……"

是的，社会变革成为必需，就像我们的生命需要氧气、水和养分。2017年1月18日，习近平主席在联合国日内瓦总部的演讲，站在构建人类命运共同体的高度，阐释了变革的地位和作用。习近平主席说的是整个社会，当然包括了企业。二重重组的完成并不等于改革的完成。改革永无止境，国机永在路上。

2018年任洪斌在向国机16万职工新年致辞时，梳理旧事畅想未来。他想起国机从三里河起步的模样时深情地说：那时国机尚弱，不知未来有多远。但我们不怕苦和累，一路前行到今天。成功只能说明过去，圆梦还需跋涉。只要坚定不移地贯彻党的十九大精神，坚持以习近平新时代中国特色社会主义思想为指引，不忘初心，牢记使命，创新发展，未来，我们肯定会走得更远……

时势造英雄，时势造国机，时势造过去，时势也造未来。

联想到国机起步时的艰难蹒跚，联想到国机20年的风风雨雨，联想到在国机2017年年会上任洪斌讲的"一代人有一代人的长征"，我们怎能不感慨万千?

　　未来一定会走得更远,未来也充满挑战。

　　新时代提出了新答卷,每个人都是答卷人,只有人民才是阅卷人。

2016年3月18日一稿

2018年11月7日十二稿

后记

《重装突围》即将付梓了，可我并没有丝毫的轻松感。因为编审过关并不等于读者过关，更不等于真实、完整、深刻地呈现出了国机、二重重组这部时代大书的精彩风貌。

中国最早的"国企"改革，可追溯到两千年前。汉昭帝尝试废除既有的盐铁专卖，并召开了著名的"盐铁会议"。会上，以桑弘羊为代表的政府一方，与以贤良文学为代表的民间一方，展开了一场激烈的辩论，实际上是对改革的可行性评估。辩论的内容，已远远超越盐铁本身，涉及对汉武帝时期的政治、经济、军事、外交、文化等的评判。辩论的结果是改革观点占上风，但思想并没有决定改革本身的命运。盐铁改革最终虎头蛇尾，以失败告终。汉代散文家桓宽，根据"盐铁会议"情况整理出的文史专著《盐铁论》，总结出了这样一个改革悖论：并不是正确就能够成功，一些从理论上分析得很美好的事情，一到现实中就变了味儿；理论上的优势，不一定能转化为现实的优势。

中国现代大规模的经济体制改革，从1978年12月中共十一届三中全会算起，已进行了40年。其间，经历了两次大的突破：一是以1992年邓小平南方谈话提出"计划和市场都是经济手段"为标志，实现了对传统僵化计划经济的突破；二是以1997年中共十五大提出"公有制实现形式可以而且应当多样化"为标志，实现了对传统僵化公有制的突破。其中的国企改革，虽艰险处处，却步步为进，大体经历了33年，两个阶段。

全面推进阶段（1985—2015年）。1984年10月，中共十二届三中全会通过的《中共中央关于经济体制改革的决定》，正式将农村改革的成功经验引入城市。改革的重点是国企,特点是全面推进,核心是体制、机制和人(干部能上能下、职工能进能出、工资能升能降,打破"铁饭碗")"三大问题"。没有前车可鉴,只有在探索中前进,不乏艰难曲折:利润留成、利改税、厂长负责制、承包制、抓大放小、扩大企业自主权、"两降一集中"(国有经济在国民经济中的比重下降、国有企业数量下降、国有资本不断向大型企业集中)、股份制和现代企业制度等。特别是20世纪末强力实施的以兼并、破产、债转股为重点的"三年脱困建制",涉及问题之多、矛盾之尖锐、面之广前所未有,可谓一场没有硝烟的改革大战。

高端攻坚阶段(2015年至今)。中共中央、国务院于2015年8月24日出台《关于深化国有企业改革的指导意见》,标志着新的一轮国企改革全面启动。如果说,第一轮国企改革主要解决了上述中低端国企的"三大问题",实现了在一般竞争性行业的国退民进;那么,这一轮改革面对的问题,显然要更为复杂,除了对省及以上高端国企深层次痼疾的攻坚破难,建立现代企业制度,还涉及对世界性中产阶级危机及中国的中等收入陷阱的应对,让国家战略性生产力的布局更加合理、经济结构性效应更突显,等等。

习近平总书记2018年6月在山东考察,视察万华烟台工业园时指出:"谁说国企搞不好?要搞好就一定要改革,抱残守缺不行,改革能成功,就能变成现代企业。"他强调,国有企业特别是央企,一定要加强自主创新能力,研发和掌握更多的国之重器。

"文以载道",一直是中国文学的传统。文学要么成为政治的传声筒和服务工具,要么逃避现实,沉溺于个人内心世界,遁迹于虚妄的桃源美景,背离了时代的本质真实。改革在唤醒国企的同时,也唤醒了文学。面对火热的国企改革,文学始终在场,从未缺席过。

当代国企改革的先锋文学,当数《乔厂长上任记》。在20世纪70年代末,中国农村改革方兴未艾,国企改革尚在萌芽之时,1979年第9期《人民文学》发表的蒋子龙《乔厂长上任记》,有如一声惊雷,既惊醒了文学,也惊醒了国企。它涉及的国企改革内容,如整顿队伍、建立秩序、建立奖惩、治理涣散、激发职工工作热情和主人翁精神等，虽然在今天看来，只是国企改革的启蒙和企业管理最简单的基本功，但它却标志着现代国企改革文学的发轫，在当时无疑具有超越时代的文化唤醒作用。在随后的30多年中，改革文学与改革如影随形，成为新时期文学的一道亮丽风景。它们包括1985年的《新星》、1992年的《股疯》、2000年的《生死抉择》、2007年的《天道》，及后来的《中国的要害》和《国企变法录》等，都形象而深刻地呈现了改革在特定时期、特定领域惊心动魄的状态。

《重装突围》，是本人继《国企变法录》后，又一部以国企改革为书写对象的在场写作实验文本。两部书的共同特点是：都是纪实介入的，一部反映中国前30年的第一轮国企改革，一部书写现在正在进行的第二轮国企改革；以国企改革的个性经验，观照整个国企改革大象，呈现国企改革的艰难历程和波澜壮阔。希望两书前后承接，由低入高，由点入面，提供较真实、完整的中国国企改革史料。

《盐铁论》总结盐铁改革失败的主要原因：一是官僚集团抵制。官僚集团只会膨胀，不会收缩。国有垄断一旦建立起来，政府的财政将严重依赖于这些国企，直至被他们绑架，很难挣脱。二是地方和企业官员阳奉阴违。三是老百姓没有得到好处。它让人意识到，古代和现代的改革，相似之处要比人们能够想象到的多得多；中国现代国企改革遇到的几乎所有的问题，都可在两千年前找到影子。

萨特说，存在先于本质。国机、二重重组是一部时代大书，富有不可替代的历史意义，这是本书的天势之利；每一位参与者都是书写者，这是本书的地宜之优。在本书的采写过程中，我得到国机和二重领导，党工、宣传、财务、质管、人事等部门的大力支持；初稿出来后，又得到各方精心指教修改。在此一并致谢。我自知，作品离"精品"要求仍有不小距离，真诚祈望得到各方的指导指正。

周闻道
2019年3月8日